dtv
premium

Ursula Gräfin von Schlieffen

Briefe aus Bagdad

Mit einem Vorwort von
Elisabeth Borchers

Deutscher Taschenbuch Verlag

Mein besonderer Dank gilt Corinna Fiedler, Marlene Lohner, Eva Demski, Elisabeth Borchers, Patricia Reimann und Jasmin Mahdi – für alle Ermutigung und Hilfe bei der Veröffentlichung dieser Briefe.
U. v. S.

Originalausgabe
Mai 2003

www.dtv.de
Umschlagkonzept: Balk & Brumshagen
Umschlagfoto und Bildmaterial im Innenteil:
Privatbesitz der Autorin
Satz: Fotosatz Reinhard Amann, Aichstetten
Gesetzt aus der Sabon 10,5/12,75· (QuarkXPress)
Druck und Bindung: Kösel, Kempten
Gedruckt auf säurefreiem, chlorfrei gebleichtem Papier
Printed in Germany · ISBN 3-423-24358-9

Vorwort

Bagdad? Diese weltberühmte Kalifenstadt, vom Tigris durchflossen, das Synonym für Sindbad, Aladin und Ali Baba, die Heimatstadt der Scheherazade, der es gelang, die Rachegelüste des Königs von Samarkand zu stillen, indem sie ihn Nacht für Nacht mit Geschichten fesselte?

Seither sind viele hundert Jahre vergangen. Die sagenumwobene Stadt des Orients hat sich den modernen Zeiten angepaßt, hat Botschaften und Vertretungen aufgenommen. Die Ehefrau eines Botschaftsangehörigen ist die Autorin der vorliegenden Briefe, Briefe an ihre Mutter, in denen sie ihr erzählt, wie sich das für Europäer ungewöhnliche Leben vor mehr als 40 Jahren abgespielt hat. Ursula Gräfin von Schlieffen versteht es, die kleinen und großen Ereignisse mit ihrer begabten Erzählweise einzufangen, die Farben, die Düfte, die Rhythmen, die Gewohnheiten und Schönheiten, auch die Ängste, das Leben und Sterben vorstellbar werden zu lassen – uns in diese geschichts- und märchenüberfrachtete Stadt des immer noch fernen Orients einzuladen und mit ihr vertraut zu machen.

Elisabeth Borchers

»Unser Exitvisum ist verfallen. Wir versuchen alles, um Mittwoch aus der Stadt zu kommen.«

So endet der letzte der Bagdader Briefe, der auch der erste war, der mir nach all den Jahrzehnten wieder in die Hände fiel. Er lag obenauf in einer Pappschachtel, die randvoll mit meinen eigenen Briefen gefüllt war, zum Teil geordnet und päckchenweise mit Baumwollfäden zugeschnürt, anfangs sogar in einer Art Aktendeckel eingeklebt, zum Teil lose – noch in den alten Luftpostumschlägen abgelegt. 20 Pfennig Porto, wie billig war das alles damals! Längst vergessene Briefmarken, ziemlich häßliche eigentlich, verglichen mit den heutigen, längst vergessenes dünnes Briefpapier, alles ein bißchen vergilbt, verstaubt und staubig riechend. Viele Briefe mit Unterstreichungen, die von meiner Mutter stammen, viele mit Randzeichnungen von mir, manche unvollständig oder mit herausgeschnittenen Stellen, viele ohne Datum, aber späterhin mit Leichtigkeit einzuordnen. Alte, rundgebogene Fotos mit Zackenrändern. Ein gutes Kilo Papier und gute 40 Jahre alt.

Der Brief mit dem verfallenen Exitvisum beschrieb unsere letzten, aufregenden Tage im Irak und die letzten Tage der Ära Kassems: Bombeneinschläge in der Stadt, Schießereien auf den Straßen, Ausnahmezustand und ein ungewisses Abreisedatum. Beim tieferen Graben im Karton fanden sich Reisebeschreibungen, Familienszenen mit unsern kleinen Kindern, Berichte über unsere assyrische Dienerfamilie, über Leute, über Feste, über unsere Katze, über das Höllenklima, die Märkte, die Kunst und die Landschaft, auf meine Art auch über die Politik und die Ge-

schichte, und immer wieder Geschichten über Ollo, meinen Mann, der – von da an gerechnet – nur noch zehn Jahre zu leben hatte.

Fast alle Briefe waren mit »liebe Mama« überschrieben, dicht aufeinander folgend, fast tagebuchartig, mein ganzes Leben vor ihr ausbreitend. Aber diese Mama »kannte« ich erst seit zehn Jahren, ich war von ihr durch Scheidung getrennt worden, als ich sieben war, wie Annie von Effi Briest, und aus den gleichen Gründen. In der Mitte dieser beiden alles verändernden Ereignisse, der Trennung von meiner Mutter und dem Tod meines Mannes, waren also diese Briefe geschrieben worden, werbende Briefe eigentlich, in denen ich mich mitteilen und sie amüsieren wollte, aber vielleicht auch ein Nachholversuch für verlorene Jahre. Jetzt aber sind sie für mich der Zugang zu meinem Leben mit Ollo, meinem ersten Mann und dem Vater meiner Kinder, der Zugang zu meinem durch Erinnerungsbarrieren verdunkelten vor-vorigen Leben. Aber auch an meine Mutter selbst, die damals in einem schwäbischen Dorf mit einem Landarzt verheiratet war und mir wie ein Urbild an Kraft, Klugheit und Willensstärke erschien, alles wußte, alles konnte, alles machte, und vor allem ganz n e u war. Wer hat schon eine »neue« Mutter, die dazu die leibliche ist? Die Briefe sind nach Waldenbuch gegangen, damals ein Dorf, noch mit Misthaufen vor der Tür, im Schönbuch gelegen, zwischen Stuttgart und Tübingen. Dorthin hatte es meine »Zweitfamilie« nach dem Krieg verschlagen, Dietrich, den Mann meiner Mutter, und die beiden Söhne Eberhard und Dieter. Dort war auch Pauline (Päule), die jahrzehntelang der Familie diente und nicht mit bei Tisch saß, weil sie fand: »des ghört si net«. Dort mußte zu allen Urlauben ein Praxisvertreter gesucht werden, denn die Praxis war eine der überfülltesten in Württemberg und konnte nicht einfach geschlossen werden. Dort gab es zweimal wöchentlich »Nachtsprechstunden«, eine Einrichtung, von der ich noch nie gehört hatte und die es vermutlich auch nirgendwo sonst gab. Vor zwei Uhr nachts ging man da nicht schlafen.

Meine Mutter hat mir vor ihrem Tod alle jemals an sie geschriebenen Briefe zurückgegeben, und ich habe sie jahrelang nicht angerührt um nichts aufzurühren. Als aber eines Abends einer meiner Schwiegersöhne darum bat, etwas von Ollo, meinem ersten Mann, zu erzählen, weil er so gerne etwas vom Vater seiner Frau wissen wollte, beschloß ich, diese Briefe abzuschreiben für meine Kinder. Denn ich wußte fast nichts mehr.

Beim Lesen dieser Briefe bemerkte ich mit Verwunderung, daß »man« damals offenbar nicht telefonierte, daß meine Mutter per Brief oder Postkarte mit dem Auswärtigen Amt kommunizierte, um das Ferngespräch zu vermeiden – entweder aus Kosten- oder Zeitgründen. Vermutlich konnte man damals noch nicht durchwählen. Und daß Auslandsgespräche oder gar Interkontinentalgespräche außer jeder Diskussion waren. In den ärgsten Notfällen – wie bei Nikolaus' Krankheit 1962 – wurden Telegramme geschickt, an »Diplogerma Bagdad«. Vielleicht hätte man sonst tage- oder nächtelang auf eine Vermittlung des Fernamtes warten müssen, die Verbindung wäre womöglich gar nicht zustande gekommen oder das Gespräch wäre nicht zu verstehen gewesen oder abgehört worden, wer weiß. Andrerseits muß die Botschaft aber mit Bonn Verbindung gehabt haben – ich erinnere mich an einen Mann in den unteren Räumen des Kanzleigebäudes, der vor einem großen Apparat saß und Drähte verstöpselte – aber vielleicht auch nur, um Telegramme zu empfangen und abzusenden.

Wir selber hatten jedenfalls über ein Jahr lang kein privates Telefon im Haus, ohne daß uns das besonders aufgefallen wäre oder uns besonders gestört hätte. Dabei konnte man in der Sommerhitze eigentlich nicht die fünf, sechs Minuten zum Botschaftsgebäude laufen, um etwas zu sagen oder zu fragen, und man hütete sich, außer in dringenden Fällen, in das backofen-

heiße Auto zu steigen, um dorthin zu fahren. Für heutige Begriffe wären das »unzumutbare Zustände« gewesen. Aber mit Sachen, die partout nicht zu ändern sind, findet man sich am leichtesten ab.

Überhaupt das Geld! Nach allem, was ich in den Briefen über Kosten und Abrechnungen vorfinde, muß das Verhältnis zu heute etwa 1:10 oder 1:8 gewesen sein. Die Jahresmiete für ein Haus mit Garten betrug 6000 Mark (ich schreibe »leider« dazu), ich rechne mit meiner Mutter vergleichsweise winzige Beträge ab, 13 Mark für Strümpfe zum Beispiel, das mögen, an heutiger Kaufkraft gemessen, über 50 Euro gewesen sein. Unser Koch bekam monatlich neben Behausung und Essen 260 Mark. Die Stromrechnungen waren erschreckend wegen der Klimageräte, nämlich »über 100 Mark« im Monat. Das teuerste Hotel in Teheran kostete den sündhaften Preis von 50 Mark pro Nacht, und ich lechzte nach Orangen auf unserer Reise, weil sie pro Stück eine Mark kosteten. Im übrigen hatte niemand so recht Gelegenheit, Geld auszugeben (außer für Teppiche). Kein Mensch besaß teure Kleider, woher auch, und Schuhe von europäischer Qualität gab es ganz selten einmal – die Läden führten Bata-Schuhe. Man konnte bei Sears and Roebuck in den USA Hemdblusenkleider und Kindersachen bestellen, die nach vielen Wochen zollfrei eintrafen. Manche Damen flogen für ein paar Tage nach Beirut, um dort wundervolle französische Mode einzukaufen, aber das galt doch als ein bißchen frivol. Viele erstanden indische Saris in Bagdad, goldbestickt und aus dünner Flatterseide, und trugen sie auf den abendlichen Cocktailparties über ihren hausgeschneiderten Kleidern. Türkisblau, grün, rosa und gelb mit glänzender Verbrämung, so standen sie in gleichförmiger Pracht auf dem Rasen, bis sie es leid waren. Dann kam wieder etwas anderes: Beduinenschmuck zum Beispiel.

All dies erschien uns aber völlig normal – erst zu Hause im Heimaturlaub bemerkten wir unsern seltsamen Aufzug.

Beim Lesen dieser Aufzeichnungen erscheint mir noch etwas bedenkenswert. Ende der fünfziger Jahre war das Fernsehen noch in den Anfängen. (Die Apparate waren damals sehr teuer, und viele Familien lehnten sie ohnehin aus einem gewissen »Kulturhochmut« heraus ab, fanden sie häßlich, verbargen sie schamhaft in ihren Wohnzimmerschränken oder unter Brokatdeckchen, stellten im letzteren Falle Bilderrahmen und Blumensträuße darauf und ärgerten sich über die dreifüßigen Ständer, die dann doch alles entlarvten!) Der heutige Tourismus war unbekannt. Wer in aller Welt hätte damals Wüstenreisen unternommen oder sich von Beduinen ein Schaf schenken lassen oder die Wasserräder am Euphrat besucht? Wer wäre auf die Idee gekommen, ins wilde Kurdistan zu fliegen oder einen Tag lang auf den Ruinen Babylons zu wandeln oder unter der Bogenhalle von Ktesiphon einer Kniegeige zuzuhören? Es waren, außer den Leuten, die beruflich oder geschäftlich dorthin reisen mußten, immer nur einzelne. Die arabischen Länder waren für die meisten Menschen eine fast unbekannte Welt, etwas ganz und gar Ungewöhnliches und Bestaunenswertes, eine Welt, über die sie nur aus Büchern oder Zeitungen etwas erfuhren oder durch den einen oder andern Kulturfilm – zu dem man aber wiederum einen Fernsehapparat gebraucht hätte. Kurzum: man wußte fast nichts.

Die Briefe, die man nach Deutschland schrieb, wurden im Kuriersack gesammelt und einmal wöchentlich der Lufthansa mitgegeben, in der Kurierabteilung des Auswärtigen Amts sortiert und per Post weitergeschickt. Die Adressaten wiederum schickten ihre Briefe nach Bonn an die Kurierstelle, von wo aus sie einmal wöchentlich zum Flughafen nach Köln geschafft und der Lufthansa nach Bagdad mitgegeben wurden. Dort – spät abends angekommen – mußten sie (mit Zollbefreiungsstempel versehen) abgeholt werden und wurden tags drauf verteilt. Die Hin- und Herverständigung zwischen Bagdad und Waldenbuch bei Stuttgart zum Beispiel dauerte auf diese Weise drei Wochen, und das war wirklich schlimm: Nachrichten über Krankheiten, über Reisen, über Ankünfte kamen zu spät, waren lange überholt, jeglicher Briefwechsel schwebte im luftleeren Raum beziehungsweise in Lufthansamaschinen oder lagerte in Postbehörden. Keiner wußte vom andern Gegenwärtiges, Akutes. Alles war längst vorbei, wenn man es erfuhr.

Diese besonders ungünstigen Bedingungen haben mir aber, wie ich sehe, nicht den Wind aus den Segeln genommen, sondern mich animiert, ohne Unterlaß Briefe zu schreiben, die im voraus gewußten Verspätungen durch genaueste Schilderungen wettzumachen, alles, alles auf dem Papier festzuhalten, von dem ich glaubte, daß es meine Mutter interessieren würde, vor allem die Erzählungen über unsere kleinen Kinder, Lappalien inbegriffen. Gleichwohl, finde ich heute, sind es Schilderungen einer ziemlich jungen, ziemlich ahnungslosen und unpolitischen Frau westlicher Prägung. Von der Stadt Bagdad habe ich nur meinen unmittelbaren Bewegungsraum wahrgenommen, die Innenstadt, den Souk (Basar), die diplomatischen Missionen, die Nachbarn, soweit sie europäisch oder amerikanisch waren. Mit keiner einzigen gebildeten Irakerin war ich näher bekannt oder gar befreundet, was an meinen anfänglich noch schlechten englischen Sprachkenntnissen lag und dann einfach so geblieben ist. In Bagdad gab es viele kirchliche und religiöse Kreise, Protestanten, Katholiken, Assyrer, Armenier – offensichtlich habe ich sie nicht kennenlernen wollen. Vor allem aber war mir der Zugang zum Islam nur über die Kunst und die – übersetzte – Poesie möglich, blieb ganz dem Ästhetischen, Atmosphärischen verhaftet, dies aber auf unvergeßliche Weise. Von wirklichen Kenntnissen war keine Rede. Und auf die Idee, Arabisch zu lernen, wäre ich gar nicht gekommen!

Beim Sortieren, Lesen und besonders beim Abschreiben dieser Briefe habe ich eine merkwürdige Entdeckung gemacht: Diese Aufzeichnung der langen Zeit in Bagdad, die mir völlig entfallen war, die mir vorkam wie vor 100 Jahren gewesen, hat in mir Erinnerungen belebt, die weit über das Geschriebene hinausgehen. Ich »sehe« unsern Garten wieder, ich erinnere mich an das schwarz-weiße Fliesenmuster unseres Fußbodens, ich kann in unserer Küche umhergehen, rieche den kerosinbetriebenen Küchenherd, ich kann meine Hand auf den guten alten Westinghouse-Kühlschrank legen, weiß, wo er steht. Die Terrasse hat das gleiche Fußbodenmuster wie die Halle, sie hat ein Dach, das den Kletterpflanzen-Vorhang festhält und gleichsam ein grünes Zimmer schafft, luftig und kühl. In der Mitte des Rasens steht eine Dattelpalme mit ihrem feisten gemusterten Stamm, zu den Mauern hin hohe Eukalyptusbäume mit ihren flirrenden, schmalen, silbergrünen Blättern. (Aus Eukalyptusholz sind angeblich die Kuwait-chests gemacht, die großen messingbeschlagenen Kästen, und der Geruch des Holzes hält lebenslänglich alle Motten fern.) Überhaupt die Gerüche! Sie werden intensiv in der Erinnerung an die Hitze, und ich habe sie in der Nase, wenn ich die Augen schließe.

Eukalyptusbäume gibt es überall. Sie säumen die Straße zum Masbah Square, an dem das Botschaftsgebäude liegt, und auch Palmen gibt es überall – sie prägen das Gesicht der flachen Landschaft, sie sind an allen Horizonten zu sehen, ganze Dattelpalmwälder stehen im Süden des Landes in der salzigen, trockenen Wüste und tragen an bräunlichen Rispen ihre Früchte. Wenn ich in unserm Wohnviertel herumgehe, sehe ich zu meinem Erstaunen viel Grünes, auch blühende Blumen in den Gärten, bewässerte Rasenflächen, wenn auch kleine. Aber während der großen Hitze bin ich vielleicht nicht da herumgegangen und konnte also auch nicht sehen, daß dann alles gelb und verbrannt war? Ich erinnere mich nicht, wie unser Stadtteil im Juli und im August ausgesehen hat.

Die Innenstadt und der Souk. Ich kann auf den Bürgersteigen entlanggehen, sehe, daß sie alle löcherig, beschädigt und an den Kanten abgebrochen sind, daß in den entstandenen Senken immerwährende Pfützen stehen, die ich sorgsam umgehe oder überspringe. Ich höre die allgegenwärtige arabische Musik und höre das Klimpern der Kerosinwagen, die Rufe der Eselstreiber, das Gebrüll der dreifach verstärkten Autohupen, das Geräusch der Reifen auf der nassen Holperstraße. Ich rieche den Geruch des Orients, der in Alexandria anfängt und vielleicht erst am Hindukusch aufhört, denn in Innerasien riecht es anders. Sind es Gewürze? Sind es Abwässer? Sind es die Menschen, die anders essen und deshalb anders riechen? Der Souk: ein endloses Gelände, eine Stadt für sich. Verzweigte Gewölbegänge, immer die Sorge, daß man sich verläuft. Und woher kommt eigentlich das Licht? Ach ja, es kommt von oben, durch Lichtschächte, und aus den offengehaltenen Wegkreuzungen und von elektrischen Birnen, die nackt von den Wänden hängen, und außerdem ist der Goldsouk zum Beispiel unter freiem Himmel. Dennoch sind die Vitrinen elektrisch erleuchtet, um das Gold zum Glänzen zu bringen.

Neulich hat mir jemand erzählt, den Souk gebe es nicht mehr. Noch einige wenige Gassen seien erhalten geblieben, der Rest Betonhäusern gewichen. Die ganze Innenstadt sei neu, wurde mir gesagt, alles voller mehrstöckiger moderner Häuser, zum Teil riesiger Denkmäler und Triumphbögen, alle Spuren der Vergangenheit verschwunden und vergessen.

Ob es die Beduinen noch gibt? Mit ihren schönen dunklen Räubergesichtern, ihren goldgeschmückten Frauen und ihren Krummsäbeln?

Was immer ich also vor Augen habe, ist heute falsch. Ich wache manchmal auf und merke, daß ich von Bagdad träume, von dem Bagdad von damals, das es nicht mehr gibt. Unsere Schlammstraße ist nicht mehr da, die niedrigen Häuser, in denen wir und unsere Freunde damals wohnten, die kleinen Gemüseläden hinter dem Masbah Square, vielleicht auch unser

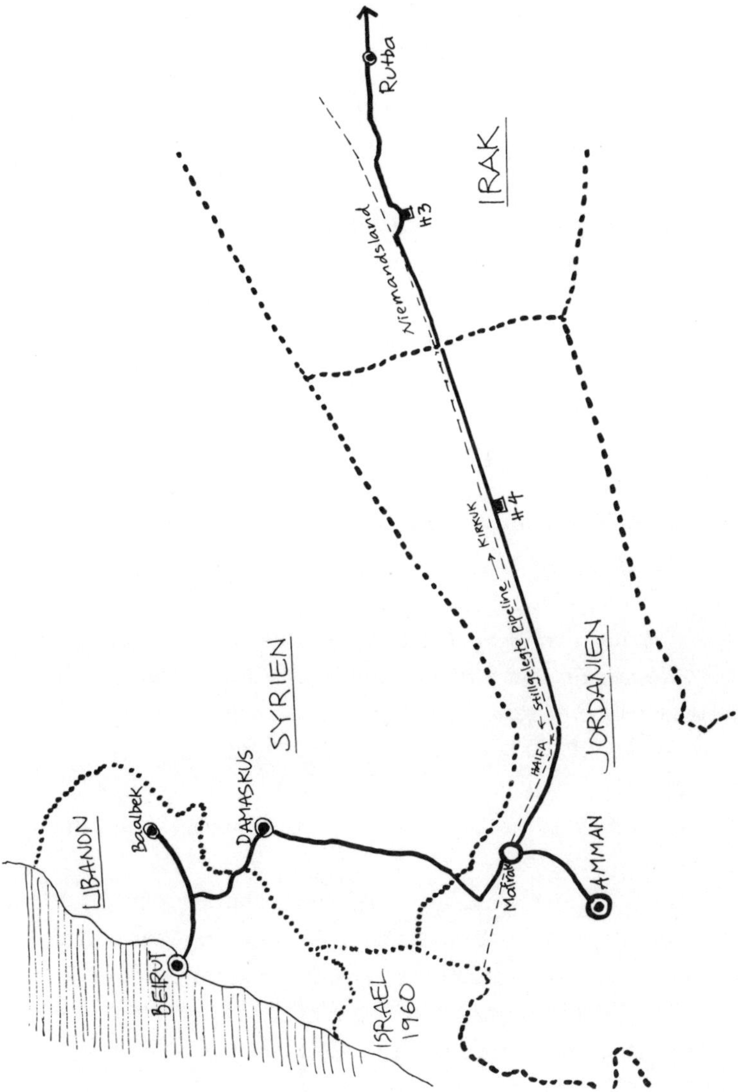

Reiseroute Juli 1959

komisches, gelbes, schiffsartiges Botschaftsgebäude, die eher bescheidene Residenz gegenüber – all dies existiert nur noch in meiner trügerischen Erinnerung und in diesen Briefen.

Und dennoch ist eine Sache gegenwärtig geblieben oder besser: wieder gegenwärtig geworden – eine Verbindung mit unserm damaligen assyrischen Diener Latchin und seiner Frau Marlene, auf deren Spuren ich nach langem Suchen und auf vielen Umwegen gestoßen bin, nach 40 Jahren, nach jahrelangen Kriegen und Bombenabwürfen auf Bagdad, nach Elend und Hungersnöten in der Stadt und Terror aller Art. Von den beiden erzähle ich viel, wie man sehen wird.

Während des Lesens dachte ich: Ich will da hin. Vielleicht ist mir ja eine Straße von damals geblieben oder ein Haus oder eine Brücke über den Tigris. Ich dachte: Vier Stunden Flug nach Amman, dann mit einem Taxi 1000 Kilometer durch die Wüste, dann einen Scheingastgeber über das Auswärtige Amt finden oder in einem der großen Hotels wohnen, die es ja geben muß, und dann tagelang die alten Wege ablaufen. So stellte ich mir das vor. Ich wußte noch zu wenig über die augenblicklichen Verhältnisse im Irak und über die Folgen des Embargos, das ein ganzes Volk zu Geiseln gemacht hat.

Beirut, 16. Juli 1959

Liebe Mama!

Seit Bonn ist eine lange Zeit vergangen! Der letzte Tag dort endete damit, daß in der leeren Wohnung zunächst noch ein Gepäckhaufen übrigblieb, der etwa dem dreifachen Rauminhalt unseres Autos entsprach. Ich warf die Sachen kurzerhand aus dem Fenster in den Vorgarten, wo Ollo sie aufhob und so listenreich im Wagen verkeilte, daß außer uns keine Maus mehr im Wagen Platz gehabt hätte. Mit der ganzen Last fuhren wir zunächst nach St. Moritz ins Soubrettahaus, wohin uns unser

Botschafter eingeladen hatte, verbrachten dort zwei Abende und machten einen herrlichen achtstündigen Spaziergang in den Bergen. Die Koffer mußten aus- und eingepackt werden. Die nächste Nacht blieben wir im Hause eines uns total fremden norwegischen Walfängers, es ist mir unklar, wieso eigentlich, die Koffer wurden jedenfalls wieder aus- und eingepackt. In der dritten Nacht konnten wir den Wagen in einer Genueser Garagenhalle stehenlassen. Da man aber nie weiß, was passiert, nahmen wir das ganze Gepäck lieber mit. Die Koffer wurden am nächsten Tag erneut eingeladen, am Hafen wieder ausgeladen und schließlich aufs Schiff gebracht, zusätzlich zweier Regenschirme, mehrerer zugeschnürter Säcke und eines Eimers mit Deckel.

Die Schiffsreise war wunderbar, der Himmel wolkenlos, das Essen ohne Tadel. (Unter den Passagieren war ein bayrischer Pilger, der allabendlich zum Erster-Klasse-Dinner in Pantoffeln und Hosenträgern erschien und der mit einem jungen Mann aus Ghana zusammengesetzt wurde. In Deutschland hält man solche Unangepaßtheiten für sympathisch, aber international ist das *überhaupt* nicht so, im Gegenteil: je südlicher man kommt, desto korrekter ist die Kleiderordnung, ein verkehrter Aufzug ist fast ein Affront, ein Akt der Verachtung, und dies ganz besonders in den »armen« Ländern. Aber das nur nebenbei!)

Es gab einen Stop in Athen und einen weiteren in Alexandria, wo wir eine Kutsche mieteten und eine Stunde lang in der Stadt herumgefahren wurden. Wir hatten Europa verlassen. Alles war anders und roch anders, und es gefiel uns! Wir sahen die ersten Frauen mit Schleiern, aber unverhüllten Gesichtern, die lachend und schwatzend in einem kleinen Park auf den Resten eines Rasens saßen. (Ihre Babies hatten sie in die Abfalldrahtkörbe gesetzt, damit sie nicht davonkrabbeln konnten!)

Und schließlich Beirut, »die Perle des Orients«! Oder jedenfalls der Basar des Orients: die Stadt ist voller emsiger Geschäftemacher. Der Gepäckaustausch kostete 40 Mark, daran war nichts zu ändern, und bisher hatten wir ihn ja auch fast umsonst gehabt! Wir verbrachten viele Stunden mit letzten Einkäufen vor der Wüstenfahrt, gefolgt von einem dicken jungen Mann, der uns unaufgefordert die Pakete hinterhertrug und uns Geschäfte zeigte. Es gibt viele elegante Läden, aber doch in befremdlicher Umgebung, so vieles bröckelt da ab, geht schnell kaputt, die Fassaden, die Treppen, die Eingänge. Der Orient hat trotz seiner Buntheit etwas Trauriges und Mitleidloses. Alles ist grell beleuchtet, nackt und ohne Lieblichkeit. Die Sonne, die das Leben bei uns erst lebenswert macht, hat hier etwas Zerstörerisches. Die Musik, die Farbkontraste, das Licht, die menschlichen Stimmen: alles ist härter, direkter, übergangsloser als bei uns.

Aber abends unter Palmen am Meer sitzen bei untergehender Sonne und gleichzeitig aufgehendem Mond, auf rotem Sandstrand vor dem fast glatten Wasserspiegel – das war – ja, eben auch nicht lieblich, aber grandios!

Die Autorin (Mitte) mit dem Botschafter Schwarzkopf und dessen Frau in Beirut.

Beirut, 18. Juli 1959

Morgen werden wir in aller Frühe zum fünften Mal unser Gepäck im Auto verstauen und die große Reise antreten: zunächst nach Baalbek, dann durch die Bekaa-Ebene zum Antilibanon, über Nacht in Damaskus, von dort aus nach Jordanien, dann über die jordanisch-irakische Niemandslandgrenze und auf der Piste, entlang der alten Ölpipeline, bis Bagdad. Vor 30 Jahren hat man für diese Reise 23 Tage auf dem Rücken eines Kamels gebraucht. Von Damaskus aus werden es mehr als 800 Kilometer Wüstenstrecke sein, und das mitten im Juli! Jeder, dem wir diesen Plan erzählen, findet uns wahnsinnig, wobei man die nächtliche Grenzüberfahrt von Jordanien in den Irak für das Gefährlichste hält. Dort werde einfach geschossen, heißt es. Telefonische Anmeldungen sind nicht möglich. So schlimm wird es nicht sein! Wir werden uns erkundigen. Diesen Brief bekommt Ihr über den Kurier aus Bagdad. Ich werde ihn unterwegs anstückeln, so oft ich Zeit dazu habe.

Baalbek, 19. Juli 1959

Wir sind gestern durch die fruchtbare Bekaa-Ebene gefahren, die zwischen dem Libanongebirge und dem kargen Antilibanon verläuft und dem Auge alles bietet, was man sich vorgestellt hat: Kamele, Ziegenherden, Hirten, Eselstreiber, malerisch gekleidete Frauen, Weinberge, Ölbäume, Eukalyptus, Berge zu beiden Seiten. Baalbek liegt abseits von unserer Route nach Damaskus. Es ist eine ziemlich große, hoch gelegene Stadt und birgt eine der großartigsten Tempelruinen des Altertums; die Akropolis in Athen wirkt fast klein gegen die gewaltigen korinthischen Säulen des Jupitertempels. Die Anlage, groß genug, um dort tagelang zu verweilen, hat eine uralte Geschichte. Im Alten Testament steht bei den Königen, 1,9,16–18: »Denn Pharao, der König in Ägypten, war heraufgekommen und hatte Geser gewonnen und mit Feuer verbrannt, und die Kanaaniter erwürget und die Stadt seiner Tochter, Salomons Weib, geschenkt. Also baute Salomon Geser und das niedere Bet-Heron und Baalath und Thamar in der Wüste.«

Und hier sind wir also, die Zeiten haben sich gebessert! Zumindest im Libanon. Was uns aber aus dem Norden Iraks erzählt wird, erinnert an den brandschatzenden Pharao. (Hier wird viel erzählt!)

Wir wohnen im Palmyrahotel, unter dessen Grundmauern sich Reste eines römischen Amphitheaters befinden, und in dessen Lichtschacht eine Grille sitzt, die einen so ohrenbetäubenden Lärm macht, daß keine Mittagsruhe möglich war. Ollo, Mordgelüste im Herzen, versuchte vergeblich, in den Schacht zu gelangen – es ging nicht. Es gibt übrigens kaum Besucher hier, ein paar Engländer, einen Holländer. Der Hotelier ist der Sohn eines Archäologen, der die ersten Ausgrabungen der deutschen Expedition um 1900 begleitete. Er weiß alles.

Es ist Abend, liebe Mama, und die Grille schweigt. Morgen werden wir in Damaskus sein.

Damaskus, 20. Juli 1959

Liebe Mama,
wir sind auf uraltem Boden. Die Stadt wird bei Moses in der Genesis erwähnt, als Abraham seinen Feinden nachjagt bis Hoba, das zur Linken der Stadt Damaskus liegt ...

Die Leute vom Generalkonsulat haben uns überredet, wenigstens einen ganzen Tag hier zu bleiben. Es ist schlimm, daß man eine solche Stadt nur »auf der Durchreise« sieht, das heißt, eigentlich nur einen Blick darauf wirft. Es ist auch schlimm, daß nicht genug Zeit bleibt, um darüber zu schreiben. Die Eindrücke bleiben flüchtig, die Berichte oberflächlich, und bald wird alles aus meinem Kopf verschwunden sein.

Noch am Nachmittag haben wir den berühmten Souk gesehen, der nach Sultan Abdul Hamid benannt ist und einer der ältesten und schönsten Basare der Welt sein soll. Er besteht aus langen, überdachten Straßen mit großen Mengen handgewebter Seiden und Brokate, aus Straßen mit Gold, Perlen und Diamanten, in beleuchteten Tischvitrinen dargeboten – aus Straßen mit Teppichen und Kupferkram, Antiquitäten und Neuigkeiten, Fischen und Früchten, Ziegen und Eseln, es gibt verschleierte Frauen und amerikanische Limousinen, Bettler, Barbiere und Pferdefuhrwerke – eine Orgie an Bildern, Geräuschen und Gerüchen!

Wir haben ein Stück Seide gekauft, beige, schwarz, grün und rosa, und ein anderes mit winzigen Pferdchen darauf. Die Brokate, aus Seide, mit echten Goldfäden, waren phantastisch – aber was hätte man damit machen sollen? Sofakissen? Einen Hausmantel für Ollo?

Mit all dem war es Abend geworden, wir waren zum Essen eingeladen und konnten erst heute morgen die Omayadenmoschee sehen. Sie hat drei Minaretts, und das höchste davon heißt Jesus-Minarett, weil nämlich – und das muß einem ja schließlich mal gesagt werden! – Jesus am Ende aller Zeiten und nach seinem Sieg über den Antichrist auf dieser Turmspitze erscheinen wird, um Gericht zu halten über die Lebenden und die Toten. So jedenfalls steht es im ›Guide bleu‹.

Die Moschee hat ein 130 Meter langes Mittelschiff, von Bögen und Säulen gerahmt. Auf dem Boden liegen unzählige Teppiche, es sollen mehr als 1000 sein, kostbar aussehende Lampen und Ampeln hängen aus Kuppeln und Bögen. Der Hof draußen ist mit Marmor bedeckt und auch da von einer Säulengalerie umgeben, über 100 Meter lang, hell und wundervoll in den Proportionen. Welch ein Glück, so etwas zu sehen!

Inmitten des Hofes steht ein steinernes Tempelchen, außen vergittert, in dem das Haupt Johannes' des Täufers aufbewahrt sein soll. Solche Geschichten würde man bei uns nicht glauben wollen – aber hier?

Damaskus, 21. Juli 1959

Es ist Mittag. Nach langem Palaver haben wir nun beschlossen, die Wüstenstrecke doch nachts zu fahren, um der barbarischen Hitze zu entgehen. Denn wer fährt schon mit einem vollbeladenen mittelgroßen Ford im Juli quer durch die arabische Halbinsel, bei Temperaturen von mehr als 50 Grad Celsius, durch eine Gegend, in der nichts ist außer ein paar Beduinen, ein paar Schakalen und ein paar Springmäusen?

In zwei Stunden fahren wir also los. Am Stadtrand von Damaskus soll ein Schild stehen: »Bagdad 800 Kilometer.« Ich bin gespannt, ob wir es sehen!

Mafrak, 21. Juli 1959

Hier ist der letzte Halt vor der Wüste. Hier können wir tanken, Trinkwasser auffüllen, Brot kaufen. Hier gibt es noch Bäume, Häuser, Schatten. Wir fühlen uns trotz der wenigen nächtlichen Schlafstunden wach und abenteuerlustig, so, als sollten wir den Ärmelkanal durchschwimmen oder die Antarktis durchwandern oder sonst etwas ganz Außergewöhnliches vollbringen.

Abends, an der Grenze Syrien–Jordanien: Es kommt nun alles ein bißchen anders als gedacht! Wir haben vorhin einen schmierigen Kerl aus Sachsen getroffen, der Autos schmuggelt. Er wartete, umringt von mindestens 30 Arabern, darauf, mit einem Mercedes-Lastwagen und einem aufgeladenen Opel über die Grenze gelassen zu werden. Wir kamen ins Gespräch, und er warnte uns dringend davor, nachts – und natürlich unangemeldet – über die irakische Grenze zu fahren. Es seien seit Tagen große Unruhen im Land, und wir würden sofort beschossen werden. Wir sollten vielmehr nach Amman fahren, dort übernachten und am frühen Morgen aufbrechen, um die ganze Strecke bei Tage zurücklegen zu können.

Wir waren nun doch etwas unsicher geworden, wurden aber alsbald der Entscheidung enthoben. Ein jordanischer Offizier gab uns ein Empfehlungsschreiben an den Manager der Ölstation H4 mit. Diese Ölstation ist eine kleine Oase, eigentlich eine richtige Ortschaft, in der Palästinenser und Jordanier mit ihren Familien leben, um die stillgelegten Anlagen instand zu halten, für den Fall, daß die Pipeline je wieder benutzt werden sollte. Kein Ausländer hat dorthin Zutritt.

Von Mafrak an lief parallel zur Straße eine Rohrleitung, die vom nordirakischen Erdölgebiet (Kirkuk) bis nach Haifa führte. Diese Anlage, eine Millioneninvestition, wurde im Zuge des arabisch-israelischen Kriegs 1948 stillgelegt, ein Teil des arabischen Wirtschaftsboykotts gegen Israel. Aber die Ölgesellschaften, die an dem großen Projekt beteiligt waren, gaben die Hoffnung auf Frieden nicht auf und unterhielten über all die Jahre die Wartungsstationen H5-H1.

Als Gegenleistung sollen wir dem in Bagdad studierenden Sohn des Offiziers einen Brief mitbringen. Der Vater hat seit über einem Jahr keine Nachricht von ihm, zwischen Jordanien und dem Irak gibt es seit der Revolution weder Post- noch Telefonverbindung. Lieber Gott, in welches Land kommen wir da eigentlich?

Etwas über den Irak

Vor 1914 bestand der heutige Irak aus drei Provinzen des Osmanischen Reiches: Basrah, Bagdad und Mossul. Nach der Eroberung durch die Engländer im Ersten Weltkrieg wurde daraus 1921 ein Teil des Britischen Mandats. 1932 wurde der Irak selbständig mit der Einschränkung, daß die Luftbasen der Royal Airforce in Habbaniya unter englischer Kontrolle bleiben mußten und auch die englischen Ölinteressen gewahrt blieben.

Der erste von den Engländern eingesetzte König des Irak war Feisal I., der im Jahr 1933 starb. Auf seinem Thron folgte sein Sohn Ghazi, der nur sechs Jahre regierte und bei einem angeblich selbstverschuldeten Autounfall ums Leben kam. Ihm folgte sein Sohn Feisal II., der aber erst 1953, als er sein 18. Lebensjahr erreicht hatte, zum König ausgerufen wurde. In den Jahren davor regierte sein Onkel, Prinz Abdul Illah, das Land. Im Irak gab es eine Schicht wohlhabender Grundbesitzer, während das Volk in Armut lebte: vor der Revolution waren 80 Prozent der Bevölkerung Analphabeten, weniger als ein Fünftel der Kinder besuchte die Schule. Es gab statistisch gesehen einen Arzt für 6000 Einwohner; einen Zahnarzt für 500 000, eine Krankenschwester für 12 000. Versicherungen gegen Krankheit oder Arbeitslosigkeit existierten nirgends, die Hälfte der Bevölkerung war unterernährt und viele tuberkulös.

In der Nacht vom 13. auf den 14. Juli 1958 wurde bei einem blutigen Staatsstreich durch Abdul Kerim Kassem die gesamte königliche Familie getötet, der wichtigste Politiker des Landes, Nuri Pascha as-Said, auf der Straße gelyncht. Abdul Kerim Kassem setzte nun die völlige Unabhängigkeit des Irak durch und entwarf ein Programm für eine Landreform, eine Verbesserung der Schulerziehung und einen Fünfjahresplan. Zugleich, im Frühsommer 1958, wurde der Norden des Irak durch Anarchie, Attentate, Verschwörungen, Meuchelmorde und furchtbare Mas-

saker erschüttert. Kassems ehemaliger Mitstreiter und Waffenbruder, Oberst Aref, wurde sein Todfeind. Als Kassem Oberst Aref, in der Absicht, ihn loszuwerden, als Botschafter für die Bundesrepublik ernannte und ihn als stellvertretenden Ministerpräsidenten absetzte, zog Aref seinen Revolver gegen Kassem. Nur dem Eingreifen eines Adjutanten war Kassems Rettung zu verdanken.

In Bonn wartete man vergeblich auf Aref: er war, als Tourist verkleidet, über allerlei Umwege nach Kairo geflohen, um einen Umsturz in Bagdad vorzubereiten. Dort aber lief er Kassems Geheimpolizei in die Arme – sowjetische Agenten hatten seinen Plan verraten. Im Dezember 1958 begann ein Schauprozeß gegen Aref und seine Mitverschwörer, der Volksgerichtshof unter Mahdawi verurteilte alle zum Tode wegen Hochverrats. Kassem aber schenkte Aref, seinem einstigen Waffenbruder, seinem Kampf- und Revolutionsgefährten, das Leben.

Kassems wenige Regierungsjahre waren geprägt von Unruhen, Unsicherheit und einer Art Schaukelpolitik zwischen dem Lager der Panarabischen Nationalisten und dem Kommunismus. Er war zum Schluß gänzlich isoliert und konnte sich nur noch durch Teile der Armee am Ruder halten.

Rutba / Irak, 22. Juli 1959

Liebe Mama,
es ist um die Mittagsstunde. Ich sitze in einem kahlen Raum an einem Blechtisch und über mir drehen sich große Ventilatoren, die nicht gegen die Hitze helfen. Die Temperatur ist unvorstellbar. Wir haben hier eine Zwangspause, und ich lenke mich ab, schreibe den Brief von gestern weiter.

Mit unsern beiden Briefen, dem einen an den Manager und dem andern an den fast verlorenen Sohn, haben wir gestern die Grenze nach Jordanien passiert. Es war Abend, und fast ohne

Übergang brach die Dunkelheit ein. Wir fuhren unter einem großen Vollmond und einem schier unermeßlich hohen, kalten, weiten Sternenhimmel, ganz allein und abgeschieden vom Rest der Welt. Nach einer Weile hielten wir das Auto an und stiegen aus.

Nie im Leben habe ich eine so betäubende Stille erlebt wie auf dieser nächtlichen Wüstenfahrt, nie zuvor die Sterne so überdeutlich, zum Greifen nah, gesehen, nie eine solche Höhe über mir gefühlt. Der schweigende Weltraum war sichtbar – und ich hörte mein Blut in den Ohren sausen.

Als wir H4 erreichten, war es Nacht. Noch immer etwas entrückt, überreichten wir einem Wächter den Brief – nach einer Weile wurde quietschend das Tor geöffnet, und man hieß uns mit größter Herzlichkeit willkommen. Ein wenig später saßen wir mit Tee und Mundharmonika unter Palmen und sangen deutsche Weihnachtslieder, Ende Juli in einem jordanischen Ölcamp mit Palästinensern, die früher eine deutsche Schule besucht hatten!!!

Wir bekamen zwei Pritschen in einem Zelt und zwei Leintücher und stellten den Wecker auf fünf Uhr früh, um möglichst lange Zeit in der Morgenkühle fahren zu können. Als wir aber zum Schlagbaum an der Grenze zum Niemandsland kamen, war er noch heruntergelassen, und es wurde uns bedeutet, daß wir bis acht Uhr warten müßten. So sahen wir also den Morgen in zauberhaften Farben über der Wüste aufsteigen, und bald, wie einen bösen Stern, die Sonne über dem Horizont dröhnend, wie mir schien. Um acht Uhr war es bereits heiß.

Wir waren heute das *einzige* Auto, das in Richtung Bagdad unterwegs war. Die Hitze wurde abenteuerlich, aber ebenso die Helligkeit und der Wind. Von überall her rasten in großer Geschwindigkeit Windhosen über die Ebene, rote Staubsäulen, schräg ansteigend und oben offen. Kugelige Kameldornbüsche lösten sich aus ihrem flachen Wurzelbett und rollten oder hopsten über den Staub, der Horizont wurde unscharf, die Sicht enger.

Die Piste war gut befahrbar und an den Rändern mit allerlei leeren Kanistern und Blechtonnen markiert – links und rechts davon eine flirrende, weißglänzende Unendlichkeit, im Staub zerfließend. Wir sahen die ersten Schakale mit ihren Fledermausohren, die erste Kamelkarawane in der Ferne. Sonst nur Staub, Steine, niedriges, im Wind zitterndes Gestrüpp und die Piste vor uns, die wie ein immerwährendes Dreieck auf den Horizont zulief.

Ollo und ich hatten Hitzeflecken im Gesicht und schlossen die Autofenster bis auf einen Spalt, weil der Fahrtwind glutheiß wurde. Plötzlich aber sahen wir mit steigender Sonne und steigender Hitze spiegelnde Nässe in der Ferne, weit ausgedehnte Seen mit Ufergebüsch, Bäumen und Schiffen. Nach einer Minute war alles verschwunden. Dann einen Kamelreiter, der zunächst wie ein Baum aussah, sich später nach unten verdoppelte und schließlich wie ein schimmernder Ritter aus dem Wasser stieg. Als er aber da war, war alles trocken und wie zuvor.

Die Hitze ist auf dem Boden am größten, da entstehen wahre Glutseen, die alle Lichtstrahlen reflektieren. Die stehende Heißluft und die darüberstreichende kühlere Luft bilden zwei Schichten wie Wasser und Öl. Auf der Konvergenzschicht spiegelt sich der weißliche Himmel, und alle Objekte, die über sie hinausragen, verfremden sich bis zur Unkenntlichkeit. Ein seltsames Schauspiel, die Fata Morgana, eine Augentrügerei! Und wenn ich mich erinnere, daß Gott der Herr das Rote Meer für die Kinder Israels geteilt hat, sodaß das Wasser zu beiden Seiten wie eine Mauer stand und sie trockenen Fußes hindurch konnten, wundert mich nun gar nichts mehr. In dieser Weltgegend erfährt man Unendlichkeit, nichts verstellt die Schau auf das Ewige. Alle Perspektiven täuschen. Hier hat man Visionen und Offenbarungen, Propheten und Heilige! (Nur wir beide, Ollo und ich, krochen Kilometer um Kilometer diese Piste entlang und zählten die Stunden!)

So war denn die Ankunft in Rutba, dem ersten irakischen Ort, ein Ereignis, wenn auch ein unangenehmes. Wir wurden entgegen der courtoisie internationale und trotz unserer Diplomatenpässe barsch aufgefordert, das Auto vollständig zu entleeren und alle Gepäckstücke zu öffnen. Die Luft war glühend, sicher über 45 Grad im Schatten, wenn denn Schatten gewesen wäre! Eine Horde von Uniformierten stürzte sich auf unsere Sachen, durchwühlte jeden Koffer nach »Geheimnissen«, wobei Briefe, Fotos und Papiere besonders sorgfältig durchgegangen wurden, aber auch Nähsachen und Unterwäsche. Auto und Gepäck wurden zurückbehalten, und wir beide gingen ins Resthouse, wo wir außer einem öligen Omelett und Coca-Cola nichts zu essen bekamen, dieses Wenige aber zu einem horrenden Preis. Der Wirt hatte kalte Melonen im Kühlschrank und weigerte sich, sie uns zu verkaufen. Vorhin erschien ein bewaffneter Mensch und erklärte uns, wir könnten ohne Genehmigung des Kommandanten kein Benzin für die Weiterfahrt bekommen.

Draußen weht ein sengend heißer Wind, die Temperatur ist unvorstellbar, die Stimmung feindselig. Wir warten. Ich schreibe.

Rutba ist der Platz, an dem Aladin seine Wunderlampe gerieben hat. Hätten wir doch auch eine!

Auf der letzten Wegstrecke vor Rutba haben wir die ersten großen Karawanen gesehen, zwei davon fern am Horizont, wie Scherenschnitte, und eine ganz nah, vielleicht 40 Beduinen und Kamele. Die Beduinen »gehören« niemandem. Sie sind staatenlose Grenzgänger, in viele Stämme unterteilt, nur ihren eigenen Gesetzen gehorchend. Sie sehen wunderbar aus mit ihren hageren Gesichtern und ihren Falkenaugen, tragen weiße Schleier, die von schweren schwarz-goldenen Reifen auf dem Kopf gehalten werden, Krummdolche im Gürtel. Sie ritten eilends vorüber, ohne uns eines Blickes zu würdigen. Nur einmal kam ein einzelner Reiter auf uns zu, lachte und sagte irgend etwas. Seine Frau, schön anzusehen und bunt gekleidet, trug einen Goldring im Nasenflügel und Gold über der Stirn, aber sie hob ihr Tuch vors Gesicht, weil Ollo sie nicht sehen durfte. So will es der Prophet. Natürlich haben wir sie *nicht* fotografiert!

Es ist heiß, Mama. Die Ventilatoren drehen sich über unsern Köpfen, der Himmel ist bräunlich. Wir warten.

Die feindselige Stimmung uns und dem ganzen Westen gegenüber erklärt sich aus dem Aufstand der Kommunisten, der in diesen Tagen, nämlich zum Jahrestag der Revolution, in Kirkuk ausgebrochen war. Es war nur wenig mehr als ein Jahr her, daß die gesamte königliche Familie in der Halle des Palastes niedergemetzelt worden war, das Personal mit Frauen und Kindern und große Teile der Palastwache. Ein Jahr, daß sich der entfesselte Mob auf Polizisten, die Ausschreitungen verhindern wollten, auf unbeteiligte Zivilisten, auf Ausländer gestürzt, sie zu Tode geprügelt und ein Blutbad ohnegleichen angerichtet hatte: die Revolution von General Abdul Kerim Kassem.

Wie schon erwähnt, war Oberst Aref Waffenbruder und Mit-Revolutionär. Zum Zeitpunkt der blutigen Ereignisse am 14. Juli 1958 waren sowohl Kassem als auch Aref fast unbekannt. Die Revolution wurde aber im Volk begeistert begrüßt, weil man auf das Ende der Armut und der sozialen Mißstände hoffte. Aus dem Radio hörte man damals: »Volk des Irak! Dies ist der Tag des Sieges, der Tag des Nationalismus! Seid glücklich! Kommt zum Rihab-Palast und seht euch den toten Körper des Tyrannen Abdul Illah an, der nun vom Volke angespien und mit Fußtritten behandelt wird!« (In der Tat war von Abdul Illah buchstäblich nichts übriggeblieben.)

Am Tag nach dem Putsch war die sechste US-Flotte in Beirut gelandet, englische Fallschirmjäger über Jordanien abgesprungen. Die Sowjetunion sprach dem neuen republikanischen Regime sogleich ihre Anerkennung aus. Es fiel kein Schuß, und die Amerikaner zogen mit ihrem schweren Kriegsmaterial nach drei Monaten wieder ab. Der befürchtete Umsturz im ganzen Nahen Osten war ausgeblieben.

Im März 1959 aber gab es einen Aufruhr in Mossul, den die nationalistische, Nasser-freundliche Seite angezettelt hatte, mit Brandschatzungen, Plünderungen, Hunderten von Toten und Radioaufrufen gegen den neuen Machthaber in Bagdad.

Und genau zu der Zeit, da wir mit unserm westdeutschen Auto durch die Wüste fuhren, folgte diesem Aufruhr ein weiterer, diesmal von unzufriedenen Kommunisten ausgehend, und diesmal in der Erdölstadt Kirkuk. Die Kurden sympathisierten mit den Kommunisten. Auch dieser Putsch gegen Kassem nahm die üblichen schrecklichen Ausmaße an!

Die Stimmung hatte sich gedreht und war eindeutig kommunistenfreundlich, antiimperialistisch und gegen Nasser und die »Vereinigte Arabische Republik« (VAR) gerichtet. Eigentlich war die Kommunistische Partei verboten und existierte nur in zahllosen Tarnorganisationen, und eigentlich hatte Kassem mit den Kommunisten gar nichts im Sinn. Aber mittlerweile hörte man auf Radio Bagdad gräßliche, beleidigende Beschimpfungen gegen Nasser (»Hund des Imperialismus«), und in Kairo keifte man zurück. Kassem wurde mehr und mehr in die kommunistische Ecke gedrängt.

Die Bundesrepublik wollte natürlich um jeden Preis verhindern, daß der Irak kommunistisch werde. In Bagdad aber saß – damals galt noch die Hallstein-Doktrin – eine »Handelsvertretung« der »sogenannten DDR«.

Noch ein Wort zur Hallstein-Doktrin: Prof. Walter Hallstein war von 1951–1957 Staatssekretär des Auswärtigen Amts. 1955 erklärte er, gemäß dem Alleinvertretungsanspruch der damaligen Bundesrepublik, daß e i n Staat keine zwei diplomatischen Vertretungen haben könne. So werde die Bundesrepublik eine Anerkennung der DDR durch einen andern Staat sofort mit dem Abbruch der diplomatischen Beziehungen zu diesem beantworten. Dies geschah 1957 mit Jugoslawien und 1963 mit Kuba.

Bagdad, 23. Juli 1959

Liebe Mama!
Der in Rutba abgebrochene Brief ist inzwischen unterwegs, und mir wird bewußt, wie lange es jedesmal dauert, bis eine Antwort auf dann längst vergangene Ereignisse kommen kann. Wenn Ihr diesen langen Reisebrief lest, sitzen wir nämlich noch immer unter den Ventilatoren im Resthouse von Rutba und warten auf die Erlaubnis, unsern Benzintank aufzufüllen! Erst in zehn Tagen erfahrt Ihr, ob und wie wir angekommen sind, und während dieser Zeit werden auch wir von Euch nichts wissen. Unterwegs ist mir der Gedanke gekommen, über alles, was mir hier begegnet, ein Buch zu schreiben, mit vielen Zeichnungen. Aber Ollo meint, ich sei derartig ahnungslos bezüglich Historie und Politik der arabischen Länder, daß ich mir das gleich aus dem Kopf schlagen solle. Leider hat er damit nicht ganz unrecht. Ich werde mich statt dessen ans Briefeschreiben halten und Dir ganze Sammlungen von Essays zukommen lassen!

Ich schließe diesen Brief an den Bericht mit den Benzinschwierigkeiten an, die sich am Nachmittag beheben ließen, nachdem Ollo in der Gluthitze überall nach dieser verfluchten Genehmigung herumgelaufen war. Der Tankwärter sagte uns, die Miliz hätte in Wirklichkeit gar keine Befugnis, den freien Verkauf an Ausländer zu unterbinden. Aber wer hier ein Maschinengewehr hat – und das hatten sie alle! –, ist eben der Stärkere! Wir fuhren also nach dem »Mittagessen« weiter, jeder immer 100 Kilometer, die endlose, in grader Linie zum Horizont führende Straße entlang, Ollo in Unterhosen. Nach zwei Stunden verschwamm der Horizont, und eine düstere braune Wand stieg vor uns auf, die Sonne verdunkelte sich so, daß wir die Sonnenbrillen abnehmen mußten und schließlich die Scheinwerfer einschalteten. Es herrschte ein toller Sturm draußen. Wir fuhren in die braune Wand hinein und befanden uns von da an bis zum Euphrat, also über etwa 300 Kilometer Wegstrecke, in einer riesig in den Himmel aufragenden Wolke von braunem Sandstaub, der uns die Lippen austrocknete, die Augen entzündete und das ganze Auto einpuderte. Wir hatten den Staub in den Haaren und in den Nasenlöchern und überall auf der schweißnassen Haut. In dem trüben Halbdunkel war die Sonne hoch über uns nur noch als blaues Loch erkennbar, die Hitze war unvermindert, und wir fuhren und fuhren.

Kein Mensch begegnete uns bis zu dem Moment, da wir anhielten, um einen starken Kaffee zu trinken, und die Brote von gestern (!) aus dem paradiesischen Mafrak auspackten. Im staubigen Halbdunkel tauchte ein Lastwagen mit 20 vermummten Kerlen auf und hielt an. Auch wir standen auf der Straße. Der Lastwagenfahrer forderte uns durch Zeichen auf, ihm Brot und Kaffee zu geben. Wir lehnten ab, und der Wagen fuhr zögernd wieder an. Während Ollo sich hauptsächlich seiner Unterhosen wegen geniert hatte, war mir ein Schreck in die Glieder gefahren! Niemand ist hier unbewaffnet. Und »Tatzeugen« würde es in dieser Einöde nicht geben.

Später habe ich gehört, daß wir uns ganz falsch verhalten haben. Es ist eine Ehrensache und eine Selbstverständlichkeit, dem Fremden in der Wüste Essen und Trinken anzubieten. Ein Barbar, der das nicht tut!

Die Straße war gut, und wir konnten ziemlich schnell fahren. Nach einer ganz kurzen Dämmerung, einem merkwürdigen Zwielicht zwischen Abend und Staub, brach die Nacht ein, und wir erreichten Ar-Ramadi und Habbaniya, womit die eigentliche Wüstenstrecke beendet war.

Es gab Palmen, Häuser und den breiten, trägen Fluß, in dem sich Lichter spiegelten. »Frrat! Frrat!« rief ein Mann in unser Autofenster hinein und zeigte auf den Euphrat. Überall waren Dreck und Armut und lärmende Kinder, es gab unaufhörlich Polizeikontrollen. Die erste vor dem Ortseingang, mit auf unser Auto gerichteter Maschinenpistole und barschen Befehlen. Ollo verfiel auf einmal richtig, er kriegte Angst vor den Milizen und sagte: »Nur weg hier, nur raus aus der Stadt!« Wir waren völlig erschöpft und sprachen kaum noch miteinander, und dauernd, dauernd tauchten wieder bewaffnete Kerle auf, die uns anhielten, kein Wort Englisch verstanden und unsere Pässe sehen wollten. Später in Faluja wieder eine Gepäckkontrolle auf einem Platz, inmitten einer Menschenmenge. Mit ihren ungewaschenen Händen suchten sie in meinen Kleidern herum, in kindlicher Neugier und Wichtigtuerei. Es herrschte ein wahnsinniger Gestank draußen. Am Ortsende wieder Kontrolle, wieder die Fenster runter, wieder das ganze Auto voller winziger Scheißhaufenfliegen, und danach, endlich, die letzte Strecke vor Bagdad. Ollo fuhr. Am Horizont tauchte Bagdad auf, flimmernde Lichter unter einer Glocke von Staub und stickigem Müllgeruch. Es dauerte lange, bis wir die Stadt erreichten, die förmlich vor uns zurückzuweichen schien.

Ollo entwarf im Kopf Briefe an das Auswärtige Amt mit der Forderung, ihn sofort zurückzurufen, da er gesundheitlich und nervlich nicht in der Lage sei, in einem solchen Lande zu arbeiten. Derweil wartete ich sehnsüchtig auf die erste Paßkontrolle. Endlich waren wir da.

Lange, lange Einfahrtsstraßen bis zur Stadtmitte. Trotz der

nächtlichen Hitze schlossen wir die Wagenfenster, um den faulig-brenzligen Geruch nicht einatmen zu müssen. Daß wir nach diesen Strapazen das Semiramis Hotel nehmen würden, das zweitbeste der Stadt, war beschlossene Sache. Wir fanden auch ziemlich bald die Rashid street, die Haupt- und Prachtstraße Bagdads, erkannten sie aber nicht gleich, weil wir noch nie eine derart verwahrloste Innenstadt gesehen hatten. Das Pflaster voller Papier, Eselsmist, Obstschalen und leeren Blechdosen, die Häuser mit Revolutionsparolen überklebt, hupende Autos, Radiolärm und Menschenmengen. Wir fragten zwei Männer nach dem Hotel, aber sie wollten vor einer Antwort auf diese Frage erst einmal wissen, woher wir kämen. East- or West-Germany? Als sie's dann wußten, riefen sie hinter uns her: »Adenauer no good! West is no good! We all want Communism! We all want the East!«

Dies Orakel noch im Ohr, fanden wir alsbald das Semiramis Hotel, räumten das Auto aus (zum wievielten Male?) und zogen ein. Die Eingangshalle glich eher einem Stall als einem Hotel: zerrissene Ledersessel auf einem sehr benutzten Steinboden, staubige, zerfetzte Tapeten, mit Plakaten überklebt, ein finster aussehender Portier. Als ich das Zimmer sah, brach ich fast in Tränen aus. Es war das schmierigste, übelste Bahnhofshotelzimmer vierter Klasse, mit einem nie gewaschenen Vorhang, einer durchlöcherten Tischdecke, verbeulten Lampen und einer vor Dreck nicht anzutastenden, offenstehenden Kommode. Stickige Hitze! Das Hotel muß unter englischer Regie sehr, sehr gut gewesen sein. Die Preise sind geblieben! Ollo saß schweigend, schwitzend und schmutzig auf dem Bettrand, und ich setzte mich neben ihn, nachdem ich mir mit heißem Wasser (es gab nur heißes!) die Hände gewaschen und einen erschrockenen Blick in den Spiegel geworfen hatte. Wir bestellten per Telefon die beiden teuersten Getränke unseres Lebens: jeder eine Flasche Patzenhofer Bier, für neun Mark! *(Anm.: das sind nach heutigen*

Maßstäben etwa 25 Euro pro Flasche!) Mama, keinem Menschen hat je ein Bier so gut geschmeckt wie uns nach dieser Marathon-Reise. Wir fielen uns um den Hals, in dem Gefühl, uns allein unter Kannibalen zu befinden, seiften uns unter der Dusche ab, nahmen ein Schlafmittel und schliefen wie die Toten bis früh um sieben, als uns die Hitze und eine schrille Flurklingel weckten.

Am Morgen sahen wir: das Haus war voller Chinesen und anderer kommunistischer Delegationen, die zum Jahrestag der irakischen Revolution gekommen waren. Der Frühstückssaal war schwarz von Männern, hauptsächlich schlitzäugigen. Ich ging um zehn Uhr aus Neugier vor die Tür, um die berüchtigte Bagdader Hitze auszuprobieren, und schaffte es, etwa 100 Meter weit die Rashid street hinaufzugehen und wieder zurück. Es war unglaublich! Eine trockene, infernalische Glut verschlug mir den Atem und trocknete mir die Augen aus! Alle Männer auf der Straße in Pyjamas, die Frauen schwarz verschleiert, jedenfalls viele von ihnen. Auch kleine Mädchen sind verhüllt, die noch nicht einmal in der Pubertät sind. Große amerikanische Autos, viele Fahrräder. Alles hupt und klingelt. Lärm, Schmutz, Hitze und Helligkeit sind wie ein Angriff auf alle Sinne, es ist eine ganz andere Art von Streß als die Mühsal der Autofahrt gestern.

Nachher fahren wir zur Botschaft. Vor allem müssen wir aus diesem entsetzlichen Hotel heraus. Ich denke viel an Euch alle und stelle mir vor, mit welchen Gefühlen Ihr diese Berichte lest. Ist es nicht ein Trost, daß Ihr in diesem Moment gewiß sein könnt, daß wir längst in Abrahams Schoß sind? Gewaschen, gesättigt, behaglich unter Palmen sitzend, von großäugigen Huris bedient, mit Palmfächern gekühlt, große Gin- und Tonicgläser in der Hand? Daran müßt Ihr denken und den Rest vergessen. Mein nächster Brief wird Dich vor allem, Mama, aller Sorgen entheben.

24. Juli 1959

Also, liebe Mama,
Du ahnst nicht, in welchem Luxus wir leben: in einem privaten irakischen Gästehaus, zusammen mit 20 Sowjetrussen und zehn Nähmaschinen, auf denen die Russinnen von früh bis spät rattern, während die Männer ihren Geschäften nachgehen. Wir teilen uns mit der gesamten ersten Etage das einzige Waschbecken, die Badewanne und das Klo und können uns mit keiner Silbe verständigen. Unser Zimmer ist klein, etwas kasernenartig, hat einen winzigen primitiven Kleiderschrank und eine zerbrochene Fensterscheibe. Aber sonst ist alles angenehm! Das Haus hat eine Klimaanlage im Speise- und Nähmaschinensaal, was das gleiche ist, und wir haben die Hoffnung auf einen Zimmerwechsel in zwei Wochen und auf ein eigenes Waschbecken. Das Schlimmste an dem bisherigen Gemeinschaftsbad finde ich die allgegenwärtigen riesengroßen Kakerlaken, dunkelbraun, flink und ekelhaft, die mit langen Fühlern lauernd auf dem Badewannenrand oder sonstwo sitzen.

Wir bekommen gutes Essen, Schafsfleisch, frisches Gemüse und große Stücke roter Wassermelonen, die man in Deutschland nicht kennt. Alles ist appetitlich. Das Haus heißt Sam's Palace.

Grüße bis zum nächsten Brief!

25. Juli 1959

Es wird wieder ein Sammelbrief, Mama. Bis alles an Euch abgeht, muß ich den wöchentlichen Kurier abwarten. Alle Post wird in der Botschaft im Kuriersack gesammelt, verplombt und versiegelt und von der Lufthansa nach Köln mitgenommen. Von dort aus kommt es nach Bonn in die Kurierabteilung und wird sortiert, auf das Bonner Postamt geschafft und verschickt. Umgekehrt müßt Ihr Eure Briefe mit dem Vermerk »Kurierpost Bagdad« an das Auswärtige Amt schicken, wo sie auf den nächsten

Transport warten. So kommt es, daß alles, was wir voneinander lesen werden, schon ziemlich abgestanden sein wird. Eure Trostbriefe für unsere Unglücke erreichen uns erst, wenn wir sie längst vergessen haben und vice versa. Alle gegenseitigen Mitteilungen bekommen so einen Hauch von Flüchtigkeit und Nichtigkeit und Sowieso-schon-Vorbei, wenn wir sie lesen, keine Aufregung lohnt sich mehr. Trotzdem: Schreiben will man sie doch!

Aber zur Gegenwart: An der Botschaft sind 15 Deutsche, einschließlich der Schreibkräfte. Alle sind besonders herzlich und umgänglich und in bestem Einvernehmen miteinander, das wurde uns schon in Bonn gesagt. Und bei aller Unbehaglichkeit ist Bagdad seit der Revolution so etwas wie ein »Frontposten«. Ich glaube, es gibt wenige Auslandsvertretungen, die derart eindringlich die Auseinandersetzung zwischen Ost und West vorgeführt bekommen. Im Augenblick haben die Kommunisten das Übergewicht. Die Volksmeinung ist gegen den Westen gerichtet, Schießereien sind an der Tagesordnung, Bagdad gleicht einem Heerlager: bewaffnete Miliz, Panzer und Militärfahrzeuge überall. In jedem Büro, jedem Laden, jedem Kino hängen Plakate des »einzigen Führers«, der sich doch nicht festlegen will.

Die DDR, die hier eine Handelsvertretung hat, buhlt um völkerrechtliche Anerkennung. Wenn ihr das gelingt, können wir unsere Koffer packen, noch bevor unsere Möbel in Basrah angekommen sind!

Ollo läßt Euch grüßen. Er ist voller Tatendrang und nun, da er hier ist, sehr zufrieden, einen derartig unruhigen, ungewissen, ungemütlichen und uneleganten Posten zu haben.

Ollo, ehemals Rechtsanwalt in Düsseldorf, war als Legationssekretär das rangniederste Mitglied des höheren Dienstes an der Deutschen Botschaft in Bagdad, genauer »Botschaft der Bundesrepublik Deutschland«. Es war sein erster diplomatischer Posten. Unsere Vertretung in Bagdad war klein, und so kam es, daß er

»alles mal gemacht hat«, anfangs befaßte er sich mit Rechts- und Konsularsachen. (Zum Beispiel hatte eine ältere deutsche Frau per Ferntrauung einen Iraker geheiratet, den sie nie zuvor gesehen hatte. Der Ehemann hatte ihr gleich am Flughafen ihren Paß abgenommen und sie nach Hause geleitet. Das Haus war in einer Straße, in der unter großem Lärm Autokarosserien zusammengeklopft wurden, eine Reparaturwerkstatt an der andern, die Wohnung im oberen Stockwerk. Dort saßen aber bereits zwei andere Ehefrauen, die natürlich nur arabisch sprachen. Die »Braut« wollte die Flucht ergreifen, konnte jedoch nicht, weil ihr der Paß fehlte. So etwas ist eine Rechts- und Konsularsache.) Eine Zeitlang hatte er auch Aufgaben im wirtschaftlichen Bereich: Kontakt und Interessenvertretung für die ansässigen Firmen. Und immer wieder ging es um politische Berichterstattung, die dem Botschafter vorgelegt und dann nach Bonn weitergeleitet wurde.

28. Juli 1959

Fast eine Woche ist herum, liebe Mama, und wir haben uns mit unserm provisorischen Dasein ganz gut eingelebt. Ich habe mich mit der Tochter von Mr. Sam etwas angefreundet. Sie ist eine arabische Beauty mit einem prachtvollen Busen (der Ollo besonders gefällt), sieht aus wie 35, ist aber erst 21 Jahre alt. Leidenschaftliche Nationalistin, Nasser-Anhängerin, Antikommunistin, evangelisch, liebenswürdig und intelligent. Sie erzählte von den furchtbaren Massakern, die in den letzten Tagen in Kirkuk stattgefunden hatten. Auch sonstige furchtbare Geschichten aus diesem Land – davon schreibe ich später einmal. Uns ist immer schon gesagt worden, die Iraker seien fanatischer, unduldsamer und extremer als jedes andere arabische Volk, zu wilden Grausamkeiten fähig, ohne Skrupel und ohne Zweifel an sich selbst. Aber wer sind »die« Iraker?

Seit gestern winkt uns die Aussicht auf ein Drei-Wochen-Leihhaus mit Möbeln, Kühlschrank und Hausboy, Tellern und Bettwäsche, in dem wir vielleicht einen vorläufigen Haushalt eröffnen können. Von den Botschaftsangehörigen werden wir verwöhnt. Jeden Abend sind wir bei einem von ihnen zu Gast! Das schönste Haus hat der Botschaftsrat, ein schneeweißes, modernes Gebäude am Tigris. Schöne Möbel, moderne Bilder, eine Riesenbibliothek, wundervolle alte Teppiche. Ich kann hier sein, so oft ich will, und darf tun, was immer ich will: schreiben, lesen, Tee trinken. Die Frau des Botschaftsrats, Sigrid Kahle, ist Schwedin und begegnet mir mit der großherzigsten Hilfsbereitschaft! Ich bestaune ihre politischen Kenntnisse.

Zuweilen treffe ich auch die Sekretärin des Botschafters, eine nette, alterslose, ausgedörrte Person, seit acht Jahren im Orient. Sie entstammt einer preußischen Familie und ist überall dabei. In New Delhi soll sie Fahrrad gefahren sein mit einem nassen Handtuch um den Kopf – sehr gut vorstellbar! Ich habe selten einen derartig unkonventionellen und dabei formvollendeten Menschen kennengelernt. Über jeden einzelnen ließe sich etwas schreiben, aber das ist für Dich zu abstrakt.

Die Hitze, Mama, man kann eigentlich kaum etwas dazu sagen. Wir schlafen zum Teil unter nassen Handtüchern, was für Bauch und Nieren gefährlich sein soll, und ich weiß nicht, was ich nachts gegen meine heißen, geschwollenen Hände tun könnte. Viele Leute schlafen auf dem Dach. Auf dem Dach sind auch die Wasserbehälter, die natürlich Außentemperatur annehmen: das heißt, alles fließende Wasser ist sehr warm bis heiß, sodaß nur die Verdunstungskälte hilft, also nasse Kleidung. In einem sonnengeparkten Auto hat es 80 Grad. Man kann nichts berühren. Das Lenkrad ist mit einem gehäkelten Wollschlauch umhüllt, auf den Sitzen liegen Felle, die Tür öffnet man mit dem Rockzipfel, um den Griff nicht anfassen zu müssen. Wir trinken unendliche Mengen Wasser und essen Kochsalztabletten. Aber noch sind wir gesund.

Bei Tisch bedient uns ein Assyrer, ein freundlicher, krummbeiniger Mensch mit Schnauzbart. Ich freue mich jeden Mittag auf ihn!

Bitte schickt uns mit dem nächsten Kurier eine Tüte voller 20-Pfennig-Marken, wir brauchen sie für die Kurierpost, und schreibt alles an!

Grüße und Küsse, auch von Ollo!

Die Autorin mit Botschafter Richter.

9. August 1959

Liebe Mama!

Unsere Hoffnung hat nicht getrogen! Wir wohnen seit ein paar Tagen »leihweise« in Busses Haus. Busse ist einer von Ollos Kollegen, ein sehr sympathischer Bücherleser und Kunstliebhaber, ebenso schnoddrig wie attraktiv – mit blauen Augen und langen Wimpern und dennoch ohne Frau. Busse ist für zehn Tage nach

Kuwait gereist, und wir sind, unter Benutzung seiner kleinen Katze und seines Dieners, bei ihm einquartiert – eine Labsal nach den drei Pensionswochen. Wenn der Boy nachmittags fort ist, wandeln wir wie berauscht – in Unterwäsche! – durch die vier Räume, kochen Kaffee und sitzen auf Sesseln. Statt des Airconditioners in Sam's Palace gibt es hier einen Aircooler, eine Windmaschine, die außen vor dem Fenster steht und Luft durch wasserberieselte Matten ins Zimmer bläst. Das hilft natürlich etwas, aber nicht genug. Die Privathäuser sind fast alle so gekühlt, richtige Klimaanlagen hat kaum einer. Der amerikanische Botschafter hat ein klimagekühltes Auto, das einzige im ganzen Irak!

Busses Hausboy heißt Kashaba. Er ist freundlich und langsam und wäscht alles, von den Socken bis zu den Weintrauben, im Küchenspülbecken. Seine Lieblingsbeschäftigung ist Einkaufen: da bleibt er stundenlang weg und kommt so kurz vorm Kochen zurück, daß keine Zeit mehr bleibt, die Böden zu wischen oder staubzuwedeln. Er kostet dennoch 250 Mark monatlich bei Halbtagsbeschäftigung. Natürlich bemerkt er meine kritischen Blicke und freut sich jetzt schon auf den Tag, da wir wieder weg sind!

Busse hat eine ausgezeichnete Bibliothek hier. Ollo, der selten im Leben einen Roman oder überhaupt etwas Nicht-Juristisches gelesen hat, brütet über der ›Justine‹. Ich verstehe übrigens nicht ganz die Nobelpreishymnen auf Durrell und finde das Buch etwas eitel. Der Autor bringt es nicht übers Herz, auf manierierte Passagen oder alberne Vergleiche zu verzichten. Alle seine Einfälle fließen ungefiltert aus dem Kopf in die Feder!

Ich denke oft an Euch, besonders an Dieter. Machst Du manchmal Speckpfannkuchen? Ist es warm in Deutschland? Wie weit wir doch von Euch entfernt sind!

Viele Küsse!

12. August 1959

Ihr Allerliebsten,
morgen kommt der Kurier, und wir hoffen auf Post! Wie mag es Euch ergehen? Jetzt um diese Zeit ist Euer Spaziergang, während die Jungs schwimmen. Ist Dieter eigentlich gewachsen?

Dieter ist der jüngere meiner beiden Halbbrüder, der ältere ist Eberhard. Sie waren damals Gymnasiasten.

Stellt Euch vor, wir haben *beinahe* ein Haus. Zwar zieht vielleicht der Hauseigentümer mit Frau und sieben Kindern selbst dort ein, aber immerhin besteht eine Chance. Es hat eine Halle, ein Wohnzimmer mit Kamin, zwei Terrassen, zwei Schlafzimmer, ein europäisches Bad, ein Dienerzimmer mit Klo, eine Waschküche und einen großen, zauberhaften Garten mit zwei Rasenplätzen, Palmen, hohen Eukalyptusbäumen und wilden Rosen.

Ich kann Euch nicht darum bitten, den Daumen zu halten, denn wenn der Brief Euch erreicht, ist es schon zu spät. Im Garten war eine kleine wilde Katze, die sich uns schreiend »zu Füßen warf« und uns penetrant verfolgte. Es gibt so viele elende Tiere hier, krank und halbverhungert. Heute morgen sahen wir zwei Esel in der Sonne stehen, mit den Vorderbeinen aneinandergebunden, gestern einen Mann, der ein ganzes Bündel Hühner an den Beinen mit sich trug, wie einen Blumenstrauß. Köpfe nach unten! In den Lastwagen sind lebende Schafe aufeinandergepackt und stehen in der Hitze. Kinder schlagen mutwillig auf Tiere ein. Ich habe gestern den Wagen angehalten und einen Jungen ausgeschimpft, der sein Pferd prügelte. Er wußte überhaupt nicht, was ich wollte!

Ich denke oft an Euch, mit diesem Satz schließt fast jeder Brief. Bleibt wohlbehalten! Ich hoffe auf Eure Nachrichten!

13. August 1959

Endlich! Vielen Dank für alles, auch für die Zeitungsartikel, vor allem aber für Deinen zusammengerafften Bericht, Mama. Was Du über den Praxisvertreter schreibst, ist niederschmetternd, vor allem weil Dietrich nun alles nachholen muß. Sonst könnte es einem ja egal sein. Auf diese Weise habt Ihr die »Erholung« bald aufgebraucht. Am komischsten fand ich Deine Entrüstung über die Sprudelwasserflaschen – ich dachte schon, es seien zehn Flaschen Werweißnichtwas! Unsere Briefe treffen noch immer ins Leere. Du wußtest, als Du schriebst, noch nichts von uns, und wir erfahren längst Vergangenes von Euch. Aber wie tröstlich, Deine runde Handschrift wiederzusehen und zu wissen, daß Ihr die Spanienreise glücklich hinter Euch gebracht habt.

Ollo hat eine Darmgrippe. Er liegt im Bett und lauscht angstvoll in sich hinein, hört aber nichts. Kein Fieber, nur zwei Durchfälle gestern abend, vermutlich ist alles vorbei. Er macht sich ja, im Gegensatz zu mir, wahnsinnige Sorgen um seine Gesundheit und glaubt, daß man nach dem Genuß von Obst plus Wasser oder gar Bier tot umfällt. Er hat keine Erklärung dafür, daß ich das ungestraft tue, höchstens die, daß ich einen Pferdemagen habe und ohnedies von robuster, derber, bäurischer Gesundheit bin.

Wir verbringen fast alle Abende auf Cocktailparties, wo wir ein paar Leute kennengelernt haben, mit denen wir stets die gleichen Sätze wechseln. Und doch: man trifft besondere Leute. Ein amerikanisches Ehepaar, beide klug und mit viel Geschmack und Kunstsinn, einen jungen Spanier, mit dem wir immer was zu lachen haben, und einen belgischen Supermenschen, der alles in höchster Potenz darstellt: jung, schön, elegant, aus bestem Hause – und dabei angenehm und beliebt. (Man denkt ja manchmal, daß solche bevorzugten Exemplare der Gerechtigkeit halber wenigstens ekelhaft sein müßten!) Wir dagegen sind langsam, träge und immer noch fremd. Mein Englisch ist nicht gut genug. Außerdem haben wir uns vorgenommen, Parties überflüssig zu finden. Nachmittags bin ich oft mit einer jungen Frau aus der Botschaft zusammen und deren Baby, sechs Monate alt. Es lernt gerade, seine Mutter zu küssen und saugt mit seiner kleinen Zunge an ihrer Backe. Mich liebt es auch, küßt mich aber nicht.

14. August 1959

Ihr Lieben,
es ist noch ein Brief gekommen, mit normaler Post. Gut, daß Mama den Iran noch in Irak umgebessert hat, wer weiß, wo er sonst gelandet wäre! Wir sind natürlich wahnsinnig an allen Einzelheiten interessiert, die Euch veranlaßt haben, das Ferienhaus fluchtartig zu verlassen. Es schien doch auf dem Foto und von weitem sehr hübsch zu sein. War es etwa nicht so sauber, wie Mama es gern hätte? Vergeßt nicht, alles genau zu beschreiben, wir können von hier aus alles besser mitfühlen als je zuvor! Ollo hat neulich gelesen, daß in Spanien öfters Ferienbungalows in »malerischen Fischerdörfern« angeboten werden, die sich hernach als elende Vorstadtviertel entpuppen. Daß nun Mama nach all den Abenteuern – krank noch dazu! – aussieht wie ein junges Mädchen, kann ich mir gut vorstellen. Eure Urlaube sind ohnehin strapazenreich! Wenn Ihr Ostern frei habt, rast Ihr zu sechst nach Rom und beeilt Euch, am Dienstag wieder zu Hause zu sein. Wenn Ihr Dieter in Nordeuropa vom Schiff holt, müßt Ihr zwei Stunden später in Spanien sein, mit einer Viertelstunde Unterbrechung, um Dieters Ausrüstung zu ergänzen, und das alles mit Diarrhoe. Wir sind beruhigt, daß es Euch später gut gegangen ist, mit 35 Grad und leichtem Wind. Im nächsten Sommer sehe ich Euch in der Sahara sitzen, in einem nach Foto gemieteten Beduinenzelt und 52 Grad im Schatten, aber immer leichtem Wind!

15. August 1959

Es geht uns sehr gut. Ollo lobt seinen Posten, er arbeitet mit Hingabe und meint, es sei ein Glück, hier zu sein. Das ist für mich das Schönste! Freilich sind wir noch immer in Sam's Palace und benutzen zu meinem täglichen Ekel das ständig mit fremdem Seifenschaum verunreinigte Gemeinschaftswaschbecken.

Ollo dehnt seine Bazillenfurcht, die ihm schon in Deutschland das Leben schwermachte, Gott sei Dank nicht aufs Badezimmer aus. Fußpilz und Gonokokken sind für ihn kein Thema, und der Schmutz dort stört ihn kein bißchen. Ist es nicht interessant, wie wählerisch man mit seinen Macken ist? Ich esse wahllos drauflos, aber ich hasse fremder Leute Körperabwaschwasser, von den Kakerlaken ganz zu schweigen!

Wegen der Hitze kommen wir fast nie an die Luft. Ich verbringe viele Vormittagsstunden mit den nähmaschinenratternden Russinnen vor der ratternden Klimaanlage, Kriminalromane lesend (was Ollo beanstandet) oder mit langen Briefen an Dich!

16. August 1959

In der Stadt gibt es Unruhen und Schlägereien. Kassem soll einen Nervenzusammenbruch gehabt haben, als er die Beschreibung des Kirkukaufruhrs bekam – angeblich die größte Metzelei seit dem Mongoleneinfall. (Kehlen durchgeschnitten, lebendig begraben, Hände abgehackt, lebendig an Autos gebunden – die andern Sachen soll man nicht erzählen können.) Die Stadt ist in Spannung, überall Militär und Kontrollen, auch hier draußen.

17. August 1959

Ihr lest das alles inzwischen in den Zeitungen, aber ich will mit meinem Brief doch den Kurier abwarten. Die Lage scheint sich täglich zuzuspitzen, die meisten Leute glauben an einen offenen Aufruhr in den nächsten Tagen. Wir warten mit Spannung auf das Wochenende und auf die Ergebnisse des Tabaqchali-Prozesses.

In der Stadt werden Waffen angeboten und es gibt wilde Gerüchte über Bürgerkrieg und Revolution. Dies alles schreibe ich, behaglich in Sam's Palace vor der Klimaanlage sitzend und nicht im geringsten beunruhigt. Wir sind hier völlig sicher. Unser Palast ist weitab von der Innenstadt, hier gibt es nur Wohnhäuser und Botschaften, unser Wirt ist Nationalist, beherbergt aber Sowjetrussen – er ist also von beiden Seiten geschützt und wir mit ihm. Zudem sind es rein innenpolitische Querelen, sie haben nichts mit der Saharageschichte oder mit Israel zu tun, also können wir auch nicht hineingezogen werden. Wir sind weit entfernt von allen Brennpunkten, und vermutlich passiert sowieso nichts.

Der Bagdader Militärgerichtshof unter Vorsitz des Oberst Mahdawi verurteilte am 19. August 1959 fünf irakische Militäroffiziere zum Tod durch Erschießen und einen Zivilisten zum Tod durch Erhängen. Drei andere Offiziere wurden zu lebenslänglichem Gefängnis verurteilt, zwölf weitere freigesprochen. Unter den Angeklagten war der Brigadier Nadhim Tabaqchali, der frühere Kommandant der Zweiten Division. Alle wurden der Komplizenschaft mit den Anführern des Mossulaufstands im Februar beschuldigt. Der Zivilist, Hammadi Shakra, hatte den Sender des Rebellen-Radios befehligt und sollte der zukünftige Innenminister werden. Eben dieser Shakra war aber der Hauptzeuge gegen Tabaqchali und sagte – einen Tag vor seiner Hinrichtung – aus, daß Tabaqchali konspirativen Nachrichtenaustausch mit dem syrischen Innenminister pflegte.

Die Exekution fand am 11. September statt. Außer Tabaqchali wurden noch elf weitere Offiziere erschossen, die in früheren Prozessen verurteilt worden waren. Unmittelbar nach der Ur-

teilsvollstreckung gab es Massenproteste in Kairo und Damaskus. Radio und Presse der Vereinigten Arabischen Republiken nannten Kassem den »Schlächter von Bagdad«.

Der Vorsitzende des Volksgerichtshofs, Oberst Mahdawi, war Offizier und hatte noch nie etwas mit Recht und Justiz zu tun gehabt. Er verurteilte die Verhafteten des alten Regimes und die neuen Gegner Kassems unter Mißachtung der elementarsten Rechtsgrundsätze. »Im Namen des Volkes« rief er: »Wir werden alle töten, die uns angreifen!« Es waren Schauprozesse mit stark theatralischem Einschlag, für das tägliche Fernsehen gemacht. Leute wurden zum Tode verurteilt, bei denen nicht einmal der Versuch unternommen worden war, ihre Schuld zu beweisen.

22. August 1959

Liebe Mama,
eine neue Briefsammlung beginnt! Gestern abend waren wir zu einem Empfang in der indonesischen Vertretung eingeladen, ganz hier in der Nähe. Seit dem Nachmittag waren dort Polizei und schwerbewaffnete Miliz aufmarschiert; wir konnten uns nicht erklären, warum. Abends gingen wir also hin, es war voll wie in einer Weihnachtsmesse, Offiziere, Diplomaten, Regierungsbeamte Kopf an Kopf.

Plötzlich erschienen Soldaten auf der Terrasse und hinter ihnen Abdul Kerim Kassem. Alles wendete sich dorthin und applaudierte. Der Za'im (Führer) kam die Treppen herunter und blieb zwei Meter vor uns stehen, umdrängt von Begeisterten. Ein sympathisch aussehender, fast befangen scheinender junger Mann mit leuchtenden Augen. Neben mir brüllte plötzlich ein Iraker auf arabisch einen Hochruf auf den Führer, und alles schrie eine dreimalige Antwort. Kassem wird »der einzige Führer der ewigen Republik« genannt. Zugleich aber haben die Leute eine Nase dafür, ob die Macht des einzigen Führers Bestand hat oder nicht. Die ihm heute ekstatisch zujubeln, können morgen seine Mörder sein. Der Diktator vollzieht Allahs Willen, der Verlierer hat sein Leben verwirkt. So ist die Moral.

Eine Amerikanerin, die neben mir stand, ging zwei Schritte auf Kassem zu und bat um ein Autogramm, hielt ihm Foto und Füllfeder hin. Er griff danach, unterbrach aber seine Bewegung, um seinen eigenen Federhalter aus der Tasche zu nehmen, und unterschrieb. Ob er Angst vor dem fremden Füller hatte? Kassem verschwand unter brausendem Jubel. Und natürlich wurde wieder einmal geraunt, es sei »kurz zuvor« ein Attentat, Umsturz, Aufstand oder was auch immer verhindert worden. Gottlob sind die ausländischen Botschaften exterritoriales Gebiet. Da ist noch nie etwas passiert, das verhindert die internationale Gesittung. Neulich war aber eine Filmvorführung in Anwesenheit Kassems. Da haben viele Ausländer die Eck- und Seitenplätze bevorzugt, um nicht in der Schußlinie zu sitzen!

Abdul Kerim Kassem (links) mit dem russischen Botschafter (rechts), in der Mitte Leo Tauren, der finnische Botschafter.

23. August 1959

Ich bekomme meine Panikanfälle aus ganz andern Gründen: heute früh saß eine große Kakerlake innen im Bademantel auf meiner Haut – ich glaube, zehn Ratten hätten mich nicht so erschrecken können. Ich *muß* Dir das schreiben, wenn es auch ohne politisches Interesse ist!

30. August 1959

Die Lage hat sich beruhigt, die Gerüchte sind verstummt, die Katastrophen ereignen sich nicht dann, wenn man sie erwartet. Aber es ist eine Frage der Zeit. Vorgestern sind in Mossul drei Offiziere erschossen worden, wieder ein Triumph der Kommunisten. Nasser nimmt Beziehungen zum jordanischen König auf, König Saud besucht Nasser, kurzum, man hat den Eindruck, die gesamte arabische Welt starrt auf den Irak, entschlossen zum großen Schlag, falls er kommunistisch werden sollte. Die Zeitungen allhier wüten gegeneinander, Kassem reitet wie auf einer Rasierklinge zwischen beiden Lagern. Wie lange noch?

Und wir, Mama, um endlich auf die wirklich bedeutsamen Ereignisse zu sprechen zu kommen, wir sind aus Sam's Palace ausgezogen! Wir leben in einer deutschen Pension, die unter fingiertem Bordellverdacht steht, weil man die Eigentümerin ausweisen möchte. »Unzucht« zieht hier immer. Die Moslems sind prüde und von mittelalterlichen Sittenbegriffen. Ein Mädchen mit einem unehelichen Kind wird ermordet (wie, sage ich nicht), das Kind zerschnitten und den Hunden vorgeworfen, das sind so die Geschichten, die man hier hört und von denen man hofft, daß sie nicht wahr sind. Wer hier jedenfalls ein ausgeschnittenes Kleid trägt, ist bestimmt katholisch! Ollo grüßt Euch sehr und bittet nochmals, keine Briefe mit normaler Post zu schicken. Sie werden geöffnet, kontrolliert und eventuell zurückbehalten. Gebt das auch meinen Schwiegereltern nach Braunschweig weiter!

10. September 1959

Liebe Mama!
Seid Ihr wieder ganz im schwäbischen Alltag? Wie ist Dieter in Dorf und Schule empfangen worden? Es ist so traurig, daß wir nie telefonieren können. Eure Idee, im nächsten Urlaub nach Istanbul oder Alexandria zu fliegen und dort ein Wiedersehen mit uns zu feiern, finden wir phantastisch und allen Nachdenkens wert. In den Irak könnt Ihr jedenfalls nicht kommen, nicht einmal im kühlen Herbst, denn keine Privatperson bekommt ein Einreisevisum.

Stellt Euch vor: wir haben das Haus mit dem schönen Garten bekommen, und alles, alles ist erfreulich geworden. Ich schreibe davon gleich mehr, denn zuerst muß ich gestehen, daß ich ziemlich krank geworden bin. Ich kriegte plötzlich rasende Kopfschmerzen und in kürzester Zeit 40 Grad Fieber, dazu Angst und Atemnot. Und als plötzlich Hände, Beine und Füße zu kribbeln anfingen, dachte ich schon, mein letztes Stündlein sei gekommen. Der arabische Pensionskoch stand vor meinem Bett, rang die Hände und rief beschwörend: »It will change, keep quiet, keep yourself quiet« – der Arme war ganz aufgeregt. Nach einer Weile wurde es besser, als Ollo zurückkam, war das Fieber auf 39,5 und blieb so bis zum späten Abend. Es kamen ziemlich scheußliche Begleiterscheinungen dazu, Erbrechen und Ohnmachten im Badezimmer. Ich hätte gerne geweint, aber das wäre viel zu anstrengend gewesen. Ollo half mir rührend! In der Nacht sank das Fieber unter Schweißausbrüchen, und ich erwachte am nächsten Morgen kleinlaut, aber gesund. Ohne Temperatur. Ich liege immer noch, was Ollo *nun* etwas langweilt.

Dafür ist er vollauf mit dem Haus beschäftigt. Er macht den Mietvertrag (leider 6000 Mark im Jahr!), wählt die Maler aus, findet alle Löcher, die repariert werden müssen, läßt Glasscheiben auswechseln und verhandelt mit dem Gärtner. Alle Leute haben ihn gern, weil er so höflich zu den Handwerkern und Kawassen ist, die gewohnt sind, von reichen Einheimischen grob behandelt zu werden.

Mohammed, der Gärtner, spricht nur arabisch. Ollo erzählt, er sei alt und mager, sei barfüßig und trage einen großen Turban und merkwürdige Hosen. Er hebt die Hand an die Stirn und verbeugt sich, wenn er Ollo begrüßt: »Salam alaikum«. Um die Mittagszeit wirft er sich zu Boden und betet. Seit vielen Jahren versorgt er diesen Garten und hält, im Gegensatz zu andern Gärtnern, keine Arbeitsstunden ein. Er ließ Ollo sagen, er täte seine Arbeit gern und mache alles, was nötig sei, ob kurz oder lang dauernd, werktags oder feiertags.

13. September 1959

Ich liege immer noch im Bett, bin aber viel besser dran. Ein englischer Arzt besucht mich täglich und verschreibt mir Penicillin. Mein Mund ist voller Blasen, ich kann nicht essen. Wenn ich wieder aufstehen darf, ist das Haus von innen schon weiß gestrichen, mit hellgrauen Türen und Fensterrahmen. Ollo hat einen mannshohen Kühlschrank gekauft und einen Kerosinherd, an dem wir uns im Winter wärmen können.

Wir hören von allen Seiten, daß der Winter penetrant kalt sein soll, mit Außentemperaturen von wenig über dem Gefrierpunkt – aber kein Haus ist hier zum Heizen gebaut! Alle Räume haben Fliesenböden, alle sind auf Durchzug, Kühle und Offenheit eingerichtet, keine Eingangstür schließt dicht, die Aufgänge zum Treppenhaus und zum Dach sind offen. Man hat im Winter 15 Grad im Haus: Nirgendwo sind Ofenanschlüsse möglich. Aber es gibt kleine Kerosinöfchen, sogenannte »Aladine«, deren Gestank man schließlich dankbar in Kauf nimmt. Dafür muß es tags in der Sonne wunderbar sein, alles grünt und blüht, und man kann bis in den Abend draußen sitzen.

Einen Tag später: ich darf aufstehen! Ollo beaufsichtigte mein Bad, und als er mich so dünn und struppig in der Wanne sitzen sah, meinte er, ich sähe aus wie eine räudige Katze. Er hingegen hat einen Bauch gekriegt, den er immer sorgsam einzieht. Die Auswahl an Lebensmitteln erscheint uns jetzt ärmlicher als anfangs, außer Gurken, Pfeffer und Tomaten gibt es wenig. Das Fleisch ist nicht gut, Brot gibt es nur zweierlei, und die Butter ist alt, kostet aber fast acht Mark das Pfund. Im Herbst, nach den ersten Regenfällen, soll es frischen Salat an den Obstständen geben, wurde uns gesagt, und die Bagdadis, ausgehungert nach Vitaminen und frischem Grün, essen dann die Salatpflanzen wie Butterstullen auf der Straße! Liebe Mama, verzeih diesen etwas geschwätzigen Brief. Ich umarme Dich mit all meinen Bazillen!

16. September 1959

Liebe Mama,
ich fange meinen Brief damit an, daß Ollo gestern im Bad eine Kakerlake sah, die so groß wie ein Stopfei war. Er hielt es zunächst für unmöglich, daß es überhaupt eine Kakerlake sein könnte. Sie raste quer durch den Raum und kroch hinters Bidet. Ich ging die ganze Nacht nicht aufs Klo.

Ich bin wieder in Ordnung, das Geschwür an der Lippe ist bis auf eine bohnengroße Kruste geheilt, in der Nase ebenso. Unser Haus ist gestrichen bis aufs Schlafzimmer, das wir schweinchenrosa gelassen haben. In den nächsten Tagen werde ich Stoffe für Vorhänge kaufen und nähen. Der Fußboden hat ein großes schwarz-weißes Muster wie eine Krankenhauskapelle, wir müssen uns etwas daran gewöhnen oder »sehen uns gezwungen«, viele Teppiche zu kaufen!

18. September 1959

Wir sind mit zwei Tassen, zwei Löffeln und zwei Betten ins leere Haus eingezogen. Vielleicht gelingt es mir, einen Brief in Ruhe zu schreiben. Es ist frühmorgens, ich sitze auf der »Morgenterrasse« zwischen Rosen, Lavendelblüten und Kakteen, kühler Tau liegt auf dem Garten, obgleich schon jetzt die Sonne heiß ist. Angeblich soll der Alwiyah-Club der einzige Ort hier sein, der »Nicht-Bagdad« ist, und ich muß sagen, zur Stunde fühle ich mich hier wie am Mittelmeer. Nachts allerdings merkt man, daß man in einem arabischen Land ist. Vor unseren Schlafzimmerfenstern finden laute Heul-, Jaul- und Bellkonzerte statt, so gräßlich, daß ich vermutlich imstande wäre, die Hunde abzuschießen. Es gibt eigentlich nur eine einzige garstige gelbe Sorte, durch jahrhundertelange Mißachtung total »entmenscht«, solche Hunde gibt es bei uns gar nicht. Auf Spazierwegen jaulen sie einen von weitem an, und wenn man nahe kommt, fletschen sie die Zähne. Man braucht aber nur die *Bewegung* des Steinaufhebens zu machen, und schon rennen sie weg. Gestern nacht wachten wir beide mit einem Schreck auf. Es war jemand im Haus, in der Dunkelheit. Ein leises, schleifendes Geräusch in der Küche, dann eine herunterfallende Pappschachtel. Ich griff zitternd nach Ollos Hand und hörte im gleichen Moment, wie jemand seelenruhig etwas auspackte. Ollo stand mit einem Ruck auf und suchte den Lichtschalter. Im gleichen Augenblick verstummte das Geräusch, und Stille herrschte auf beiden Seiten. Das Licht ging an, und Ollo sauste mit lautem Händeklatschen in die Küche: eine Katze hatte die Abfallkiste ausgepackt in der Hoffnung auf einen Wurstzipfel!

Tagsüber »wohnen« wir auf Ost- oder Westterrasse, unsere Tassen stehen auf einem umgestülpten Eimer. In der Dämmerung ist der Garten am schönsten! Trotz des orientalischen Straßenlärms hat man das Gefühl stiller Abgeschiedenheit. Um die Wahrheit zu sagen, Ollo ist seit Tagen derartig ausgelassen, daß er den ganzen Tag gellend durchs Haus pfeift und andere Albernheiten treibt, also eine ganze Menge Lärm kommt aus unserm Haus, zur Verwunderung des alten Mohammed. Der arbeitet täglich viele Stunden und setzt gegen Abend immer eine der beiden Rasenflächen unter Wasser. Wenn ich eine Blume abschneide, guckt er mich vorwurfsvoll an.

Im Augenblick ist hier ein einäugiger Kawasse von der Botschaft und wischt den Fußboden auf. Er spricht deutsch. »Frau, hast du kein Diener?« »Ich die Gläser waschen, nicht du.« »Hast du gucken Treppe?« (Ich: »Die Treppe ist schön sauber!«) Er: »Bitte schön.«

25. September 1959

Liebe Mama!
Gestern sind wir von einer viertägigen Reise aus dem Norden des Iraks zurückgekehrt. Ollo hatte in Kirkuk etwas auf dem Gericht zu tun, und ich bekam erstaunlicherweise die behördliche Genehmigung, ihn zu begleiten. Wir flogen in einem viersitzigen Hochdeckerflugzeug, einer Art Luft-Taxi, das einer amerikanischen Firma gehört. Diese Firma baut mit deutschen Bauunternehmen einen Staudamm dort oben, und anläßlich unseres Kirkukbesuches sollte Ollo unsere Landsleute in Derbendi Khan bei Sulaimaniya besuchen.

Das kleine Flugzeug wurde von einem amerikanischen Piloten gesteuert. Hinter ihm saß einer von den amerikanischen Baumenschen, daneben ich, vorn neben dem Piloten saß Ollo. Wir flogen zunächst über die Wüstengebiete nördlich von Bagdad, eine eintönige Fläche ausgetrockneten gelben Lehmbodens von gigantischen Ausmaßen. Totes Land, der Sonne und dem Winterschlamm preisgegeben. Ein paar Hügel, ein paar Pisten, ein paar Nester – sonst gar nichts! Und hier muß doch vor den Mongoleneinfällen fruchtbares grünes Land gewesen sein, mit

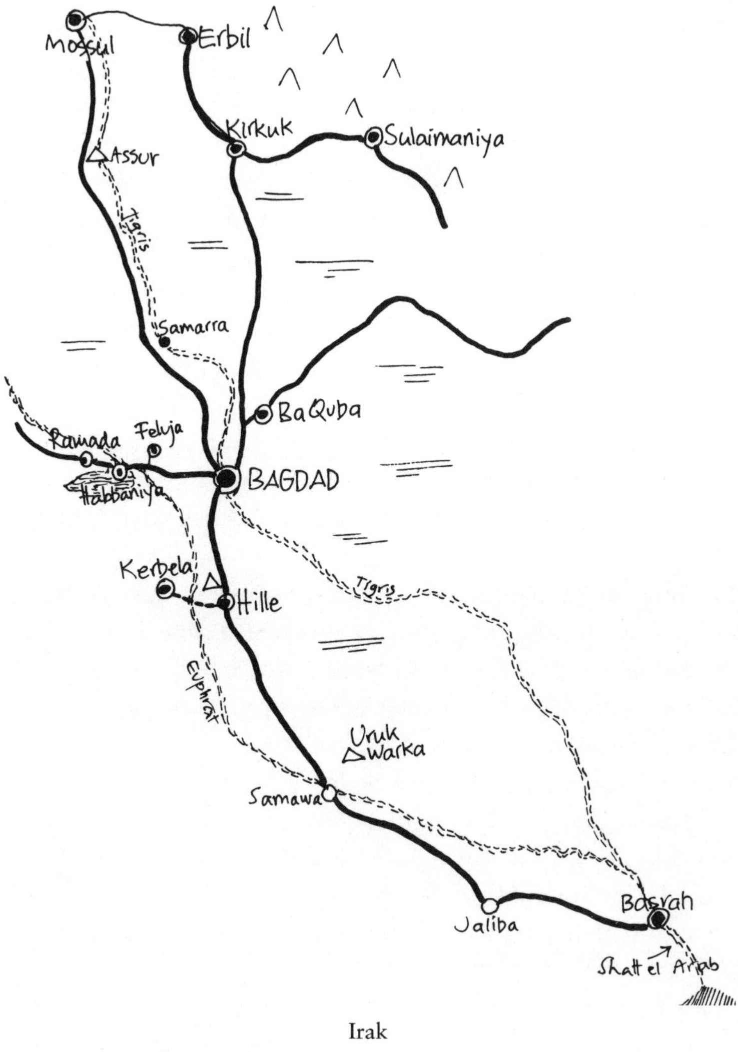
Mossul
Erbil
Kirkuk
Sulaimaniya
Assur
Tigris
Samarra
BaQuba
Ramada
Felya
BAGDAD
Habbaniya
Kerbela
Hille
Tigris
Euphrat
Uruk
Warka
Samawa
Basrah
Jaliba
Shatt el Arab

Irak

Getreidefeldern und Obstplantagen, sorgfältig bewässert und entwässert, der Garten des Paradieses! Wir überflogen weiter nördlich bizarre, unerhört farbige Bodenformationen, Felsen und Schluchten und schließlich die violette Mondlandschaft des wilden Kurdistan. Der Pilot steuerte die Maschine – je nach Wunsch – bis auf 500 Meter herunter, sodaß wir fast zwischen den Bergen flogen und in die Tiefe blicken konnten, oder er flog 3000 Meter hoch, um uns die östlich gelegenen persischen Grenzgebirge zu zeigen. Es war zauberhaft, man hätte alles filmen und festhalten sollen!

Ein bißchen aufregend fand ich die Landung, weil wir durch ein Tal im Tiefflug auf eine winzige Rollbahn zielen mußten und rechts und links von uns die Felsen zum Greifen nahe schienen. Das war auch just der Moment, wo mein Nebensitzer geräuschvoll in die Tüte spie und sich mit grünlichem Gesicht zurücklehnte – aber da waren wir auch schon unten.

Der Pilot, Captain Weiß, führte uns im Baugebiet des künftigen Staudamms herum, das gottverlassen inmitten dieser kaum bewohnten Berglandschaft liegt. Die Arbeiten dauern bereits vier Jahre, und ein Ende ist nicht abzusehen! Abends waren wir bei einem deutschen Bauleiter zu Gast und übernachteten dann, sehr komfortabel, im amerikanischen Gästehaus. Am nächsten Morgen wurden wir nach Sulaimaniya und Kirkuk gefahren. Als wir in Sulaimaniya eintrafen, kam die Nachricht, daß gerade 17 nationalistische Verräter in Bagdad durch den Volksgerichtshof zum Tode verurteilt worden waren und in der Hauptstadt große Unruhe sei. Hier oben blieb es aber ruhig, obgleich doch in den vergangenen Wochen in dieser Gegend die grauenhaften Schlächtereien stattgefunden hatten!

Sulaimaniya ist eine ziemlich große Stadt, für die wir aber kaum Zeit hatten, weil Ollo zu einer bestimmten Zeit in Kirkuk erwartet wurde. Kirkuk mit seinen riesigen Ölfeldern und Bohrtürmen – die Ebene scheint wie von Fackeln erleuchtet! – ist immer wieder ein Ort schlimmster Massaker, Verschwörungen und Hinterhältigkeiten zwischen Kommunisten und arabischen Nationalisten. Aber nichts passierte an diesem Tag. Wir blieben auch hier nicht lange, sondern wollten unbedingt noch Erbil besuchen, Erbil oder Ardebil oder Arbelle de Greca oder Arba-Illu. Erbil ist eine prähistorische Stadt und liegt – schon von weitem zu sehen – auf einem kuppelartigen Berg, der angeblich kein richtiger Berg ist, sondern der angehäufte Schutt der vielen zusammengestürzten Erbils der Vorzeit, auf dem immer wieder neu gebaut wurde, und der sich dann im Laufe der Jahrtausende festgetrampelt hatte. Hierhin hatte schon Alexander der Große Darius III. nach der verlorenen Schlacht bei Issos verfolgt.

Heute sieht man noch immer die Stadtmauer, die alten Soukstraßen und ein enges Gewirr von Gassen und Häusern, gekrönt von einem Ziegel-Minarett. Vor allem aber sieht man Kurden: schöne, verwegene, kriegerische Männer mit Schnauzbärten und Fransenturbanen – die eine Seite hängt lang herunter! –, bunten Westen, gedrehten Stoffgürteln und Pluderhosen. Und natürlich Patronen, die hier über der Brust gekreuzt getragen werden wie andernorts Stickereien. Auch die Frauen sind bunt, mit violetten, gelben und roten Röcken, kurzen Jäckchen und leichten Kopftüchern, mit Schmuck und allerlei Geklingel behängt. Die Kurden sind respekteinflößende Leute, ein absolut eigenständiges Volk, seit jeher um einen eigenen Staat bemüht und immer wieder hintergangen worden, nie ihres Lebens sicher. Sie sind Moslems und sprechen eine westiranische Sprache. Mit und neben ihnen leben Chaldäer, Armenier, Araber und Assyrer, man denkt beim neugierigen Hinschauen: in Frieden. Unser Fahrer führt uns herum und kann übersetzen. Wir werden freundlich, ja herzlich behandelt, bekommen starken süßen Tee geschenkt und kaufen in einem Laden einen alten Kupferstich mit der Stadtansicht. Mengen von Leuten umringen uns, vor allem Kinder. Es ist so, als wenn in Stuttgart auf der Königstraße plötzlich ein kurdisches Ehepaar erschiene, mit Krummdolch, Turban und Fransen. Wobei ich wetten möchte, daß dort niemand ihnen Tee anbieten würde!

28. September 1959

Manchmal gehen wir gegen Abend zum Tigris, um überhaupt mal an die Luft zu kommen und uns etwas zu bewegen. Der Fluß ist nur ein paar Querstraßen von uns entfernt, und man kann eine ganze Weile auf dem Damm unter Palmen spazierengehen. Es ist nicht mehr so heiß. Der Tigris ist breit und träge und lehmgelb wie alles hier, unser Weg staubig. Nach einem Kilometer sieht man unterhalb des Dammes, zum Wasser hin, eine Ansammlung von Lehmhöhlen, Bretterbuden und Wellblechhütten, die sich weit flußabwärts erstreckt und Tausende, angeblich Zehntausende von völlig verwahrlosten Menschen beherbergt. Nie gewaschene, schmutzstarrende Kinder mit verfilzten Haaren, die Gesichter von Fliegen überkrochen, die Beine von Schlamm verkrustet. Armselige Frauen, die zwischen abgemagerten Hunden mit Hühnern und Ziegen zwischen Abfällen und Schutt auf dem Boden sitzen. Alle ohne Elektrizität, ohne Wasser und ohne Kanalisation. Ich habe so etwas noch nie gesehen und wage kaum, es zu beschreiben, am liebsten würde ich gar nicht daran denken. Aber es ist doch da, und so nahe! Alle hier wissen das, aber jeder vermeidet, darüber zu sprechen, weil es wie ein Angriff auf die eigene Menschenwürde ist, solche Zustände zu kennen und sie hinzunehmen.

Angeblich sollen zu Zeiten des Königs Versuche unternommen worden sein, für diese Leute feste Behausungen zu bauen und sie dorthin zu bringen. Angeblich sollen sie diese Behausungen alsbald zerstört haben und zurückgekehrt sein. Angeblich sollen sich unter diesen Slumbewohnern wohlhabende Leute befinden, die so und nicht anders leben wollen. Angeblich soll das ganze riesige Areal bei politischen Unruhen von Polizei umstellt sein, weil man fürchtet, daß diese Armen bei einer Revolution sich in die Stadt ergießen und alles erschlagen und ausplündern könnten. So sind die Geschichten darüber. Mit Gewißheit gibt es dort nie einen Arzt oder irgendeinen Behördenmenschen, mit Gewißheit versumpft die ganze Gegend, wenn im Winter die schweren Regen niedergehen. Ich habe, seit ich hier bin, doch eine ganze Menge Armut gesehen. Aber die Menschen, die so leben, wie sie immer gelebt haben, sind doch im allgemeinen tatkräftig und auf ihre Weise auch zufrieden. Nur das hinter dem Tigrisdeich, das hat etwas ganz und gar Unmenschliches, Böses, Infernohaftes und auch Bedrohliches. Nicht, daß ich eine physische Gefahr sähe oder an solche Plünderungen glaubte. Die bloße Tatsache, daß ich als Mensch Zeuge eines derart unüberschaubaren Elends anderer Auch-Menschen bin, bedroht mich im Herzen. Da kommen mir Parallelen.

Mossul haben wir *nicht* gesehen. Hier wollten im Frühjahr einige Offiziere das Regime stürzen. Ihnen wurde der Prozeß gemacht, aber im Anschluß daran entwickelten sich anarchische Zustände mit Meuchelmorden, Attentaten, Blutrache und Gemetzel, angeblich mit Tausenden von Toten.

Ab morgen ist eine Bundestagsdelegation da, die von Kassem empfangen wird. Jeden Abend Essen und Empfänge mit Ministern. Ich würde so gerne noch von Kurdistan berichten, von seiner einzigartigen Landschaft und seinen Bewohnern, vielleicht aus dem heimlichen Verdacht heraus, daß ich *doch* nicht wieder hinkomme. Aber es ist keine Zeit mehr. Eigentlich solltet Ihr meine Briefe aufbewahren, damit nicht alles meiner Vergeßlichkeit anheimfällt!

29. September 1959

Liebe Mama,
heute hat Ollo Geburtstag. Ich war schon früh um sechs im Nachthemd im Garten, um Blumen zu pflücken. Außerdem bekam er eine schöne alte persische Vase mit »chinesischem« Muster, ein Fehlbrand übrigens, eine überfeuerte Fayence, die aus Versehen zum Steinzeug wurde und – wie so manche Fehlbrände – sehr edel aussieht. Er hat sich sehr gefreut, aber darüber hinaus muß er sich leider ärgern, erstens, weil der Strom abgestellt ist, zweitens, weil er zusätzlich das Pressereferat übernehmen soll, drittens weil der Botschafter zu Herrn Thiele, dem Wirtschaftsreferenten unserer Botschaft, gesagt hat, Bridgespielen gehöre zum Beruf.

Wenn Ollo wütend ist, sagt er seinen »Widersachern« alles ins Gesicht, was er denkt, danach geht er schwimmen, um sich zu beruhigen. Manchmal verläßt er wutschnaubend das Haus mit der Ankündigung, er werde diesem oder jenem dies oder das sagen, während ich hinter ihm herflehe, er möge es doch wenigstens gemildert ausdrücken. »Nein«, sagt er, »ich muß es so sagen!« Mr. Hurden, dem ersten Sekretär der britischen Botschaft, hat er z. B. ziemlich unmißverständlich klargemacht, daß er dessen Badeparty überflüssig fand. Ich kann mir nicht vorstellen, daß wir dort je wieder eingeladen werden. Kurzum: er ist jetzt im Schwimmbad!

Dein Briefchen kam gestern, Mama, das ganz klein geschriebene, und ich kann Dir nicht sagen, wie sehr ich mich über Deinen Nachferienplan mit Marei freue. Wir finden beide Eure »Freizeitgestaltung« kräfteraubend und unwirtschaftlich und wundern uns nicht im geringsten, daß Ihr nach vier Wochen Spanien nicht die Frischesten seid. Es ist doch gut, daß wir in einem Revolutionsland leben, ständig von Bürgerkrieg und Ausweisung bedroht (von den Kakerlaken ganz zu schweigen), auf einem der schlimmsten Klimaposten, die das Auswärtige Amt zu vergeben hat. Sonst würdet Ihr die nächsten Sommerferien nach Bagdad reisen oder vielleicht an den Persischen Golf? Spanien ist auch in normalen Sommern zu heiß, dahin sollte man im Oktober fahren. Warum bleibt Ihr nicht bei Trümpys im Tessin, allsommerlich, bis die Knaben aus der Schule sind?

Grade bringt Mohammed mir einen Strauß »Dai-les«, sagt er, Dahlien.

30. September 1959

Schon fast Herbst, liebe Mama, aber hier immer noch heiß. Die Morgenstunden sind aber köstlich, und endlich auch die Abende.

Unser Umzugsgut soll in Bagdad angekommen sein, nach langer Lagerung im Hafen von Basrah, aber die Freigabe durch den Zoll wird noch einige Zeit dauern. Wir haben den Assyrer von Sam's Palace gefragt, ob er bei uns arbeiten will, und er will natürlich! Er heißt Latchin, hat keinen Nachnamen und weiß nicht, wie alt er ist. Er vermutet 25, am Tage seiner Geburt seien Bomben gefallen. Seine Familie lebt im Norden, in der Nähe von Mossul. Er weiß also vom Hörensagen etwas über die Bagdadbahn und sagte: »I like German people very much – is William Kayser still alive?«

Dort oben ist auch immer noch seine Frau, für die er 1500 Mark Kaufgeld entrichtet hat, und für die er natürlich in Bagdad kein Unterkommen findet. Beide sind Christen. Sechs Jahre lang hat er in einer Offiziersmesse bei der Royal Airforce in Habbaniya gekocht, kann also ein bißchen Englisch sprechen, aber natürlich weder lesen noch schreiben. Er ist ein sympathischer Bursche, fast ein wenig einfältig und mir damit tausendmal lieber als die cleveren, dreisten Kerle, die ich hier in vielen Häusern sehe und deren Geschichten ich höre.

Latchin wird also übermorgen hier anfangen. Wenn wir nach zwei Monaten mit ihm zufrieden sind (und er mit uns), kann er seine Frau holen. Normalerweise gehen die Diener nachmittags um drei nach Hause, was Vor- und Nachteile hat. Diese beiden nun werden – wenn alles seinen erwarteten Verlauf nimmt – ganz hier wohnen und versorgt werden. Er bekommt monatlich 22 Dinare, das sind ungefähr 260 Mark. Sie haben ein Zimmer, ein Klo und eine Dusche, wir kaufen Betten, Matratzen und Leintücher.

Latchin war assyrischer Christ. Im 19. Jahrhundert, als die Archäologen die »Wiege der Menschheit« entdeckten, fand der englische Konsul in Mossul, Layard, die Überreste der alten Assyrermetropole Ninive, die man aus der Bibel kannte. Layard glaubte anhand der Physiognomien, die er auf Wandplatten vorfand, die Nachfahren der alten Assyrer entdeckt zu haben. Daher die Bezeichnung »assyrischer Christ«. Ihr heutiger Patriarch aber, der in Chicago lebt, hat seine Kirche in »Alte Apostolische, Assyrische Kirche des Ostens« umbenannt. Die Kirchenschrift und -sprache ist noch immer Aramäisch.

Im Ersten Weltkrieg hatten sich die assyrischen Christen den Entente-Mächten angeschlossen und gegen die Türken gekämpft. Sie mußten flüchten, starben an Hunger und Seuchen und bei Kurdenüberfällen – nur ein Drittel überlebte. Der Rest landete in einem Camp bei BaQuba. Später wurden sie von den Engländern in die nördlichen Gebirge umgesiedelt.

2. Oktober 1959

Heute erschien Latchin mit seiner Frau Marlene, um sie uns zu zeigen. Sie ist gottlob keine dieser trägen, schwarzverschleierten Kreaturen, sondern trägt als Christin »normale« Kleider – d.h. sie hatte ein dunkelrotes, wadenlanges Samtkleid an, trug ein Viertelpfund Gold um den Hals und sah entzückend aus. Höchstens 18! Sie machte einen Knicks, küßte Ollo und mir die

Hand, lachte und war vollkommen unbefangen, ja würdevoll. Sie spricht natürlich keine Silbe Englisch, aber wir schlossen sie augenblicklich so ins Herz, daß nichts anderes mehr zählte. Beim Anblick ihres zukünftigen Zimmers, das Latchin ihr zeigte, schlug ihm fast die Stimme über vor Vergnügen – an die Probezeit denkt kein Mensch mehr!

Es ist noch immer kein Strom da, und inzwischen wissen wir auch, warum. Wenn hier jemand auszieht, löst er sein Deposit ein (was wir nicht wußten), und die ganzen elektrischen Anlagen werden herausgerissen, Sicherungskästen, Zähler usw., ohne jede Vorwarnung und ohne einen Gedanken daran zu verschwenden, daß der nächste Mieter todsicher Licht, Eis und Aircooler braucht. Ich schrie vorhin gegen eine Gruppe von Leuten an, die nur Arabisch verstehen, nicht einmal die Worte »telephone« oder »tomorrow« kennen. Es war alles vergeblich. Ollo ist beim Elektrizitätswerk, und morgen wird auf unsere Kosten alles wieder eingebaut wie gehabt. Strom ist teuer hier, man hat monatliche Rechnungen bis zu 100 Mark!

Abends brauchen wir keine Kühlung mehr. Wir sitzen auf der Terrasse, lesen, trinken Whisky, töten Moskitos.

3. Oktober 1959

Ich habe mein eierschalenweißes, kittfarbenes, elfenbeinhelles, Du weißt schon was ich meine, Sommerkostüm aus der Reinigung geholt und fand vorne, in Kniehöhe, eine metallene Preßklammer, die erstens die Nummer hielt, zweitens aber zwei Löcher, rostumrandet, in den Stoff gestanzt hatte. In die Jacke innen, im Futter, war die Nummer mit lila Kopierstift hineingeschrieben worden, unübersehbar, wenn man sie offen trägt. Von einem Amerikaner wird erzählt, er habe sich, der Hitze wegen, Plüschbezüge über seine kostbaren Auto-Ledersitze anfertigen lassen wollen. Als er das Auto abholte, hatten die Leute die Lederbezüge in Streifen abgerissen und statt dessen die Schonbezüge aufgezogen. Ich habe das nie glauben wollen, denn es werden auch viele Märchen erzählt. Ab heute glaube ich alles.

Bald wieder! Es gibt noch so vieles, über das ich nicht berichtet habe, abseits von den Alltäglichkeiten. Bleibt gesund und vergeßt uns nicht!

5. Oktober 1959

Liebe Mama,
am letzten Sonntag sind unsere Möbel aus Basrah gekommen, alles in allem in gutem Zustand. Der Biedermeierschrank ist an der Rückseite – durch das feuchte Seeklima in Basrah – so verzogen, daß wir einen Schreiner brauchten. Der Besenschrank fehlte und die großen Lampenschirme waren verbeult, aber sonst ist alles wunderbar: man ahnt ja normalerweise gar nicht, welch ein Glück es ist, an einem richtigen Tisch auf richtigen Stühlen zu sitzen, silberne Gabeln zu benutzen und geschliffene Gläser. Nach einer so langen Abstinenz ist es wie ein Traum: man geht auf und ab zwischen Möbeln und Büchern, Bildern und Teppichen und kann es kaum glauben.

Als ich noch klein war, vielleicht vier, habe ich manchmal »armes Kind« gespielt: ich kroch aus meinem warmen Bett und legte mich im Nachthemd auf den Holzfußboden. Wenn ich es dann vor Kälte und Unbequemlichkeit nicht mehr aushalten mochte, stieg ich wieder zurück ins Bett und wickelte mich glücklich und erleichtert in die kuschelige Decke. So ähnlich geht es uns nun seit Tagen: wir wärmen uns an Farben und schönen Dingen. Wir haben abends Kerzen auf dem Tisch, hören Musik und empfinden das Leben als schieren Luxus!

Marlene, mit ihrem schönen, dunklen Gesicht und ihrem Gold um den Hals, sitzt fast immer auf dem Boden, meist auf der Schwelle zwischen Küche und Wohnzimmer. Ich spreche deutsch mit ihr, sie arabisch mit mir. Sie ist sozusagen im Urzustand, ohne jegliche »Zivilisation«, heiter, taktvoll und ohne Scheu. Latchin sagt, sie kennt keine Stühle. Ist das möglich? Ich glaube, sie hocken da oben, wo sie herkommt, alle auf Matratzen, und betreten nie ein Haus mit Schuhen. Marlene hat schöne, helle Hände und Nägel und ganz appetitliche Füße, sie lacht viel und bewegt sich mit Anmut – ich staune sie an!

Der Ehemann Latchin dagegen, krummbeinig, ernst, schweigsam und freundlich, kann es an äußeren Vorzügen nicht mit ihr aufnehmen. Er hat sie vor der Heirat nicht gekannt. Die Familien sind übereingekommen, die beiden zu verheiraten, und er hat den Brautpreis entrichtet. Mama, das ist eine ganz andere Welt! Was uns als Grausamkeit und Barbarei erscheint, bringt dort zwei so intakte, unverkorkste Menschen hervor wie dieses Ehepaar.

Latchin entstaubt und poliert Möbel und Fußböden, vergißt aber die Hälfte und hinterläßt nach getaner Arbeit alles kreuz und quer im Raum stehend. Einen Sinn für rechte Winkel hat er nicht, und Stühle hat er wohl auch erst in Habbaniya kennengelernt. Er kann nicht lesen (»I go like blind, Madame«, sagt er dazu) und hat als Kind *nie* einen Bleistift in der Hand gehalten, nie versucht, etwas zu zeichnen. Aber er kann einen Ochsen abstechen, das konnte er schon mit zwölf, mit einem gezielten Stich in die Halsschlagader!

6. Oktober 1959

Liebe Mama,
den anliegenden kleinen Skorpion hat Ollo gestern vor der Küchentür erlegt und schickt ihn Dir mit ergebenen Grüßen. Diese kleinen sind nicht gefährlich, wenn sie aber stechen, soll der Schmerz so sein, als ob ein Güterwagen über den Finger fährt – das hat jedenfalls eine Amerikanerin gesagt, die wahr-

scheinlich beides ausprobiert hat, sonst wüßte sie es nicht so genau.

Ich bin dabei, gelbe Vorhänge zu nähen, und blauweiße für das kleine Wohnzimmer. Es ist immer noch wolkenlos draußen, hat immer noch 30 Grad tagsüber, aber abends ist es frisch. Uns gegenüber wohnt ein Zwei-Zentner-Kettenhund, der nicht bellt, sondern brüllt. Wir müssen also die Fenster geschlossen halten, Ollo schläft nur mit Knödeln in den Ohren. Man hört auch von weitem ganze Horden von herrenlosen, streunenden Hunden mit ihrem rasenden Gekläffe. Manchmal werden sie von den entnervten Anwohnern vergiftet, aber das ist auch furchtbar. In diesen Ländern darf man kein Hund sein.

8. Oktober 1959

Liebe Mama,
gestern abend wurde auf Abdul Kerim Kassem geschossen. Wir wußten nichts davon, denn wir können ja nicht Radio hören (!), und gingen ahnungslos abends auf dem Tigrisdamm spazieren. Alles war wie ausgestorben, kein Mensch zu sehen. Plötzlich tauchte aus einer Seitenstraße bewaffnete Polizei auf, hielt uns an und wollte die Pässe sehen. Wir sagten »sofara alemana« und gingen weiter und nach einiger Zeit durch die menschenleeren Straßen zurück. Was wir nicht wußten: es war Ausgehverbot, wir hätten in Schwierigkeiten kommen können. Sogar Latchin sagte: »verry good they no catch you«. Heute ist eine ganz seltsame, ja bedrohliche Stimmung in der Gegend, überall stehen Männer und reden miteinander. Die Schulen sind geschlossen, die Zeitungen erscheinen nur teilweise. Einige Stadtteile sind mit Panzern und Militär abgeriegelt, viele Läden zu, die Marktstände verlassen. Ich weiß noch nichts Genaues, nur, daß niemand nach Einbruch der Dunkelheit das Haus verlassen darf. Ich kann also heute abend schreiben.

Abends: Bagdad wimmelt derartig von Gerüchten, Drohungen, Intrigen, Mordkomplotts, Hinrichtungen, Ränkeschmiedereien und Verschwörungen, daß man etwas dagegen abstumpft und der *tatsächliche* Attentatsversuch gestern abend eine richtige Überraschung war! In den letzten Tagen ist Kassem mehrfach ausgepfiffen und ausgelacht worden, und zwar von den Nasseristen, sodaß er sich nur noch unter stärkster Bewachung zu irgendwelchen Veranstaltungen wagen konnte. Seine Zuflucht sind also – im Moment! – die Kommunisten, und so war er gestern abend auf dem Wege zur Feier des zehnten Gründungsjahres der DDR, zum Haus des hiesigen DDR-Vertreters, Herrn Hochmuth.

Um halb sieben abends, als sein gelber Panzerwagen durch die Rashid street fuhr, ging schlagartig das Straßenlicht aus, eine Rauchbombe vernebelte die Sicht, und eine minutenlange Serie von Maschinengewehrschüssen zerfetzte den schweren Chevrolet. Der Chauffeur war sofort tot, Kassem schwer verletzt mit Schulterdurchschuß, Arm- und Handverletzung, ein weiterer Offizier am Kopf getroffen, aber lebend, ein Attentäter tot, die andern unauffindbar. Niemand weiß, ob das Ganze persönliche Blutrache von Angehörigen der hingerichteten Offiziere ist oder ob es die Großarabischen Nationalisten und Nasseristen waren oder sein eigener Geheimdienst.

Die Kommunisten haben nun Oberwasser und schieben die Schuld auf alle Imperialisten, als da sind Amerikaner, Briten, Westdeutsche und Nasser-Faschisten, sogenannte greedy elements. Eigentlich ist dies der ideale Zeitpunkt, die DDR anzuerkennen, was unsern augenblicklichen Abbruch der Beziehungen bedeuten würde, noch bevor unsere Gardinen an den Fenstern hängen. Eine günstige Folge des Attentatsversuchs ist die absolute Ausgangssperre zwischen acht Uhr abends und fünf Uhr morgens, that means no parties at all! Du siehst, liebe Mama, daß ich die blutigen Ereignisse in unserem Gastland unter dem

Gesichtspunkt der Fensterdekoration und sonstiger Gemütlichkeiten betrachte, das sagt jedenfalls Ollo.

Einer der Mittäter war der damals dreiundzwanzigjährige Saddam Hussein. Er konnte durch die engen Seitengassen der Rashid street entkommen und floh über Syrien nach Ägypten. Viele andere, die in den Vorfall verwickelt waren, wurden vor Gericht gestellt und zum Tode verurteilt.

13. Oktober 1959

Kassem ist gerettet und erfolgreich operiert worden. Seine Verfolger sind danach ins Krankenhaus eingedrungen und haben erneut versucht, ihn zu töten. Aber er lebt und hat vom Krankenbett aus eine zornige Radioansprache gegen die verbrecherischen Nationalisten gehalten. Die jordanische Zeitung meldet hingegen: »Der Schlächter ist diesmal dem Volkszorn entkommen. Morgen wird er ihm nicht entgehen!« Und Radio Kairo: »Es sind Kassem und seine kommunistischen Mörder, die für das politische Chaos im heutigen Irak verantwortlich sind.«

Wenn Du diesen Brief bekommst, weißt Du ohnehin alles aus den deutschen Zeitungen, und wahrscheinlich viel gründlicher. Sollten Euch jemals sorgenvolle Gedanken kommen, müßt Ihr einfach daran denken, welch ideales Klima wir im Augenblick haben, wie schön der Garten blüht, wie schön das Haus wird, wie zufrieden wir mit Latchin und Marlene sind und auch sonst mit dem Leben. Ich setze vollkommen auf unser privates Dasein, was Ollo natürlich nicht kann.

14. Oktober 1959

Euer Geburtstagsbrief und Wolljäckchen kam an und ich küsse Euch tausendmal dafür. Der lange Familienbericht war herrlich, vor allem die Briefe der Brüder. Zu Dietrich: Beirut finden wir natürlich gut! Ihr müßtet im Mayflower Hotel wohnen, das ist hübsch und nicht zu teuer. Freilich ist die Stadt laut und eng und kein wirklich erholsamer Ort, wenn man aus dem Norden kommt, aber es gibt einen märchenhaften Strand, im Frühjahr kann man baden – es wäre schon eine prächtige Idee!

Mamas Anerbieten für Ollos Geburtstagsgeschenk ist rührend. Er wünscht sich das Teppichbuch von Röpers – vielleicht könnt Ihr es finden?

Wir haben eine Decke gekauft, vielleicht 70 Jahre alt, die hier in jüdischen Familien benutzt wurde: feinster, fast fadenscheiniger Baumwollbatist, beige-grundig mit reichen Randornamenten. In der Mitte ein fortlaufender Rapport mit rostrot gerahmten Ovalen, Prophetenköpfen und hebräischer Schrift – Elias und Moses mit den Gesetzestafeln. Das Ganze ist ein Druck und trägt die typischen, sehr reizvollen Druckunregelmäßigkeiten. Schrift, Feinzeichnungen und Konturen sind dunkelbraun. Wir haben sie im Souk gekauft, sie hat 20 Mark gekostet und war die allerletzte. Der Händler will aber suchen, ob er noch eine finden kann!

Der Haß gegen die Juden reichte lange zurück. Am jüdisch-arabischen Krieg nach dem Ende des Mandats 1948 war der Irak mit einigen tausend Mann beteiligt. Die große jüdische Gemeinde hatte schwer zu leiden und mußte darüber hinaus erhebliche Kontributionen für den Krieg gegen ihre Glaubensgenossen leisten. »Sympathie mit Israel« bestrafte man mit hohen Geldbußen. In Basrah wurde der jüdische Millionär Shafig Ades öffentlich gehängt, 5 000 000 Pfund seines Vermögens konfisziert. Später wurde den meisten der 120 000 Juden die Ausreise nach Israel gestattet, sie mußten jedoch praktisch ihr ganzes Vermögen im Irak zurücklassen.

Detail aus der jüdischen Decke.

Jetzt, wo die große Hitze vorbei ist, sind wir manchmal in der Innenstadt. Da gibt es den großen Supermarkt Orosdibak auf der Rashid street, wo man Stoffe und Schuhe, Töpfe und Gläser, Wäsche und Zwirn und noch allerlei Zeug kaufen kann, vieles davon ist englische Importware. Orosdibak besteht aus einer doppelstöckigen Halle und ist immer erfüllt von lauter arabischer Musik. Diese Musik ist auch in der übrigen Stadt allgegenwärtig und unterscheidet sich von der europäischen dadurch, daß sie keinen Dreiklang kennt, keine Mehrstimmigkeit, keine Polyphonie oder Gegenläufigkeit: es gibt nur Oktavparallelen, die aber mit unterschiedlicher Inbrunst, Lautstärke und unterschiedlichem Rhythmus vorgetragen werden. Oft Frauenstimmen, von *einem* Streichinstrument begleitet, aber eben nur einstimmig. Melodien, die wir gar nicht singen können, mit rutschenden Zwischentönen und »Kehlkopfmodulationen«, die offenbar die besondere Kunst daran sind. Kurzum: das Wühlen in Orosdibak-Waren und der Genuß der Orosdibak-Songs sind für mich nicht mehr zu trennen!

Die Rashid street ist im übrigen eine traurige Angelegenheit. Hier in Bagdad ist zwar alles graugelb, staubig und lehmfarben, aber diese Straße ist es besonders. Zu beiden Seiten stehen schmucklose, ziemlich häßliche Arkadenhäuser, und auf dem eigentlichen »Boulevard« rumpeln und hupen die Autos wild durcheinander, stoßen in Schlaglöcher und Pfützen – die Straße ist *immer* naß! –, treiben die Leute ihre Fahrräder und Esel, klingeln die Kerosinwagen. Über allem hängt ein ganz bestimmter Geruch, den ich nicht beschreiben kann, nicht unangenehm, aber sehr speziell. Es gibt noch eine Menge anderer Läden: Schuhe, Fotosachen, Zeitungsläden. Aber alle Auslagen sind so verblichen und verstaubt, daß man denkt, sie seien seit Jahrzehnten nicht ausgewechselt worden. Es ist das mörderische Klima, das allem seinen Stempel aufdrückt. Und doch soll hier das Paradies gewesen sein!

Viele der männlichen Bagdadis gehen in bodenlangen, luftigen, nachthemdartigen Gewändern herum, Galabiya genannt, die meisten aber einfach in gestreiften Pyjamas. Fast alle haben ihren Kopfputz auf, die Keffiye, manche aber auch Turbane.

Manchmal sieht man besondere Würdenträger, schneeweiß gekleidet, mit weißer Keffiye, zierlich umhäkelt, und mit goldenen Reifen um den Kopf, wunderbar aussehende Menschen übrigens, oder die Söhne des Propheten, die in Mekka gewesen sind und grüne Turbane zu ihren wallenden Gewändern tragen, die Hadjis. Die Frauen sind in der Mehrzahl unter der schwarzen Abbaya versteckt, selbst kleine Mädchen. Sie tragen grobe, abscheuliche Schuhe mit heruntergetretenen Fersenkappen, aber darüber, um die Knöchel herum, oft genug wunderschöne schwere Reifen mit dicken Verschlußknäufen, aus nahezu purem Gold. Viele haben Tätowierungen im Gesicht, viele Goldschmuck in den Nasenflügeln, viele mit Henna rotgefärbte Handflächen. In der Nähe des großen Souks sitzen sie stundenlang auf ihren Fersen, lachend und schwatzend.

Eine wirkliche Attraktion ist der Souk, der aus einem weitverzweigten Netz von Gewölbegängen besteht, beginnend mit den Kupferschmieden, deren ohrenbetäubendes Gehämmere weithin zu hören ist. Sie treiben Kupferbleche über hölzernen Bukkelformen zu Schüsseln und Kannen und verzieren sie dann mit feinen Sticheln über und über mit Ornamenten. Sobald man zuschauen will, unterbrechen sie ihre lärmende Tätigkeit und bieten ihre Erzeugnisse an, die sich auf dem Boden stapeln, dicht an dicht die Wände bedecken und von der Decke hängen. Aber diese »frischen« Sachen sind doch selten schön genug, als daß man sie haben wollte. Den Charme bekommen sie erst durch jahrelangen Gebrauch, jahrelangen »Abrieb«. So lehnt man also lächelnd ab, was die Kupferschläger dahin deuten, daß der Preis zu hoch sei. Sie nennen einen niedrigeren und noch mal einen niedrigeren Betrag und sind schließlich verärgert, weil sie sich beim besten Willen nicht vorstellen können, daß man nichts kaufen will.

Es gibt auch einen Silber-Souk, in dessen Nähe die Teufelsanbeter ein Tempelchen haben sollen.

In Bagdad lebten außer den Moslems Hindus, Buddhisten, Griechisch-Orthodoxe, Armenier, Assyrer, Chaldäer, Protestanten und Katholiken, und vor dem arabisch-israelischen Konflikt gab es dort eine der größten jüdischen Gemeinden. Außerdem waren hier aber auch die Yessiden zuhause, die Teufelsanbeter, die ihren Haupttempel in Sheickh Adi haben und deren Ursprünge in die vorchristliche Zeit zurückreichen. Sie leugnen weder die Existenz der Heiligen noch eines gütigen Allmächtigen, aber sie glauben auch, daß dem Geist des Bösen in dieser Welt freie Hand gegeben ist. So erheben sie sich nicht gegen die Werke der Finsternis, sondern finden es ratsam, dem Satan zu huldigen, der so eine bemerkenswerte Macht hat. Die Anbetung Gottes, an dessen Güte und Gnade sie glauben, vernachlässigen sie. Sie »helfen« Gott, indem sie Lucifer zu beschwichtigen suchen. Die Yessiden tragen hohe, schwarze, turbanartige Hüte und Bärte und sind als friedfertige, freundliche Leute bekannt. »Sie meiden Blattsalat und Rettich, die beiden Pflanzen, die den Satan nicht verstecken wollten, als er vor dem Allmächtigen floh«, schreibt Freya Stark in den ›Baghdad Sketches‹, Leipzig 1938.

Zudem gibt es einen Gold-Souk, wo man in erleuchteten Vitrinen all die glänzenden, nagelneuen Gegenstände beieinanderliegen sieht. Der Anblick des Goldes ist verführerisch – es ist nämlich fast rein, sehr biegsam und hat eine wundervolle satte, gelbe Farbe. Wenn man die Sachen aber einzeln in die Hand nimmt, sind sie doch etwas barbarisch und unedel. Hier gibt es die Knöchelreifen, die manche Frauen tragen, sehr schwer und teuer. Wir haben einen Ring gekauft mit lose hängenden Büscheln von Bahrain-Perlen. Außerdem sah ich vor einiger Zeit, als ich allein dort war, einen Mann einen großen Sack Altsilber auf den Boden schütten, das eingeschmolzen werden sollte. Dabei war eine wunderschöne persische Gürtelschnalle, so groß wie zwei Kinderhände, handgetrieben und mit Karneolen und Türkisen geschmückt, alt und abgeschliffen, vom langen Gebrauch poliert. Für fast nichts habe ich sie bekommen!

Tief im Inneren gibt es richtige Antiquare, die erlesene Stücke besitzen. Da hängen die Wände voller Waffen, da gibt es wertvollen alten Schmuck, herrliche Kupferkannen und Silber, Wasserpfeifen und russisches Porzellan, vom Alter fast zerschlissene feinste bedruckte Baumwolldecken und natürlich Teppiche. Hier hätte ich für die Gürtelschnalle das Zehnfache bezahlt.

In einer Seitenstraße ist der Gewürzbasar, ein Augen- und Nasenschmaus, wo die Gewürze nicht in Döschen stehen, sondern in Säcken. Dann bunte Obst- und Gemüsestände und schließlich der Fleischbasar, den man eigentlich nur in Gummistiefeln betreten kann, weil alles voller Gedärme, Blut und Fliegen ist, so ekelerregend, daß die Regierung ein Fotografierverbot erlassen hat. Und Straßen voller Stoffballen, große Mengen an geblümtem Baumwollflanell für Winternachthemden, aber auch, dem hiesigen Geschmack entsprechend, glänzende Kunstseide in schrillen Farben, Golddurchwirktes und Samtiges. Irrsinnige Handtaschen!

Ich gehe gern in den Souk, weil er immer voller Überraschungen ist und weil ich so gerne sehe, was andere machen und schön finden. Manchmal stelle ich mir vor, wie *Ihr* einen solchen Basarbesuch fändet, die Geräusche und Gerüche, die Pfützen auf dem Boden, die Abfälle, die schwärzlichen Hände, die das Essen verpacken. Meine »Ekelschwelle« ist mittlerweile ziemlich hoch, ich glaube nicht mehr an Bazillen.

Aber Ihr? Schluß für heute, es ist ganz spät abends. Ich umarme Euch in all Eurer aseptischen Reinlichkeit!

22. Oktober 1959

Vorgestern kam Dein Brief mit normaler Luftpost, für den ich Dir sehr danke. Bei Euch ist das Leben normal und herbstlich, und bei uns wird es das auch. Gestern war zum ersten Mal seit dem Frühjahr bedeckter Himmel, und heute fiel der erste starke Regen. Ich war vorhin mit dem Wagen unterwegs und »schwamm« förmlich, weil Staub und Wasser bekanntlich eine Schmiere bilden, die glatt wie Seife ist. In unser Tor kam ich kaum hinein, weil das Auto mit den Hinterrädern so wegrutschte, daß ich fast angeschlagen wäre. Angeblich soll der Schlamm knietief werden, sodaß kein Taxi mehr in die ungepflasterten Straßen hineinfährt, die hier in unserer Gegend aus einer meterdicken festgetrampelten Staubschicht bestehen. Freilich gibt es auch paved roads. Ein Glück, in einer solchen zu wohnen. Wir aber haben eine mud road.

Das Komischste ist, daß wir gar keine Adresse haben. Es gibt keine Straßennamen, nur umstrittene Hausnummern, die das Elektrizitätswerk kennt. Wenn man hier einlädt, verschickt man Karten mit Lageplan. Unser Stadtteil heißt Hindiya, wir wohnen in der dritten Straße. Man sagt zum Beispiel: »Kommen Sie doch mal zu uns, wir wohnen in der 23. Straße hinter der ersten Palme links.« Angestrengt zählend fährt man also durch die sturzackergleichen Wohnviertel der irakischen Hauptstadt, und wehe, man vertut sich!

23. Oktober 1959

Das habe ich doch fast vergessen Dir zu erzählen: vor ein paar Tagen fanden wir im Garten (wieder einmal) eine winzige, fast neugeborene Katze, laut schreiend. In der warmen Hand war sie sofort still, auf den Boden gesetzt, kroch sie mir überallhin quiekend nach. In einen Teller mit Milch fiel sie mit Gesicht, Beinen und Bauch hinein, roch die Milch, konnte aber nicht trinken. Ich kaufte eine Babyflasche und tränke sie nun alle paar Stunden. Nach zornigem Hungergeschrei faßt sie den Sauger, trinkt gierig und starren Blicks, beide Pfoten an der Flasche. Da sie, sobald sie Menschen sieht, sogleich zu schreien anfängt, bewahre ich sie in der Waschküche auf, in dem Eierkorb, den Ihr uns zur Hochzeit geschenkt habt. Seit gestern lege ich eine Wärmflasche dort hinein, da bleibt sie nämlich gerne und schläft, während sie sonst auf ihren lächerlichen Beinen jedem hier nachtorkelt, mit durchdringendem Gequieke. Ollo läßt mich grinsend gewähren. Wir haben immer noch Ausgangssperre!

Der leise, zurückhaltende Ollo, den kein Mensch kennt, ist von einer beängstigenden Äußerungsfähigkeit, laut, albern oder zornig (mit italienischem Pathos, ich finde es wunderbar; stelle mich aber erschreckt!) und fühlt sich wohl. Es ist schön mit ihm. Sobald andere Menschen da sind, ist er wieder im Schneckenhaus. Viele Küsse an Euch alle, vor allem an Eberhard und Dieter!

27. Oktober 1959

Ollo sagte vorhin, als wir auf der Terrasse frühstückten und die Katze bei uns hatten: »Du *kanns*t die Katze nicht immer in der Waschküche behalten! Sie kann sich ja gar nicht weiterentwickeln! Sie sieht ja nichts von der Natur!« Und als das kleine Ding die allerersten Spielversuche mit ein paar Zweigen machte, rief er: »Da schau! Das ist alles neu für sie!« Ich erwähne dies, weil Ollo angeblich alle Katzen haßt, besonders im Haus. »Und dann mußt du es immer so machen, daß das Körbchen teilweise im Schatten und teilweise in der Sonne ist.« (Im Ernst!) Gestern nahm sie die Flasche nicht, und Ollo gab ihr schließlich Fleisch. Das fraß sie schnurrend. Sie ist still, wenn sie allein ist, liegt auf dem Rücken und fängt ihre Füße. In unserer Gesellschaft aber schreit sie ständig, und wir machen ein Theater damit wie mit einem Kind. Es müßte wirklich mal eins kommen. Kommt aber nicht.

Ihr macht Euch übrigens keine Vorstellung, wie sich der Regen neulich auf unsere Straße ausgewirkt hat, und wir wissen nicht recht, wie das während der Wintermonate werden soll. Nach unsern Informationen hat unsere Straße *überhaupt* kein Pflaster, während viele andere wenigstens ein grobes unterirdisches Kopfsteinpflaster haben, wenn auch so schlecht und voller Löcher, daß man nur langsam vorankommt. Immerhin kann man wenigstens nicht versinken! Unsere Straße aber besteht nur aus Staub, metertiefem Staub, und sogar ziemlich lockerem Staub, weil die Straße im Sommer aufgerissen war. Der Erfolg ist, daß der Schlamm bis in die Tiefe reicht und sich stellenweise große Seen bilden. Nichts trocknet. An diesem ersten Regentag blieben mindestens fünf Autos draußen stecken. Wir hörten das Geheul der Motoren und die wühlenden Räder. Am nächsten Tag noch zwei andere Autos, eines davon ein Schulbus, der bis zu den Achsen im Morast versank. Ollo und ein anderer Mann schoben barfuß ein Auto – kannst Du Dir vorstellen, wie die beiden hinterher aussahen?

Nachher kommt Busse zum Tee. Er war 14 Tage verreist, und ich hatte ihm versprochen, mal nach seinem Haus zu sehen. Zwei Tage bevor er zurückkam gingen wir also hin und fanden die halbe Wohnung unter Wasser, stinkend und modrig. Es stand Essensabfall herum, schmutzige Wäsche, Flaschenkorken, Asche. Ein Lederstuhl war schwarz vor Nässe, eine Truhe und ein Schrank standen in einer Pfütze, ein Wandteppich färbte rot nach unten ab. Dazu der Staub von zwei Wochen! Wir gingen also zu Kashaba, dem Diener, und beschwerten uns – der Kerl bekam für diese Ferienzeit 120 Mark (!), und als Busse zurückkam, erzählten wir ihm die Sache. Da Kashaba in der Zwischenzeit aber alles makellos gesäubert hatte, hielt Busse mich offensichtlich für verrückt, und der Schwung für eine Strafpredigt sackte völlig in sich zusammen. Was hätte er sagen sollen? Im Gegenteil beschwerte sich nun der Diener über mich und meinte: »For *that* lady I never work, even she offer me 70 Dinars!«

28. Oktober 1959

Es ist fast Spätherbst und tagsüber noch immer so warm, daß man im Badeanzug draußen liegen kann. Aber es wird früh dunkel und kühl, man muß aufpassen. Ollo ist von wachsender Sensibilität gegen die Straßengeräusche. Wenn man erst mal anfängt, sich gegen den Lärm zu sträuben und sich zu ärgern, schläft man überhaupt nicht mehr. Ich behaupte immer, man kann sich durch eine innere »Elastizität« an den Lärm gewöhnen – mir gelingt das ganz gut –, aber Ollo lauscht nur noch durch sein Ohropax nach draußen. Die Autos hupen hier mit Lautverstärkern, in Deutschland würden sie bestraft! Jeden Morgen um Viertel vor sieben kommt der schon erwähnte Schulbus und hupt minutenlang mit einer zweistimmigen Brüllhupe, davon wache sogar ich auf. Im Augenblick ist durch die abendliche Sperre wenigstens zur Schlafenszeit Ruhe – bis auf die Hunde!

Grade erreicht uns die Nachricht, daß Bonn sich durch den Besuch des irakischen Erziehungsministers in Ost-Berlin brüskiert fühlt, und der Minister daraufhin Bonn von seiner Besuchsliste gestrichen hat. Wir kennen ihn. Er ist uns ausgesprochen freundlich gesinnt und kein Kommunist. Wir wissen nicht, ob dies nun Folgen hat, außer allgemeiner Peinlichkeit. Der Osten hofiert den Irak nach allen Regeln der Kunst, während wir Stärke vorweisen, wobei ich zugeben muß, daß wir uns aus egoistischen Gründen darüber aufregen.

Lebt wohl und haltet uns die Daumen, daß wir nicht in vier Wochen mit Töpfen und Tassen, Büchern und Lampen, Teppichen, Bildern und Katze bei Euch vor der Tür stehen, um das christliche Abendland zu retten!

Die Handelsvertretung der Deutschen Demokratischen Republik war ungemein agil und warb mit allen Mitteln um die Sympathie der irakischen Regierung. Herr Hochmuth, der Leiter der Vertretung, hatte einen Wagenstander wie ein akkreditierter Botschafter, und auf dem Bürogebäude wehte die »Spalterflagge« mit Zirkel und Hammer. Sie hatten dort geschickte Propagandaleute, die vor allem in den Radio- und Fernsehstationen aus- und eingingen. Die Handelsvertretung der DDR gab große Empfänge, zu denen freilich Angehörige westlicher Botschaften nicht eingeladen wurden, wie auch umgekehrt die östlichen nicht bei uns. Um Rumänen, Ungarn und Polen machten wir einen respektvollen Bogen! Ein einziges Mal haben wir ein Ehepaar aus der DDR erlebt, als sie nämlich gleichzeitig mit uns ein Haus suchten und zur gleichen Stunde zur Besichtigung erschienen waren. Wir sprachen englisch miteinander und nur das Allernötigste.

2. November 1959

Liebe Mama,
der Kurier geht jetzt Dienstag statt Donnerstag, Du hast diesen Brief vielleicht schon zum Wochenende. Vergiß nicht, über Eure Teppichwünsche zu schreiben, damit wir möglichst lange Zeit haben, einen guten Fang zu machen!

Die Ausgangssperre ist beendet – no curfew any more, und geradezu explosionsartig setzen die abendlichen Veranstaltungen wieder ein. Gestern waren der Botschafter und der neue Presse-Attaché mit Frau bei uns zum Abendesssen. Latchin hatte sich erbeten, das Abendessen ganz nach seinen Vorstellungen zu machen. Ich ließ es darauf ankommen und hörte ihn unheildrohend in der Küche zischen und brutzeln. Schließlich reichte er auf Raumers Silberplatte wunderbare Welsh rarebits, gegrilltes Fleisch und Tomaten – es war großartig. Der Tisch war mit grünen Sets gedeckt, mit Silber und Tante Augustes alten Gläsern. Latchin servierte zu unserm Entsetzen mit hochgekrempelten Ärmeln, aber es war zu spät, etwas zu sagen.

Dienstag kommt die Botschafterin. Sie soll sehr nett sein, wir freuen uns beide auf sie.

Liebe Mama, bitte schicke mir irgendwann Postnachsendeformulare. Seid alle umarmt und bleibt gesund!

13. November 1959

Liebe Mama,
ganz in Eile, kurz vor dem Kurierabgang. Dank für Deinen Brief, der diesmal geöffnet wurde und mit Zensurstreifen ankam. Glücklicherweise enthielt er keine Andeutung über hiesige »Zustände«, sonst hätte ich ihn nicht bekommen. Wenn Du es so einrichtest, daß Deine Briefe am Wochenende in Bonn sind – mit der bekannten Aufschrift – dann sind sie Mittwoch vormittag in der Botschaft!

Hier scheint allmählich der Winter auszubrechen. Ich habe zwar noch keine Strümpfe an, aber einen Pullover mit Ärmeln. Draußen ist es düster, kühl und windig, jeden Moment droht ein Platzregen. Gott sei Dank heute und nicht gestern! Gestern hatten wir nämlich unsere erste offizielle Cocktailparty mit 100 geladenen Gästen aus 14 Nationen. Das bedeutet, daß in unserer Straße etwa 50 Autos parken müssen und Damen mit Abendschuhen durch unser Gartentor kommen, die Männer mit schwarzen Hosenbeinen. Bei Regen wäre das eine Schlammschlacht ohnegleichen geworden, und Du hättest bei diesem Brief wirklich was zu lachen gehabt. So aber ist alles gut gegangen, alles war auf die Minute fertig bis auf meine Fingernägel, die ich – halb angefangen – wieder abschminken mußte, weil ein Ehepaar zehn Minuten zu früh kam.

Latchin hatte wundervolle Sandwichplatten gemacht, ich hatte mit der Küchenmaschine alle möglichen Aufstriche und Saucen gemixt, alles wurde aufs schönste arrangiert – es sah fabelhaft aus. Latchin war in weißem Jackett und schwarzer Hose und trug einen Schlips – er ging auf Wolken vor Stolz und erzählte mir, er habe seine Frau gefragt, ob sie so etwas schon *jemals* gesehen hätte. »She say no!«

Das Haus hatte sich ab sechs mit Blitzesschnelle gefüllt, und zwischen all den Seidenstrümpfen trieb die Katze ihr Unwesen. Die Frau unseres Botschafters (die reizend ist!) brachte einen rosafarbenen Rosenstrauß mit, den Latchin in eine viereckige Plastik-Zuckerbüchse stellte, mitten auf den Tisch. Es war laut und voll, und wir bekamen ungeheure Komplimente für Haus und Party: ein so gemütlicher und stimmungsvoller Cocktail fände nur alle zwei Jahre in Bagdad statt. Die Komplimente hinterließen bei uns aber nur Gewissensbisse, denn wir hatten solche Sachen zu unsern Gastgebern *nie* gesagt. Wir haben den Verdacht, daß unsere Party ebenso öde war wie alle andern, nur die Gäste wohlerzogener!

Frau Richter (die uns den Rosenstrauß mitgebracht hatte) ist eine ruhige, liebenswürdige, sehr elegante und schöne Frau, ganz ohne Allüren. Ich freue mich, daß sie da ist. Sie hat einen kleinen Sohn, der ist jedoch in Deutschland geblieben.

Ich muß Schluß machen. Aber noch eine komische kleine Sache: Latchin sagte gestern abend: »I worken now so long for you and never know your name. I asken you Madame what is your name?« In diesem Augenblick, Mama, singen sie beide laut in der Küche, und das tun sie mit Vorliebe, wenn zugleich Beethovenplatten zu hören sind. Alles ist in Ordnung! Ollo läßt Euch alle grüßen.

16. November 1959

Liebe Mama!

Heute kam Euer Brief mit Gelbsucht und Aphthose. Wir waren ziemlich entsetzt, als wir das lasen. Könnt Ihr nicht etwas ausführlicher darüber berichten? Hast Du Gallensteine? Bist Du geröntgt worden? Können sich solche Sachen wiederholen? Liegst Du noch? Nun ist seit Eurem Brief schon wieder fast eine Woche vergangen, und wenn meine Fragen kommen, ist wieder eine Woche herum, die eventuellen Antworten darauf sind schon hinfällig. Eberhard mit seiner Mundseuche tut mir genauso leid, ich hatte das vor zehn Jahren und habe geweint, bei jedem Essensversuch, Ollos Bruder hatte es auch, hat ebenfalls geweint, und wahrscheinlich weint auch Eberhard. Man hungert und schweigt eine Woche lang. Der Arme! Aber bitte schreib uns alles trotz der Hinfälligkeit, wir leiden dann eben zeitlich versetzt mit Euch, was immer noch besser ist, als ausgeschlossen zu sein. Und im Hinterkopf wissen wir: alles nicht mehr so schlimm!

Eigentlich müßte ich an eine Unmenge Leute schreiben, auf die ich aber gar keine Lust habe. So schreibe ich immer zuerst an Dich, meist in der löblichen Absicht, mich kurz zu fassen, damit für die Pflichtbriefe noch Zeit bleibt. Aber Du siehst ja, was daraus wird.

Wir haben heute zum ersten Mal Kaminfeuer an. Es ist abends kühl, selbst wenn mittags noch die Sonne brennt. Seit langem ist ein Abend frei, ohne Einladung. Gestern war ein Mammutempfang des belgischen Charge d'affaires mit 500 geladenen Gästen. Es war alles da, was sich denken läßt: Offiziere, Diplomaten, schöne Frauen, römischer Bischof, orthodoxer Bischof, Jesuiten, irakische Minister. Ich war zum Schluß heisergeschrien, denn je lauter es wird, um so mehr muß man schreien, um sich verständlich zu machen, und je mehr man schreit, um so lauter wird es, usw., eine Fortissimo-Spirale. Ich denke oft über diese seltsame Tätigkeit unserer Partybesuche nach. Für *uns* persönlich erscheinen sie mir ziemlich sinnlos, weil wir ja hier keine politischen Aufträge haben und an unserer Behörde fast die jüngsten sind. Aber für die »Großen« dürfte dieses Getriebe wichtig sein, wie ein Forum, eine Nachrichtenbörse, ein Kontaktmarkt. Vielleicht könnte man die Frauen zu Hause lassen. Aber auch die Frauen sind mehr als »Dekor«, viele darunter sehr kennenswert, sehr gebildet, sehr politisch, zum Beispiel Sigrid. Es gibt eine luxuriöse Auswahl an klugen Männern und überhaupt gänzlich unbürgerlichen, ungewöhnlichen Leuten. Wenn diese Partygesellschaft nicht existierte, träfe man sie nie.

19. November 1959

Also, Mama, die verrückteste Person des Hauses ist und bleibt die Katze. Was – von Latchin angefangen – über dieses Tier gelacht wird, ist nicht mit Geld zu bezahlen! Z.B. dabei zuzusehen, wie die Katze sich selbst im Spiegel fangen will oder mit dem übergestülpten Papierkorb durchs Zimmer wackelt, ist so viel wert wie ein Kinobesuch. Wo man geht und steht, wird man plötzlich von zwei Pfötchen betrommelt, und sobald man sich umdreht, ist sie verschwunden. Sie lauert hinter irgendeiner Ecke, um sich erneut auf einen zu stürzen und dann – husch – in ein neues Versteck zu sausen. Wenn man selbst mitspielt, also sich auch versteckt und anschleicht, entwickelt sich eine wilde Jagd. Sobald man aber etwas Ungewöhnliches tut, z. B. auf einen Stuhl steigt oder hinter eine Gardine geht, unterbricht sie sofort das Spiel und staunt mit runden Augen. Manchmal flieht sie versehentlich in die falsche Richtung und bleibt einem zwischen den Knöcheln stecken. Latchin steigt über sie, dampfende Gemüseplatten balancierend, und wagt nicht, sie hinauszuwerfen, aus Liebe! Das einzig Unappetitliche ist ihre Fresserei. Sie kippt vor Gier den Napf um, hat beide Pfoten im Futter und badet schmatzend ihr Gesicht darin. Die Pfoten liegen abgespreizt auf der Erde, der Schwanz zittert vor Aufregung. Nach der Mahlzeit ist ein halber Quadratmeter überschwemmt, die Katze voller Milch und Haferflocken, die Füße naß und kalt. Sie steigt alsbald auf den Teewagen und hinterläßt dort fettige Abdrücke. Ich habe noch nie ein Tier so essen sehen. – Ollo sagt, ihr habe die *Mutter* gefehlt, hast Du Worte? Dann hätte sie sich nämlich ganz anders entwickelt, und außerdem müsse man bedenken, daß die Katze »glaube« (Ollo!), sie sei ein Mensch wie er und ich, und daß sie schließlich in ihrem ganzen Leben noch nie eine andere Katze gesehen habe. Die Arme!

20. November 1959

Liebe Mama,
keine Post von Euch, dafür alles mögliche aus Braunschweig. Ich hoffe, Du bist gesund und alle andern auch. Die großen Zeitverschiebungen zwischen unsern Briefen machen das Leben aus gegenseitiger Sicht etwas unübersichtlich, ich habe das schon oft beklagt, aber wir können es nicht ändern.

Wir haben eine Kulturdelegation hier, zwei Bundestagsabgeordnete, einer CDU, einer SPD, einen Professor für Arabistik und den Direktor des Goethe-Instituts aus München. Mit denen sind nun eine Menge Essen, Empfänge, Touren und Besichtigungen geplant, natürlich mit den entsprechenden Irakern, was dringend nötig ist, weil es Mißstimmungen wegen der Israel-Waffenkäufe gegeben hat. Zugleich aber hören wir, daß in der ›Bunten Illustrierten‹ ein krasser Anti-Irak-Artikel erschienen ist, den die hiesigen DDR-Leute übersetzt und dem kommunistischen Militärzensor als die westdeutsche Meinung über Kassem übergeben haben. Über die Unternehmungen mit den vier Kulturträgern berichte ich noch!

Seit einiger Zeit gebe ich an der hiesigen deutschen Schule

Musikunterricht. Es sind ungefähr 25 Kinder und ein gestimmtes Klavier, und da ich so viele Lieder kenne und begleiten kann, bringe ich sie ihnen bei. Sie singen aus vollem Halse und finden es schön. Gegenüber der Schule ist ein Bullen-Deckplatz oder Kuh-Besamungsort, was die Kinder aber nicht aus dem Takt bringt. Außerdem habe ich versprochen, beim deutschen Weihnachtsgottesdienst die Orgel in der Anglikanischen Kirche zu spielen. Die Erwähnung dieser Dinge bringt mich auf den Gedanken, daß bald Winter ist und bald Advent, und daß wir hier, in einem zutiefst islamischen Land, unbeachtet von der Öffentlichkeit, ein ganz privates Weihnachtsfest haben werden. Aber noch will ich nicht daran denken!

22. November 1959

Wir hatten gestern einen wunderbaren Abend im Hause von Professor Lenzen, dem hiesigen Leiter des Deutschen Archäologischen Instituts, seit vielen Jahre hier und selbst eine Institution. Er ist alterslos, aber eher alt als jung, gelehrt in seinem Fach, ergiebig im Gespräch über Gott und die Welt, zugewandt, zuhörend, für meinen Geschmack von bezauberndem Charme, obwohl er sich seinerseits für Frauen sicher nie interessiert hat. Er lebt in einem alten Bagdader Viertel in einer fast »spukigen« Villa, die wir allerdings nur bei Abend sahen, und die mir darum vielleicht etwas düster vorkam. Im Eßzimmer war eine weißgedeckte Tafel und im Haus wandelten drei weißgekleidete Diener in langen Gewändern, die ernst, schweigsam und in vollkommener Anmut das Essen servierten, wenn das Wort Anmut für Männer angebracht ist. Aber so war es. Es gab ein köstliches Essen, nämlich arabischen Reis. Da wird eine ovale Reisplatte (sie muß oval sein!) mit einer dicken Schicht gerösteter Mandeln, Zwiebeln und Korinthen überschüttet, zartes Hühner- und Putenfleisch und Orangenschalenstreifen daruntergemischt.

Der Reis selbst duftet wundervoll, und mit diesem in Öl gebratenen Geröstel ist er eine vollendete Delikatesse. Dazu gab es allerlei Salate und Gemüse und ziemlich guten Rotwein. Es waren noch Engländer und Amerikaner da, keine allzu große Runde, aber sehr erlesen. Lenzen hat nach Tisch von der Revolution erzählt, von der Ermordung des jungen Königs und von dem vergeblichen Fluchtversuch des alten Nuri as-Said. Ich will das hier doch wiederholen, auch wenn es mir schwerfällt!

Damals also, in den frühen Morgenstunden des 14. Juli 1958, war der königliche Palast von 2000 Soldaten umzingelt worden, die das Feuer auf die Palastwache eröffneten und das Tor sprengten. Der König versammelte seine Familie und das Personal in der Halle, es sollen etwa 40 Personen gewesen sein, und trat unbewaffnet mit seinem Onkel, dem Kronprinzen Abdul Illah, vor die Tür, um mit den Angreifern zu reden. Ein Hauptmann erklärte ihm, er, der König, sei abgesetzt und die Republik ausgerufen – und eröffnete ohne jegliche Warnung das Feuer auf die beiden. Der König wurde schwer verwundet, der Kronprinz war sofort tot. Im gleichen Augenblick stürzten wie auf Befehl die Soldaten in den Palast und metzelten mit Maschinengewehren alle Anwesenden in der Halle nieder, durchsuchten dann sämtliche Zimmer, um auch die dorthin Geflüchteten zu töten. Niemand im Palast überlebte, der König starb nach einer Stunde. Und alsbald, wie auf ein geheimes Zeichen, stürzte der Mob aus den Elendsvierteln in den Palast, plünderte, zertrampelte und zertrümmerte alles und schändete die Leichen. Dem toten Kronprinzen sollen sie die Kleider vom Leibe gerissen und den Kopf abgeschnitten, ihn dann auf eine Stange gespießt und zur Schau gestellt haben. Unbeteiligte wurden mit Kerosin übergossen und an Laternenpfählen aufgehängt, und all das unter den anfeuernden Aufrufen von Radio Bagdad.

Der siebzigjährige Nuri as-Said war indessen aus seinem Haus geflohen, mit einem Boot über den Tigris entkommen und hatte in Kazimein ein Versteck bei Freunden gefunden. Anderntags aber wurde er – unter Frauenkleidern versteckt – an seinen Männerschuhen und Pyjamahosen erkannt und von der Menge gelyncht. Radio Bagdad verkündete: »Möge der Fluch, der ihn auf Erden begleitet hat, ihm in die Hölle folgen!«

Nuri as-Said, auch Nuri Pascha genannt, war von 1930–1958 Ministerpräsident des Irak. Er war englandfreundlich und wurde von vielen als der letzte weise Staatsmann gepriesen, der letzte, dem man zutrauen konnte, den Irak vor einer Katastrophe zu retten. Andere aber fanden, daß die Zeit unter dem Regime Nuri Paschas eine Epoche beispielloser Unterdrückung war, eine Epoche ohne jegliche Opposition, und Nuri selbst der bestgehaßte Mann des Königreiches. Während seiner Zeit gab es illegale Widerstandsgruppen, so auch in der Armee die »Freien Offiziere«, aus deren Mitte eben diese Revolution hervorgegangen war.

Wir hatten diese Geschichte natürlich schon oft und in allen möglichen Versionen gehört. Aber diesmal war sie besonders genau und deshalb so eindrucksvoll, weil Lenzen die Araber liebt, und besonders die Irakis. Ihre Intelligenz, ihre Großzügigkeit, ihre Gastfreundschaft, ihre Frömmigkeit, ihre Freundschaft, ihre Treue. Aber er weiß natürlich auch ganz finstere Sachen, von Scheiks, die ihre Söhne ermordet haben, damit sie ihnen kein Land geben mußten, und von Söhnen, die ihren Vater aus Habgier erdolchten, von ermordeten Töchtern, die den falschen Mann erhört hatten.

Ach, Mama, solche Bräuche wollen wir doch bitte bei uns nie, nie einführen! Wir leben doch alle wie in Watte verpackt, geschützt vor groben Stößen, abgesichert nach allen Seiten, ohne Haß und Leidenschaften. So soll es bleiben. Und was ich da geschrieben habe, ist nun Papier – sonst nichts.

Lenzen hat Ollo und mich eingeladen, für ein paar Tage nach Uruk Warka zu kommen, wo die Grabungen sind, außerdem will er die Kulturleute nach Babylon zu einer Führung begleiten. Es war – trotz der Mordgeschichte – ein Abend, von dem wir ganz erfüllt nach Hause kamen. Lenzen ist ein Juwel.

Noch eine Party haben wir unlängst erlebt: einen großen Empfang im Bagdad Hotel mit Mahdawi, dem »Schlächter«, und fast allen Ministern. Viele freundliche, sanfte Leute, viele gefährlich aussehende, und über allem der »Ludergeruch der Revolution«. Mahdawi ist der Vorsitzende des Militärgerichtshofs, der Mann der Schauprozesse und Hinrichtungen, der Folterungen und Grausamkeiten, so berüchtigt, daß man am liebsten seinen Namen nicht nennt. Sein Haus ist übrigens nicht weit von unserem und immer von Militär umstellt.

All diese Dinge können sich mit umgekehrten Vorzeichen wieder ereignen. Alles ist auf die Spitze getrieben: man ist entweder blindlings und fanatisch für ein Regime oder, falls es kippt, und möglichst rechtzeitig, ebenso fanatisch, haßerfüllt und mörderisch dagegen. Die Leute sind Hysteriker. Sie kennen keine Selbstzweifel oder überhaupt Zweifel, keine Zwischentöne, kein Sowohl-als-auch. Aber das sind wohl ungerechte und allzu verallgemeinernde Betrachtungen. Ich kenne sie ja nicht, und vor allem treffe ich nie Frauen, jedenfalls nicht die Frauen dieser politischen Schicht. Sie erscheinen nirgends und sprechen ohnehin nur arabisch. Ich weiß auch nichts über den Islam, kann nicht beurteilen, ob er menschenfreundlich oder fanatisch ist. Aus all diesem Nicht-Wissen erwächst mir bisweilen eine plötzliche furchtsame Abneigung gegen das ganze soziale Klima hier.

19. Dezember 1959

Lieber Dietrich, diesmal!
Traditionsgemäß hörst Du an Deinem Geburtstag selbst nichts von mir, mir kommt manchmal der Gedanke, daß ich durch einen hypnotischen Befehl erst am Jubeltage daran erinnert werde, was angesichts der Entfernung zwischen uns nicht mehr gutzumachen ist. Eigentlich solltest Du einen andern Tag feiern, nicht so kurz vor Weihnachten, irgendeinen Jubiläumstag vielleicht. Denn Du bist ein altersloser Mensch: man kann Dich weder schätzen noch einteilen noch interessiert es überhaupt, wie viele Jahre Du zählst, Du hast absolute Existenz, wie ein Engel. Und Engel haben keine Geburtstage!

Wir sind grade in Basrah am Persischen Golf. Das Klima ist mild und weich und mediterran, im Dezember angenehmer als Bagdad mit seinen kalten Häusern. Wir wohnen in einem verwahrlosten Prachthotel, Ollo beschwert sich ohne Unterlaß. Unser Aufenthalt nahe dem Golf – dem Arabischen oder dem Persischen, je nachdem, ob man es mit den Iranern oder den Irakern hält – ist deshalb besonders günstig gewählt, weil zwischen Bagdad und Teheran ein heftiger Pressekrieg entbrannt ist, der die umstrittene Grenze und insbesondere den Shatt el Arab zum Gegenstand hat.

»Shatt el Arab« = »arabischer Fluß«; so heißt der Mündungsstrom von Euphrat und Tigris, dessen Wasser sich bei Al Qurna vereinigen. Dieser fast unübersehbare breite Strom führt an Basrah vorbei in den Persischen Golf. Durch die fruchtbaren Schlammablagerungen gibt es südlich von Basrah riesige Dattelwälder. Der Irak hat damals 80 Prozent der Weltdattelernte geliefert.

Der Generaldirektor der Hafenverwaltung sagte uns gestern, hinter den iranischen Provokationen – also zum Beispiel, daß die iranischen Bordflaggen auf dem irakischen Shatt gehißt werden – steckten die Amerikaner. Die wollten nämlich Truppen im Iran landen, so wie sie es 1958 im Libanon getan hatten. Da dieser Brief ausnahmsweise nicht mit dem Kurier geht, verzichte ich darauf, den Standpunkt der andern Seite zu erläutern.

Der Generaldirektor ist eine Excellenz. Er hat uns eingeladen, auf einem Regierungsboot den Shatt el Arab hinunterzufahren, was bei Sonne und Wärme ein herrliches Vergnügen war. Wir fuhren drei Stunden lang an Schiffen aus aller Welt vorbei: Japanern, Türken, Griechen, Dänen, Briten, Russen, und an den sichelartigen Ruderbooten der sogenannten Sumpf-Araber. Es gibt nämlich ungezählte Seitenarme und Inseln zwischen Schilfwäldern. Dort wohnen sie wie vor 1000 Jahren in primitiven Hütten und leben vom Fischfang, abseits jeglicher Zivilisation, ein Volk für sich. Später wurde uns das Motorboot des ermordeten Königs Feisal gezeigt, und Ollo wurde aufgefordert, sich auf dem Thronsessel fotografieren zu lassen. Ich weiß nicht, *wie* er es gemacht hat – aber er hat sich geweigert.

Außerdem waren wir im Souk – da geht man immer hin – und haben den Goldschmieden zugesehen, die in einer langen Gasse, Bude an Bude, ihre Schmuckstücke anfertigen. Sie machen Granulierungen, d. h. sie blasen mit einem heißen Stab winzige Kügelchen auf das Gold, was sehr schön ist und viel Zeit in Anspruch nimmt. Ollo hat mir einen runden großen Knopf gekauft, aus weichem Gold, mit acht Türkisen besetzt und an den Rändern granuliert, sehr hübsch und kaum zuzuordnen – er hätte auch von den Etruskern stammen können. Und zwei sogenannte Kuwait-chests haben wir erstanden! Das sind große dunkle Holzkästen aus Eukalyptusholz, überreich mit Messingnägeln und getriebenen Messingblättern, Messingrosetten usw. beschlagen. Sie sind einmalig in der Welt. Wenn man sie ölt und das Metall mit feiner Stahlwolle abreibt, sehen sie aus wie Schatztruhen aus ›Tausendundeiner Nacht‹, und so etwas ähnliches sind sie auch mal gewesen: alte Schiffsbehältnisse für Seide, Gewürze und Tee.

Morgen abend fliegen wir nach Bagdad zurück. Ich habe völlig das Gefühl, »nach Hause« zu kommen, wenn wir dies »zu Hause« nur nicht so oft wechseln müßten in unserm Leben! Aber mit irgend etwas muß man dafür bezahlen, daß man so viel sieht und so viel Zeit miteinander hat, herumzufahren und die Augen aufzumachen. So oft, wenn ich irgend eine Straßenszene in mich aufnehme: ein Kind, das ein Lamm füttert, einen alten Mann mit Riesenturban, einen Goldmarkt – so oft fühle ich wirkliche Dankbarkeit, daß meine Augen verwöhnt werden, mehr als die der meisten Leute. Freilich auch traurige Sachen: eine Frau heute morgen, die ihr geschwollenes Bein als Schaustück auslegte und mit demütigem Blick bettelte! Die Schwierigkeit, all diese Eindrücke zu verarbeiten, bringt mich oft in Bedrängnis.

Inzwischen muß unsere Decke angekommen sein. Wir sind neugierig auf Euer Urteil! Zu schade, daß wir unsere Geschenke »nach Gewicht« machen müssen, es gibt hier so schöne und nie gesehene Sachen. Besonders Teppiche, von denen ich allmählich, allmählich etwas verstehe. Ich lerne viel von Ollo, der ja schon in China für seine Eltern Teppiche gekauft hat. Jedenfalls habe ich verstanden, daß man ohne Kenntnisse einen schönen von einem häßlichen Teppich nicht unterscheiden kann. Geschmack genügt nicht!

25. Dezember 1959

Ihr Lieben alle,
es ist Weihnachten, und wir können nicht telefonieren, und wenn Ihr dieses »Stimmungsbild« bekommt, ist Euer Baum wahrscheinlich schon längst im Müll! Wir haben gestern abend natürlich sehr an Euch gedacht, und uns vor allem gewünscht,

Ihr könntet unsern Weihnachtsbaum sehen! Weil wir so spät aus Basrah gekommen waren, war von der ganzen Lufthansalieferung nur noch ein einziger übrig, nämlich der, den keiner wollte. Ein fast entnadeltes Gerippe mit vier Ästen und einem langen, struppigen, graubraunen Stamm. Dieses Ding haben wir nun, in Ermangelung irgendeines Weihnachtsschmucks, mit Stanniolpapierkugeln und Mandarinen behängt. Kerzenhalter und Kerzen gab es aber bei Orosdibak, und mit den brennenden Kerzen war der Baum zwar immer noch lächerlich, aber wenigstens *etwas* festlich.

Zunächst beschenkten wir Latchin und Marlene, die in ihrem Sonntagsstaat erschienen und ihrerseits die Katze beschenkten: Marlene hatte eine Matratze für sie genäht. Latchin bekam ein Paar Schuhe, zwei Paar Socken, eine Jacke und einen Dinar, Marlene einen von mir genähten Wollrock, einen warmen Schal und Unterwäsche, wobei ich von ihrer Unterwäsche nicht die geringste Vorstellung habe! Und natürlich eine große Schüssel mit Süßigkeiten. Großes Glück, strahlende Gesichter und Handküsse! Zum Schluß überreichte uns Marlene einen selbstgefertigten Kasten aus roter Glanzseide, außen gerüscht und innen gepolstert. Die Gute!

Als die beiden gegangen waren, packten Ollo und ich unsere Päckchen aus Deutschland aus, selig wie die Kinder: Deine Bluse, die schöne Brosche, das Teppichbuch für Ollo. Aus Braunschweig ein Parfumfläschchen und ein Stoffhund, um den Ollo und ich uns streiten, weil jeder behauptet, er sei für ihn. Ich habe Ollo einen Schlafanzug genäht (den einzigen und letzten in meinem Leben!) und ihm einen wunderschönen englischen Wollpullover geschenkt, er mir einen rostroten Wollstoff und eben diesen Goldknopf aus Basrah. Kurzum, es war ein großer Erfolg, abgesehen von dem Stoffhund, und das Schönste von allem waren die vielen Briefe, mit denen wir den Rest des Abends zubrachten. Später kamen noch A. Platen und Busse, wir tranken

Chianti und aßen Salat aus frischen Krebsschwänzen und Ananas und hörten Musik bis morgens um drei.

Heute vormittag, bei Sonne und wolkenlosem Himmel, konnten wir draußen im Garten sitzen. Der alte Mohammed kam, reichte uns unter Verbeugungen beide Hände: »Merry Christmas«. Er bekam einen Beutel mit Plätzchen und Bonbons und einen Dinar, und von da an klingelten Nachtwächter, Schuhputzer, Müllabfahrer und Kerosinkutscher und entboten gegen Bakschhisch ihre herzlichsten Wünsche. Die Müll-Leute heißen hier »Abu Sibbl« – das heißt »Vater des Abfalls«. Es gibt auch Sinkgrubenväter, die ab und zu in diese entsetzlichen unterirdischen Abwasserschächte steigen, halbnackt und ohne Gasmaske – aber das ist kein Thema für Weihnachten! Bald mehr.

Kassem hatte für die Weihnachtstage und für das – christliche – Neujahrsfest die nächtliche Ausgangssperre aufheben lassen, er hatte sogar den 26. Dezember zu einem offiziellen Feiertag erklärt, um die »Ergebenheit der christlichen Brüder gegenüber der unsterblichen irakischen Republik zu honorieren«. Am Weihnachtsabend gab es im Fernsehen eine Weihnachtsdarbietung, wie sie unter dem alten Regime nicht denkbar gewesen wäre: Prominente Iraker, der Oberbürgermeister, der Rundfunkdirektor und ein General sprachen unter einem Weihnachtsbaum zum Volke. Zwischen Krippenspiel (auf arabisch) und einem Charlie Chaplin-Film hatte man Ansprachen des Führers Kassem und deutsche Weihnachtslieder (auch auf arabisch) eingeschaltet.

Das Regime tat alles, um die vorhandenen politischen und völkischen Gegensätze nicht noch um religiöse zu vermehren. Der Führungsanspruch der überwiegend arabisch-moslemischen Bevölkerung hatte die paradoxe Situation geschaffen, daß die Mehrheit der Christen kommunistisch gesinnt war – in der Hoffnung, dadurch die religiöse und politische Majorisierung durch die Araber zu verhindern: das Regime schwankte zwischen den Anhängern der kommunistischen, Moskau-orientierten Richtung und der muslimisch-arabischen Nationalbewegung Nasserischer Prägung. Zu letzterer wollten die Christen nicht gehören, da waren sie lieber Kommunisten!

Im Januar 1960 wurden vier dem Regime genehme Parteien zugelassen, also nur solche, »deren Ziele der Einheit und Unabhängigkeit oder den republikanischen Prinzipien« nicht widersprachen. Es waren die Nationale Demokratische Union, die Kurdische Demokratische Partei, die Kommunisten und die neue Partei des Volkes, an deren Spitze Mahdawi stand. Die Baath Partei war verboten. Zugleich aber wurde der Kommunistischen Partei keine Entwicklung erlaubt, sondern im Gegenteil, kommunistische Büros durchsucht, Karteien beschlagnahmt usw. Öffentliche Infrastrukturprojekte wurden mit großem Propaganda-Aufwand begonnen, aber auch private Investitionen gefördert. – Kassem war aus dem Hospital zurückgekehrt, Mahdawi nahm nach der Unterbrechung seit dem Attentatsversuch seine Tätigkeit am Volksgerichtshof wieder auf und beschuldigte in seiner Eröffnungsrede die Baath Partei, Abdel Nasser, König Hussein von Jordanien und den Schah von Persien der Urheberschaft an dem Mordkomplott vom Oktober 1959. Er verurteilte zahllose angebliche Drahtzieher zum Tode, von denen die meisten wiederum von Kassem begnadigt wurden.

1960 begannen Verhandlungen über den Erdölpreis mit der von England dominierten Iraq Petroleum Company, ein allgegenwärtiges Gesprächsthema auch in den westlichen diplomatischen Missionen. — Konzessionen gegenüber den Kurden und ihren Autonomiewünschen ließen, wie immer, auf sich warten.

5. Januar 1960

Liebe Mama!

In der Zwischenzeit habe ich einen Brief unterschlagen. Ich hatte nämlich einen ziemlich scheußlichen Autounfall und habe am nächsten Tag einen aufgeregten Bericht darüber verfaßt, den ich dann nicht wert fand, abgeschickt zu werden. Ich bin von hinten angefahren und in den Grünstreifen geworfen worden, der zwischen den Fahrbahnen liegt. Das Autoheck ist stark beschädigt, aber sonst ist nichts passiert, kein Mensch verletzt. Ich saß noch fünf Minuten nach dem Crash im Wagen, unfähig, einen Entschluß zu fassen. Ollo kam bald, und mit ihm war alles wieder gut. Er war ruhig und vernünftig, und ich nach einiger Zeit auch.

Sonst ist hier alles wie immer. Vorgestern war wieder einer der bereits beschriebenen Regengüsse! Das Wasser rann in Strömen von der Decke, im Eßzimmer wurde eine Zinkwanne aufgestellt, aber große nasse Flecken verunzieren seitdem Wohn- und Schlafzimmer. Der Sturm draußen hatte die Stromleitungen abgerissen, es war finster und plätscherte im Haus, überall trat man in Pfützen. Am nächsten Morgen erzählten sich alle Leute gegenseitig, wie ihre Wohnungen ausgesehen hätten. Bei einer Familie aus der Botschaft war das gesamte Haus überschwemmt mit Ausnahme des Badezimmers. Meist sind die Ehefrauen außer sich, während die Männer lachen. Bei uns war Ollo aufgeregt, und ich lachte. Katastrophen genieße ich immer!

Latchin feiert am Donnerstag sein assyrisches Weihnachtsfest und hat uns und den Presse-Attaché mit seiner Frau zum Mittagessen eingeladen (»... becauce they like me very much«). Er findet es selbstverständlich, daß wir gerne kommen, und wie recht hat er damit! Wir haben den beiden kürzlich den Vorschlag gemacht, sie zu fotografieren. Latchin strahlte und sagte, er hätte schon mal darum bitten wollen, »but I maken ashame«. Nach einiger Zeit, als wir gar nicht mehr daran dachten, klopfte

Marlene und Latchin.

er und meinte: »Marlene she very happy!« »Und warum?« »Because photography!« Ein paar Tage später knipsten wir also, und es war ein Erfolg ohnegleichen. Latchin hatte Freudentränen in den Augen, Marlene bekam alle Goldsachen um den Hals gehängt und ihr Samtkleid an. Ihr erhaltet die Filme so bald wie möglich mit der Bitte um Abzüge. Wenn Du, Mama, für Latchin ein paar Grüße schreiben könntest – es wäre das Glück seines Lebens!

13. Januar 1960

Marlene hat eine Fehlgeburt gehabt. Vorige Woche ging sie einen Tag zu Latchins Bruder, um dort beim Umzug zu helfen. Dort fing sie *Teppichrollen*, die vom Dach geworfen wurden, unten im Garten auf. Sie kam mittags heim und blutete – bei der Gelegenheit erfuhr ich erst von der Schwangerschaft –, blieb aber entgegen meinem Rat nicht im Bett. Wir waren abends eingeladen, und während wir weg waren, blutete sie so, daß Latchin sie in seiner Angst zu Verwandten fuhr. Dort besuchte ich sie am nächsten Morgen. Ein armes Haus, Marlene voll angezogen mit Unterwäsche, Strümpfen und Samtkleid in einem überheizten Zimmer auf einer Gummiunterlage auf dem Fußboden, umgeben von dunklen Flecken. Ich brachte Nachthemd und Bettlaken. Ein Arzt wurde abgelehnt, da in drei Tagen alles wieder in Ordnung sei. Sie erholte sich rasch und kam nach ein paar Tagen zurück. Ich erlaubte ihr keinerlei Arbeit, gab ihr Honig und Rotwein, was hätte ich tun sollen. Nach wiederum drei Tagen fiel sie erneut bei diesen Verwandten in Ohnmacht und *schielte* anschließend eine Stunde lang. Danach war wieder »everything allright«. Gestern erfuhr ich, daß sie immer noch blutete und wieder im Hause ihrer Verwandten ohnmächtig geworden war. Kurzum, Latchin ging mit ihr am Sonntag, ohne daß wir davon wußten, zu einem Gynäkologen. Der stellte entsetzt fest, daß die Plazenta noch immer drin war und machte Latchin furchtbare Vorwürfe, die auch ich zum Teil verdiene, weil ich mir so etwas einfach nicht vorstellen konnte.

14. Januar 1960

Nur Kurznachrichten, liebe Mama! Marlene erholt sich. Gestern kam der Kurier wieder ohne Nachricht von Euch, hoffentlich steckt nichts Besorgniserregendes dahinter. Ich halte es für möglich, daß Ihr mit normaler Post geschrieben habt, allen Ermahnungen zum Trotz, und die Briefe zurückgehalten werden.

Ab 1. Februar dürfen über Kurier nur noch Privatpost und Medikamente geschickt werden. Geschäftsbriefe sind verboten, und auch mit Päckchen ist es aus – also keine Haarpflegemittel oder Sahnespritztüllen mehr, die ich grade bei Dir bestellen wollte. Für Leute in Ghana oder Monrovia ist das natürlich viel schlimmer als für uns, weil die *nichts* kaufen können, während wir wenigstens Orosdibak haben. Die Anordnung kam vom Bundespostminister, von dem ich gottlob nicht einmal weiß, wie er heißt.

Von Ollos Eltern kam eine »offizielle« Anfrage, ob er nicht den Auswärtigen Dienst aufgeben und die elterliche Fabrik übernehmen wolle. Ich hoffe, er will nicht.

Am 24. Januar kommt der Bundespressechef, Felix v. Eckardt, mit seiner Frau, der ich am Flugplatz einen Blumenstrauß überreichen soll. Weil ich so hübsch bin, hat der Botschafter in der Morgenbesprechung gesagt, zu Ollos größtem Behagen. Es wird wilde Parties geben!

Bitte schreib, Mama! Ich habe schon geträumt, Du hättest die Decke ganz abscheulich gefunden. Kannst Du das auf Dir sitzen lassen?

26. Januar 1960

Liebe Mama –

endlich kam Dein Brief vom 14. Januar, der erste nach vier Wochen! Danke für den Artikel über Herrn v. Raumer, der mir übrigens regelmäßig schreibt, lauter politische Briefe, was mich sehr ehrt. Ob er noch ein Jahr lebt?

Hans v. Raumer, damals schon über achtzigjährig, war während der Weimarer Republik Minister gewesen.

Ollo wollte heute anhand einer aufgestellten Beanstandungsliste mit Latchin schimpfen. (Lauter kleine Sünden! Er ist ja ein Schatz, Latchin meine ich.) Er kam aus der Küche und erzählte, er habe Latchin vor allem gesagt, daß er nicht mit der Zigarette in der Hand mit ihm oder einem Gast reden, ferner sich nicht an die Wand lehnen oder die Hände in den Taschen haben dürfe. Er müsse vielmehr zigarettenlos, aufrecht und mit hängenden Armen auftreten, außerdem müsse er Gästen einen Stuhl und ein Getränk anbieten. – Nun, das mußte gesagt werden. Ollo meinte jedoch, dieses Thema habe so viel Zeit in Anspruch genommen, daß er die »andern Sachen« (vergessene Eimer, schiefgestellte Tische usw.) nicht auch noch gesagt hätte, das könne ich ja tun. Dabei nimmt Latchin durch sein maßlos trauriges Gesicht mir allen Schimpfwind aus den Segeln!

27. Januar 1960

Fortsetzung von gestern: Felix v. Eckardt und seine Frau sind hier, ein Empfang jagt den andern, eine Konferenz die nächste. Heute abend mit Abdul Kerim Kassem – das sind die Empfänge, bei denen man immer Schießereien oder eine Bombe erwartet. Eckardts sind nett, *sehr* musisch und klug. Frau v. Eckardt trägt blaue Haare und ein wundervolles dreireihiges Perlenkollier um den Hals, Smaragde am Kleid. Sie sticht in jeder Hinsicht aus der Menge und ist eine so außergewöhnliche Frau, daß man die blauen Haare selbstverständlich findet. Aber dieses routinierte Leben hier, ohne eine freie halbe Stunde! Jeder Basarbesuch in offizieller Begleitung, kein Frühstück, kein Abendessen privat! Ich finde den Preis für einen solchen gesellschaftlichen Status hoch, und es gibt meinem ganzen Dasein Beruhigung, daß Ollo

Ollo (links) und der Bundespressesprecher Felix von Eckardt.

kein ausgeprägtes Erfolgsstreben hat oder zumindest noch nicht hat. Nur seinen entsetzlichen Arbeitseifer.

Manchmal tyrannisiert er mich noch, wobei ich wütend werde. Übrigens faucht auch Marlene ihren Mann bisweilen an und sieht sehr hübsch dabei aus – sie zeigt überhaupt eine unnachahmliche Grazie in allem, was sie tut. Sie hat ganz schlanke Beine und Füße, geht und sitzt und bewegt sich vollendet. Ein Naturtalent! Latchin, das Kalb, sieht das natürlich gar nicht. Wenn er von ihr eine Strafpredigt bekommen hat – die ich ja nicht verstehen kann – sagt er nur wegwerfend, seine Frau sei dümmer als die Katze.

Ich habe täglichen Englischunterricht bei einem englischen undertaker, einem Leichenbestatter, der mit einer Irakerin verheiratet ist. Er heißt Mr. Elliot und erzählt mir *abartige* Geschichten über arabische Hochzeitsbräuche und Entjungferungsrituale. Wenn ich Engländern erzähle, bei wem ich Englisch lerne, lachen sie alle. Ich weiß aber nicht warum.

28. Januar 1960

Im Gegenzug zu Ollos Beanstandungsliste hat Latchin uns heute eine Liebeserklärung gemacht. Schon, als er zum allerersten Mal in der Botschaft gewesen sei, hätten ihm die Kawassen an der Botschaft gesagt, Mr. Wilke sei ein guter Herr, »a very good gentleman-man«, auch der Koch des Botschafters fände das und alle, die ihn kennen. Heute wolle er uns doch sagen, wir seien wie Vater und Mutter zu ihm, niemals fände er wieder jemanden wie Mr. Wilke und Madame, und wenn er nicht verheiratet wäre, käme er für immer mit uns.

Du siehst, Mama – wo die Liebe hinfällt ... Uns hat dieses so freundlich vorgetragene Geständnis tief gerührt, und ich sehe heute schon kommen, daß uns dereinst von allen Abschieden dieser am schwersten fallen wird. Latchin und seine Frau leben ja mit uns sehr eng zusammen, und obgleich niemals irgendeine »Vertraulichkeit« stattfindet – auch von unserer Seite nicht – kennen wir einander doch ziemlich genau. Wir empfangen von Latchin täglich Hilfe, Menschenfreundlichkeit und Güte und versuchen, dem gerecht zu werden. Er wird der einzige Iraker sein, den wir wirklich kennenlernen, und er versöhnt uns hier mit dem ganzen Rest. Wenn ich in 50 Jahren an Bagdad zurückdenke, wird er mir einfallen!

28. Januar 1960

Als wir heute morgen vor die Tür traten, war die gesamte Gartenmauer umgefallen und lag platt auf dem Rasen, auf einer Länge von etwa acht Metern. Ein fremdes Schaf stand vor der Terrasse und wunderte sich über unsern Anblick, wurde aber alsbald von einem Hirtenjungen, der draußen mit seiner Herde vorbeizog, wieder eingefangen. Es sah traurig aus: der ganze vordere Garten voller Schutt und Ziegelsteine und wir wie »auf der Straße« – ohne den Schutz und Schirm der hohen Wand, allem Lärm und allen Blicken preisgegeben. Ollo war entsetzt, Latchin machte ein betretenes Gesicht, fand es aber in Wirklichkeit erheiternd, was es auch war. Er wußte auch sofort jemanden »to maken it again very nice«.

Ollo regt sich über solche Sachen mehr als zuträglich auf und hat überhaupt so seine nervösen Zeiten. Über Einkäufe oder über die abendliche Toilette könnte man einen Film drehen. Bei Einkäufen tausend Umtausche, Umbestellungen, Hin- und Herveränderungen und die dauernde Sorge, daß doch irgendwo ein Haken dran sein könnte. Bei Einladungen: »Wir kommen zu spät! Diesmal kommen wir aber bestimmt zu spät!« Fieberhaftes Hin- und Herrasen, plötzlich ein Aufschrei: »Ach du lieber Gott – na, jetzt gute Nacht!« Ich denke, der Smoking ist verbrannt, und was ist? Puder am Hosenbein. Ich bürste ihn ab, er verschwindet, um nach fünf Minuten langsam und resigniert zurückzukehren: »Jetzt ist es völlig aus. Ich kann die Smokingfliege nicht binden. Ich habe vergessen, wie man das macht.« – Wenn alles überstanden ist und wir überpünktlich zur Stelle sind, amüsiert er sich über sein eigenes Katastrophenszenario. In Braunschweig hat er seine Familie beschworen, die Badewanne nicht so voll laufen zu lassen, weil sonst der Zimmerfußboden durchbrechen könnte. Darüber kann er sich auch ausschütten vor Lachen, aber so ein ganz klein bißchen fürchtet er doch, daß es nicht gutgeht …

Unser Auto ist immer noch nicht fertig. Seit drei Wochen. Jetzt vermisse ich ein Telefon im Haus!

29. Januar 1960

Liebe Mama!
Euern schlimmen Überarbeitungsbrief haben wir bekommen, gekrönt von dem Bericht über die Steuererklärung bzw. die Arbeit damit. Immer wieder kommt uns der Gedanke, daß Ihr in einer klimatisch günstigen Zeit herkommen solltet, was man vielleicht mit langen Anträgen und Beziehungen zum Außenministerium bewerkstelligen könnte. Es ist seit langer Zeit keine politische Unruhe gewesen, jedenfalls keine, die nach außen dringt. Die grauenhafte Hitze haben wir fast vergessen, alles erscheint normal. Wir könnten Euch hier unterbringen, Du vor allem wärest ohne jegliche Arbeit, und wir könnten schwatzen, Mama, was könnten wir schwatzen!!! Natürlich ist der Flugpreis wahnsinnig, so ist es nun mal, aber Ihr müßtet hier keinen Pfennig Geld ausgeben, sogar die Haare könnte ich Dir waschen.

Am 17. April ist Ostern – könntet Ihr nicht kurz zuvor kommen und dann einen ganzen Monat bleiben? Hier ist es plötzlich wieder kalt geworden. Ich habe Schnupfen und schwänze die allabendlichen Parties. Im März wollen wir nach Persien fliegen und da Urlaub machen.

31. Januar 1960

Stell Dir vor: *Gestern* kam Dein Geburtstagsgeschenk an Ollo, mit Brief vom 23. Oktober. Ihr seid ja auch zu höflich, um mal nachzufragen, warum wir uns eigentlich nicht bedanken! Das Päckchen ist auf dem Landweg mit Kurier gekommen, obgleich der Postminister im Oktober noch nichts Böses plante.

Ich war wüst erkältet, und Ollo war vorgestern allein bei

einer großen Tanzparty – nach Zeugenaussagen war er besonders fröhlich und aufgeräumt, das hört man gerne. Es war das Abschiedsfest von sehr lieben Freunden, einem zornigen Spanier, der groß, schlank und appetitlich ist, und seiner schwedischen Frau, die einfach jeder hier geliebt hat. Sie wurden nach Manila versetzt, die Glücklichen!

Sonntag: Als ich gestern grade an dieser Stelle angelangt war, ereignete sich folgendes – es klingelte draußen, und Frau Kranz, die Frau des deutschen Lehrers, stürzte tränenüberströmt, in panischer Auflösung, ins Zimmer. Ich dachte im Moment, ihr Mann sei grade überfahren oder erschossen worden. Sie konnte auch zunächst gar nichts erklären, sondern rief immerzu: »Ist Ihr Mann da, um Himmels willen, ist Ihr Mann da?« (Ollo stand unter der Dusche.)

Schließlich stellte sich heraus, daß ihre kleine Tochter, zehn Jahre alt, *sofort* nach Deutschland geflogen werden mußte, weil sie Zucker hatte, bereits nach Aceton roch und in praekomatösem Zustand war, apathisch und starren Blicks. Die Frau unseres Presse-Attachés, die Ärztin ist, hatte das grade festgestellt, nachdem zwei irakische Ärzte behauptet hatten, das Kind sei kerngesund. Frau K. brauchte auf der Stelle ein Exitvisum, das Flugzeug ging heute früh um 20 nach neun, aber die Behörden öffnen erst um neun – es konnte eigentlich nur ein Wunder geschehen. Zudem war das Attest eines *irakischen* Arztes vonnöten. Es führt zu weit, Dir die unendlichen Telefonate (aus dem Nachbarhaus) und bürokratischen Winkelzüge zu schildern, jedenfalls bekam sie das Ding, und die Maschine hatte Verspätung. Das kleinere Kranz-Kind werden wir wahrscheinlich nehmen, ein vierjähriges Mädchen, mit dem ich mich in der Schule schon angefreundet habe. (Da hatte es seinen Hund umarmt und gesagt: »Ach, mein kleines Mäuschen, wo kommst denn du her?«)

Ollos erstes Wort, wenn er heimkommt, ist seit einiger Zeit: »Ist dir schlecht? Wie siehst du aus?« Ich gucke in den Spiegel und finde auch: furchtbar. Warum?

Ollo geht es prächtig, er schwimmt auf einer Woge von Seelenfrieden, Heiterkeit und Freude am Dasein. Wir lachen viel, ich kann mich nicht erinnern, wie das Leben ohne ihn war – irgendwie muß es scheußlich gewesen sein.

2. Februar 1960

Liebe Mama!

Die Fotos von Latchin und Marlene sind angekommen und haben großes Entzücken ausgelöst. Sie haben sich bereits, und uns dazu, zwischen Jesus- und Marienbildchen, Engeln und Plastikblumen an die Wand gehängt. Außerdem gibt es zu vermelden, daß das Auto wiederhergestellt ist und man keinen Unterschied zu vorher erkennen kann, wenn man abrechnet, daß hinten die Befestigungsstange für den Benzintank geklaut ist und vorne der Seitenspiegel.

4. Februar 1960

Ein friedlicher Abend nach drei durchfeierten Nächten, am Kamin. (Immer noch die Spanier!) Wir haben den Nachmittag bei einem kahlrasierten und theatralischen Teppichhändler zugebracht, ein köstlicher Typ mit verschmitztem Gesicht. Er saß in Strümpfen auf einem Teppichberg und redete, stand dann auf, wühlte in seinen Schätzen und pries einzelne Stücke an. Die weniger guten warf er achtlos auf einen alten Mann, der völlig eingegraben in einer Ecke saß und flickte. Die Teppichhändler sind ebenso geschäftstüchtig wie großzügig: immer bekommt man Tee und Zigaretten angeboten, und zum Schluß geben sie einem mehrere Teppiche mit nach Hause, zum Ausprobieren, ohne

Pfand, ja ohne nach Namen und Adresse zu fragen. Sie tauschen alles wieder um, auch nach Jahren, und beteuern, es sei ihnen gleichgültig, wann man den vereinbarten Preis bezahle. Never mind! Mit den Preisen selbst sind sie natürlich listig, und man verbringt Stunden mit Hin- und Herhandeln, man wirft die Arme hoch vor Schreck, wenn man den ersten Preisvorschlag hört, kommt schließlich auf die Hälfte und geht dann immer noch weg, ohne etwas gekauft zu haben, nach einer Stunde Palaver und vielen Teegläschen. Das macht gar nichts! Würde man den zuerst geforderten Preis bezahlt haben, wäre der Händler bitter enttäuscht und sagte sich, daß er ebenso das Doppelte hätte verlangen können. Und wenn man geht, und er hat einen wirklich guten Teppich, weiß er genau: die kommen schon wieder! Neben anilingefärbter, billiger Kommerzware gibt es mitunter wahre Museumsstücke zu kaufen, 70 bis 80 Jahre alt, mit Pflanzenfarben behandelt und fein geknüpft. Ich lerne langsam, langsam dazu. Vor allem verstehe ich, daß der Teppichkauf im Orient ein fast weihevolles Zeremoniell ist und daß man ein würdiger Kunde sein muß, um die guten Sachen überhaupt zu Gesicht zu bekommen!

Ja, und nun noch etwas. In der Frage Eures Besuches hier wird sich möglicherweise etwas ändern. Die Anzeichen sprechen nämlich dafür, daß wir im September ein Kind gebären. Wir freuen uns so wahnsinnig darüber, daß ich fast Scheu habe, davon zu schreiben. Aber es sind so viele praktische Fragen damit verbunden, daß ich Tag und Nacht Pläne mache, wie und wo das vor sich gehen soll, *wenn* es denn wahr ist. In Bagdad ist eine Frauenklinik und ein angeblich guter Gynäkologe, wenn auch in dessen Abwesenheit schon schreckliche Sachen passiert sind.

In Beirut ist ein amerikanisches Krankenhaus. Die Frage ist nur, wie ich mit Schwangerschaftsgürtel und Gummistrümpfen hier den Sommer überstehen soll, ohne Bewegung, ohne Spaziergänge und mit im Sommer sehr vitaminarmer Ernährung. In Ollos Abwesenheit aber will ich das Baby keinesfalls kriegen. Du mußt Dich darauf einstellen, daß ich in den kommenden Wochen unaufhörlich über dieses Thema schreiben werde!

Der Gynäkologe hat mir Chloropromazin-Tabletten gegen Übelkeit verordnet. Auf dem Beipackzettel steht »Poison«. Es wird bei Operationen, bei organischen Psychosen und bei Schizophrenie verschrieben. Ich nehme es nicht.

Erst mal genug darüber! Mittwoch kommt hoffentlich Post von Euch!

8. Februar 1960

Heute früh war ich mit Frau Richter in einem weit entfernten Basar, wo man Fische und Geflügel kauft und wo kein Europäer je hinkommt. Dieser Markt ist ein schmaler, offener Weg, an dessen Seiten alle drei Meter ein Tunnelfenster zu sehen ist, das die Verkäufer nur bis zum Gürtel zeigt. Der Rest steht unterirdisch. Das heißt, der Markt ist in einer Art Keller, und die Leute verkaufen aus den Kellerfenstern heraus. Sie sitzen da wie in Kaminen, jeder hat eine schöne halbrunde Gewölbeeinfassung über seinem Kopf.

Es herrscht ein aberwitziger Lärm und Schmutz. Hühner werden geschlachtet, Enten eingefangen, Babies sitzen in Pfützen, Hunde und Katzen suchen nach eßbaren Abfällen. Kleine Jungens, in nachthemdartigen Röcken und mit nie gewaschenen Hälsen, bieten sich als »Kuli« an. Man stolziert mit gerafften Röcken durch Schlamm und Wasserlachen und erregt ungeheures Aufsehen! Ganze Horden von Menschen liefen hinter uns drein, schließlich erschien sogar ein Polizist und wich nicht von unserer Seite.

Ich bekam einen schweren Fisch und richtigen Porree, den ich nie zuvor gesehen hatte, außerdem frische Erbsen. Frau Richter kaufte vier lebendige Enten. Sie wurden wie ein Blumenstrauß zusammengebunden und zum Auto gebracht, drei waren geduldig und gottergeben, eine protestierte. 25 Kinder standen um das Auto herum und bestaunten die Szene! Ein kleines Mädchen war sehr hübsch, und als ich Frau Richter darauf aufmerksam machte, kam sofort ein Mann, zeigte strahlend auf sich und sagte »Abu«. »Abu« ist »Vater«.

9. Februar 1960

Fünf Stunden beim Friseur, Mama! Es gab nur eine Friseuse für zwölf Kundinnen, die sich hernach alle gegenseitig die Haare wuschen, weil keine mehr warten wollte. Heute abend geben wir eine Dinnerparty für eine schöne Belgierin mit Rückenausschnitt bis zum Gürtel, den japanischen Geschäftsträger, einen deutschen Schriftsteller und so weiter. Daher der Fisch.

12. Februar 1960

Lillian, die nette Frau des netten Spaniers, die seit Wochen Abschiede feiern, hat ein Telegramm bekommen: »come home mama sick«.

Sie ist mit dem nächsten Flugzeug nach Schweden geflogen, krank vor Sorge und Ungewißheit. Ich sehe sie nicht wieder. Es gibt Leute unter unsern Kollegen und deren Frauen, die sich bewußt von Freundschaften fernhalten, weil sie das Herzbluten nicht ertragen wollen.

22. Februar 1960

Liebe Mama!
Morgen geht der Kurier ab, und ich will Dir schnell ein paar Zeilen schicken. Hoffentlich kommt übermorgen auch etwas

von Euch. Es geht mir gut, aber ich vermisse Euch sehr. Die Zeit der Trennung ist einfach zu lang. Hier wird ein langer und ungewöhnlich heißer Sommer vorausgesagt, den ich ja nun abzukürzen gedenke. Wenn ich nach Deutschland komme, dann schon in den ersten Julitagen. Inschallah! Sagt man hier. Gott mag's geben.

Vor einiger Zeit haben wir eine Tagesreise nach Samarra unternommen. Diese Stadt mit ihrer berühmten Moschee und dem spiralförmigen Minarett liegt 130 Kilometer nördlich von Bagdad am Tigris. Samarra ist ein alter aramäischer Name und wurde während der Abbasiden-Dynastie vorübergehend in Sourra-Manra umbenannt, es war unter der Herrschaft des Kalifen Motassin für einige Zeit sogar die Hauptstadt der Abbasiden. Die Moschee darf man leider nicht betreten, aber der Anblick von außen entschädigt den Betrachter reichlich! Zwei nebeneinander gebaute Kuppeln, »Dome« müßte man eigentlich sagen, wie im Englischen, sind zwar ganz gleich in der Form. Aber die eine ist mit Blattgold belegt und leuchtet von weitem wie eine Sonne, die andere überreich mit Fliesenmosaiken verziert, türkis, blau, gelb, schwarz. Beide Kuppeln sind flankiert von zarten Minaretten.

Ich bestaune die islamische Architektur! Sie ist uns fremd, und in ihrer Klarheit, ihrem wunderbaren Ebenmaß und ihrer Schönheit doch so vertraut wie jeder gotische Dom. Ja, mehr noch! Dies Zusammenspiel von Einfallsreichtum und Formenstrenge, von Lichtdurchlässigkeit und Erdenschwere, der Wechsel von leichten Bögen und kantigen Würfeln ist mir nie so begegnet. Auch die arabische Kalligraphie, die man allenthalben auf Fliesen und auf Mauern vorfindet, ist höchste Kunst: kraftvoll und ornamental, aber immer gebändigt, wie aus einer Meditation entstanden, und heiligen Inhalts. Im Abendland hat man Ikonen gemalt oder in frommer Andacht biblische Szenen. Man kann sich gut vorstellen, daß Grünewald sein Kreuzigungsbild in geistiger Ekstase gemalt hat. Hier malte man nie. Man schreibt. Nicht das Bild zählt, sondern das Wort, das Epos, die Dichtung, die heilige Schrift.

Der Koran ist unlösbar mit der arabischen Sprache verbunden, das Wort Gottes, der Inbegriff der Offenbarung. Die Schönheit der Rezitation, der Klang der Sprache, sind Gebet und Gottesbeweis. »Siehe dies ist eine Offenbarung vom Herrn der Welten. Der Geist, der die Treue hütet, ist mit dem Koran hinabgestiegen auf dein Herz, daß du einer seiner Warner seiest, in deutlicher arabischer Sprache.« (Koran, 26. Sure)

Auch wir haben solche mystischen Texte, die das »Wort« betreffen, bei Johannes. Aber die arabische Sprache muß voller Bilder sein, unübersetzbar. Freunde reden sich mit »aini« an, das ist »Augapfel«. »O du mein Auge, meine Seele, wie geht es dir? Ist dir heute der Himmel blau?«

Entsprechend sind die Haßtiraden. Daß man die Israelis ins Meer stürzen will, ist vermutlich solch ein Wortspiel, ein ungemaltes Bild.

All das kommt mir in den Sinn beim Anblick dieser geheimnisvollen abstrakten Schriftzeichen, die ich weder kenne noch verstehen kann, nur *sehen*. O du mein Auge, meine Seele, wie geht es dir?

Es gibt noch etwas hier, das mich bewegt: der Gebetsruf der Muezzins von den Minaretten, vor Sonnenaufgang. Tagsüber höre ich ihn nicht mehr. Aber das vielstimmige Gewebe der auf- und absteigenden Stimmen, nah und fern, bevor der Himmel Farbe annimmt, zwischen Traum und Tag, weckt mich manchmal auf. Ich höre zu, und mein Herz klopft.

Aber noch sind wir in Samarra! Die eigentliche Sehenswürdigkeit dieser Stadt ist die »Große Moschee«, im neunten Jahrhundert von einem Abbasidenkalifen erbaut. Es stehen nur noch die Ruinen der äußeren Mauern um den weitesten Raum, der in der islamischen Welt bekannt ist. Außerhalb der Mauer sieht man einen spiralenförmigen Stufenturm, ein schneckenartiges Gebilde, 52 Meter hoch. Auf der Rampe dieses höchst eigenartigen Minaretts mußte der damalige Muezzin fünfmal täglich bis auf die Spitze steigen, um Gottes Größe auszurufen.

Wir waren in Samarra mit etwa 20 andern Leuten verabredet und haben, jedenfalls einige von uns, tatsächlich versucht, diesen Turm zu besteigen! Es dauerte lange, bis wir die erste Runde gedreht hatten und sozusagen auf der belle étage waren. Ein bißchen kürzer schon die zweite Runde. Aber da sahen die Zurückgebliebenen bereits ziemlich klein aus! Ich schaffte es noch eine weitere Runde, dicht an den »Stamm« gedrückt, und konnte plötzlich keinen Schritt mehr weitergehen. Es war windig, nirgends ein Zaun, nirgends ein richtiger Halt. Der Abstand zum Boden unter mir erschien mir derartig gefährlich, ja das ganze Unternehmen derartig vermessen, daß ich kleinlaut den Rückzug begann, wieder eng an den Turm geschmiegt und jeden Blick in den Abgrund vermeidend. Aber fünf von uns sind ganz oben angekommen. Unbegreiflich! Der arme abbasidische Muezzin!

Im Laufe des Mittags entwickelte sich ein starker Staubsturm, so daß man kaum die Augen offenhalten konnte. Wir stiegen alle in unsere Autos und fuhren ein Stück in die Wüste hinaus. Vor einer Bodenöffnung hielten wir an, ließen die Autos stehen und krochen mit Picknickbeuteln und Teppichrollen (!) wie durch einen Fuchsbau nach unten.

Am Ende des Ganges war Licht, und wir kamen in einem alten, unterirdischen Palast heraus. Über uns war freier Himmel, und wir waren acht Meter unter dem Erdniveau, umgeben von gemauerten Arkaden. Es war warm und windstill. Wir entrollten unsere Teppiche, ließen uns nieder und hatten das romantischste, stilvollste Picknick der Welt. Es gab Wein, frisches Brot,

Ziegenkäse, Huhn und Früchte. Alle waren hungrig und in behaglicher Stimmung. Solche Stunden bescheren einem den Zustand des vollkommenen Glücks!

Am Nachmittag fuhren wir nach Bagdad zurück, wo uns abends ein Chopin-Konzert erwartete, das erste Konzert, seit wir hier sind. Was für ein Tag!

Der Brief muß weg. Ich grüße Euch alle und freue mich auf die Post übermorgen!

7. März 1960

Liebste Mama,
endlich kam ein Lebenszeichen von Dir, viel später als erwartet. Ich war so froh, als ich Deine Schrift auf dem Umschlag sah, aber beim Lesen des Briefes doch ziemlich erschrocken. Hast Du den Brief noch im Bett geschrieben? Ich freue mich, daß Du nicht mehr gelb bist – und daß Du überhaupt Fieber hattest, verstehe ich bis heute nicht. Nehmt Ihr diese Gallenkoliken eigent-

lich ernst genug? Oder werden sie wie ein Schnupfen abgehandelt? Mich interessieren alle diese Fragen sehr, auch Erholungsmöglichkeiten für Dich. Hoffentlich gibt Dir die Tatsache, daß Du täglich ein Stück zur Großmutter heranreifst, etwas Auftrieb! Die Schwangerschaft ist jetzt vollkommen sicher. Der moslemischen Prüderie zufolge sind die Untersuchungsmethoden hier höchst eigenartig. Sobald man die erste Entkleidungsaktion vornimmt, also sich beispielsweise den rechten Schuh auszieht, erscheint eine Krankenschwester mit einem Bettuch und schirmt einen gegen den Arzt ab. Dann wird man flachgelegt und wie ein Leichnam bedeckt, nur die Umgebung des Nabels bleibt frei, damit der Bauch von außen abgetastet werden kann. Das Zimmer ist dämmrig, der Arzt hat acht Pfeifen auf seinem Schreibtisch, trägt Cordhosen und einen Schnauzbart. Er ist aber freundlich und väterlich und findet alles in bester Ordnung.

Ollo hat mir eröffnet, der Kopf eines Babys dürfe nicht *berührt* werden, weil die Fontanelle offenstünde. Das kann ja heiter werden!

10. März 1960

In den letzten beiden Tagen war Staubsturm, und Latchin hatte frei. Am ersten Tag habe ich alle zwei Stunden die Tische und Stühle abgewischt, danach gab ich auf. Die Folge war, daß heute Fußboden, Möbel, Bücher, Sofakissen und Decken grau von Staub waren und dichte Wolken von sich gaben, wenn man dranstieß. An den Teppichrändern hatte sich eine Art »Staubwehen« gebildet, in der Küche war kein einziger Gegenstand, der nicht hätte gewaschen werden müssen. Latchin hat alle Möbel in den Garten getragen und auf die Sessel eingedroschen, ich habe staubgewischt und poliert, Marlene war in der Küche, es war eine Aktion von fast einem Tag.

Ollo nimmt die Staubstürme so übel, daß er, während sie andauern, mit niemandem spricht. Manchmal ist der Staub so dicht, daß man die gegenüberliegende Seite der Straße nicht mehr sehen kann. Im dämmrigen Zwielicht taucht das weiße Hemd eines Radfahrers auf und verschwindet wieder. Die Geräusche sind gedämpft, selbst der Zweizentnerhund von gegenüber schweigt. (Wie Ollo!)

15. März 1960

Es vergeht kein Tag, an dem ich mir nicht meine Ankunft auf dem Stuttgarter Flughafen vorstelle. Ich freue mich so wahnsinnig auf Euch, vor allem auf die Jungens, daß ich den Abschied von Ollo ganz gut verschmerzen kann. Dieter habe ich dann zwei Jahre nicht gesehen! Ich erzähle allen Leuten hier, wie groß die beiden sind, wie dick, und wie groß ihre Füße. Selbst der Botschafter ist informiert. Auch Ollo meint, er fände es schön, *mal* alleine hier zu wohnen, jedenfalls für die ersten zehn Tage. Hoffentlich kann er Ende September Urlaub nehmen – ich wäre todunglücklich, wenn das nicht ginge. Und bei Lichte besehen, ist es überhaupt traurig, daß wir uns trennen müssen, denn ich finde ihn ebenso schwanger wie mich selbst. Seitdem Du mir neulich geschrieben hast, ich solle meinen Körper nicht recken, beobachtet er argwöhnisch mein morgendliches Erwachen, Gähnen und Strecken. Er kann es kaum mitansehen. Schreib mir bloß keine Warnungen! Ollo ist geradezu süchtig nach Vorsichtsmaßnahmen, und wir müssen ihn doch ein bißchen schonen, auch später als Wöchner.

Die hiesigen jungen Väter sind übrigens alle sehr beherzt, sie windeln und füttern ihre Säuglinge und können sie ohne Hilfe baden. Vor kurzem hat hier ein junges deutsches Ehepaar eine kleine Tochter bekommen, und ich habe die Mutter und das Baby vom Krankenhaus nach Hause begleitet. Auf der Türschwelle blickte sie auf das Bündel auf ihrem Arm und sagte: »Also, Frau Wilke, wenn ich mir vorstelle, daß die nun 18 Jahre bei uns wohnen wird, könnte ich wahnsinnig werden!«

17. März 1960

Liebe Mama!
Heute kam Dein langer, beruhigender und ermutigender Brief – und die Mitteilung, daß Du nach Stuttgart gefahren bist. Das ist doch eine gute Nachricht. Bist Du dünner geworden? Zehn Pfund weniger als zuvor – habe ich das richtig gelesen? Darfst Du Milch trinken? Obst essen?

So zwischen den Zeilen konnten wir Deinem Brief entnehmen, daß Eberhard sein Abitur bestanden hat. Falls wir uns nicht getäuscht haben, richte ihm bitte unsere Huldigungen aus. Ich bin mit meinen Gedanken so intensiv bei Euch, daß ich hier in Bagdad manchmal traumwandele. Aber meine Vorstellungen enden immer an dem einen Punkt: dort wird unser Kind geboren.

Eine der hiesigen jungen Mütter stillt ihr Kind ungeniert vor Zuschauern, was ich herrlich finde. Ich habe Ollo davon erzählt, der sogleich, wie aus der Pistole geschossen, fragte: »Was hat Frau N. für eine Brust?« Ich beschrieb sie ihm genau, und gestern sahen wir ihr beide im Garten beim Säugen zu. Ollo betrachtete das Baby so interessiert, und ich betrachtete Ollos Gesicht so interessiert – die Stillmutter ahnte nicht, was wir dachten!!!

22. März 1960

Seit letztem Freitag hatten wir über 100 Leute zu Gast. Ich habe von früh bis spät in der Küche gestanden, Tröge von Salaten gemischt und Wannen voll Frikassee gekocht – Latchin briet zwei

Puten. Ich habe die ganze Nacht von Futterbergen geträumt. Ekelhaft. Es ist noch ein Viertelzentner Essen übrig, unter anderem zwei Schüsseln Erdbeerquark. Wollt Ihr was?

Unser Gemütsleben steht bereits im Zeichen der Persienreise. Aber verschieden: Ollo liest alles und weiß alles über den Iran, telegraphiert mit der Botschaft, nimmt Kontakt zu Journalisten auf, zeichnet Reiserouten, kurzum, er tut alles, was ein vernünftiger Mann vor einer Reise tun soll.

Ich hingegen werde flatterhaft und unruhig, nicht mehr ganz hier und noch nicht dort ... außerdem müssen wir noch geimpft werden, und der ganze Hausstand soll so organisiert sein, daß Latchin zurechtkommt. Ach, Mama, meinst Du, daß wir uns erholen?

Der Brief geht nun ab, Ihr hört eine Weile nichts von uns. Wir sind – von Euch aus gesehen – ein Stückchen weiter links auf dem Globus. Also habe ich das Bedürfnis, mich richtig von Euch zu verabschieden, mit ausgiebigen Umarmungen, bis wir wieder ein Stückchen weiter rechts auf dem Globus sind!

Teheran, 2. April 1960

Liebe Mama!

Unser Urlaub ging mit einer 1-ccm-Tetravaccine-Impfung am Vorabend des Abfluges los, die Ollo eine pflaumengroße, harte, rote Beule an der Impfstelle bescherte und mir hohes Fieber und Schüttelfrost. Wir flogen trotzdem, weil nun nichts mehr zu ändern war, in der Hoffnung auf Besserung. Das Fieber ist weg, die Beule bleibt.

Und hier sind wir also! In einer modernen Großstadt mit eleganten Gebäuden, reinlichen Straßen, feinen Läden und modernen Hotels. Teheran liegt 1350 Meter hoch und ist von schneebedeckten Bergen umgeben – ein lang entbehrter Anblick! Vielleicht wird ein aus Europa kommender Reisender die Stadt immer noch ziemlich orientalisch finden, schon des rasenden Autoverkehrs wegen, aber für uns verstaubte Bagdadis ist sie die große Welt! Die Passanten in der Innenstadt sind europäisch gekleidet, es gibt richtige Schuhe zu kaufen und schöne Stoffe – aber alles ist so teuer, daß wir daran vorbeigehen. Ich habe einen unstillbaren Hunger auf Apfelsinen, vor allem saure Apfelsinen, aber jede einzelne kostet eine Mark, hat viele Kerne, harte Häute und dicke Schalen und schmeckt scheußlich. Daraus wird also nichts. Dafür hat Ollo sich in einen Teppich verliebt, zum Preis von 800 Apfelsinen, einen herrlichen hellblauen Kasak, vermutlich wird daraus auch nichts.

Einen derartig chaotischen Autoverkehr habe ich in meinem ganzen Leben nicht gesehen. Jeder fährt so schnell er irgend kann, und täglich gibt es verheerende Unfälle in der Innenstadt. Jede Taxifahrt kostet 15 Rials innerhalb des Zentrums, egal wie weit. Man will nun in ein bestimmtes Museum oder Hotel oder Reisebüro, und der Taxifahrer sagt, er kenne die Adresse. In Wirklichkeit hat er keine Ahnung, sondern fährt suchend kreuz und quer herum, erkundigt sich alle 100 Meter und befolgt blindlings die widersprüchlichsten Weisungen. Nach zwanzigminütiger Fahrt, die einen schon an den Rand der Geduld gebracht hat, verlangt er den dreifachen Preis, weil er so lange hat suchen müssen. Unsern Einwand, daß dies nicht unser Problem sei und das Ziel ja nur drei Minuten entfernt gewesen war, versteht er nicht, weil er kein Englisch spricht. Also brüllt er auf offener Straße los, ballt die Fäuste und spuckt uns vor die Füße.

Das Hotel, in dem wir wohnen, sieht von außen einigermaßen prächtig aus und heißt – da wir ja immer in Palästen landen – Tehran Palace. Es liegt an einer breiten Straße, ganz nah am Zentrum, hat einen schönen Garten mit Sitzbänken und kostet den stolzen Preis von 40 Mark. Es bietet ein einziges Handtuch für jeden, keinen Schuhputz und ein armseliges Frühstück. Dafür Lärm auf den Gängen von sechs Uhr früh bis spät in die

Nacht. Die vergessenen Zahnputzgläser werden nach viermaliger Anmahnung, selbstverständlich gegen Bakschisch, schließlich angeliefert – ein Eldorado für Ollo, der sich so gerne beschwert! Dieses Hotel gehört zu der zweitbesten Kategorie. Die besten Hotels kosten 50 Mark oder 50 Apfelsinen, also das eine wie das andere unerschwinglich, vor allem aber die Apfelsinen!

Teheran, 6. April 1960

Liebe Mama,
ich kann nur aufzählen. Wir waren natürlich im Souk, wir haben natürlich alle Antiquitätenläden der Ferdowsi Avenue durchstöbert (wo es noch immer herrliche Luristan-Bronzen gibt), wir haben das Golestan Museum gesehen und den Pfauenthron und die Kaiserlichen Kronjuwelen, letztere in abgedunkelter Beleuchtung. Das sind nicht nur Schmuckstücke und berühmte Edelsteine, schicksalsträchtige Riesendiamanten, Kronen und Diademe, sondern auch rubinbesetzte Schwerter, Gefäße, Kandelaber, Tabatièren, Dosen aus einem einzigen Smaragd geschnitten, perlenbesetzte Königsroben und andere entbehrliche Sachen. Aber: sind sie entbehrlich? Die Ansammlung ganzer Zentner solcher Kostbarkeiten erscheint mir fast barbarisch. Ein Reichtum, der keine Früchte trägt. Und doch sind die Dinge schön und in ihrer zwecklosen Schönheit verehrungswürdig. Niemand spricht laut in diesen Räumen. Die Menschen stehen in Betroffenheit vor dem 182 Karat schweren Dariya ye Nur, dem Meer des Lichts. Ist es Magie? Wenn man wieder ins Freie kommt, atmet man auf und vermeidet jeden Blick in die umliegenden Schmuckläden!

Ein befreundeter Journalist hat uns im Auto zur Chesme-Ali mitgenommen. Es ist eine Quelle und ein beginnender Fluß, in dem die Leute ihre Teppiche waschen, um sie anschließend auf einem großen Felsbuckel zum Trocknen auszubreiten. Dieser

Iran

ganze Berg liegt also voller frischgewaschener, leuchtend bunter Teppiche: kleine und große, alte und neue, schöne und häßliche, in unübersehbarer Zahl. Ich hätte Dir so gern einen Blick darauf gegönnt. Du hättest daran mehr Freude als an den faustgroßen Smaragden, deren Wert Du Dir bestimmt in Nahrungskalorien für die Armen des Landes ausrechnen würdest!

Im Iran war die Bevölkerung damals zu 65 Prozent analphabetisch und medizinisch unterversorgt. Die Menschen waren arm, vor allem in den Außenbezirken der Städte und in den Dörfern.

Der große Ölreichtum des Landes kam in hohem Maße der Anglo Iranian Oilcompany und dem Pahlewi Clan zugute, der 40 Familien umfaßte und große Vermögen angehäuft hatte. Solche Verhältnisse waren in diesen Ländern fast normal, der Glanz des Kaisers auf dem Pfauenthron wurde sogar bewundert. Nur – wie stets – war dieses Ungleichgewicht die Keimzelle späterer Umstürze. Die Pahlewi Dynastie herrschte von 1925 bis 1979.

Shiraz, 8. April 1960 (Dein Geburtstag)

Liebe Mama!

Ob es jemals Zeiten geben wird, wo man von jedem Punkt der Welt aus seiner Mutter zum Geburtstag gratulieren kann, ein Glückwunschtelefonat zum Frühstück? Wir sind in Shiraz, das ist die Stadt der Rosen und der Nachtigallen, der Dichter und der Mausoleen für die Dichter, leider auch die Stadt des Regens und der Kälte für uns, eine Gebirgsstadt im Südwesten des Landes, eine Stadt, in der man nachts unter einer einzigen Wolldecke klappert und tags nur schwammiges Hammelfleisch zu essen bekommt. So ist die Lage, und ich schwöre Dir, es liegt alles nur am unablässig rauschenden Regen – sonst fänden wir es herrlich. Auch das Hammelfleisch. Auch den Hoteldiener, der früh um halb sieben an unsere Tür hämmert und nur Farsi spricht. Auch die Amerikanerin, die an unserm Nachbartisch sitzt und ohne Pause auf uns einredet. »Persepolis? Oh, don't go there! It's nothing but ruins, *nothing* to see but stones! I am sure, you won't enjoy it.« Und: »Bonn? Where is Bonn? Is it the capital? Not Berlin? Oh yes – I remember – it is not recognized any more as Germany...« Ollo erzählte ihr, ich sei im vierten Monat schwanger, da schrie sie begeistert, sie hätte im vierten Monat *auch* eine Fehlgeburt gehabt, nur vom vielen Rumlaufen usw. Leider gab es kein Rattengift.

Wenn morgen der Regen nachläßt und mit ihm auch der

Schlamm auf den Straßen, fahren wir nach Persepolis, dem eigentlichen Grund unseres Aufenthalts in der Stadt der Rosen und der Dichter, des Regens und des schwammigen Hammelfleisches. Shiraz geht uns verloren.

Der Iran ist ein Hochland, das sich vom Kaspischen Meer bis zum Persischen Golf erstreckt. Im Inneren liegen große Salz- und Sandwüsten, in denen kein Leben möglich ist, und zahlreiche Gebirgsketten durchziehen das Land. Die schmalen Küstenstreifen im Norden sind feuchtwarm, fruchtbar und regenreich, die Gebiete am Golf schwülheiß. Die Landschaftsunterschiede bringen klimatische Extreme mit sich, die Sommer im Hochland sind heiß, die Winter kalt mit Frosttemperaturen von bis zu -25 °C und Schnee, kaltem Regen im Frühjahr.

Shiraz, 9. April 1960

Persepolis war überwältigend! Eine großartige Akropolis in der Einsamkeit, Reste prächtiger Paläste, im Nichts stehend. Außer uns ein kleines Grüppchen junger Männer, weit weg, sonst kein Mensch.

Persepolis ist die Hauptstadt der Achämeniden gewesen, sechstes bis viertes Jahrhundert v. Chr., und ist auf einer gewaltigen, künstlich erhöhten Terrasse gebaut worden, ich schätze, die ganze Anlage ist etwa 250 mal 400 Meter groß, vielleicht größer. Man besteigt sie über mehr als 100 flache Treppenstufen, man könnte sie also auch hinauf reiten. Oben angekommen kann man noch verfolgen, wo das Tor der Könige war, der Palast des Xerxes, die Halle der 100 Säulen, der Dariuspalast. Viele Säulen sind erhalten, auch eine ganze Palastanlage steht noch da, wenn auch etwas durchlöchert. Es sind nahezu unbeschädigte große Flachreliefs z. B. an der Osttreppe des Audienzpalastes zu sehen, mit diesen merkwürdig stilisierten, typisierten Figuren, die man auch auf ägyptischen Abbildungen findet: Profilgesichter (alle die gleichen!), aber die Schultern von vorn dargestellt, Beine mit keilförmigen Waden und Füße wieder hintereinander. So ziehen ganze Prozessionen von sorgfältig gelockten, zum Teil gekrönten und bärtigen Würdenträgern im Gänsemarsch über die Wände, führen Stiere und Kamele und Wagen mit sich, auch Musikinstrumente, Gefäße mit Henkeln, senkrecht aufragende Speere, alle parallel zueinander, und große Bogen. Ab und zu wendet sich einer der Dargestellten zu seinem Hintermann um, was eine optische Überraschung ist. Man weiß nicht, ob der Bildhauer den Betrachter wirklich überraschen oder eine Begebenheit illustrieren wollte, vielleicht einen Freundschaftsdienst oder eine verräterische Verabredung, wer weiß.

Eine Inschrift habe ich abgeschrieben: »Ich bin Xerxes der große König, ein König von vielen, ein Herr von vielen. Ich bin Xerxes der große König, König der Könige, König der Länder, und ich habe alle Sorten Völker. Ich bin König dieses Landes weit und breit, der Sohn Darius' des Königs, dem Achämeniden.«

Also, Mama, der hat bestimmt nichts in Kalorien für die Armen umgerechnet, aber er gefällt mir. Es regnet immer noch ein bißchen ... Khoda hafez! Ta farda! (Auf Wiedersehen, bis morgen!)

11. April 1960 in Isfahan, am Abend vor der Abreise

Liebe Mama!

Ein wunderbarer Tag. Dieses Isfahan ist die Perle des Iran, die schönste Stadt auf Erden, das Glanzlicht der islamischen Baukunst, ein Märchengebilde aus blauen Kuppeln und Toren, aus zarten Minaretten und luftigen Parkanlagen. Wieso habe ich darüber nie etwas gehört? Was gibt es noch alles, von dem ich nichts weiß? Was befähigt die Menschheit, Dinge von solcher Vollkommenheit zu erschaffen?

Der Mittelpunkt Isfahans ist der Kaiserplatz, von einem Safawiden-Kaiser im 16. Jahrhundert angelegt. Er ist über 500 Meter lang und 160 Meter breit, siebenmal so groß wie der Markusplatz in Venedig. Die schiere *Größe* ist in diesem Teil der Welt ein Stil- und Ausdrucksmittel, ich weiß nicht, warum das so ist. Gigantische Gebäude zugleich harmonisch, ja zart und filigran zu gestalten, finde ich schwierig – und doch ist es hier gelungen. Der Platz ist umrahmt von zweistöckigen Arkaden – breite Spitzbögen – und innen als Park mit Platanen, Brunnen und Wasserbecken angelegt. Im Süden steht die gewaltige Kaisermoschee mit ihrem großen Tor, das innen ein konvexes Relief hat, lauter Innen-Halbkugeln, ein Netzwerk von Hohlformen, und alles, alles ist mit den schönsten Fliesenmosaiken verkleidet. Im Westen ist die »Hohe Pforte« mit einem vorgebauten Säulenpavillon, im Osten die Lotfallah-Moschee, mit einem ähnlichen Eingangsportal. Erstaunlich, daß an der ganzen Anlage nichts »Wuchtiges« ist. Kein Trompetenstoß, sondern ein Flötenklang! Es ist weit, licht, schwerelos und köstlich. Auf dem Platz haben in früheren Zeiten Reiterspiele stattgefunden, und der Schah saß mit seinem Hofstaat in der oberen Etage des nach allen Seiten offenen Säulenpavillons.

Im Norden schließt sich der Souk an. Da waren wir einen ganzen Nachmittag lang und kauften eine große Vase, auch solch eine überfeuerte Blau-Weiß-Fayence, deren Glasur nun opak und grünlich geworden ist, großmaschige Craqueluren aufweist und in dicken, hängenden Tropfen nach unten gelaufen und so erstarrt ist. Wenn nicht die verwischte Kobaltmalerei wäre, könnte man denken, es sei eine Seladonglasur. Unmöglich für mich zu sagen, aus welcher Zeit sie stammt. Außerdem haben wir eine alte Fliese mit einem türkisfarbenen springenden Pferd gekauft. Irgend jemand hat sich die Mühe gemacht, ein kleines Loch wieder mit Glasurstückchen zuzukleben – sonst ist sie makellos. Morgen fahren wir zurück nach Teheran.

Teheran, 13. April 1960

Hier sind wir wieder! Der Tehran Palace erscheint uns nach dem Ausflug in die Provinzen des Landes paradiesisch. Es ist warm, trocken und sauber. In einem hier deponierten Anzug von Ollo hatte der Hotelmanager 2600 Rials gefunden, das sind 130 Mark oder zwei Übernachtungen im besten Hotel der Stadt plus Essen! Bei unserm ersten Aufenthalt hier hatte ich Ollo nur mit Mühe davon abhalten können, den Manager zu erschlagen, vor allem des ärmlichen Frühstücks wegen. Jetzt lieben wir ihn wieder. (Gut, daß wir ihn nicht beleidigt hatten!) Ollo hat versprochen, mir ein Glas Marmelade zu kaufen. Er schaut mir grade über die Schulter und sagt – bezüglich der 2600 Rials: »So einen Mumpitz würde ich nie schreiben.«

Es regnet. Ollo will den blauen Kasakteppich kaufen. Dafür wollen wir nicht mehr ans Kaspische Meer fahren, sondern eine Woche früher nach Bagdad zurückkehren. Die Wettervorhersage ist nicht gut, und mir ist immer ein wenig übel, ich bin ganz zufrieden mit dieser Lösung. Ollo schaut mir wieder über die Schulter: »Ich verstehe nicht, daß du immer schreibst und schreibst und schreibst, alles immer an deine Mutter ...«

Diesen Brief lasse ich hier an der Botschaft. Den nächsten bekommst Du von zu Hause!

17. April 1960

Liebe Mama!

Gestern sind wir nach zweistündigem Flug zurückgekommen. Wir fühlen uns wie im Himmel, der vertraute Gestank Bagdads, der unmögliche, barackenhafte Flughafen, die alles verdüsternden Staubstürme – alles ist heimatlich! Wir waren gerade lange genug weg, um gerne wieder heimzukommen. Mittags hat es 25 Grad im Schatten, wir brauchen keine Heizung, keine Strümpfe, keine Pullover und warmen Mäntel mehr.

Zu Hause war alles in Ordnung. Latchin und Marlene standen im Sonntagsstaat vor der Tür, Marlene küßte uns die Hände, die Katze erkannte uns sofort, schnurrte mich an und biß Ollo, der sie stets ärgert, in den Daumen. Auf die Frage, ob irgend etwas Besonderes vorgefallen sei, berichtete Latchin *strahlend*, die Frau des Gärtners sei gestorben. »Mohammed-wife, she die.« Nachmittags wandelten wir alle in den Garten, zum Gärtner, und Latchin übersetzte, daß es uns leid täte, daß die Frau tot sei, und wir wollten für sie beten. Seine Dankesworte wurden rückübersetzt. Der arme Mohammed sah ganz elend aus und der Garten war verwildert – er hatte lange Zeit nicht kommen können.

25. April 1960

Liebe Mama!
Das Leben in Bagdad ist herrlich! Wir faulenzen den Urlaub zu Ende, schlafend und lesend, wir essen Unmengen Obst, Salat und Gemüse – lang entbehrt im Iran –, unsere Schuhe sind geputzt, die Frühstückseier weich und der Toast nicht drei Tage alt. Von Euch gibt es keine Post. Aus Braunschweig kam ein Taschenbuch ›Unser Baby‹. Daraus entnehme ich:

»Eine Kinderbadewanne ist wirklich überflüssig, weil ein Waschzuber aus Zink die gleichen Dienste tut …«, und: »Als Puder nehmen wir *nie* Mehl«, außerdem: »Auch die Urinwindel muß zumindest ausgewaschen werden. Es ist nicht nur unappetitlich, sondern auch schädlich, wenn die Windeln nur getrocknet werden. Unser Kleines nimmt dann bald einen scharfen Geruch an, der nur schwer wegzubekommen ist!« »Kaum hat unser Kindlein die Augen aufgetan, kommt schon die erschreckende Feststellung: es schielt! (Das wäre natürlich nicht schön, denkt sich die Mutter.)« (Humboldt Taschenbuch!)

Heute hatten wir eine großartige Show im Garten. Die Katze

versuchte, einen Igel zu fangen und stach sich dabei fürchterlich in Nase und Ohren. Latchin, Marlene, wir beide und die halbe Familie des Gärtners standen darum herum, und ich hatte fast den Eindruck, daß die Katze über unser Gelächter wütend wurde. Jedenfalls entkam der Igel unbeschädigt, und die Katze fing als »Übersprungshandlung« wie eine Rasende ihren eigenen Schwanz. Die Igel im Irak haben ganz lange Ohren und sehen aus wie Fledermäuse. Latchin hatte das animal entdeckt. »I don't know what callen by English.«

27. April 1960

Heute kamen zwei lange Briefe, Mutterbuch und Aussteuerliste, vielen Dank für alles. Ich bin erleichtert, Euch im Urlaub zu wissen, ohne tagelange Anfahrt bei 40 Grad.

Ich kann leider gar nicht richtig auf die Briefe eingehen, weil mich seit gestern eine dringliche Frage beschäftigt. Ich habe gelesen, daß man bei der ersten Schwangerschaft den Rhesusfaktor bestimmen müsse. Bei mir ist ja außer dem Blutdruck *nichts* untersucht worden, weder Blut noch Nieren noch Beckenmaße. Wir fragten also gestern nach der Rh-Untersuchung, und Dr. Haidary sagte, rh-negative Frauen seien derartig selten, daß wir uns über diese Frage wahrhaftig kein Kopfzerbrechen machen müßten. Auf unser Drängen hin rief er schließlich seinen Assistenten, der mir ein paar Blutstropfen abnahm und damit vier Glasplatten bestrich. Nach einigen Minuten erschien der Assistent, aus dem Labor zurückkommend, und flüsterte Dr. H. etwas ins Ohr. Der betrachtete die Platte, sagte, er könne nichts erkennen, es solle nochmals geprüft werden. Eine Schwester erschien nach drei Minuten und sagte »negativ«. Dr. H. schickte sie wieder hinaus und sagte, es müsse ein Irrtum sein und später noch einmal geprüft werden. Inzwischen solle ich viel Milch trinken, und in einem Monat erwarte er mich wieder. In Deinem

Buch nun, Mama, lese ich, daß der nicht vorhandene Rhesusfaktor ein ernstes Problem sein kann. Und alle Welt erzählt mir nun Horrorgeschichten von Totgeburten und Leberschäden, Blutaustausch beim Neugeborenen und so weiter. *Bitte* schreibt mir darüber und findet den neuesten Stand der Dinge heraus, und bitte postwendend. Ollo ist total pessimistisch, das ist fast das Schlimmste an der ganze Sache.

Dessen ungeachtet hat mein Kind gestern abend zum ersten Mal von innen geklopft. Ein zartes Flattern – nach einem Glas Wein. Ob es davon munter geworden ist?

Bitte antwortet so schnell wie möglich! Warum bin ich so weit weg!

1. Mai 1960

Mittlerweile seid Ihr zurück und habt meinen sorgenvollen Brief. Für Ollo ist das Kind schon verloren, jedenfalls äußert er sich so. Das ist aber ein oftmals praktizierter unbewußter Trick von ihm, denn erstens erwartet er meinen Widerspruch und zweitens wappnet er sich auf diese Weise gegen jegliches Unheil. Trifft es zu, hat er es »ja gleich gewußt«, trifft es nicht zu, vergißt er seine düsteren Prophezeiungen. Ich muß also für zwei die Fahne hochhalten, und in diesem Fall fällt es mir schwer.

Die Angehörigen der Botschaft Bagdad haben mit Wirkung vom 1. April ihre Gehälter um ein Fünftel gekürzt bekommen. Wir sind von Zonenstufe acht auf Zonenstufe sieben degradiert worden. Der Grund: man hat die extremen Hitzegrade der sechs Sommermonate mit dem kalten Winter »aufgerechnet« und durch zwei geteilt. Der Jahresdurchschnitt ist demnach 25 Grad Celsius, die ideale Temperatur schlechthin. Wozu also Klimazuschläge? Außerdem ist der Kaufkraftausgleich um zehn Prozent gesenkt worden. Damit ist Ollos Flug im September nach Deutschland in Frage gestellt. Der Flug für uns beide und der

Rückflug für das Baby kosten 4500 Mark, und wir haben bisher nichts angesammelt. Aber es wird schon werden!

Eigentlich wollte ich hiermit den Brief beschließen, aber es ist wieder ein Ereignis zu vermelden! Wir waren gegen Abend in die Stadt gefahren, um bei der Schneiderin ein Umstandskleid abzuholen, ein hübsches Kleid aus blauem Leinen. Es war auch fertig, und ich packte es glücklich ins Auto. Auf dem Heimweg sahen wir einen Laden, der italienische Schuhe anbietet. Wir stiegen aus, schlossen den Wagen ab, ließen aber eine der Scheiben einen Spalt offen und blieben fünf Minuten in dem Schuhladen, ohne etwas zu kaufen. Auto vor dem Schaufenster! Als wir zurückkamen, waren meine Handtasche, das Paket mit dem Kleid und Ollos teure Sonnenbrille geklaut. In der Tasche war mein Personalausweis, aber Gott sei Dank weder meine Ringe noch meine Perlenkette, die ich so oft im Schwimmbad ausziehe und in die Tasche werfe, wie oft Portemonnaie, Führerschein und Füllhalter! Diesmal nichts außer dem Ausweis und einer Broschüre über den Propheten Mohammed. Aber das Kleid! Alles neu bezahlen, alle Anproben erneut in der Hitze. Gestern war noch April, aber in den Häusern der Innenstadt hat es schon 30 Grad, nachmittägliche Stadtfahrten sind möglichst zu vermeiden. Wir schlafen schlecht und denken nachts an die Bonner Finanzbeamten.

5. Mai 1960

Liebe Mama!
Ich begreife jetzt erst, daß Ihr meinen sorgenvollen Brief vom 27. April gar nicht haben könnt, weil Ihr Eure Urlaubsadresse geändert habt. Heute kam die kurze Nachricht! Ich hatte den Brief einem Spanier mitgegeben, der ihn in Madrid auf dem Flughafen eingeworfen hat, und er ist natürlich an die alte Adresse gegangen. Falls Ihr dort Bescheid gesagt habt, wird er

nachgeschickt und Euch vielleicht noch vor Euerm Heimflug erreichen. Manchmal könnte ich verzweifeln über unsern immer verzögerten Briefwechsel!

Ich denke an Eure Urlaubstage und wünsche mir innig, daß Mama sich erholt und wieder ein bißchen essen kann. Bald werde ich wenigstens darüber Bescheid wissen!

Hier hat es mittags 40 Grad im Schatten. Noch leben und schlafen wir ohne Aircooler, denn die Luft ist trocken, und das Haus vor Sonne geschützt. Manchmal stellen wir die großen Deckenventilatoren an, die zwar die Temperatur nicht ändern, aber einem die Illusion von Kühle und Frische geben. Nachts schlafen wir ganz ohne Zudecke und meist mit geschlossenen Fenstern, des Kettenhundes wegen.

7. Mai 1960

Latchin hat sich einen hellblauen Texashut gekauft und sieht so irrsinnig damit aus, daß ich nicht wage ihn anzusehen, aus Angst vor einem Lachanfall. So etwas trägt ja hier kein Mensch, und erst recht kein junger Mann – aber er ist eben vom Dorfe und findet den Hut schön, ich fürchte, er hat viel Geld dafür ausgegeben. Er verschenkt mindestens die Hälfte seines monatlichen Verdienstes an »cousins«, an ärmere Verwandte, er hat seiner Mutter Schuhe geschickt, Marlene goldene Ohrringe gekauft und sich selbst diesen Hut. Einen so liebenswerten Menschen trifft man kein zweites Mal, und selbst dieser Hutkauf hat etwas Rührendes, Entwaffnendes in seiner ganzen Komik.

Sonst gibt es nur zu berichten, daß die Katze in großen Mengen Kakerlaken tötet. Den meisten beißt sie nur den Kopf ab, andere kaut sie durch und läßt sie liegen, manche frißt sie mit Stumpf und Stiel auf, mit knisterndem Geräusch.

Ich erwarte mit Sehnsucht Euern Brief – einen Bericht über Mamas Befinden und eine Antwort auf die Rhesusaffenfrage!

9. Mai 1960

Liebe Mama,
gestern kam Euer langer Brief an, mit gewöhnlicher Post aus Spanien, ich danke Euch sehr dafür. Es war so schön zu lesen, daß Ihr ein gutes Hotel hattet, trotzdem Lappen zur Badewannenreinigung gekauft habt, daß Ihr das Fliegen genossen und Euch über die Schwimmwesten hoch über dem spanischen Festland gewundert habt. Dabei ist es doch ganz einfach: die sind für den Fall, daß man über dem Meer abstürzt oder einzeln in einen breiten Fluß fällt. Für Landabstürze gibt es kleine Fallschirmchen, die eng zusammengerollt im vorderen Fach bei den Spucktüten stecken. Hat man Euch darüber etwa nichts gesagt?

Wir finden Flugreisen auch jedesmal faszinierend: nirgends kann man so gut die Erdformationen und -verwerfungen sehen, die Moränen und Gletscherbildungen, die Entstehung von Hochebenen, die genaue Schneegrenze, die Konversionsschicht zwischen warm und kalt, auf der wie auf einer Suppe die Wolken schwimmen. Wie gräßlich sind dagegen die Erinnerungen an den Physik- und Geologieunterricht, wo man eben diese Phänomene in trockenen Artikeln abhandelt. *Ein* solcher Flug – und man kann das ganze Schulbuch wegwerfen!

Und im Hotel Acapulco habt Ihr also tatsächlich nicht anrufen lassen, obgleich doch alle Wahrscheinlichkeit dafür sprach, daß mein Brief dorthin gegangen sein mußte. Für Leute, die daran gewöhnt sind, daß jede Hin- und Herverständigung drei Wochen dauert, unverständlich. Aber der liebe Gott hat's Euch halt nicht gegeben – nur gut, daß Ihr es nicht so empfindet!

Gestern kam auch ein Brief von Ollos Mutter, die mir schrieb, es könne gar nicht genug betont werden, *wie* ich mich schonen müsse, und die persische Reise sei doch ein ziemlicher Übermut gewesen. Inzwischen kämpfe ich um jeden Zentimeter Bewegungsfreiheit. Ollo findet es gerade noch vertretbar, daß ich mit dem Auto zum nächsten Obstladen fahre und Gott sei Dank auch, daß ich schwimme. Aber er will nicht, daß ich zu Sigrid Kahles Schiffsball gehe. Alles wird verschärft durch die Rhesusgeschichte, von der Ihr noch nichts wißt.

Von Christiane kam ein Umstandsgürtel per Kurierpaket, ein lachsfarbenes Ungeheuer mit Schnallen und Verstrebungen, Schnüren und Ösen, Haken und Stangen, von schier unglaublichem Gewicht. Er steht mir aber sehr gut, und ich freue mich schon darauf, ihn auf Gartenparties zu tragen. Es gibt kaum einen Nachmittag unter 40 Grad im Schatten.

11. Mai 1960

Gestern abend war in Kahles Haus die tollste Tanzparty, die je in Bagdad stattgefunden haben soll, nämlich die, zu der ich nicht hingehen durfte. Das Haus war in ein Schiff verwandelt worden. Man betrat nicht das Haus durch die Tür, sondern das Flachdach über Flugzeugrolltreppen. Der Garten war das untere Deck. Auf dem Dach waren Schornsteine, Kabel, Masten und Wimpel, und mit einem Fallseil konnte man zum Tigris herunter und dort Motorboot fahren. Eine Schiffskapelle spielte, 160 Gäste waren geladen und erschienen (außer mir). Die Inszenierung muß einmalig gewesen sein. Jeder hatte einen andern Namen (Ollo hieß Ben Hur), alle waren im Smoking oder als Matrosen verkleidet, Ollo war von der US-Navy ausgerüstet worden und sah toll aus. Das Fest wird in die Bagdader Geschichte eingehen! Ollo erzählte, das Haus sei tatsächlich einem Schiff zum Verwechseln ähnlich gewesen (ich kann ja alles nur aus zweiter Hand berichten), die Frau des spanischen Botschafters habe barfuß im Gartenteich getanzt, Bombenstimmung allenthalben und ein ganz großer Erfolg für die Gastgeber. Er war voller Respekt! Das will etwas heißen, denn Ollo ist der Partygegner schlechthin und würde freiwillig nie unter fremde Leute gehen, um mit ihnen die Zeit zu verschwenden, wie er das nennt. Wir haben uns mit diesem Thema beide etwas verrannt. Warum soll man eigentlich *nicht* Zeit verschwenden? Und dies Fest hat sogar ihn widerlegt.

Ollo (Mitte) und sein Kollege Harald Busse (links) auf Sigrid Kahles Schiffsparty.

12. Mai 1960

Über einen medizinischen Artikel aus Houston/Texas von Dr. Warren und M. Jacobs: »Eine Behandlung, die in der Baylor University entwickelt wurde, bietet Hoffnung, die Zahl der totgeborenen Kinder von rh-negativen Müttern zu verringern. Rh-positive Kinder, die sonst tot geboren oder wenige Stunden nach der Geburt gestorben wären, können durch die Behandlung mit CVP-Tabletten (siehe Zeitung) gerettet werden. ... In einer kontrollierten Gruppe rh-negativer Frauen, von denen alle zuvor Totgeburten hatten oder deren Kinder nach der Geburt ernste Schwierigkeiten hatten, bekamen 32 Frauen nach Einnahme von 600 mg CVP 24 gesunde Kinder = 75 Prozent Erfolg. 71 Frauen ohne CVP hatten nur 22 überlebende Kinder = nur 30,9 Prozent.«

Ich schicke Euch das ganze Material. Eigentlich bin ich ganz zuversichtlich, trotz dieser Statistik. Ein Knabe soll Moritz oder Philipp heißen, ein Mädchen Anina.

6. Juni 1960

Liebe Mama,
Latchin ist mit Marlene in die Berge gefahren. Sie will in ihrem Elternhaus bleiben, bis ich mit dem Baby aus Deutschland zurückkomme, vergoß aber eine Flut von Tränen beim Abschied von uns, es war schwer für mich, *nicht* zu weinen. Latchin kommt nächste Woche zurück, inzwischen habe ich wieder Mehdi, den Einäugigen, der alle Leute duzt. »Herr Botschafter, deine Frau ist da, bitteschön.« Mehdi hat wenig Verstand aber sieben Kinder.

In drei Wochen bin ich bei Euch!

18. Juni 1960

Liebe Mama!
Jetzt sind es nur noch zwei Wochen bis zu meiner Ankunft, dies ist also der letzte Brief, den Du vorher bekommst. Ein ganz verrücktes Gefühl! Bis dahin muß ich noch einen Damentee, zwei Dinnerparties und einen Cocktail für 90 Personen geben und den Haushalt so weit ordnen, daß Ollo allein zurechtkommt.

Wir halten uns heute in der Botschaft auf, in der wir die märchenhafte Innentemperatur von 27 Grad genießen. Zu Hause ist es scheußlich heiß. Man »wohnt« gar nicht mehr richtig, sondern teilt den Tag nach Kühlungsmöglichkeiten ein, bleibt drei Viertel des Tages im Club im nassen Badeanzug oder sitzt im Büro vor der Klimaanlage.

In unserm Haus ist ohnehin der Teufel los. Das ganze Wassersystem scheint kaputt zu sein, wir können seit Tagen weder duschen noch baden. Aus dem Kaltwasserhahn der Badewanne kommen einige kochendheiße Tropfen, die wir sammeln. Von Waschküche und Dienerklo rinnen an der Rückwand trübe Abwässer in Nachbars Garten, was unaufhörliche Beschwerden zur Folge hat. Der Hausbesitzer rührte sich erst nach zwölf Anrufen: er hat heute einen Nicht-Fachmann geschickt, der riesige Gräben in die Fußböden hackte und tonnenweise schlammigen Gestank herausbeförderte – aber die Mauer rinnt weiter. Ollo ist außer sich, wie stets bei solchen Gelegenheiten.

Fast vergessen: Gestern ist das Vornamenbuch angekommen, tausend Dank dafür! Es stehen tolle Namen darin. Warmbold kannte ich schon, aber Waberl zum Beispiel noch nicht. Man findet auch viele schöne, aber leider unbenutzbare Namen darin, wie Tobias oder Manuel oder Justine.

Sonntag: Gestern abend hörten wir auf der Terrasse lautes Geschrei und sahen, wie eine der wilden Katzen eine »Maus« am Kragen hatte, die sich aber hernach als neugeborenes Kätzchen erwies, das sie offensichtlich geklaut hatte. Sie rannte mit dem gellend quiekenden Baby über den Rasen, und ich ging ins Haus. Was sollte ich machen! Ollo legte grade den Sprengschlauch zurecht, als die Katze mit ihrer Beute vor ihm ins Haus floh und sich unters Regal in der Schuhkammer setzte. (Eine ganz junge, abgemagerte Streunkatze, wir kennen sie!) Wir jagten sie hinaus, und sie hinterließ uns ein fast haarloses, blindes Wurm mit Nabelschnur, das in meiner warmen Hand sogleich sein Geschrei einstellte und einschlief. Es war so winzig und unentwickelt und atmete mit seinem kleinen Bauch – und erinnerte mich so an mein eigenes Baby, daß ich es nicht fertigbrachte, es draußen auf die Steine zu legen, es wäre mir gegen sämtliche Triebe und Instinkte gegangen, grade jetzt. Selbst Ollo muß ähnliche Assoziationen gehabt haben, denn er mahnte nicht zur Vernunft, sondern machte ein Wattebettchen. Wir hoffen beide, daß es eingeht – aber heute trank es tatsächlich etwa 20 Sekunden lang dünne Milch aus einem Rhino-Plastikfläschchen von Euch. Es schreit laut. Vielleicht können wir es verschenken. Latchin zeigt sich respektvoll, aber ich weiß, daß er mich für verrückt hält!

21. Juni 1960

Gestern hat eine dicke und offensichtlich säugende Katze vor meinen Augen das Katzenkind mitgenommen. Heute aber liegt es wieder an der Gartenmauer. Sicherlich stirbt es da.

23. Juni 1960

Das Kätzchen ist verschwunden. Aber es gibt noch anderes zu erzählen! Gestern ist ein Pferd auf unser Auto gesprungen. Ich war gerade in der holländischen Gesandtschaft und sah, als ich herauskam, eine Menschenmenge mit Polizei um unsern Wagen stehen, dazu ein angebundenes Pferd, das gleichmütig in die Versammlung starrte. Die Frau des Gesandten nahm mich sogleich wieder mit ins Haus, setzte mich auf einen Stuhl, gab mir Orangensaft und redete mir gut zu. Ich hatte vorschriftsmäßig geparkt, sogar noch etwas auf dem Gehweg. Das Pferd, das einen Ölwagen gezogen hatte, war scheu geworden und losgerannt. Der Ölwagen hatte das Auto gestreift, und das Pferd war in seinem Schrecken auf die Kühlerhaube gesprungen. Es ist nicht viel Schaden entstanden, aber endlose Umstände mit Ersatzteilen, Versicherung usw., alles bei der Hitze. Ollo war wieder außer sich, aber dagegen ist man ja machtlos, ich meine, gegen das Pferd. Abends hörte ich auf einer Party, ein Pferd sei auf den Dienstwagen des holländischen Gesandten gesprungen.

A propos Parties: in der letzten Woche, bei einem Mammutempfang der Engländer, wurden Ollo und ich Abdul Kerim Kassem vorgestellt, wenn auch grundlos – wir standen grade da herum. Aber das soll doch festgehalten werden.

Und a propos Schwimmbassin: ich sitze jetzt oft am Babypool des Alwiyah-Clubs, wo die ganz Kleinen »den Sommer verbringen«, kann man schon sagen. Man sieht da manchmal vier, fünf Säuglinge im Wasser treiben und Winzlinge ernst und aufrecht im Becken sitzen. Nächstes Jahr!! Bis dahin geschieht noch viel. Bald bin ich bei Euch.

23. Juni, abends: Der Brief nimmt kein Ende – wir bekommen erstens einen Flügel und zweitens ein Telefon: Bagdad 90397! Die Vorwahlnummer muß Euch das Fernamt sagen, und die Sache mit dem Flügel dauert noch ein bißchen. Die Holländer verlassen nämlich demnächst das Land und haben so allerhand abzugeben, darunter auch zwei wunderschöne Mahagonisessel mit Schnecken an den Lehnen, aus dem Anfang des vorigen Jahrhunderts, edel und sehr unbequem!

Ich sehe mich im Geiste aus dem Flugzeug steigen – was tu ich eigentlich, Mama, wenn es kühl ist? Ich habe nur allerdünnste Batisthemdchen an, ärmellos. Eine Tagestemperatur von 20 Grad kann ich mir kaum vorstellen. Hier ist jeder Gegenstand, den man anfaßt, wärmer als die eigene Haut. Der Gedanke, so bald in Deutschland zu sein, berührt mich ganz eigenartig. Dich wiederzusehen mit Deiner ewig kranken Gallenblase, die andern wiederzusehen mit ihrem unbekümmerten Optimismus, mich selbst so verändert dort einzufinden, um eines Tages noch veränderter wieder abzufliegen – mit einem Wickelkind im Arm, wiederum ein langer Abschied. Man denkt immer so ungeduldig voraus und trifft dabei auch auf Ungefälliges. Ich bin traurig, Ollo zu verlassen, aber Du bist doch eine Entschädigung! Bald, bald, bald!

Waldenbuch im Sommer 1960
Als ich Ende Juni in Deutschland ankam, hatte meine Mutter 30 Pfund Gewicht verloren. Sie konnte, um ihre Gallensteine nicht zu provozieren, nur noch wenige Nahrungsmittel zu sich nehmen, als da waren: Zwieback oder Toast, fettloser Reis, gekochter Fisch ohne Butter und fein püriertes Apfelmus. Wenn sie irgend etwas Unbekömmliches »probiert« hatte und eine erneute Kolik befürchtete, machte sie eine sogenannte von ihr erfundene »Magenspülung«: sie trank einen Liter lauwarmes Salzwasser, ging ins Bad und erbrach den ganzen Mageninhalt wieder. Eine fürchterliche und kräfteraubende Prozedur, nach deren Beendigung sie zur Tagesordnung überging, dünner und dünner werdend. Da sie nicht klagte – hätte sie doch! –, hatte sich die ganze Familie an diesen abnormen Zustand gewöhnt, auch der ärztliche Ehemann. Alle waren in heiterster Stimmung. Obwohl die Tübinger Universitätsklinik in weniger als einer halben Stunde zu erreichen gewesen wäre, war die Gallenblase meiner Mutter nicht geröntgt worden. Niemand fand etwas dabei. Natürlich wußte man, daß eine Operation anstand, aber »erst mal muß das Kind geboren werden«. Außerdem hatte man auf gut Glück für den Juli in Dänemark, in Fjand an der Westküste, ein zuvor nicht besichtigtes (wie auch?) Ferienhaus gemietet: für den Vater, die beiden halbwüchsigen Söhne, die sechzehnjährige Freundin Tina, die schwerkranke Mutter und die hochschwangere Tochter, 1000 Kilometer von Wal-

denbuch entfernt. Wir wollten da oben in der Sonne liegen, schwimmen, lange Strandläufe am Meer machen, abends draußen unter freiem Himmel essen, ein richtiges Sommerleben führen. Die Jungens und Tina hatten vor, abends tanzen zu gehen und Bier zu trinken. So war der Plan.

Zur Abreise trennten wir uns aber. Die Familie fuhr ein paar Tage früher mit dem Auto los, mit Gepäck und Lunchpaketen, und ich sollte in Stuttgart einen Zug nach Hamburg nehmen, dort übernachten und am nächsten Tag weiter nach Dänemark reisen. Herr Gadow, der Forstmeister und Vater von Tina, hatte sich erboten, mich in aller Herrgottsfrühe mit seinem Auto zum Stuttgarter Bahnhof zu bringen. Wir fuhren rechtzeitig los, die lange, kurvenreiche, damals enge Bundesstraße 27 über Steinenbronn. Kurz nach Steinenbronn hatten wir ein Pferdefuhrwerk vor und den morgendlichen Berufsverkehr gegen uns – es war fast eine halbe Stunde lang unmöglich, das landwirtschaftliche Vehikel zu überholen, und ich erreichte den Hamburger Zug in aller-allerletzter Minute, Herr Gadow hatte weiße Strähnen bekommen! Der Zug war vorläufig bequem, und langsam beruhigte ich mich wieder. Den Zug am nächsten Morgen mit Triebwagen nach Esbjerg erreichte ich ohne Mühe. Es war ein eiskalter Sommer und regnete ohne Unterlaß, die Fahrt war lang und langweilig, das lange Sitzen mühsam.

Fjand hatte auch keine Bahnstation – ich mußte in Esbjerg oder Holstebro abgeholt werden, so ganz genau weiß ich es nicht mehr. Unser Ferienhaus war unmittelbar hinter dem Deich und in jeder Beziehung für einen sonnigen, warmen Sommer ausgestattet: es gab zum Beispiel kein fließendes Wasser, sondern statt dessen eine Pumpe hinter dem Haus, die nach längerer Betätigung, aber dann urplötzlich, einen breiten Schwall braunen Wassers von sich gab, eine Art Moor- oder Torfbrühe, die nicht gesundheitsschädlich war und nur etwas metallisch schmeckte. Man pumpte das Wasser in Eimer und versorgte Küche und Bad damit, das heißt, das Bad war eher ein Waschraum mit einem winzigen Becken an der Wand, denn die Sommergäste sollten ja – wenn es nicht geregnet hätte – sich im Meer tummeln und danach die Stranddusche benutzen. Aber es regnete! Das Klo war ein Bretterverschlag, nicht weit von der Pumpe entfernt, und wurde ebenfalls mit Eimern bedient. Die Küche war groß und gemütlich, aber auch da weder Wasserzu- noch -ablauf, eigentlich nur eine Frühstücksküche, gedacht für Sommergäste, die ihre Hauptmahlzeit in einer der Strandkneipen einnehmen würden. Doch die Strandkneipen waren alle geschlossen, denn die Sommergäste waren abgereist. Es regnete und war kalt. Und es ward Abend und es ward Morgen: der erste Tag.

Die Schlafzimmer mit je zwei Betten darin und rotgewürfeltem Bettzeug waren, oder, besser gesagt w ä r e n komfortabel gewesen, wenn nicht der lange Regen und die fehlende Sonne alles etwas feucht-klamm-kühl gemacht hätten, und wenn durch das feucht-klamm-kühle Klima nicht alles voller brauner Ohrkneifer oder Ohrwürmer gewesen wäre, die auf dänisch »Örntwist« heißen. Sie waren in den Schuhen und in den Betten, in der nachts abgelegten Unterwäsche, in den Handtüchern und im Inneren der Waschlappen. Dieses Jahr 1960 muß den Örntwists paradiesische Bedingungen verschafft haben. Sie waren von stattlicher Größe, glänzend dunkelbraun und mit kräftigen Kneifzangen versehen. Kein Mensch hat sie je in irgendeinem Ohr gesehen, jedenfalls nicht, daß ich wüßte, und außerdem sah ich nach meinen Bagdader Kakerlakenerfahrungen doch etwas verächtlich auf sie herab. Nicht so meine Mutter! Die fühlte sich ziemlich gestört von ihnen, vor allem in der Küche. Konnte sie doch keinen Teller hochheben, ohne ein oder zwei Exemplare von ihnen vorzufinden und verjagen oder erschlagen zu müssen. Und wie, wenn sie in die Suppe gelangt wären? Und es ward Abend und es ward Morgen: der zweite Tag.

Am dritten Tag setzte der Regen für kurze Zeit aus, und wir gingen, mit langen Hosen und warmen Socken und Pullovern, an den Strand oder besser in eine Dünenkuhle, die einigermaßen windstill war, deckten uns dort mit Wolldecken zu und sahen die Wolken ziehen. Meine Brüder steckten die Füße ins Meer. Das Wasser war so kalt, daß sich jeder Gedanke an Schwimmen erübrigte und auch Barfußläufe am Strand verschoben wurden. Sehr schade, denn der Strand war leer wie nie! Ich saß da in meiner Sandkuhle und dachte an Bagdad. Von Bagdad Post nach Fjand zu bekommen war natürlich ausgeschlossen, aber ich selbst schrieb dicke Briefe an Ollo, alle wieder über die Bonner Kurierpost, ich weiß nicht, wie lange sie unterwegs waren. Dabei gab es nicht so viel zu erzählen. Um nicht von früh bis spät zu sechst in der Holzküche zu sitzen, während draußen der Regen rauschte, nahmen uns Dietrich und meine Mutter zu allerlei Überlandfahrten mit, wobei ich im Auto schon reichlich Platz benötigte. Außerdem mußte eingekauft, Moorwasser gepumpt und Salat gewaschen werden, und wir hatten Kartoffeln zu schälen und Fische auszunehmen. Nach Tisch wurde wieder Moorwasser gepumpt, auf dem Herd als Spülwasser erhitzt, das nach Gebrauch irgendwo in die Dünen gekippt wurde. So vergingen zwei Wochen.

In der dritten Woche bekam meine Mutter eine Gallenkolik, machte ihre »Magenspülung« mit gesalzenem Moorwasser, begab sich – mit dem Wasser im Magen – in einen kleinen Pinienwald, der ganz nah am Haus war, und kam mit leerem Magen zurück, gelb im Gesicht. Der Alltag ging weiter, die Gallenkoliken wiederholten sich jeden zweiten oder dritten Tag und wurden auf die gleiche barbarische Weise therapiert. Erstaunlich, daß wir das alle mit solchem Gleichmut hinnahmen, daß niemandem die Sache unheimlich wurde – aber wir hatten ja einen Arzt im Haus, und meine Mutter beklagte sich mit keinem Wort.

Ich selbst hatte mehr als erlaubt an Umfang und Gewicht zugenommen und bewegte mich nunmehr langsam durchs Haus, saß, wenn es einmal trocken war, auf einem Stuhl an der Holzwand draußen und schrieb. Jegliche Körperpflege hatte ich aufgegeben: meine Haare konnte ich nur mit Hilfe eines Familienmitglieds und eines Eimers mit dem trüben Wasser waschen, auch meine mittlerweile völlig verhornten, verölten und verwahrlosten Füße säuberte ich im Putzeimer, und so weiter und so fort, lauter Belanglosigkeiten, wenn man an den Zustand meiner Mutter dachte.

Am Anfang der vierten Woche wurde ich zur Bahn gebracht und fuhr allein von Esbjerg nach Stuttgart und von Stuttgart mit dem Bus nach Waldenbuch. Dort angekommen, machte mir unsere Haushaltshilfe Pauline ein heißes Schaumbad, in dem ich anderthalb Stunden sitzen blieb, auf dem Wannenboden ein Sediment von Sand, Torfmehl und Rost hinterlassend. Man erinnert sich ja nicht an so viele Wannenbäder – aber an dieses schon!

Die Familie reiste ein paar Tage später mit dem Gepäck nach. Die erste Station war Kassel, wo meine Mutter in einen so katastrophalen Zustand geriet, daß – immerhin! – erwogen wurde, sie dort in einem Krankenhaus zu lassen. Die »Magenspülungen« halfen nicht mehr, ihre Augen waren gelblich, sie konnte nicht das Geringste mehr zu sich nehmen. Aber dann wurde doch Waldenbuch und das heimatliche Bett angestrebt. Am frühen Abend waren sie da, meine Mutter konnte sich nur noch mit Mühe auf den Beinen halten und wurde zu Bett gebracht, erbrach bitteren Gallenrückstau, hatte Schaum in den Mundwinkeln und sprach nicht mehr viel. Am nächsten Tag lag sie im Leberkoma, ein Krankenwagen brachte sie nach Tübingen in die Chirurgie, wo sie sozusagen im letzten Moment operiert wurde. Der Gallengang war total verschlossen, man fand 70 Kubikzentimeter Eiter in den Lebergängen – und brachte sie durch! Die Gallenblase meiner Mutter soll angeblich ein jahrelanges Gesprächsthema an der Uniklinik in Tübingen gewesen sein. (Solche Dinge passieren n u r in Arztfamilien! Es gibt viele ähnliche Beispiele.)

Und das Kind war immer noch nicht geboren. Die Firmen Milupa und Alete schickten mir, ungebeten und sehr freundlich, große Pakete mit Breiproben, Milchpulverproben, Reismehl, Hafergrütze, Mixpürees und Babykompott. Die aß ich alle auf, ausnahmslos, und besorgte mir Nachschub in der Apotheke. Beim ersten Vorstellungsgespräch mit dem Professor, der mich entbinden sollte, sagte der, nach einem entsetzten Blick auf mich: »Um Gottes willen, gnädige Frau, Sie müssen s o f o r t aufhören zu essen!«

Ollo kam um den 20. September herum, das Töchterchen fünf Tage später. Ollo vertrieb mir die ersten Stunden im Krankenhaus und war bei der Geburt n i c h t zugegen, das taten damals nur ganz Hartgesottene, und die meisten Frauen wollten ihre Männer auch gar nicht dabei haben. Er kam aber noch abends und begrüßte sein Kind mit großer Freude. Am nächsten Morgen erschien er an meinem Bett, ganz aufgebracht: »Unsere Tochter liegt mit einem fremden, m ä n n l i c h e n Säugling im Bett, einem Kerl mit dickem roten Kopf – ich habe sofort der Schwester gesagt, das ginge auf keinen Fall!«

Er mußte bald zurück nach Bagdad, ich blieb mit dem Kind in Waldenbuch und erholte mich gemeinsam mit meiner Mutter von den Abenteuern der letzten Wochen. Sie wurde wieder dicker, ich wurde wieder dünner, und in der zweiten Novemberhälfte flog ich mit Anina zurück, nach Bagdad, nach Hause.

Bagdad, 21. November 1960

Liebe Mama, lieber Dietrich!
Verzeiht, daß ich auf dem Flughafen nur so kurz meinen Dank gestammelt habe – es steht in keinem Verhältnis zu meinen Gefühlen Euch gegenüber. Ich hoffe, daß Ihr inzwischen aufgeatmet habt, aber auch wieder nicht allzusehr (!), und daß bei Euch wieder die gewohnte Ordnung herrscht, die hier erst ganz, ganz langsam anfängt. Ich erzähle nun der Reihe nach die Ereignisse unserer Rückreise.

Kurz nachdem ich mich von Euch getrennt hatte und im fast leeren Flugzeug saß, die schlafende Anina neben mir, hatte ich zugleich so extreme Glücks- und Unglücksempfindungen (wegen der Heimreise einesteils und Mama anderenteils), daß ich zum Schluß ganz stumpfsinnig davon wurde: ich wagte kaum, mich innerlich zu rühren, und flog in einem Zustand friedfertiger Gedankenleere nach Frankfurt. In Frankfurt wurden wir aus der Zubringermaschine in einen Flughafenbus verfrachtet, in dem sich ausschließlich Männer befanden, die sich sogleich auf Anina stürzten und sich in einmütiger, zärtlichster Bewunderung (gewürzt mit Hinweisen auf eigene Babies) ergingen. Beim Aussteigen überschlugen sie sich fast vor Hilfeleistungsangeboten: »Gnädige Frau, soll ich nicht das Körbchen mit anfassen?« »Darf ich Ihnen die Tasche abnehmen?« usw. Aber schon erschien eine Stewardeß und tat alles, was nötig war. Anina wachte im Flughafengebäude auf und fing laut an zu schreien, die ganze Dreiviertelstunde Wartezeit. In der Wartehalle war eine glänzende Akustik, ich versuchte, von schlechtem Gewissen geplagt, ihr einen Lutscher in den Mund zu stecken, was sich als vergeblich erwies. Aber trotz des gellenden Gebrülls ging eigentlich noch alles ganz gut – unangenehm wurde die Reise erst ab Frankfurt.

Es waren nämlich 60 Leute in der Super Constellation, das heißt, *alle* Plätze waren besetzt, es gab keinen Quadratmeter Platz mehr, um Anina irgendwo hinzustellen. Ich saß in der vordersten Reihe, hatte die Knie dicht vor der Wand, die Tasche da, wo eigentlich die Füße hingehören und das schreiende Kind im Kissen auf dem Schoß. Das Flugzeug stand noch lange, es wurde furchtbar heiß, die Leute rauchten, und es gab keine Lüftungsmöglichkeit. Ich hätte Anina gern die Flasche gegeben, aber niemand hatte Zeit, und ich konnte mich wegen totaler Einklemmung auch nicht erheben. Meine Jacke auszuziehen war unmöglich.

Als wir den Boden verlassen hatten, bekam ich ein Baby-Kästchen, das zwölf Zentimeter über meinem und meines Nachbarn Schoß und Eßtisch aufgehängt wurde. Keiner von uns beiden konnte aufstehen oder richtig essen: man fummelte blind mit der Gabel unter dem Körbchen herum, um dann bei Licht zu besehen, was man geangelt hatte. Mein Nachbar war rührend, er hat auch eine Baby-Tochter! Er drehte sich über seine rechte Armstütze ins Freie und legte Anina ins Kästchen, hielt schließlich die Stewardeß an und bat um Aufwärmung des Fläschchens, da das Kind immer noch schrie. Es wurde allmählich etwas aufregend für mich. Die Stewardeß kam zurück, Anina soff gierig, aber die Milch war so kühl, daß ich die Flasche nach einer Minute zurückgeben mußte (das akustische Resultat könnt Ihr Euch vorstellen!) – und schließlich trank sie. In Wien, so wurde mir gesagt, könne ich an Bord bleiben und das Kind trockenlegen.

In Wien gingen alle Passagiere hinaus, ebenfalls das Personal; hinein kamen jedoch fünf Männer mit Besen, Eimern und Staubsaugern, die in Windeseile und mit gewaltigem Geklopfe und Gestaube die Plätze säuberten. Anina schrie nach wie vor. Ich versuchte, mir die Hände zu waschen, mußte aber feststellen, daß das Wasser abgestellt war. Einer der Putzmänner montierte mit einem Schraubenschlüssel den Eis-Trinkwasserbehälter ab und goß mir etwas Eiswasser ins Becken. Ich hob das Kind aus seiner Hängeschachtel und legte es aufs Federkissen auf einen der Sitze, ganz schief – es schrie gellend, so schlimm wie noch nie, mit dunkelrotem Kopf und Luftwegbleiben. In der Windel war dünner Stuhl, ich hatte plötzlich die Idee, es könne Durchfall haben, keine Stewardeß war in der Nähe, kein Mensch half mir oder hielt irgendwas, dazu die Hitze, die verbrauchte Luft und das Gebrüll – es war zum Davonlaufen! Schließlich holte ein Putzmann die Stewardeß, und zu zweit wurden wir dann fertig. Ich wickelte Anina warm ein und ging mit ihr von Bord, wir spazierten zehn Minuten in der kühlen Luft ums Flugzeug herum, und sie beruhigte sich schnell.

Ab Wien wurde es leerer, aber in meiner Besorgnis über Aninas möglichen Durchfall und meiner allgemeinen Übermüdung konnte ich nicht einschlafen. Über Jugoslawien und später über Beirut waren starke Gewitter. Das Flugzeug rüttelte und schaukelte, es wurden Tüten verteilt, und man mußte sich festschnallen, ich einmal sogar mit dem Kind im Arm. So ein Nachtflug im Gewitter ist unheimlich, die Maschine fliegt wie ein feuriger Elias durch Blitze und Finsternis, bläuliche Flammen aus den Motoren fauchend. Das Aninchen war mittlerweile sehr vergnügt. Als die Stewardeß mit ihr sprach, streckte sie ihr erfreut die Zunge heraus, und nach der Neun-Uhr-Flasche fiel sie endlich in einen ganz tiefen Schlaf. (Ich nicht.)

Wenn ich die heutigen Flugreisen mit den damaligen vergleiche, kann ich nur staunen. 1960 war das Fliegen eine sehr, sehr teure Angelegenheit, und nur wohlhabenden Privatleuten vorbehalten, natürlich aber Geschäfts- und Dienstreisenden. Der Flug von Bagdad nach Stuttgart hat, wie schon erwähnt, 4500 Mark gekostet, Rückreise des Babys inklusive. Das sind nach heutiger Umrechnung 17500 Euro. Es gab noch keine Düsenflugzeuge, geschweige denn Großraumflugzeuge, sondern nur Propellermaschinen, die etwa 60 Leute fassen konnten. Die Reisenden waren gediegen gekleidet, die Damen in feinen Kostümen mit

Brosche am Hälschen und Absätzen an den Schuhen – niemals hätte man einen Menschen in Jogginghosen (oder vergleichbaren Scheußlichkeiten) und Turnschuhen erblicken können. An Bord gab es zum Mittag- und Abendessen, und nicht nur in der ersten Klasse, eine richtige Speisekarte mit Menüvorschlägen, und das Essen wurde auf Porzellantellern serviert, der Wein in Gläsern – alles sehr, sehr unpraktisch, verglichen mit der heutigen Freizeitkleidung und dem junk-food in Plastik!

In Bagdad landeten wir Punkt vier Uhr früh. An der Gangway standen Ollo und Latchin. Ollo begrüßte zuerst das Kind und ich zuerst Latchin! Und um halb fünf verließen wir mit sämtlichen Koffern und Schachteln Bagdad-Airport und fuhren nach Hause. Ich hatte das Gefühl, als wäre ich keinen Tag fortgewesen. Marlene erschien im Nachthemd, alle bewunderten das Baby, und Latchin und Marlene schenkten dem Kind einen echtgoldenen Armring, *sehr* hübsch, ein zartes Filigranblatt mit einem roten Stein auf einem offenen Reifen, ein fürstliches Geschenk. Aber so sind sie.

Innerhalb der nächsten Stunde war das Schlafzimmer in eine Wüste verwandelt, Anina bekam bereits die Morgenflasche, und um halb sieben waren wir schließlich auch im Bett, bis kurz nach zehn Uhr.

Wie der Tag herumging, ist nicht mehr zu rekonstruieren. Ich stellte fest, daß alles etwas verwahrlost war, aber im großen und ganzen ging es, und daß Marlene schwanger ist. (Das ist noch ein Kapitel für sich!) Abends kam Busse auf einen Imbiß, ich hatte in den letzten 60 Stunden nur sechs geschlafen, und mir fiel daher nicht so recht auf, daß ich mich merkwürdig fühlte. Um zehn schlich ich zu Bett, bekam einen fürchterlichen Schüttelfrost und Fieber, gegen Morgen schlief ich ein. Um sechs Uhr früh fütterte und windelte Ollo das Kind, um neun kam die Ärztin, um zehn stand ich auf und bewegte mich den Tag über nur zwischen Bett und Kinderzimmer, am nächsten Tag war ich gesund.

Busses Diener hat einen Sohn bekommen und ihn mit Vornamen »Rommel« genannt nach einem »strong German«.

Ollo mit Anina.

24. November 1960

Am Abend danach – außer Haus – erfuhren wir von der Tigrisüberschwemmung, der größten Flut seit 30 Jahren, und baten Latchin telefonisch, alle Becken und Wannen voll Wasser laufen zu lassen, da in solchen Fällen die Filter die anströmenden Wassermassen nicht mehr fassen, die Kläranlagen nicht funktionieren, die Kanalisation streikt und aus allen Leitungen der schiere Tigris fließt. Im Tigris sollen ungezählte Pferdekadaver schwimmen. Seit zwei Tagen kommt nun brauner Schlamm aus den Wasserhähnen, brauner und schlammiger als je in Fjand, den wir in Töpfe füllen und »sedieren« lassen, mit einer Schöpfkelle oben ablöffeln, während wir das Wasser abkochen und sammeln. Anina wird damit gewaschen, und ihre Flaschennahrung mit gekauftem Trinkwasser hergestellt.

Und doch: wie schön ist es hier! Es sind noch 29 Grad im Schatten, das Kind steht im Garten im Batistfräckchen, es blüht in den Gärten, der Himmel strahlt, die Fliegen summen, überall Vogelgesang in den Büschen. Alles ist so geruhsam und heiter!

25. November 1960

Aninas Wickeltisch steht unter einer breiten Fensterbank, alle Sachen haben dort Platz und sind griffbereit. Dort ist auch der Warmluftbläser für abends und frühmorgens. Marlene hat bereits gelernt, den Wickeltisch zu »decken« und das Badewasser zu bereiten. Während der heiligen Handlung hält sie sich im Hintergrund, reicht an, nimmt ab und sieht zu. Mit frischer Schürze und gebürsteten Händen! Als sie zum ersten Mal die Baderei gesehen hatte, meinte sie: »Assyrian baby not good – not washing like you!« Aber auch: »Bottle no good for baby. This good!« – und deutete auf ihre Brust.

Nach dem Baden steht das Kind bis halb vier im sonnigen Garten, Köpfchen im Schatten, und schläft. Der hiesige Babykorb ist viel größer als der Waldenbucher, er ist fast ein Bett auf Rädern. Anina ist süß geworden, sie lacht mit dem Papa und bringt sich um vor Vergnügen, wenn man mit ihr Faxen macht. Der kleine Zeh ist wieder zugeheilt – ich schreibe das alles so ausführlich, weil ich denke, daß es die Mama interessiert.

Das Latchin-Baby kommt vermutlich Ende Februar – oder im März? Sie wissen es natürlich nicht. Marlene ist schon rundlich, und es bewegt sich auch schon. Die Bruderfamilie hat sich geweigert, Marlene mit dem Kind aufzunehmen: sie haben selbst fünf Kinder und nur ganz wenig und ganz schmutzig Platz. Ich kann Marlene als Kinderfrau gut brauchen, will aber keinesfalls, daß sie zwischen dem eigenen Kind »auf assyrische Art« und dem unsrigen hin- und herpendelt. Das beste wird sein, man hält dieses Kind genau so wie Anina, mit europäischem Bad und europäischer Pflege. Wie das alles werden soll während unseres Europa-Urlaubs und wie im Falle unserer Versetzung, weiß nur der liebe Gott. Diese Menschen sind tatsächlich schrecklich schutzlos und sehr leicht der direkten Not ausgesetzt.

Bitte grüßt Pauline! Mama soll meine Schulden aufschreiben und die elf Mark für die Strümpfe nicht vergessen. Ich habe kein Übergewicht zu zahlen brauchen! Und nun lebt alle wohl – mir fällt nichts mehr ein. Es ist ganz komisch: ich habe mit mehreren Leuten gesprochen, die auch daheim im Urlaub waren. Alle sind froh, daß sie wieder hier sind, alle sind sie schon halbe Bagdadis. »Haben *Sie* Deutschland schön gefunden?« wollen sie wissen. Alle sind sie verwöhnt durch die Geruhsamkeit und den sonnigen Himmel und durch eine bestimmte Art der Weite, Freiheit und Vorschriftslosigkeit, die zu Hause nicht mehr zu finden ist. Und jetzt wird der Brief verschlossen und verschickt, mit allen nur denkbaren Liebeserklärungen von uns dreien!

29. November 1960

Liebe Mama, liebe Familie!
Man sollte nie am Kuriertag schreiben, das geht dann immer viel eiliger als man gerne möchte. Zudem ist wieder Staubsturm: alle Schränke, Regale und Schubladen müssen leergeräumt und ausgewaschen werden. Ihr könnt Euch das nicht vorstellen – *solche* Verstaubung gibt es nirgends sonst. Aber es macht auch Spaß, alles wieder neu zu machen und einzuräumen, es ist eine Art Zwangs-Hausputz. Leute wie ich sollten nur in Staubländern leben! Auch Ollo hat die Gelegenheit ergriffen und alles mögliche repariert, installiert, auf den Kopf gestellt und neu gekauft.

Das Haus sieht musterhaft aus, und morgen wird die Sonne scheinen.

Dem Kindchen geht es wunderbar. Es schwatzt und lacht und kräht, macht große Spuckblasen und streckt die Zunge heraus, wenn es sich freut. Tun Affen das nicht auch? Marlene ist eine gewissenhafte und umsichtige Hilfe. Weißbeschürzt und mit Kopftuch sitzt sie da und gibt dem Kind die Flasche, räumt Badewasser und Wäsche weg, macht alles richtig.

Mamas Brief ist gekommen – so unglücklich! Ich kann gar nichts dazu sagen, aber ich fühle mich ein bißchen wie ein kidnapper! Die vielen Stunden mit dem Kind in meinem Zimmer da oben waren paradiesisch, Mama. Ich sehe Dich immer mit Deinem weißen Kittel und höre alle Ratschläge. Und nun bin ich so weit weg, Anina wächst ohne Dein Zutun. Du bist zurückgeblieben, und ich bin hier fröhlich – es ist wirklich ungerecht. Große Umarmung!

4. Dezember 1960

Liebe Mama!
Grade habe ich zehn freie Minuten an einem schrecklich besetzten Sonntag, um ein paar Zeilen zu schreiben. Wir sind erst gegen Morgen von einer Feier der irakischen Regierung zur Erinnerung an das mißglückte Attentat vom vorigen Jahr zurückgekommen. Sechs Stunden lang saßen wir auf harten Stühlen und sahen ein arabisches Programm in arabischer Sprache an, unter anderm ein Kasperletheater. Als Konzession für die westlichen Ausländer: girls in Badeanzügen auf Rollschuhen – wir trauten unsern Augen nicht! Um ein Uhr nachts gab es ein seit Stunden erkaltetes Abendessen, das hauptsächlich aus Hammel- und Schafsleichen bestand, die mit allerlei Garnierungen auf großen Aluminiumplatten aufgebahrt waren, mit Zunge, Kopf und Ohren, die blicklosen Augen wie Achatkugeln. Aber viele

Leute hatten seit mittags nichts gegessen und waren fast ohnmächtig vor Hunger und Langeweile.

Als Kassem um Mitternacht aufs Klo mußte, erhob sich bei seinem Abgang und Wiedererscheinen der ganze Saal mit allen Botschaftern und Ministern!

Seit gestern mittag sind wir mit der deutschen Delegation beschäftigt, die Ollo übermorgen früh um sechs Uhr zum Flugzeug bringen muß, und bis eben bestand noch die Unsicherheit, ob wir ein Dinner für fünf, ein Buffet für elf oder gar nichts geben. Das Aninchen ist unangefochten von alledem und sehr vergnügt. Sie sieht wunderbar gesund aus, kann laut lachen, schwatzt und »singt« vor sich hin. Die erste Flasche bekommt sie um viertel nach sieben, zuvor liegt sie still mit großen Augen im Bettchen und kratzt an der Decke, strahlt, wenn man sie begrüßt. Sie weint niemals morgens früh oder gar nachts, überhaupt gibt es viele Tage, an denen sie nur spielt und lacht und strampelt, ganz ohne Geschrei. Im Halbschlaf lutscht sie an der einen Hand und hält sich mit der andern die Augen zu, Handfläche nach innen!

5. Dezember 1960

Morgen ist schon wieder Kuriertag, ich kann nur noch jetzt schreiben! Anina hat den ersten Zwiebackbrei blitzschnell und anstandslos vertilgt. Du hättest eine solche Freude an ihr! Mrs. Summers, die Gouvernante der Kinder des amerikanischen Botschafters, hat schrecklich bei mir geweint – und ich mit ihr! – weil ihre Tochter grade in Kanada ein Baby bekommt und sie nicht da sein kann. Sie will auch nicht hinfliegen, weil sie sich so vor dem Abschied fürchtet. Ich habe ihr von Dir erzählt, daß Du nur schwer das obere Zimmer betreten kannst. Da bat sie mich, *Dir* von ihr zu erzählen und Dir zu sagen, wie viel glücklicher Du doch seist als sie!

Ich hoffe, daß es Euch allen gut geht, und daß Du nicht mehr so traurig bist. Danke für den Gürtel und Deinen Brief. Grüße alle tausendmal, besonders Dietrich, von uns dreien!

10. Dezember 1960

Meine liebe Mama,
mein Brief ist fort, ein neuer von Dir noch nicht da, also schreibe ich ins Blaue, lauter Bagdader Geschichten! Nämlich:

Erstens: Unsere Gartenmauer ist erneut umgefallen und liegt platt auf der Straße. Diesmal nicht innen im Garten!

Zweitens: Busse hatte einen fremden Esel in seinem Garten. Niemand weiß, wie er da hineingekommen ist.

Drittens: Wir haben gehört, daß die Särge der Toten, die man in Mekka beerdigt (und das sind viele), auf dem Rückweg mit Orangen gefüllt werden, für unsere Obststände.

Viertens: Bei unserm Bäcker ist ein Katzennest im Brotschrank, schön warm auf dem frischen Brot. Der Bäcker freut sich und zeigt es jedem.

Fünftens: Es gab lange Verhandlungen mit Mohammed dem Gärtner wegen eines Hundes, der auf unsern Beeten herumtrampelt. Latchin übersetzte: »Mohammed she maken complain about big dog maken very bad outside in my garden.« Latchins Gesichtsausdruck ist leider nicht zu beschreiben, dabei ist er das beste von allem. Er spricht übrigens stets von my house, car, garden, und natürlich my master – das ist Ollo.

Sechstens: Latchin hatte Zahnschmerzen. Daraufhin aß seine Frau drei Tage kein Fleisch, damit Gott den Zahn heilen sollte. Tat er aber nicht. Daraufhin stopfte er sich, auf Anraten eines Freundes, zerstampften Tabak in den hohlen Zahn, bekam eine fürchterliche Infektion mit Schwellung und noch viel schlimmere Schmerzen, drei Backenzähne wurden daraufhin vom Zahnarzt gezogen.

Der Botschafter hat gesagt, er könne Euch ein Visum besorgen, und ich überlege, ob ich diesen Brief wegen der Sarg-Apfelsinen und der Brotschrank-Katzen wieder zerreißen soll, denn darauf werdet Ihr Euch letztendlich berufen, wenn kein anderer Weigerungsgrund mehr zieht!

Umarmung einstweilen, Fortsetzung folgt ganz bald.

15. Dezember 1960

Wir haben vergessen zu erwähnen, daß eventuelle Weihnachtspäckchen spätestens am 10. Dezember in Bonn hätten eintreffen müssen, das hätten wir aber zu einer Zeit schreiben sollen, da noch keinem Menschen nach Weihnachten zumute war. Vielleicht werden aber zu spät ankommende Päckchen dennoch auf dem Gnadenwege im Kuriersack mitgenommen und erreichen uns im Januar. Die Lufthansa-Weihnachtsbäume stehen bar jeglicher Nadeln in einer Badewanne im Botschaftsgebäude, wir haben uns aber einen Lebensbaum besorgt, der wenigstens grün ist, wenn er auch keine Kerzen tragen kann.

Dieser Brief wird von einem Bekannten mitgenommen, der morgen nach Deutschland fliegt. Alle unsere Segenswünsche werden am Weihnachtsabend bei Euch sein. Ich bin so glücklich für Dich, daß Du Deine Gallenblase los bist, Gänsebraten und Räucheraal essen kannst und nicht so abgehetzt bist wie im letzten Jahr. Wir haben Euch eine nüchtern aussehende, aber sehr gute Zeitschrift bestellt, sonst aber Weihnachten bisher völlig ignoriert. Beschenkt werden Latchin und Marlene, sie kriegen einen Babykorb mit gelbgestreiftem Futter und allerlei Kleidungsstücke für das Kind, das Ende Februar geboren werden soll. Es soll Petto heißen, wenn es ein Junge wird. Einem Mädchen soll ich den Namen aussuchen, das wird dann Johanna sein. Leider werden die assyrischen Babies wie Mumien gewickelt, Knie durchgedrückt, Beine nebeneinander, Arme eng und grade am Körper eingebunden, sie können nur den Kopf bewegen – auch im Sommer!

Ich habe solche Säuglinge gesehen: sie liegen in flachen, harten, engen Wiegen, rot und schwitzend, und über das Ganze wird ein Baumwollsturz gestülpt, entweder um die Fliegen nicht herein oder den Gestank nicht herauszulassen, denn gesäubert werden sie selten. Für diese Sitte können sie keinen Grund angeben, außer dem, daß es früher auch so war. Es ist so gegen alle Natur und normale Erfahrung! Jeder junge Hund kann sich bewegen. Hoffentlich gelingt es mir, Marlene zu europäischen Methoden zu überreden, die sie vorbehaltlos anerkennt, aber nicht zu realisieren wagt, aus Furcht vor ihrer Sippe.

Anina – und auf dieses Stichwort wartest Du schon den ganzen Brief über (!) – ist gesund und dick. Sie weint oft bitterlich zwischen zwei Breilöffeln. Dann kann sie vor Schluchzen nicht schlucken und muß darum erneut weinen. Schließlich ißt sie, dicke Tränen auf den Backen, und wenn der Teller leer ist, jammert sie wieder, obgleich er bereits Höchstmengen enthielt. Es ist draußen noch so warm, daß sie mit nackten Beinen im Garten im Korb steht. Ich habe bemerkt, daß sie asymmetrisch ist: ein Ohr ist klein, eins groß. Sie liegt immer auf einer Seite und bleibt nicht auf der andern. Auf dem Bauch liegend, streckt sie immer den rechten Arm schräg nach hinten und dreht sich nach links um, es fällt ihr schwer, den Kopf nach rechts zu drehen: mühsam schwankend wendet sie ihn nach rechts zu unsern Lockrufen, aber längst nicht so weit. Noch greift sie nicht, ich bin gespannt, ob sie auch da die linke Hand bevorzugen wird.

Nichts bringt sie sicherer zum Lächeln und Brabbeln, als wenn Ollo erscheint. Mit vielen Spuckblasen erzählt sie lange Geschichten, immer wieder unterbrochen von überirdischem Grinsen. Ollo ist verzaubert, verwandelt, fasziniert. Es ist alles ein Trick der Natur, Mama: mit ihrem unwiderstehlichen Charme verhexen die kleinen Kinder ihre Eltern und sichern sich so ihren Platz in der Welt. Sie bescheren ihren Eltern ein so tiefes Glück, daß ihnen nur Gutes widerfährt und sie weder weggeworfen noch verkauft noch verschenkt werden, trotz Lärm und Geschrei, Gefräßigkeit und vollen Windeln und andern vielleicht jahrelangen Belästigungen!

Ende Februar wird sie also ein schwarzhaariges »Brüderchen« sehen. Marlene näht bereits Babysachen: ein weißseidenes, winziges Regencape mit roten Schleifen, Miniaturanzüge aus Sesselbezugstoff und vitriolgrüne Unterhemdchen. Ob sie unsere Geschenke überhaupt schön findet, so weiß und praktisch wie sie sind?

Der Brief muß weg – ich schreibe noch mal. Tausend Grüße an Euch alle. Verkauft und verschenkt uns nicht!

27. Dezember 1960

Ihr Lieben alle,
Weihnachten ist vorbei, und wir bedanken uns von Herzen für all die unerwarteten Gaben (obgleich ich mir nachträglich an den Kopf greife, wieso ich tatsächlich annehmen konnte, daß Mama *keine* Päckchen schickt!). Das Höschen für Anina ist bestimmt für eine Prinzessin gedacht – selbst Ollo, der kein Kinderhosen-Fex ist, hat es bemerkt und bewundert – eine größere Auszeichnung kann es für eine Kinderhose schlechterdings nicht geben. Von Marlene bekam Anina einen Aufziehbären, den sie entsetzt anstarrt, sobald er seine schnarrenden Tänze aufführt, von unserer Nachbarin Jenny Nater einen weißen Gummischwan, welcher schwimmen und quietschen kann. Wenn er aber quietscht, verzieht Anina das Mäulchen zum Weinen, deshalb wird er für spätere Zeiten aufbewahrt. Ollo hat mir zu Weihnachten ein goldenes Armband aus zwanzigkarätigem massivem Gold geschenkt, eine einfache Gliederkette, kein bißchen zu dick und auch kein bißchen zu dünn. Eine andere Dame hier hat

hingegen ein richtiges Fabrikbesitzersgattinnenarmband bekommen, ein vier Zentimeter breites Band aus goldenen Schuppen, mit Schnalle verstellbar und einer fünfmarkstückgroßen Rosette aus Saphiren und Rubinen – so etwas wird mir lebenslänglich vorenthalten bleiben! Ich könnte noch zehn Seiten schreiben über das Weihnachtsdinner bei Kahles, das in einer phantastischen Szenerie mit Silber, Damast und 100 Kerzen stattfand und uns zu vielen Betrachtungen Anlaß gab. Der sudanesische Botschafter, ein riesengroßer, schwarzer, bildschöner Mann, hatte die Weihnachtsgeschichte aus dem Koran (da gibt's die nämlich auch) in arabischer Sprache vorgelesen, lässig an einen Türpfosten gelehnt. Während des Lesens entfiel ihm die Kerze. Er machte nicht einmal eine Millimeterbewegung, um sich danach zu bücken, was jeder von uns reflexartig getan hätte, und bekam sie augenblicklich wieder gereicht. Ich werde das nie vergessen, diese unangestrengte, lässige Herrenallüre, ohne jede Arroganz. Das war Weihnachten, Mama. Im Irak kann man das Fest nicht mißbrauchen!

Ich danke Dir, Mama, noch sehr für Deinen Brief. Du schreibst, Du kämest so gerne mal zugucken, wie das Kind gebadet wird, »wirklich nur das«. Über diese letzte Bemerkung habe ich lange nachgedacht, aber nicht so recht gewagt, sie zu deuten. Das heißt, natürlich habe ich es doch getan!

Seid umarmt, bleibt gesund und wohlbehalten.

29. Dezember 1960

Liebe Mama!

Stell Dir vor – wir haben den Flügel! Ein Steinway-Baby-Grandpiano, auf deutsch ein Stutzflügel, im Jahre 1925 gebaut aus edlen Hölzern, die man heute angeblich nicht mehr hat. Er liefert einen brillanten Klang, wie alle lang gespielten guten Klaviere, und ich bin überglücklich darüber! Wir haben 195 Dinare dafür gezahlt, das sind 2200 Mark. Für diesen Preis werden wir ihn immer wieder los, und ich habe meine Freude daran, so lange wir hier sind.

Zweitens: Ollo ist Legationsrat geworden. Das ist die zweitunterste aller denkbaren Stufen und bringt kaum mehr Geld, aber die Pensionsberechtigung.

Drittens hat Anina das Gesicht voller Pickel, braune Krusten unter den Haaren, Leder am Po, verharschte Stellen an den Schenkeln und ein Triefauge. Die Ärztin sagt, sie sei ein ausgesprochenes Ekzemkind, und außerdem habe sie, die Ärztin, noch nie ein Kind so schnell und so viel essen sehen. Vielleicht liegt's daran.

Viertens ist Taxistreik wegen einer Benzinpreiserhöhung. Heute früh wurde aber auch ein Privatauto mit Steinen beworfen, und, nicht weit von hier, herumgeschossen. Für morgen ist wieder irgendeine Sensation vorausgesagt, die aber nicht eintreffen wird. Immerhin rufen sich die Leute besorgt gegenseitig an.

Gestern waren wir in einem Konzert, das ein alternder Musikprofessor vor etwa 60 geladenen Gästen gab. In einer Mozartsonate blieb er beim dritten Satz stecken. Er begann das Thema, machte mit der linken Hand einen Fehler, der das ganze Klangbild veränderte, und fand den Anschluß nicht mehr. Also improvisierte er ein paar Takte, begann das Thema noch mal, machte den gleichen Fehler, spielte das Zwischenstück mit zitternden Händen, bis er wieder an das Thema kam, das ein drittes Mal mißlang. Ich saß in der ersten Reihe und sah die Klaviatur ganz nah. Es war furchtbar, ich fühlte mich einem Herzschlag nahe und brauchte mindestens eine Stunde, um mich wieder zu beruhigen.

Es ist Abend, und es gibt nichts mehr zu erzählen. Aber das war ja auch erst der Anfang. Bald ist Silvester, was natürlich wild gefeiert wird. Ollo sagt, er beschlösse das schönste Jahr seines Lebens. Das muß noch in diesem Brief gesagt werden!

Das Jahr 1961 begann zunächst ohne sichtbare Unruhen. Kassem geriet aber mehr und mehr in den Ruf, ein irrationaler, kapriziöser, unberechenbarer Mann zu sein. Seine Reden wurden immer länger, undurchschaubar und bombastisch. Er startete im Sommer einen vergeblichen Versuch, Kuwait zu annektieren, womit er alle Mitglieder der Arabischen Liga gegen sich aufbrachte. Im Oktober ließ er in einem Anfall von Großmut alle Gefangenen frei, die von Mahdawi wegen der Verschwörungen gegen ihn verurteilt worden waren, darunter auch Oberst Aref, der ihm später zum Verhängnis werden sollte.

Ein bleibender Unruheherd waren die Kurden, die im Irak ein Fünftel der Bevölkerung ausmachten. Sie zeigten sich unzufrieden, weil die Realisierung der 1958 getroffenen Versprechungen Kassems, sie zu »Partnern« zu machen und ihnen mehr Autonomie zu gewähren, auf sich warten ließ. Mustafa Barazani, ihr wichtigster Anführer, war nach zwölf Jahren aus dem Exil zurückgekehrt (Moskau und Prag) und hatte Kassems Revolution mitgetragen. Die Kurden waren aber entschieden gegen eine »Vereinigte Arabische Republik« (VAR), die auf ihre Kosten gegangen wäre, und schlossen sich denen an, die sich gegen die VAR stellten. Das Militär hingegen lehnte eine kurdische Autonomie ab, und Kassem konnte seine Versprechungen nicht wahr machen.

Im Herbst 1961 entfesselten kurdische Kämpfer einen erbitterten Kleinkrieg, überfielen irakische Garnisonen und Polizeistationen, sprengten Ölleitungen, legten Eisenbahnen lahm und besetzten weite Gebiete im Norden, um Kassem zum Nachgeben zu zwingen. Die Waffen lieferte die Sowjetunion.

1. Januar 1961

Liebe Mama!
Eine neue Jahreszahl, ein neues Leben. Vor einem Jahr konnten wir uns das gar nicht vorstellen, so zweisam und unverpflichtet

wie wir waren, ohne Kind in den Tag hineinlebend. Und Ihr? Wer weiß, vielleicht ist man auch als Großmutter plötzlich verwandelt? Sieht sich in einer Ahnenkette, denkt an die eigenen Großeltern und zukünftigen Urenkel, fühlt sich in einem Zeitstrom als winziges Blatt eines Stammbaums und schrumpft? Morgenstern hätte darüber ein Gedicht machen können!

Es ist Abend, wir haben bis mittags geschlafen, weil die Silvesternacht bis zum frühen Morgen dauerte. Sie begann mit einem herrlichen Abendessen bei Naters, die ganz in der Nachbarschaft wohnen. Sie sind Amerikaner, sprechen aber so englisch, daß man's eigentlich nicht glauben mag. Jean Nater ist, glaube ich, schweizerischen Ursprungs, und Jenny, eine der schönsten Frauen hier, hat irische Vorfahren. Sie sind uns sehr vertraut, jeder auf seine Weise, und wir lieben ihr Haus wegen der tausend schönen Dinge darin. Bei ihnen also saßen wir zu zwölft und bereiteten uns auf das große Silvesterfest bei Guy de Changy vor, dem schönen Belgier, von dem ich schon erzählt habe.

Ich war tagsüber in der Belgischen Botschaft, habe bei der Dekoration geholfen und mit Guy zu Mittag gegessen. Das erzähle ich aus folgendem Grunde: wir saßen einander an einem kleinen runden Tisch gegenüber, und es gab nach allerlei Gebratenem (mit weißen Handschuhen serviert!) zum Dessert frische Orangen. Ich schälte sie, wie ich es als Kind gelernt hatte: sieben Schnitte vom Nordpol aus nach unten, dann ein Deckelchen oben ab, dann mit den Fingern die Schale lösen, dann die Fusseln abpflücken, dann mit dem Daumen die Frucht aufbrechen, die einzelnen Schnitze voneinander trennen – und essen. Natürlich kleben die Finger, aber ich kann es immerhin so einrichten, daß mir der Saft nicht die Unterarme herunterläuft und von den Ellenbogen tropft. Aber Guy? Der schnitt mit Messer und Gabel die Apfelsine in vier Teile, löste mit Messer und Gabel in Blitzgeschwindigkeit und ohne einen Tropfen Saft zu verspritzen die Segmente aus den Schalenvierteln, aß alles mit Messer und Gabel und mit vollkommen trockenen Fingern. Auf seinem Teller blieben vier Schalenteile zurück, auf meinem eine große Sauerei!

Auf dem Ball abends waren etwa 100 Leute aller im Irak vertretenen westlichen Nationen, es wurde ein tolles Fest mit Tanz bis in die Morgenstunden, großer Flirterei und viel Champagner. Jeder war glücklich, niemand betrunken. Um Mitternacht habe ich an Dich gedacht und allerlei gute Wünsche für Dich gehegt. Ein schönes Jahr ist vorbei – und in diesem werde ich 30!

3. Januar 1961

Noch ein Nachwort, ein allerwichtigstes: Die Braunschweiger haben uns zu Weihnachten einen Stollen schicken wollen, das heißt, sie haben ihn auch geschickt, damit wir ihn jetzt in den Wintertagen verspeisen sollten. Er wurde vermutlich lange vor Weihnachten abgesandt und reist jetzt auf dem Landweg über die Türkei hierher. Er wird im Frühling – wenn überhaupt – hier eintreffen, hart wie ein Ziegelstein und nur noch als Waffe zu gebrauchen. Ollo spricht *viel* von diesem Stollen und überlegt noch am späten Abend, ob Türken Stollen essen und ob vielleicht türkische Zollbeamte das Paket geöffnet haben könnten, usw. usw.

Ab nächster Woche sind wir fast jeden Abend aus, eine Veranstaltung folgt der andern. Ollo beklagt, daß ich in Deutschland keinen Abendmantel gekauft habe und allabendlich im Regenmantel zwischen Nerzen herumstehe – ein Huhn unter Schwänen!

6. Januar 1961

Liebe Mama,
draußen ist ein unglaublicher Sturm. Die Sonne hat sich verfinstert, es herrscht ein staubiges Halbdunkel, und die Palmen biegen sich zu Bögen, alle Fenster klappern, Weltuntergangsstimmung, Embolie- und Ehescheidungswetter, ein furioses Schauspiel! Man sagt, die extremen klimatischen Zustände dieses Landes rührten von der ungeheuren Fläche der mesopotamischen Tiefebene, die ausgedörrtes, totes Land ist, staubig im Sommer und bodenlos verschlammt im Winter, verkrustet und versalzen, nur zu einem Zehntel zu nutzen. Immer wieder versuche ich mir vorzustellen, daß dies Zweistromland der Garten Eden gewesen ist, eine blühende fruchtbare Tiefebene mit ausgeklügelten Bewässerungsmethoden, mit Bäumen, Schatten und großen Plantagen. Die Mongoleneinfälle im 13. Jahrhundert haben all dem ein Ende gesetzt: nicht nur die Bevölkerung wurde vernichtet, sondern auch die Kultur. Ich kann nicht glauben, daß ein Teil der Welt für immer zerstört und verwüstet sein kann, ein für allemal, unwiderruflich, nie wieder gut zu machen. Solch ein Gedanke hat doch etwas Erschreckendes, findest Du nicht? Der Satz »es ist nie zu spät« stimmt nicht!

Wir haben eine Reise nach Kerbela gemacht, in die heilige Stadt der Schiiten. Man fährt nach Süden, zunächst durch öde Lehmgegenden, dann aber sieht man Palmwälder und Getreide, gemauerte Zäune, die einzelne Dattelplantagen voneinander trennen. Bunt angezogene, freundliche Menschen, die sich auf höfliche Anfrage sogar fotografieren ließen! In einem Seitenrinnsal des Euphrat lag (oder stand?) eine Büffelherde, zum Teil nur mit den Nasenlöchern über dem Wasserspiegel. Wenn sich eins dieser mächtigen Tiere erhebt, um triefend aus seinem Bad zu steigen, ist man ganz froh, hinter der schützenden Autotür zu sitzen. Die Milch der Büffel soll gut sein. Ich weiß nicht, wem die Herden gehören. Die Tiere haben gewaltige Hörner, breit über der Stirn zusammengewachsen und dann nach hinten ausladend – sie sind archaische, vierschrötige Cousins unserer hübsch gemusterten Wiesenkühe.

Kerbela war schwierig. Zwei Moscheen beherrschen das Stadtbild, mit blattvergoldeten Kuppeln und kostbaren Portalen. Das Straßengewirr davor ist eng und voller Pilger: Kurden, Afghanen, Araber, nur Männer. Ich trug natürlich, wie immer bei solchen Reisen, lange Ärmel und lange Hosen, sogar – des Windes wegen – ein Tuch auf dem Kopf. Dennoch hatte ich das Gefühl, fehl am Platz zu sein und mit feindseligen Blicken bedacht zu werden. Ollo hatte seine Kamera gleich im Auto gelassen, damit niemand auf die Idee kommen sollte, wir wollten Bilder machen. Aber natürlich waren wir als Ungläubige von weitem zu erkennen, und Kerbela ist heiliger Boden, ein Wallfahrtsort wie Mekka, eine Begräbnisstätte für den gläubigen Moslem (Erinnerst Du Dich an die Orangentransporte?) und kein Ausflugsort für zwei Leute aus Deutschland in Baumwollhosen und Pullover. So rafften wir mit unsern Augen in Eile die Anblicke der Moscheen und des Stadttores zusammen und gingen bald zum Auto zurück.

Die Schiiten sind Anhänger von Ali, dem Schwiegersohn des Propheten. Nach dem Tode Mohammeds im Jahre 632 entstanden große Konflikte über die Nachfolgerschaft. Mohammed hatte keinen Sohn, aber zwei Töchter. Die jüngere hieß Fatima und war mit ihrem Neffen Ali verheiratet. Sie hatte zwei Söhne, Hussein und Hassan. Der Prophet hatte keinen Nachfolger benannt. Man fand Abu Bekr am geeignetsten, den Vater von Mohammeds zweiter Frau. Abu Bekr bestimmte aber Omar zu seinem Nachfolger. Ali, der nahe Verwandte Mohammeds, war also zweimal übergangen worden.

Omar wurde ermordet und Othman, der Mann von Mohammeds älterer Tochter, zum Kalifen ausgerufen. Auch Othman wurde aus dem Wege geräumt und endlich Ali zum Kalifen erklärt. Eine Spaltung war entstanden. Muawija, der erste Omayaden-Kalif, machte Ali seine Position streitig. Ali wurde schließlich in Kufa ermordet, und sein zweiter Sohn, Hussein, begann gegen Muawijas Nachfolger eine Fehde. Der Sage nach schritt Hussein mit dem Schwert und dem Koran auf seinen Feind zu – und wurde getötet. Sein blutiges Haupt wurde nach Kufa mitgenommen.

Es war also eine Mördergeschichte, aber auch eine Leidensgeschichte. Ali, Hassan und Hussein sind für die Schiiten die wahren Kalifen, und aus allen islamischen Ländern kommen alljährlich Tausende von Gläubigen nach Kufa, Nedjev und Kerbela, um der Märtyrer zu gedenken. Die von Massenekstasen getragenen Moharram-Prozessionen (»Moharram« = der erste Monat des islamischen Mondjahrs) finden heute noch statt: die Männer reißen sich die Oberkleider vom Leib und geißeln sich mit Ketten bis aufs Blut, schwingen Schwerter und geraten mit dem Schrei »Hussein – Hussein« vollends in Trance.

16. Januar 1961

Liebe Mama,
bevor ich alles vergessen habe, will ich meinen Brief mit einem Ausflugsbericht beginnen.

Fast alle Botschaftsangehörigen waren gestern in Hit am Euphrat, um die alten Wasserräder zu sehen, mit Kindern und Kleinkindern. Also nahmen auch wir unser Kind mit, nebst einem Korb mit Öl, Puder, Handwaschwasser, Bananen und Thermosflasche, Obstsaft, Zwiebackmehl und Plastiknapf. Es wurde eine Tour von elf Stunden. Wir fuhren zunächst in Richtung Habbaniya in östlicher Richtung (die Gegend, in der uns im Juli '59 die große Krise gepackt und wo Ollo beschlossen hatte, sich vom Auswärtigen Amt zurückrufen zu lassen!), dann über Ramadi bis zur großen Straßengabelung und von dort aus nördlich bis Hit. Hit ist eine der ältesten Arabersiedlungen im Irak, und die Mauerhalterungen für die Wasserräder sollen aus sumerischer Zeit stammen. Wir wurden von der gesamten Dorf-Einwohnerschaft empfangen, der Marktplatz war schwarz von Menschen, vor allem Kindern. Der Bürgermeister im dunklen Anzug begrüßte uns alle mit Handschlag und stellte sich vor: »Director of Hit ... Director of Hit«. Uniformierte Polizisten umdrängten uns – es muß das Ereignis des Jahres gewesen sein. Wir ließen das Kind im Wagen zurück, von vier Polizisten eskortiert und von Unzähligen begafft, und bestiegen mit den andern ein Riesenfloß, das mit der Hand an einem Drahtseil entlanggezogen wurde, mit uns viele Einheimische mit Kühen und Hühnern. Am gegenüberliegenden Ufer waren Steinmauern in den Fluß hineingebaut. Ihre Spitze bildet jeweils ein Rad von etwa acht Metern Durchmesser, an dessen Peripherie Tontöpfe befestigt sind. Diese Räder, wie urweltliche Tiere anzuschauen, bewegen sich langsam und gießen unter ohrenbetäubendem Ächzen, Klagen, Quietschen und Knarren das aufgeschaufelte Wasser auf den »Rücken« der Mauer in eine Rinne. Von dort aus fließt das kostbare Naß auf die Äcker, und dies seit Jahrtausenden! Die Räder bestehen aus Ästen, die ineinander verklemmt, vertäut und befestigt sind, schwarz von Algen und Moos, und müssen natürlich immer wieder instandgesetzt werden, sodaß sie schließlich wie ein gigantisches Flick- und Flechtwerk aussehen, unaufhörlich in Bewegung, unaufhörlich Wasser schaufelnd und knarrend, seltsame Fabelwesen in dieser zerfließenden Landschaft.

Wir kehrten bald um, mit Freude und Geschrei von der Einwohnerschaft am andern Ufer erwartet. Den Wagen hatten wir die ganze Zeit im Auge behalten.

Anina lag rosig und süß in ihrer Tragetasche, die Polizisten strahlten und berichteten, sie sei kuli sien gewesen, sehr gut, und habe nicht geweint. Es war ziemlich kühl und windig. Wir fuhren zurück, davon eine Stunde lang Wüstenpiste mit Schlaglöchern, die Anina einen besonders guten Schlaf bescherten. Du sollst das doch alles erfahren, auch wenn Dir die Haare zu Berge stehen!

In der nächsten Woche gibt es zwei Konzerte und fünf Essen, davon zwei bei uns. Ollo muß morgen um sechs Uhr den Pianisten vom Flughafen abholen. Wenn das alles vorbei ist, fahren wir drei Tage nach Uruk Warka, zu den deutschen Archäologen, als Gäste von Professor Lenzen. Ich freue mich sehr darauf. Anina lassen wir bei Frau Dreyer, die eine gleichaltrige Tochter hat und eine Mustermutter ist, verheiratet mit Mustervater. Ollo hat einen seiner seltenen Briefe an seine Eltern geschrieben, davon mindestens eine Seite Betrachtungen über den Weihnachtsstollen. Es muß auch noch ein Honigkuchen (Adventsgebäck) von Christiane unterwegs sein, was alles nur schlimmer macht!

20. Januar 1961

Noch schnell ein Nachtrag: Der Pianist sollte nachts um eins am Flughafen abgeholt werden. Ollo mußte mit ihm zur Residenzpolizei fahren, weil durch Schuld der irakischen Behörde das Visum nicht hinterlegt worden war. Ollo wurde gezwungen – obwohl er sein eigenes Auto hatte – ein Taxi zu nehmen, das er zunächst für einen Polizeiwagen hielt. Als er wieder zu seinem Auto zurückgefahren worden war und die Taxirechnung bezahlen sollte, weigerte er sich. Es gab einen Wortwechsel, der Taxifahrer und der Polizist versuchten, Ollos Auto am Türgriff festzuhalten, Ollo gab wütend Gas und fuhr los – die Flughafenpolizei hinter ihm drein. In der Innenstadt überholte der »Verfolger« Ollos Wagen und stellte sich quer – das alles im nächtlichen Bagdad, mit dem Pianisten an Bord. Der hat nun die Wahl, wie er das Abenteuer erzählt: Willkür der irakischen Polizei oder Wildwestmanieren unseres Auslandsvertreters!

In Eile, Mama, Grüße und Küsse an Euch alle. Dem Kindchen geht es wunderbar, es weint fast nie. Marlene ist hochschwanger. Der Stollen ist nicht angekommen, was Ollos seelisches Gleichgewicht beeinträchtigt, siehe oben!

22. Januar 1961

Liebe Mama!
Von Dir kamen zwei lange Briefe, die ich ein paar Mal gelesen habe. Über alle Fragen mit Euerm Haus will Ollo Dir schreiben. Ich muß mich leichten Herzens daran gewöhnen, daß keine Gallenanfälle mehr vorkommen und daß Du von nun an von immerwährender Gesundheit bist. Wie bange habe ich früher Deine Briefe geöffnet! Jetzt erzählst Du von einem Hausbau und einem Nerzkragen – wie schön ist das alles! Ich schreibe in der nächsten Woche weiter, nach Uruk Warka. Nur noch, daß Marlene ein Wiegenfutter aus dunkelroter Zellwolle genäht hat, mit dunkelblauem Muster – das Ganze wirkt schwarz-violett. Das findet sie zusammen mit dem weißen Moskitonetz so schön! Wahrscheinlich war ihr violetter Samt zu teuer, sonst hätte sie den genommen. Sie freut sich auf ihr Kind, ich freue mich auch, trotz aller zu erwartender Unruhe. Bald mehr!

Es fehlt der Bericht über den dreitägigen Aufenthalt in Uruk Warka. Dort waren die Ausgrabungen des deutschen Archäologischen Instituts zu besichtigen, damals unter der Leitung von Professor Lenzen. Ich erinnere mich, daß wir über Al-Hilla oder Hille gefahren sind, einem Städtchen an einem Seitenarm des Euphrat, dem Shatt el Hille, das mit seinen vielen Palmen malerisch anzusehen war. Ich erinnere mich auch, daß eine Kamel- und Eselskarawane an uns vorbeizog und in den bunten seitlichen Satteltaschen der Esel nicht nur Wasservorräte, sondern auch Babies schaukelten. Daß die Ausgrabungsstätte schwer zu finden, ohne Wegweiser war, auf keiner Karte verzeichnet. Daß in dieser hügeligen Wüstenlandschaft jeder Sinn für Entfernungen verlorenging: in weiter Ferne vermutete man einen Berg, neben dem plötzlich, scheinbar riesengroß, ein Kamel auftauchte. Der »Berg« war eine kleine Erhebung, ganz nah vor uns.

Die Gebäude der Ausgrabungsstätte waren um einen rechteckigen Hof angeordnet: ein Arbeitsflügel, ein Wohnflügel und ein Gästehaus. Es gab ein Abendessen zu vielen. Dann eine nächtliche Führung, weil man nur bei Mondschein die Linien sehen konnte, unter denen man die alten Mauern vermutete. Am Tag sahen wir die vielen, vielen einheimischen Ausgräber, auch Kinder, die zwischen ihren dürren Knien hockten und mit Reisigpinseln die uralten Mauersteine präparierten, sehr vergnügt übrigens. Wir besichtigten die Teeküchen, wo der schwarze Tee zu einer Essenz zusammengebraut und dann so stark gezuckert wird, daß eine gesättigte Lösung entsteht: die Kristalle lösen sich nicht mehr auf. Er wird in eierbechergroßen Gläschen gereicht und macht Herzklopfen. Wir sahen auch die Stiftmosaike und die Tontafeln mit der Keilschrift. Und den Wasserträger: einen Esel, der mit je einem vollen Wassereimer links und rechts von Gott weiß woher kam, ganz alleine, das Wasser ausschütten ließ und wieder ganz alleine nach Gott weiß wohin ging, um die leeren Eimer wieder füllen zu lassen. Tagaus, tagein, jahraus, jahrein, mit verbundenen Augen. Ich habe bestimmt gefragt, warum seine Augen verbunden waren, aber ich weiß die Antwort nicht mehr.

Ich entsinne mich, daß wir während dieser drei Tage in die Wüste hinaus fuhren und in einem Beduinenzelt zu Gast waren. Ein sehr großes Zelt, aus schwarzer Wolle gewebt und mit bunten Teppichen ausgelegt. Darauf mußten wir sitzen und Tee trinken. Die Männer waren in ihren Trachten, die Köpfe verhüllt, die Frauen im Hintergrund bunt gekleidet. Wir hatten ein

Geschenk mitgebracht, ich weiß nicht mehr, welches. Es gab keine sprachliche Verständigungsmöglichkeit außer Friedenswünschen, Verbeugungen und Händeschütteln, aber viel Gelächter aus lückenhaften Gebissen und freundlichen Augen. Zum Abschied bekamen wir ein Schaf geschenkt. Ein Geschenk muß man annehmen. Ich weiß nicht mehr, was aus dem Schaf geworden ist.

Als wir nach Bagdad zurückkamen, hatte Marlene ihr Kind geboren. Es war ein Mädchen und mußte wegen der Registrierung noch vor dem Verlassen des »Geburtshauses« einen Namen haben. Ich war nicht da. Aus »Johanna« wurde nichts. So haben sie es NAZI *genannt, zwar mit weichem* S *gesprochen, aber dennoch zum Vergnügen unserer ausländischen Freunde!*

15. Februar 1961

Liebste Mama,
ich schreibe nur, um zu schreiben, daß ich nicht schreiben kann. Es ist eine grauenhafte Woche: eine Tänzergruppe und ein Cellist (Hoelscher) sind da, Ollo ist zur Zeit Kultur-Attaché und hat sie alle am Hälschen und ich am Eßtisch. Marlene hat ein kleines Mädchen gekriegt, Mutter und Neugeborenes sind hier im Haus, das heißt, vornehmlich in der Küche zwischen Öldunst und Tellerklappern. Das Kindchen ist winzig, mager und faltig, weniger als fünf Pfund, hat lange schwarze Haare und piept wie eine Maus, hoch und schrill.

Anina bekommt die allgemeine Turbulenz sehr gut. Sie hat seit neun Tagen nicht geweint! Ollo geht es gut, er hat seit längerem den Weihnachtsstollen nicht erwähnt, ohne ihn indessen aufgegeben zu haben. Er grüßt Euch alle, ich gebe ihm den Brief mit. Bald mehr! Verzeih die Kürze, bleib gesund.

20. Februar 1961

Heute morgen lag auf Ollos Schreibtisch eine Nachricht vom Zoll, die nur den Weihnachtsstollen betreffen kann. Es muß ein Zollbefreiungsverfahren eingeleitet werden, und dann müssen wir auf das Wunder hoffen. Jeder, der hier einmal ins Innere eines Postamtes hineingesehen hat, kann schwer glauben, daß überhaupt je etwas ankommt. Du wirst es hören!

Hier war so viel los, daß ich unmöglich alles aufzählen kann. Wir hatten fünf Tage Logierbesuch in dem oberen durchnäßten Zimmer, einen phantastischen Ballettabend mit allen dazugehörigen Dinnerparties. Hoelscher hat ein hinreißendes Cellokonzert gegeben und wir für ihn ein hinreißendes Essen für 20 Leute. Er war ziemlich lange da und hat mich – na, sagen wir, sichtlich »bevorzugt«. Das hat Ollo veranlaßt, an seine Eltern zu schreiben: »Ursula hatte mit Hoelscher einen leichten Flirt, war aber froh, als er wieder abflog, weil er im Grunde ein Gockel ist.«

Wir haben einen neuen Botschafter bekommen, das wißt Ihr bereits. Er kommt mit Frau, Tochter und Leibsekretärin und leitet eine neue Ära ein, es kommt auch ein neuer Kanzler an die Botschaft. Anhänglich an alles Vergangene, wie wir nun mal sind, hätten wir gerne die alten Verhältnisse zurück.

27. Februar 1961

Mama!!!
Der Stollen ist aus dem Zoll gekommen, in vorzüglichem Zustand, von keinem Türken angenagt, von keinem Wurm zerfressen, schmeckt jetzt im Vorfrühling besser als je zur Christkindzeit. Damit will ich dieses Kapitel und auch den Brief schließen. Ich umarme Euch alle!

Deine U.

28. Februar 1961

Liebe Mama!

Marlenes Kind ist sehr krank, und wir wissen nicht, ob wir es durchbringen. Es begann mit einfachem Wundsein zwischen den Beinen und seltsamen weißen Bläschen auf der Innenseite der dürren Schenkel und verschlimmerte sich rasend, als ich die Sache zwei Tage lang nicht selbst angesehen, sondern mich auf Marlenes beruhigende Mitteilungen verlassen hatte. Als ich das Kind gestern besichtigte, fiel ich fast auf den Rücken: es sah aus, als hätte es eine schwere Verbrennung. Große Hautfetzen hatten sich gelöst, darunter alles rot und naß, die Eiterbläschen vergrößert. Marlene hatte trotz aller Ermahnungen seit 15 Stunden die Windeln nicht gewechselt, und das arme Würmchen lag mit dem offenen Po in der ätzenden Nässe. Es schrie wenig, sah verfallen aus, grau-blaß mit tiefen Augenringen, roch krank.

Ich habe es mit sterilem, lauwarmem Wasser übergossen – an »Waschen« war gar nicht zu denken (!) – und nach einer Weile alles mit Lebertransalbe abgedeckt, Batistläppchen zwischen Haut und Windel gelegt. Morgen kommt die Ärztin, denn das Kind hat eitrigen Ausfluß – von innen. Das ist mir unheimlich!

Nächster Tag: Es ist alles besser. Die Ärztin hat alle möglichen Sachen verschrieben und fand das Kind sehr schwächlich. Ich mache alles alleine, lasse Marlene nur zugucken. Die ganze Hautpartie zwischen den Beinen und auf den kümmerlichen Pobäckchen ist noch so offen, daß man weder wischen noch waschen kann, nur in warmem Wasser schwenken und an der Luft trocknen. Das Kind brüllt unter Tränen, wenn man nur drankommt! Ist es aber schließlich gesalbt und verpackt, guckt es zufrieden umher, trinkt, schreit auch wieder normal, ist nicht mehr so grau im Gesicht. Vor allem hat sich der kranke Geruch verloren.

Ich habe mit Jenny darüber gesprochen, meiner amerikanischen Nachbarin. Marlene ist nämlich mit Anina fast übertrieben sorgfältig, bemerkt und meldet jedes rote Fleckchen an ihrer Haut, leidet, wenn sie weint, freut sich, wenn sie ißt, säubert sie regelmäßig. Jenny meint, Anina habe für Marlene einen »höheren« Wert, weil sie ein europäisches, weißes Kind sei, ein Superbaby für sie, viel mehr als ihr eigenes. Bei der dürren, schwärzlichen Nazi fände sie das alles nicht so wichtig. Die Säuglingssterblichkeit ist hoch hier, und in den meisten Fällen auf Unkenntnis, Aberglauben, *aber* eben auch auf mangelnde Wertschätzung zurückzuführen. So Jenny. Wenn die Muttermilch aus irgendeinem Grund versiegt, stirbt das Kind eben. Es kommt schon wieder ein neues! Allah hat es so gewollt! Frau Dreyer (bei der Anina während unserer Uruk-Warka-Reise war) traf neulich eine ehemalige Hausbedienstete und fragte sie nach ihrem letzten Kind. »Das ist schon lange tot«, sagte sie achtlos, »ich hatte keine Milch mehr.« Was bei uns also eine Katastrophe wäre, ist da nicht so. Oder »verbergen« die Mütter ihren Schmerz? Weinen aber bei vergleichsweise geringen Ursachen herzzerreißend, zum Beispiel bei einem Abschied vor zwei Urlaubswochen? Warum hat Marlene ihr Kind nicht trockengelegt, obwohl sie wußte, daß es eine Hautinfektion hatte, und obwohl alles zur Verfügung stand?

1. März 1961

Aninchen hat einen Zahn. Auf einmal war er da und kratzte am Löffel. Als sie sah, wie ich mich darüber freute, lachte sie auch – freilich ohne zu wissen, warum. Ich habe Ollo deswegen im Büro angerufen. Er kam am späten Nachmittag, konnte in Aninas Mund aber keinen Zahn sehen und sich auch nicht vorstellen, daß nur eine kleine, harte Stelle am Kiefer zu fühlen sei und hielt schließlich den ganzen Zahn für ein Hirngespinst. Morgen wird sie geimpft!

Die Hitze beginnt bald, die Bäume sind schon abgeblüht, und

man schwitzt in der Sonne. Anina, die draußen im Garten mit kurzen Hosen liegt, hat schon ganz braune Beinchen, zum Entsetzen von Marlene, die nicht glauben kann, daß uns das gefällt. »Baby too much black«, sagt sie mißbilligend.

Anina liegt im Ställchen, sie dreht sich allein auf den Bauch, hebt den Kopf nach jedem Geräusch, versucht – ächzend –, sich auf den Knien voranzuschieben, um ihre Klapper zu erreichen. Abends machen wir »Bettgeflüster«: nach dem Abendessen stecke ich meinen Kopf in die Wiege und flüstere mit ihr. Dann liegt sie ganz unbeweglich, atmet nur, mit leuchtendem Gesicht, sieht mich ganz nah an und hält meine beiden Daumen fest. Man müßte viel öfter bemerken, daß man minutenweise das Paradies auf Erden hat!

Wir wollen nach Jerusalem fahren, wissen aber noch nicht, wann. Ihr könnt Euch ja schon mal im voraus aufregen! Bitte schreibe bald, ich habe lange nichts gehört und freue mich auch über drei Zeilen. Ganz, ganz viele Grüße von uns dreien!

Man konnte über Amman und Jericho nach Israel einreisen. Die Westbank war damals jordanisches Gebiet. Jerusalem aber war geteilt und alle Übergänge zum israelischen Teil mit Panzern und bewaffneten Soldaten belagert, die Feindschaft zwischen den arabischen Ländern und Israel absolut unversöhnlich. Mit einem israelischen Stempel im Paß wären wir nicht mehr nach Hause gekommen.

14. März 1961

Liebste Mama,
danke für die Filme und für Deinen Brief. Im nächsten Postsack werden wir hoffentlich die Nachricht über Dieters bestandenes Abitur vorfinden und über seine nächsten Pläne. Das mußt Du alles berichten!

Gestern ist passiert, was irgendwann passieren *mußte*. Wir hatten eine Cocktailparty für fast 100 Gäste bei uns, und es goß Bindfäden. Alle Autos steckten im Schlamm, wir mußten die Gäste zur hinteren Gartenpforte hereinlassen, wo sie von Ziegelstein zu Ziegelstein sprangen, natürlich dennoch ihre Schuhe und Hosenbeine verschlammten und in der Folge den ganzen Fußboden. Aber weißt Du, die Leute sind hier durch nichts zu verdrießen. Alle sitzen zeitweise in überschwemmten Häusern oder mal ohne Strom oder ohne Wasser oder die Kühler sind kaputt. Man muß sich für nichts entschuldigen. Dies wird auch einer der letzten Regenfälle gewesen sein – eigentlich ist die Regenzeit vorbei. Ollo wird morgen in Gummistiefeln ins Büro gehen, denn mittlerweile ist aus der ganzen Straße ein Morast geworden. Seit Monaten wird Bagdad kanalisiert, viele Straßen sind ohnehin aufgerissen und kaum benutzbar. In zwei Wochen, wenn alles wieder trocken ist, wird auch uns das Schicksal der Kanalisation ereilen.

Die Straße wird auf unserer Seite aufgebrochen beziehungsweise aufgeschaufelt, unmittelbar an der Garagenausfahrt, sodaß wir mit dem Auto dort nicht mehr herauskönnen. Die deutsche STRABAG hat den Vertrag nur für die Ausführung des Röhrensystems gemacht, nicht aber für die Wiederherstellung der Straßen. Die bleiben nun auch alle mit Gräben und Dreckhaufen zurück, auf unbestimmte Zeit. »Are you strabagd?« fragt man sich gegenseitig. Du siehst also, daß so ein Schlammcocktail etwas völlig Alltägliches ist! Aber das Straßenzuschütten und -pflastern, Mama, das wird in die Hitzemonate fallen. Da werden die armen Straßenarbeiter in der Sonne arbeiten müssen. Wie soll das gehen? Auch in der größten Hitze zieht sich hier niemand aus. Im Gegenteil: Kopf und Nacken werden verhüllt, gegen Sonnenstich und Staub, und der Rest steckt in einem langen Hemd – gegen Austrocknung und Sonnenbrand. Nur die Sinkgrubenväter sollen splitternackt ihre stinkige Arbeit verrichten – aber die werden ja nun überflüssig.

Das Kind von Marlene nimmt an Gewicht zu und ist fast gesund. Die Haut hat sich unter einem hauchdünnen Häutchen erneuert. Ich frage Marlene alle paar Stunden, ob die Kleine trocken liegt. Sie trinkt gut, beginnt zu lächeln, schaut einen an, Marlene freut sich, daß sie dicker wird und menschlicher aussieht, findet sie aber nach wie vor »too much black«.

Hat Dieter sein Fremdwörterlexikon bekommen? Seid Ihr alle fröhlich?

Ich bin müde. Wir sind jeden Abend weg, in der Botschaft ist alles verändert und oft genug spannungsgeladen, die paradiesischen Zeiten des Anfangs hier scheinen fürs erste vorbei zu sein. Man kann nichts festhalten!

18. März 1961

Bald geht der Ramadan zu Ende, der muslimische Fastenmonat. In dieser Zeit dürfen die gläubigen Mohammedaner von Sonnenaufgang bis Sonnenuntergang weder essen noch trinken noch rauchen, eine langwierige und unbekömmliche Einrichtung, die viele in einen gereizten Ausnahmezustand versetzt. Die Zahl der Streitigkeiten und der Verkehrsunfälle steigt rapide an, da die Menschen vor allem unter dem Schlafdefizit leiden: tagsüber müssen sie arbeiten, nachts aber essen, trinken und vor allem beten, denn allnächtlich finden Gottesdienste und religiöse Feiern statt. Wir merken davon wenig, weil Latchin und Marlene Christen sind, und der fromme Gärtner Mohammed, den wir mittags auf dem Rasen beten sehen, scheint unverändert. Er ist alt, vielleicht braucht er wenig Schlaf?

27. März 1961

Liebste Mama,
eigentlich kann ich heute nur im Telegrammstil schreiben, aber es ist ja Dein Brief gekommen, auch mit Telegrammstilnachrichten. Erstens der Blasenkatarrh, über den ich jetzt, da er natürlich längst vorbei ist, gut lästern kann. Laß Dir also von mir, Deiner Tochter, gesagt sein, daß Du Wollhosen tragen mußt, selbstverständlich auch noch Ende März. Ich würde sagen, bis in den Mai hinein. Es gibt sie in allen namhaften Warenhäusern zu kaufen, und zwar von der Firma Bleyle. Sie sind rosa oder hellblau (das ist Stimmungssache), reichen oben bis fast unter die Achsel und unten bis in die Kniekehlen. In jedes Hosenbein sind unten zwei weiße Zierstreifen eingewirkt, jenes Detail, das ihnen ihre raffinierte Eleganz verleiht. Solche Hosen sind also nicht nur gesund, sondern ein Schmuckstück an jedem weiblichen Körper, Mama, sozusagen das Nonplusultra aller Dessous. Also komme mir bitte nie mehr mit Blasenkatarrh! Mit derlei Hosen kann man Attacken aller Art vorbeugen!

Wir freuen uns, daß Ihr Ostern wieder verreisen könnt – wir tun's wahrscheinlich auch: ohne Anina in die nördlichen Berge. Aus Jerusalem ist nichts geworden. Alles war gepackt, ein großer Korb mit Kindersachen und Proviant im Auto. Ollo fuhr vor (ich sollte zwei Tage später mit Anina fliegen) und kam fast bis an die jordanische Grenze, als der Motor streikte. Mit Ach und Krach kam er zurück nach Bagdad. Jetzt mußte zunächst der Wagen in die Garage, und dann wollten wir ganz geruhsam zu Hause unsere Urlaubstage verbringen – ohne eine einzige Einladung anzunehmen. Es war undurchführbar!

Aber wir waren in Babylon – das wird ein gesonderter Brief! – und noch einmal in Samarra. Dort begegneten uns auf der Straße zwei überaus prächtig gekleidete islamische Würdenträger mit grünen Turbanen. Wir blieben stehen und grüßten. Dann fragte Ollo, ob wir die Ehre haben dürften, sie zu fotografieren.

Sie waren sehr erfreut über diese Frage und stellten sich nicht nur bereitwillig in Positur, sondern luden uns beide in ihr Haus ein. Ein einfaches Haus von außen, aber mit einem geräumigen Empfangssalon, wo – wie überall hier – alle Sofas, Sessel und Stühle an der Wand aufgereiht sind und in der Mitte Teppiche liegen. Kein Tisch. Wir saßen da also, in respektvollem Abstand voneinander, und radebrechten ein bißchen in arabisch, verständigten uns besser in englisch, tranken den süßen schwarzen Tee, der von einem Hausboy hereingebracht wurde. Als wir nach einer uns angemessen erscheinenden Zeit wieder gehen wollten, hoben beide abwehrend die Hände hoch – nein doch, wir müßten unbedingt zum Essen dableiben, es werde bereits vorbereitet, und ich sei herzlich willkommen, die Frauen im hinteren Teil des Hauses zu besuchen. Das ließ ich mir nicht zweimal sagen und wurde auf den hinteren Hof und in ein fast dunkles Zimmer geführt, wo die schwarzumwickelten Frauen lebten. Sie trugen alle Goldschmuck und Tätowierungen, lachten, faßten mich an und waren viel zutraulicher als ich. Denn da ist ja kein Wort der Verständigung möglich, und ich sehe, daß ich unter solchen Umständen schüchtern und linkisch werde. Was soll ich machen? Was könnte ich sagen? Ich hatte nicht mal Fotos von Anina bei mir!

So ging ich bald zu den Männern zurück und wartete – unter ähnlich einschüchternden Begleitumständen – auf das Essen. Das wurde nach drei Stunden aufgetragen, ob Du es glaubst oder nicht. Ein herrliches Essen übrigens, mit Mandelreis und Hammelbraten und in Essig gekochten Bohnen. Sie hatten es eigens für uns zubereitet!

Ich muß aufhören. In der nächsten Woche wird das Schwimmbad geöffnet. In diesem Jahr wird auch Anina im Babypool sein, mit all den andern Winzlingen, die da bis zum Nabel im Wasser sitzen, Hut auf dem Kopf, umgeben von strickenden Kinderfrauen.

Ich umarme Euch alle. Bald wieder!

3. April 1961

Liebe Mama,
grade fällt mir auf – wo ich diesmal den Brief speziell an Dich richte –, daß ich alle Briefe so überschreibe, obgleich doch jedesmal die ganze Familie gemeint ist. Du kannst also die persönliche Ovation nur aus dem Feiertagsbriefpapier entnehmen! Wir wünschen Dir viel Glück zum Geburtstag und ein schönes neues Jahr. Ich bin zuversichtlich, daß der Wunsch erfüllt wird, da Du Deine Enkeltochter ziemlich lange haben wirst – wobei ich mich jetzt schon ein bißchen davor fürchte, sie Dir wieder wegzunehmen. Unser Geburtstagsgeschenk ist hoffentlich schon da, ein Film mit Aninchen, ganz zum Behalten und Dauernd-Ansehen. Leider war die Diva etwas verstört und hing mißmutig mit einem Blumensträußchen in der Faust im Sessel, durch nichts aufzuheitern. Wir hatten ihr schließlich Nazi gebracht, in der Hoffnung, dem Film dadurch eine glückliche Wendung zu geben – aber weit gefehlt! Sie fürchtete sich vor Nazi, ähnlich wie vor Aufziehpuppen und Quietschtieren! Wir haben viel erlebt inzwischen, wieder kaputtes Auto in den kurdischen Bergen zum Beispiel. Aber das kommt alles später – wir wollen den Brief nicht entweihen!

11. April 1961

Liebe Familie (diesmal),
jedesmal wenn der Kuriertag kommt, tauche ich wie aus einem Traum auf. Man ist hier so vollgepackt mit Ereignissen, Erlebnissen und Tätigkeiten, daß man kaum innehalten kann. Dazu macht die zeitliche Entfernung die Korrespondenz so schwierig, alles ist uralt, nach dem man fragen könnte. Mamas Blase? Dietrichs entzündetes Auge? Ist Dieter gut aus Berlin zurück? Wie sieht die neu gestrichene Wohnung aus? Schon wieder schwarzgeraucht?

Kahles sind abgereist, mit dem Schiff von Basrah nach Pakistan. Fünf Tage später hörten wir, daß ein Passagierdampfer auf dieser Strecke explodiert war – viele Tote –, Kahles waren Gott sei Dank auf einem andern!

Latchin ist in die Berge in sein Heimatdorf gefahren und hat Marlene – mit vielen Tränen beiderseits – für zehn Tage zurückgelassen. Marlene hat eine Freundin hier, weil sie Angst hat, abends alleine im Haus zu bleiben. Die beiden machen entsetzliche Sachen, vergessen alles, verlieren Schlüssel, waschen schlecht. Gestern fand ich in einem Eimer schmutzige Wäsche von Anina, mit Kackhäufchen und Klopapier, die dort zweieinhalb Tage unter Verschluß vor sich hingefault hatte.

Die vielen netten Leute aus unserer Anfangszeit gehen nach und nach aus Bagdad weg oder sind schon versetzt, die liberalen Bräuche verschwinden mit ihnen. Der neue Botschafter ist passionierter Deutscher, verabscheut amerikanische Einflüsse und hat das »Buffet-dinner« in »Abendessen mit Selbstbedienung« umbenannt, die »Cocktailparty« in eine »Gesellschaft, bei der Mischgetränke gereicht werden«. Er verabscheut auch moderne Kunst und Architektur, bei ihm ist alles altdeutsch und aus Eichenholz. Früher haben solche Sachen gar keine Rolle gespielt, jetzt sind sie ein Menetekel.

Es hat Unruhen in der vorigen Woche gegeben, aber das ist vorbei. Keine Panzer mehr in der Stadt, kein bewaffnetes Militär.

Einer der Kurdenanführer (Ibrahim Ahmad) war wegen eines angeblichen Mordes vor Gericht gestellt, aber dann freigelassen worden.

Noch ist der Himmel blau, manchmal gibt es Gewitter. Bald kommt die Zeit, da der Himmel braun wird und sich monatelang keine einzige Wolke zeigt, da die Vögel im Garten mit offenen Schnäbeln herumhopsen, um ein Milligrad Verdunstungskühle zu ermöglichen! Bleibt gesund und laßt uns nicht ohne Post. Tausend liebe Grüße!

17. April 1961

Liebe Mama!
Dank für den langen Brief, für die sehr schöne Unterwäsche und das Kinderhütchen, das Anina über beide Ohren bis aufs Kinn rutscht. Ich habe auf der Straße eine Mutter angesprochen, deren Kind im Kinderwagen einen viel zu kleinen Hut auf dem Kopf hatte (Holländerin). Wir tauschten die Hüte zu allseitiger Zufriedenheit! Eure Urlaubsvertretungen scheinen immer die gleichen Schwierigkeiten zu verursachen – es ist ein hoher Preis an Geld und Nerven, den Ihr jedesmal für das bißchen Ferien entrichten müßt. Und über Deine Schneiderin, Mama, könnte ich von hier aus noch einen Wutanfall bekommen – mich wundert, daß sie noch von niemandem im Affekt erstochen worden ist. Die Schere liegt doch griffbereit da!

Wir hatten wieder Aufregungen mit Marlene. Die kleine Nazi schrie so viel und sah elend aus, und ich fragte Marlene nach dem Grund. Sie sagte: »Madame, I have no milk since eight days.« »Und was gibst du dem Kind?« fragte ich entsetzt. »Water and sugar.« Ich raste ohne weitere Worte ins Kinderzimmer, holte Aninas Eledonbüchse und machte ein Fläschchen, das gierig getrunken wurde! Ich bin immer wie erschlagen über diese seltsame Mischung aus Unwissenheit, Indolenz und Phantasielosigkeit. Wie ist es um Gottes willen möglich, daß sie täglich für Anina die Flaschen zubereitet und ihr eigenes Kind mit Zuckerwasser tränkt? Daß sie es nicht ertrüge, wenn Anina nicht satt und sauber wäre, aber ihr eigenes Kind glatt verkommen ließe? Daß sie mir nicht rechtzeitig davon erzählt, daß ihre Milch versiegt ist, daß sie offenbar auch Latchin nichts davon erzählen würde (der ja in den Bergen ist), denn Angst vor mir hat sie gewiß nicht. Sie kann die Fragen nicht beantworten.

Anina ist heute mittag aus dem Bett gefallen. Während des Mittagsschlafes hörten wir plötzlich lautes Gebrüll. Ich rannte hinüber und fand sie unterm Bett liegend, zwischen Fußende und Wand, zog sie an den Beinen hervor, staubte sie ab und nahm sie im ersten Schreck mit in unser Doppelbett. Dort stellte sie augenblicklich ihr Geschrei ein, begann zu kichern und zu toben und Ollo an den Haaren zu reißen. Keine Beule! Das Kinderbett hat halbmondförmige Aussparungen zwischen dem Matratzenteil und den beiden Bett-Enden, da hatte sie sich durchgearbeitet!

Im Juli kommen wir nach Deutschland zum amtlich verordneten Heimaturlaub. Darüber wird es noch viele Briefe geben, viele Pläne und Umstürze derselben. Ich hoffe immer noch, daß Eberhard im Winter mal kommt!

20. April 1961

Liebe Mama,
nachher kommt Ollo mit Deinem Brief – heute gibt's Post. Ob Du den Film mit Anina gesehen hast? Es ist heiß, das Kind schläft viel und nur in einem unten zusammengebundenen Nachthemd. Aber das ist ja alles noch nichts gegen die Sommerhitze! Dies wird nun unser dritter Sommer, und er wird uns schwerer fallen als die beiden vorigen. Man gewöhnt sich nämlich nicht an die Hitze, im Gegenteil: von Jahr zu Jahr wird sie ermüdender und schwerer zu ertragen, das kann man schon bei Sven Hedin nachlesen. Ich bin müde und appetitlos – seit drei Wochen haben wir jeden Abend Gesellschaften, ich stehe manchmal drei Stunden und rede mit Dutzenden von Menschen. Danach bin ich wie ausgelaugt. Ollo unterhält sich mit den Männern über politische Sachen, das ist ein anderer Aus-

gangspunkt, er fühlt sich angeregt, erfährt hundert Sachen, die nicht in der Zeitung stehen, er lernt Leute kennen, deren Kontakte für das wichtig sind, was er morgen machen will, tauscht Telefonnummern aus, merkt sich alle Namen mit den dazugehörigen Rängen und Ehefrauen und Nationalitäten. Ich aber verwechsle und vergesse sie alle, der Ansturm ist zu groß. Ich erkenne die Menschen nicht wieder, bei denen ich morgen abend zum Essen eingeladen bin! Das Seltsame ist, daß ich wirklichen Kontakt zu Menschen vermisse. Wir haben für Freunde keine Zeit mehr und wagen nicht, sie zu besuchen, um ihnen nicht den letzten freien Abend zu stehlen. Mit Ollo unterhalte ich mich manchmal tagelang nicht, wir fallen abends erschöpft in die Betten, den Magen voller Whisky-Soda und öliger Cocktailhäppchen. Ich habe noch immer nicht über Babylon geschrieben – das kommt aber ganz bald!

Sonntag: Anina hat Schnupfen, den ersten in ihrem Leben, macht sich aber nichts daraus. Er ist nicht schlimm – der Rotz läuft klar aus ihrer Nase und wird sofort abgeleckt. Ich habe sie zugedeckt – ihre Haare sind schweißnaß. Was soll ich nun machen? Sie soll ihre Haut nicht abkühlen, denn Zugluft gibt es doch. Gestern abend hatte sie statt einer Bettdecke nur einen Flanellsack an – unter ihrem Kopf hatte sich eine Schweißlache gebildet, aber ich habe nicht gewagt, sie auszuziehen. Nachts sind im Haus etwa 28 Grad, gegen Morgen wird es etwas kühler. Wenn es richtig heiß wird, werde ich sie nachts auf der harten Unterlage im Laufställchen schlafen lassen. Das ganze Ding ist luftiger als das Kinderbett und nah am Boden.

In zwei Wochen werden wir trotz Kühlmaschinen das Haus auch nachts nicht unter 30 Grad bekommen. Auch Ollo ist erkältet. Der Ausbruch der Sommerhitze ist immer ein kritischer Zeitpunkt, man hat den Eindruck, als müsse der Körper alle Energien mobilisieren. Dazu ist heute Staubsturm, es ist dämmrig draußen, man kriegt kaum Luft, und alles klebt am Leibe, die schiere Existenz ist anstrengend. Ihr könnt Euch das (Gott sei Dank) nicht vorstellen: daß Neugeborene zusätzlich zur Milch dauernd Wasser trinken müssen, daß Mütter mit Säuglingen auf dem Arm ins Schwimmbassin steigen, daß neun Monate alte Babies, in aufgeblasenen Gummireifen hängend, ganz alleine im Wasser treiben, mit nassem Haarschopf und tropfenden Wimperchen. Auch wir können den Sommer eigentlich nur im nassen Badeanzug überstehen, d. h., die armen Männer sitzen in ihren heißen Büros, durchnäßt und hemdsärmelig. Und wir haben erst April!!

Am Donnerstag sind vier Parties: ein Riesenkaffeeklatsch aller Amerikanerinnen in der Botschafterresidenz, danach ein Konzert, danach eine Dinnerparty, danach eine »Spanische Nacht« beim spanischen Charge d'Affaires mit Artisten. Kommt man nicht, wird man wochenlang gefragt, was man denn gehabt hätte, und ob es einem wieder besser ginge und wie irrsinnig schade es sei, daß man nicht dabei war. Das Tollste aber ist, daß man sich wirklich schuldig fühlt und schließich die Anstrengung allen Peinlichkeiten vorzieht. Immerhin habe ich fließend Englisch gelernt, vorwärts und rückwärts!

28. April 1961

Liebe Mama (und so weiter),
ich habe noch immer nicht über Babylon geschrieben, aber der Brief muß weg. In der vorigen Woche hat Busse geheiratet, die Tochter des britischen Botschafters. Es war eine Riesenhochzeit mit 600 geladenen Gästen, die Trauung war in der englischen Kirche: eine schöne, gesammelte Braut, ein ernster Bräutigam, ein langer Einzug in die Kirche, vorneweg der englische Gesandte mit einem Kruzifix und einem weißen Chorgewand. Und ich mußte den Auszugschoral auf der Orgel spielen, mit Blu-

menhut auf dem Kopf und im Festgewand (die Orgel ist unten im Kirchenschiff) – es muß ein rasend komischer Anblick gewesen sein, vor allem weil ich die Schuhe ausgezogen hatte, um die Pedale zu erwischen!

Ich schreibe Dir so oft von Leuten, die Du gar nicht kennst und auch nie kennenlernen wirst. Aber sie gehören doch etwas zu unserm Dasein hier, sie sind wie eine Gemeinde, in der wir leben, mit all ihren zermürbenden Vergnügungen. Solche Art Zusammengehörigkeitsgefühl entwickelt sich unweigerlich nach ein, zwei Jahren, und ganz besonders auf einem Härteposten, Stufe sieben!

29. April 1961

Latchin ist zurück und hat uns aus dem Norden eine Holzschale mitgebracht, so groß, daß man sie grade mit zwei Armen umfassen kann. »Many many years old«, sagte er entschuldigend. Die Leute in seinem Heimatdorf machen Sauermilch darin. Man soll sie nur mit Wasser auswaschen und nach jedem Gebrauch einölen. Ein wunderbarer Gegenstand, und ein lebenslänglicher dazu!

2. Mai 1961

Liebe Mama,
ich sitze beim Friseur und schreibe unter der Trockenhaube. Dein Brief war köstlich, wir bedanken uns beide dafür! Die Filme haben wir alle noch nicht gesehen, weil wir keinen Projektor haben. Schade! Ich freue mich sehr, daß Du den Anina-Film gemocht hast, obwohl sie so brummig war und gerade das so selten vorkommt. Ihre Erkältung ist schließlich doch ziemlich übel geworden und hat über eine Woche gedauert. Sie war blaß und klebrig und aufgedunsen von der Hitze, über und über be-

deckt mit Hitzeausschlag, besonders im Gesicht, und konnte einen Tag lang nur durch den Mund atmen, bekam alle Flüssigkeit eingelöffelt. Ein Bild des Jammers, aber nur für uns. Sie selber war vergnügt und gefräßig wie immer!

5. Mai 1961

Liebe Mama,
heute muß Babylon sein, das heißt, was noch davon übrig ist, womit ich einerseits mein Gedächtnis meine und andererseits die Stätte dort, über die der Prophet Jesaia gesagt hat: »Also soll Babel, das schönste unter den Königreichen, die herrliche Pracht der Chaldäer, umgekehrt werden von Gott wie Sodom und Gomorra, daß man hinfort da nicht mehr wohne ... Wüstentiere werden sich da lagern und ihre Häuser voll Eulen sein ... und wilde Hunde in ihren Palästen heulen und Schakale in den lustigen Schlössern.« (Aber es gibt nicht einmal mehr Eulen und wilde Hunde dort, es gibt nur die vielen ergreifenden und poetischen Bibeltexte, die z. B. Sven Hedin – offensichtlich bewegt – in seinen Reisebeschreibungen zusammengetragen hat.)

Wir sind wieder über Hille gefahren, den Weg habe ich Dir schon einmal beschrieben, damals, als wir Kerbela besucht haben. Und dann gab es wahrhaftig ein Schild »Babylon«, aber von dieser monumentalen Stadt, dem Glanz des alten Mesopotamien, unendliche Male zerstört und wieder errichtet, ist fast nichts mehr zu sehen. Trümmer und Ziegelhaufen! Aber Reste des Ishtartors sind geblieben, 15 Meter hohe Ziegelmauern mit tönernen Reliefs von Drachen und Stieren und die lange Prozessionsstraße des Königs Nebukadnezar. Er war der letzte, der Babylon erneuert hatte (»... Das ist die große Babel, die ich erbaut habe zum königlichen Hause durch meine große Macht, zu Ehren meiner Herrlichkeit«). Wir hatten, wie das immer ist, einen unerbetenen Begleiter bei uns, der uns die Stelle zeigte, wo die hängenden Gärten der Semiramis waren und wo der verhängnisvolle Turm zu Babel gestanden hat, wo Daniel in der Löwengrube saß. Hier sah der König Belsazar mit Schaudern die Schrift an der Wand: »Mene mene tekel u-parsin« – (»Und siehe, er ward in selbiger Nacht von seinen Knechten umgebracht!« Heinrich Heine). Von dem berühmten Turm von Babel, der bis in den Himmel reichen sollte und dessentwegen Gott die Sprache der Menschen verwirrte und sie selbst über das »ganze Antlitz der Erde« zerstreute, ist nicht einmal mehr ein Hügel da, nur die Spuren eines früheren Wassergrabens, der sich anstelle der Außenfundamente gebildet hatte, ein Geviert von vielleicht 100 Metern Kantenlänge.

Man sagt, daß ein Großteil der Verwüstungen durch Plünderungen verursacht worden sei. Die Ziegel waren ein wertvolles Baumaterial für die umliegenden Dörfer, aber auch für Hille, das womöglich zu einem guten Teil aus Nebukadnezars Lehmsteinen besteht. Die Turmbauer von damals haben als Mörtel eine Art Asphalt aus dem Euphrat benutzt, der dort in großen schwarzen, öligen Klumpen angeschwemmt wird, in der Bibel als »Erdharz« bezeichnet. Ohne diese Asphaltschicht zwischen den Steinen wäre Grundwasser eingedrungen.

Das Gelände ist groß, wir sind da lange herumgegangen, ganz allein übrigens, nur von diesem Beduinen begleitet, und schweren Herzens – ich kann nicht recht erklären, warum. Vielleicht sind es Kindheitserinnerungen aus der Bibel oder an den Psalm: »An den Wassern Babylons saßen wir und weinten, wenn wir an Zion dachten. Unsere Harfen hingen wir an die Weiden, die daselbst sind. ... Wie sollen wir des Herrn Lied singen in fremden Landen? ... Du verstörte Tochter Babel, wohl dem, der dir vergilt, wie du es getan hast! Wohl dem, der deine jungen Kinder nimmt und zerschmettert sie an einem Stein!«

Das war der Klagegesang des geschlagenen Volkes Juda in der babylonischen Gefangenschaft. Weißt Du, wer die »große Hure von Babylon« war? Die sehe ich auf einem roten, schiffsartigen Diwan am Himmel fliegen, und mir stellen sich ein wenig die Haare auf. Was dort immer noch steht, mächtig und riesenhaft, ist der schwarze Löwe von Babylon, über einer Menschengestalt. Aus Granit oder Basalt gehauen, aller Feinheiten beraubt und abgeschliffen zur Urbildhaftigkeit. Ich kann Dir nicht sagen, wie alt er ist – all dies hier weist in unerhellte Zeiten, der Glanz ist erloschen.

Wir sind noch 20 Kilometer nach Süden gefahren, zu einem Zikkurat, einem Stufenturm, der dem babylonischen Turm ähnlich gesehen haben soll. Er war aber nicht hoch und sehr verwittert. Wir sind hinaufgestiegen und standen da oben im Wind, die Wüste vor uns hingebreitet und kein Mensch irgendwo.

Das, Mama, war Babylon, das schönste unter den Königreichen!

Die Bibeltexte finden sich bei Jesaja 13, 19–22, Daniel 4,27 und 5,25 sowie im 137. Psalm, 1–2, 4 und 8–9.

Inzwischen wurden Tontafeln gefunden, auf denen mit Keilschrift so genau die Maße der Treppen und der einzelnen Terrassen verzeichnet sind, daß man mit einer Computersimulation den Turm von Babel darstellen kann. Über einem 50 Meter hohen massiven Kern ist er aufgeschichtet worden. Für einen Meter Höhe brauchte man 1 000 000 Ziegelsteine! Bis auf die mächtige Außentreppe – dem einzigen Zugang –, die bis zur ersten Terrasse reichte, waren die Treppen innen. Die Spitze des Turms bestand aus einem 16 Meter hohen Tempel, und die unteren Grundmauern hatten eine Kantenlänge von 91 Metern. Treppenförmig erhob sich der Koloß und maß an Höhe schließlich wieder 91 Meter. Der Perserkönig Xerxes ließ die große Außentreppe einreißen. Damit war der Turm nicht mehr begehbar und verfiel.

12. Mai 1961

Liebe Mama, Ihr Lieben alle,
es gibt nicht viel Zeit. Aber Dein Brief ist gekommen, und die schöne Tasche und Fotos, ich freue mich über alles und denke natürlich jetzt schon von früh bis spät daran, daß unser Heimaturlaub bald ausbricht und wir uns wiedersehen, wo auch immer wir ihn verbringen werden – ich schreibe Dir im nächsten Brief unsere vagen Pläne darüber, denn unser Urlaub wird ja ewig dauern, und bei Lichte besehen wissen wir noch gar nicht, wo wir eigentlich bleiben sollen. Aber darüber später.

Hier stehen alle Diskussionen im Zeichen des Eichmannprozesses, in Deutschland natürlich noch viel mehr, ich lese alles darüber in den paar Zeitungen, die wir hier (mit Verspätung) bekommen. Gestern abend saß ich zwischen irakischen Offizieren, die sich ironisch darüber äußerten und mich schließlich für zu befangen hielten, um zu dem ganzen Thema etwas zu sagen. Drehten aber dann den Spieß um und fragten mich, warum wir eigentlich den Israelis – da wir uns doch so schuldig fühlten – nicht den Freistaat Bayern zum Geschenk gemacht hätten. Einer der beiden ist mit einer Deutschen verheiratet und hat einen achtjährigen Sohn, dem er jeden Wunsch erfüllt, damit er eine starke Persönlichkeit wird, die gewohnt ist zu fordern.

Ich muß aufhören. Bleibt gesund und wohlbehalten. Ollo läßt Euch grüßen.

15. Mai 1961

Liebe Mama,
inzwischen waren wir in Ktesiphon, übrigens schon zum zweiten Mal, und das wird wieder ein Sonderbrief, ein ewig hinausgeschobener, werden. Hab Geduld! Heute nur Banalitäten, z. B., daß wir vermutlich am 13. Juli unsern Heimaturlaub antreten

und zunächst zu Euch kommen. Mit Anina dürft Ihr nicht zu stürmisch sein. Dich wird sie mögen, Damen hat sie immer gern. Fremde Männer hingegen findet sie so furchtbar, daß sie sich nach einigen Sekunden forschender Betrachtung weinend abwendet. Sie dreht sich aber immer wieder nach ihnen um und fängt erneut an zu weinen – erst wenn sie ganz außer Sichtweite sind, beruhigt sie sich. Auch Pauline soll leise mit ihr sprechen – sie ängstigt sich vor lauten Zärtlichkeiten und ist nicht so robust wie Eure Katzen!

Wir wollen von Euch aus nach Braunschweig fahren, wo Ollo acht bis zehn Tage bleiben will, um sich Anzüge machen zu lassen. Danach möchten wir Anina zu Euch bringen und nach Bonn fahren, Ollo muß ins Auswärtige Amt, wir wollen Lagergüter besichtigen und Einkäufe machen. Eine andere Variante ist, daß uns jemand das neue Auto nach Braunschweig fährt, wir in Hannover ankommen und erst nach etwas mehr als einer Woche zu Euch fahren. Aber dies nur, wenn es sich als zeitsparend erweist, denn ab 1. August müssen wir für das Ferienhaus in Agno Miete zahlen – wenn das überhaupt was wird.

Die Hitze ist jetzt schon eine Heimsuchung. In Aninas Schlafzimmer sind nachts 30 Grad – wir wecken sie spät abends, um ihr eine Flasche Wasser zu geben. Wenn wir den Aircooler anstellen, sinkt die Temperatur um drei Grad, sie beginnt zu niesen und ihre Haut fühlt sich naßkalt an – man kann es kaum wagen. Draußen ist Staubsturm, ich kann das gegenüberliegende Haus nur noch in den Umrissen erkennen und habe die Tischlampe an. Der Himmel ist braun, die Wohnung wie im Nebel. Was man auch berührt, fühlt sich stumpf-staubig an, wenn man einen Gegenstand auf dem Tisch verschiebt, knirscht der Sand darunter. Ollo hat grade unserm Hauswirt mit Klage gedroht, denn bei uns ist die Sinkgrube voll und stößt in die Wasserabflüsse hoch, in Spülstein und Badewanne – alles stinkt wie Hölle und Schwefel!

Das Kindchen ist glücklich. Es sitzt neben mir in einem Waschkorb und spielt mit Pappschachteln, nimmt weder Gestank noch Staub noch Hitze übel. Ich schon!

Bald wieder!

18. Mai 1961

Gestern kam das gelbe Nachthemd für Anina, paßt und ist äußerst nützlich. Und Dein Brief, daß Dieter nun auch weg ist, wenn auch in der Nähe. Da hat man seine Söhne nun großgezogen und muß eines Tages zusehen, auf welchen Holzwegen sie wandeln, halb hoffnungsvoll, halb ohnmächtig. Wie gut, daß Du nie wirklich allein bist, dieser Gedanke tröstet mich oft.

Die Frau unseres neuen Botschafters hat mir geraten, keine privaten Freundschaften zu pflegen. Man könne sich in diesem Beruf die Leute nicht aussuchen, alle Arten von persönlichen Vorlieben könnten sich als »karrieregefährdend« herausstellen. Sie habe mit Menschen immer nur rein gesellschaftlich verkehrt und nie Freunde besessen, um sich ganz ihren Aufgaben widmen zu können und so weiter und so fort. Mir ist angst und bange geworden und ich habe mich gefragt, ob solche Gedanken je bei unsern europäischen Kollegen gehegt und geäußert worden sind. Überall haben die Leute Freundschaften, und was heißt überhaupt »rein gesellschaftlich«? Soll man sich etwa gegen Zuneigung und Vertrauen wappnen? Oder ein doppeltes Spiel spielen: herzlichstes Einvernehmen vortäuschen, in Wahrheit aber unbeteiligt bleiben? Wie macht man das überhaupt? Man müßte sich doch jede Spontaneität verbieten, jeden wirklichen Kontakt vermeiden, aber dennoch auf Dauer Sympathie bezeugen und gewinnen. Wie also? Andererseits: wie gut habe ich es gegen Mata Hari oder vergleichbare Spioninnen, die wilde Liebesaffären zugunsten ihrer Karriere einsetzten, die ja auch eine »gesellschaftliche Aufgabe« war. In diese Gedankenwelt werde ich mich hineinversetzen, ich schreibe Dir dann, was dabei herausgekommen ist. Bestimmt nur Gutes!

Fortsetzung abends: Langes Gespräch mit Ollo – ich fliege nun mit Anina voraus, und Ollo kommt am 11. Juli nach. Ich bin froh für ihn, daß er endlich Ferien machen kann, er ist abgespannt und ohne Elan. Von Dietrich schreibst Du ja auch, wie überarbeitet er ist. Ich kriege immer einen Schreck, wenn ich mir überlege, daß das für Euch noch lange so weitergehen muß. Die Aufwendungen für die Brüder sind wahnsinnig. Verdient Peter nicht als Assistenzarzt nach dem Staatsexamen 900 Mark? Was ist aus den 3000 geworden? Du hast nie davon geschrieben.

Anina brüllt dumpf und verzweifelt, ein Anzeichen baldigen Schlafs. Heute früh lief ihr der Schnupfen aus einem Nasenloch, ich hoffe, es ist nicht der Beginn einer neuen Erkältung. Wir haben jetzt nachts die Aircooler an und decken sie zu – ob es daher kommt? Du glaubst nicht, wie einfach die Schutzmaßnahmen bei 30 Grad Kälte sind gegenüber diesen Hitzetemperaturen! Da braucht man nur Wolle und Ofen. Aber bei Hitze?

Vor unserer Tür, in der Sonne, arbeiten Bauarbeiter, stundenlang. Die STRABAG-Gräben werden geschlossen! Wir bringen alle paar Stunden Eiswasser hinaus, auf das sie sich stürzen. Aber keiner kollabiert. Bislang haben wir die 45-Grad-Marke noch kein Mal überschritten, das ist so eine Temperaturgrenze, jenseits derer man nur noch schwer leben kann. Jedes Grad zählt bei Hitze, es ist ein großer Unterschied, ob es 44 oder 49 hat – bombastisch ist natürlich beides. Anina ist zart und blaß, aber sehr munter. Sie sagt »dada« und »heißa« und macht Faxen wie ein Clown, um uns zum Lachen zu bringen. Ollo betet sie an!

Ich freue mich, für eine Weile das Land zu verlassen. Mir sind Arme und Beine schwer, jede Tätigkeit erscheint mir unzumutbar. Morgen schreibe ich weiter.

Es ist der 19. Mai, liebe Mama, und eigentlich kann ich nicht schreiben. Ich liege im Bett mit unstillbarer Übelkeit und geschwollener Leber, bekomme Injektionen und Tabletten, damit ich nicht gelb werde. Wahrscheinlich habe ich eine Trinkerleber. Bei zwei Whisky-Soda pro Abend hat man schnell einen Putzeimer voll zusammen. Der Arzt lacht schallend über diese Vorstellung, der hat da ganz andere Fälle! Er findet meinen Zustand auch nicht beunruhigend, was ich als Empfehlung an Dich weitergeben möchte. Vielleicht ist es ganz was anderes, denn meine Leber ist immer druckempfindlich. Immerhin höre ich jetzt mit dem Brief auf und warte ab bis morgen. Küßchen für Dich!

24. Mai 1961

Ein flaches Päckchen ist angekommen, Mama, mit den allerniedlichsten Kinderhosen darin, die nun täglich getragen werden, denn Anina ist dicker als Du glaubst. Du nähst diese süßen Sachen und kannst nicht dabei sein, wenn ich sie auspacke und voller Glück und Bewunderung bin. Immer nur Dankesbriefe und keine Dankesküsse. Ich zeige die Sachen allen meinen Freundinnen hier, mittlerweile bist Du bekannt wie ein bunter Hund, und ich werde um Dich beneidet. Mütter haben sie alle, aber solche natürlich nicht! Hosen haben sie auch alle für ihre Kinder, aber solche, die außen blau, innen mit kariertem Batist gefüttert und mit Perlmuttknöpfen zu schließen sind, haben sie natürlich nicht. Selbst Ollo ist beeindruckt. Er dreht die kleinen Dinger in der Hand, betrachtet auf mein Geheiß die akkuraten Nähte und macht ein verlegenes Gesicht dazu, etwas ratlos. Es ist so völlig außerhalb seiner Peripherie! Wenn ich ihm aber die mutmaßlichen Arbeitsstunden und mutmaßlichen Ladenkosten vorrechne, freut er sich, daß seine Tochter solche Pretiosen besitzt!

Nazi schreit viel, ihr Geschrei gellt durchs ganze Haus. Sie nimmt es übel, wenn sie ins Bett gelegt wird, und Marlene hat sie daran gewöhnt, auf dem Arm herumgetragen zu werden. Eigentlich ist immer einer von den beiden damit beschäftigt, das kreischende Kind zu beruhigen – Latchins Singsang tönt weithin. Ich war früher oft wütend, wenn ich sah, wie sie das Kind herumtrugen, abends um elf noch oder später, und wie es fast nie im Bett lag, weil sie die kurzen Schrei-Minuten nach dem Hinlegen nicht aushalten konnten. Aber meine Warnungen nützten gar nichts – dabei glaubten sie mir und wußten auch, warum Anina so wenig schreit. Aber eine Sache einsehen und sich danach richten sind zweierlei. Latchin selbst ist ganz allergisch gegen das zornige, durchdringende Geschrei seiner Tochter. Er hat unzählige gestörte Nächte ertragen müssen, unzählige verpatzte Mittagsruhen, er hat viele Stunden mit dem Kind in seinem winzigen Zimmer verbringen müssen, während es schrie. Jetzt aber, wo nur in unserm Haus Kühlung ist und die Kleine natürlich bei uns in der Küche steht, findet er die Sache auch unseretwegen schlimm. Er bemerkt, daß Ollo zuweilen ins Büro flüchtet. Es ist ein Problem – und wäre vermeidbar gewesen, wenn auch nur theoretisch!

Ich liege übrigens immer noch, aber es geht mir viel besser. Ich habe keine Schmerzen mehr, wenn ich mich im Bett hin- und herwälze, aber ich kann immer nur kurz auf sein. Das Gelbe in den Augen ist fast weg, aber der Rand der Leber immer noch tastbar und der Lebertest »nicht normal«. Ich fühle mich schlapp und bin völlig appetitlos, alles Gegessene liegt mir wie Zement im Magen. Die Medikamente, die ich bekomme, heißen Litrison (Roche) und Felicur. Draußen ist es nicht allzu heiß, es sind etwa 38 bis 40 Grad im Schatten, aber fast täglich gibt es Staubstürme, und das Flachliegen ist lästig und langweilig.

Ich bekomme aber Besuch von einer Dame, die nur vom Haushalt spricht, und zwar von ihrem. Sie spricht langsam, laut und ohne Unterlaß wie eine Maschine, man kann keine Frage stellen und nur dann etwas sagen, wenn man sie unterbricht. Eine Zeitlang sprechen wir dann beide gleichzeitig und gleich laut, jeder einen andern Text, und wer am längsten durchhält, hat gewonnen. Ich weiß, wie ihre Waschmaschine funktioniert und was sie in welchen Schränken hat!

Jean und Jenny Nater werden versetzt, worüber ich todunglücklich bin. Auch Guy de Changy geht, der schöne Belgier. Wenn wir nach dem Urlaub zurückkommen, wird Bagdad ein neuer Posten sein.

Grüße an Dietrich und an alle andern! Ollo ist im Büro. Er schreibt nie, leider, auch nur ganz selten an seine Eltern, liest aber erfreut alle Deine Post!

11. Juni 1961

Liebe Mama,
zuerst die Hiobsbotschaften, die natürlich alle nicht mehr gültig sind, wenn Du sie liest – das macht es mir leichter, meinen täglichen Sorgenkram vor Dir auszuschütten! Zunächst war Anina krank, das erste Mal richtig krank. Die Ärztin sagt, Hitzedyspepsie oder Sandfliegenfieber. Die Sandfliegen sind einen Millimeter groß und kommen durch jedes Netz. Jedenfalls hatte sie einen Tag lang hohes Fieber und erbrach alles, was sie zu sich genommen hatte, auch Wasser und Tee, trotz großen Durstes. Es war ein schrecklich heißer Tag, und sie lag apathisch und blaß auf dem Rücken, spielte nicht, lächelte nicht, zog nur anfallweise die Beine an und rollte unter jämmerlichem Geweine hin und her. Wenn man ihren Bauch nur berührte, stieß sie die Hand weg und weinte. Kein Durchfall! Es war ganz abscheulich, wir waren beide fast in Panik. Die Ärztin verschrieb ihr – mit Erfolg – Chloromycetin alle sechs Stunden und eine Johannisbrotnahrung. Sie beruhigte uns und sagte, während der Hitze hätten viele Säuglinge derartige Geschichten, alle kämen sie innerhalb

eines Tages so auf den Hund, aber in diesem Klima könne man unmöglich länger als anderthalb Tage Diät geben wegen der Austrocknungsgefahr. Es ist eben doch ein Scheißklima, entsetzlich anstrengend und alle natürlichen Widerstandskräfte zermürbend, nicht nur für diese armen kleinen Würmer, sondern auch für uns. Ollo ist richtig erschöpft.

Das Kind hatte am nächsten Morgen – nach einer ruhigen Nacht (ich hatte mein Bett neben ihrem) noch 38,2, heulte noch ein bißchen, erbrach nicht mehr. Die Öhrchen, die ganz blutleer gewesen waren, wurden wieder etwas rosiger, das Gesicht war nicht mehr wächsern. Sie aß und vertrug Joghurt, trank viel, griff wieder nach ihren Spielsachen. Heute ist sie munter, kriecht im Gitterbett herum, setzt sich auf und schwatzt.

Und ich habe, im Glauben, meine Hepatitis sei vorbei, vorgestern gebratenen Fisch gegessen und drei Schlucke Kaffee getrunken, wovon mir zwei Tage so hundsmiserabel war, daß ich zu Marmeladenbrot und Kartoffelbrei zurückgekehrt bin. Du kannst Dir vorstellen, Mama, wie dringend wir uns wünschen, dieser barbarischen Hitze zu entkommen und die zweite Sommerhälfte in normaler Temperatur zu verbringen. Wir hatten die Ferienwohnung in Castagnola angenommen und alle andern Angebote abgesagt: Gestern schrieb uns der Vermieter, er habe eine kurzfristige Möglichkeit bekommen, seine Villa zu verkaufen, und wir könnten leider nicht kommen. Er wünsche uns frohe Ferien.

Wir haben sogleich drei Brandbriefe geschrieben, zwei an Agenturen und einen an eine Bekannte von hiesigen Schweizern, die eine Bar hat. Wenn ich mir überlege, daß wir seit Weihnachten korrespondieren, ist das wirklich ein Witz. Bei Licht besehen ist alles nicht wirklich schlimm, und wir werden schon irgendwo einen Unterschlupf finden, nur kam die Absage in einem Moment, in dem wir nicht die geringste Lust auf unangenehme Nachrichten hatten. Ich kann nicht mehr viel vertragen, Du merkst das an meinen Briefen. Der Gedanke, in einem Monat bei Euch zu sein, die Vorstellung eines kühlen Regentages oder auch nur von Wolken am Himmel ist paradiesisch! Bis dahin werde ich klagen und unerfreuliche Briefe schreiben – das muß sein. Du kannst alles auf meine Leber schieben.

Grade klingelt es: ein wildfremder Mann im Auto fragt, ob er bis morgen unsere Mähmaschine leihen könnte.

Ich umarme Dich und Euch alle. Wenn Du diesen Jammerbrief liest, bin ich schon fast in Deutschland!!!

14. Juni 1961

Liebe Mama,
den letzten Brief habe ich begonnen mit »zuerst die Hiobsbotschaften«, und dann sind gar keine andern mehr erschienen. Aber ich bleibe nun dabei, denn es liegt mir nichts näher, als Hiobsbotschaften zu schreiben und meinen inneren Horizont nach allerlei Ungemach abzutasten. Zuallererst aber folgendes – wir würden sehr gerne haben: ein Gitterbett, eine Kinderbadewanne, ein Kindernachttöpfchen, einen Sitzkinderwagen und ein Laufställchen und hoffen, daß Du Dir diese Sachen im Dorf zusammenleihen kannst. Augenblicksweise sehe ich jetzt schon, daß unser ganzer Heimaturlaub, der ja monatelang dauert, Euch gewaltig zusetzen wird, auch wenn wir den größten Teil davon im Tessin zubringen wollen. (Über dieses Thema keine neuen Nachrichten.)

Anina ist eingeschlafen. Vor zehn Minuten hat sie wieder ihren Tee übergeben, und, als alles draußen war, sich halbtot gelacht. Sie ißt sehr wenig. Vor Ausbruch der Hitze war sie richtig feist, jetzt aber zart und dünn. Auch Nazi ist eher ein Kümmerling, aber die wird nun – entgegen allen meinen Ratschlägen – nur mit Trockenmilch ernährt und bekommt keinerlei Obst oder Gemüse. Marlene sagt, sie äße keinen Brei, und zuckt die

Achseln. Neulich hörte ich von einer Mutter: »Mein Kind trinkt Eierlikör, ich kann nichts dagegen tun.« Oder: »Brigittchen hat keine Kinderfrau, sie mag keine leiden, sie will nur mich.« Ein kleiner Junge in der Nachbarschaft will bei Tisch nicht auf seinem Stuhl sitzen, seine Mutter läuft weinend mit dem vollen Breilöffel hinter ihm her, weil er seine Nahrung verschmäht. Auch Marlene ist eine solche »gute« Mutter, außerstande, ihre Absichten durchzusetzen. Groß werden sie dennoch alle, Peterchen und Brigittchen und Nazi, mit und ohne Eierlikör, mit und ohne Frischgemüse, eigentlich kann man sich seine Sorgen sparen. Die kleine Tochter eines Kollegen von Ollo leckt die Tischbeine ab, tötet und frißt Ameisen, ist das nicht prima?

Morgen mehr. Immer noch ist der Brief über Ktesiphon nicht geschrieben!

15. Juni 1961

Wenn man vor die Tür tritt, auf die schattige Terrasse, sengt einem ein Gluthauch ins Gesicht. Das Auto, selbst wenn es im Schatten steht, ist heiß. 40 Grad ist eine schon sehr warme Badetemperatur, die einem die Haut rötet – und so ist alles, was man anfaßt. Die Steine auf der Sonnenterrasse kann man nicht berühren, auf einem Auto, das in der Sonne geparkt ist, könnte man ein Spiegelei braten. Zu Fuß ein paar Straßen zu gehen, um eine Freundin zu besuchen, ist ein heroischer Entschluß. Wieso ist mir das in den vergangenen beiden Jahren nicht so aufgefallen? Ich erinnere mich an den ersten »Probespaziergang« nach unserer Ankunft im Semiramis-Hotel, wo die Temperaturen ja die berüchtigte 45-Grad-Grenze längst überstiegen hatten. Aber damals war es wie ein Abenteuer, wie ein Sport, wie ein Ulk, etwas, das man bisher gar nicht für möglich gehalten hatte, und das man nun ausprobierte. Jetzt, im dritten Jahr, finden wir es gar nicht mehr amüsant. Die Hitze beherrscht unsere Gedanken, macht uns nervös und krank. Bald ist es vorbei – aber den nächsten Sommer haben wir ganz hier. Heimaturlaub ist nur alle zwei Jahre!

16. Juni 1961

Was könnten wir Euch mitbringen, Mama? Die Volkskunst ist ausverkauft bis auf Teppiche und Kuwait-chests, die sich nicht fürs Luftgepäck eignen, Kupfertöpfe sind zu schwer, und mit silbernen Dolchen sehe ich Euch auch nicht so recht. Aber ein Mitbringsel will ich Dir verraten: wir haben einen Goldschmied in der Stadt, der meinen dicken Cabochon-Ring (aber mit einem Smaragd) für Dich kopieren will. Wir rufen da jeden Tag an und werden jeden Tag vertröstet, und trotz aller Dringlichkeit unserer Anmahnungen halte ich es für möglich, daß er uns sitzenläßt. Aber hiermit hast Du den Ring auf dem Papier!

Es ist nicht einfach, irgend etwas »Hübsches« zu finden, das man in den Koffer packen kann. Die Dinge des täglichen Gebrauchs sind fast alle häßlich bis auf die in den Antiquitätenläden. Aber auch dort steht man oft ratlos herum. Manchmal gibt es schöne Decken – aber Ihr habt schon drei! Bücher und Bilder – das findet man nicht leicht. Bis auf die unvergleichliche Baukunst, Teppichkunst, Dichtung und Kalligraphie ist diese Weltgegend nicht »arm« an Künsten, aber eingeschränkt. Bildhaftes Denken wird nicht gefördert und der Rest des Denkens stark der Religion untergeordnet. Von Saudi-Arabien höre ich, daß weder gemalt noch getanzt noch musiziert wird, Kino und Theater existieren nirgends. Mit dieser Art Knebelung kann man den Menschen auch gefügig machen. Seine unkontrollierbare, intuitive, phantasievolle Seite wird unterdrückt zugunsten des Vorgegebenen und Vorgeschriebenen. Auch unsere mittelalterliche Kunst war ritualisiert und zur Ehre Gottes geschaffen, nicht »individuell«.

Ich denke in diesem Zusammenhang auch manchmal über die grausamen Strafen nach, die zum Beispiel im Jemen für Verbrechen, aber auch geringfügige Vergehen ausgesprochen werden: Hände abschlagen, Augen ausstechen, an Bäumen erhängen, auspeitschen, steinigen, enthaupten. Alle diese Strafen sind keineswegs willkürlich, sondern in einem genau vorgegebenen Strafrecht niedergelegt. Der göttlichen Wahrheit wird jedes Opfer gebracht, Grenzüberschreitungen sind nicht erlaubt, weder in der Kunst noch in der Moral. Man lebt in einem geschlossenen religiösen Gedankengebäude, in dem jedwede Unterdrükkung gerechtfertigt ist, die seiner Sicherung dient und durch die Schrift belegt werden kann.

Freilich betrifft das im Irak nur das »Volk«, nicht aber die westlich erzogenen Gebildeten. Die schwarzverschleierten Frauen nämlich, die Hadjis mit ihren weißen Gewändern und grünen Turbanen, die islamischen Gelehrten, die Dorfbewohner und unsern guten Mohammed im Garten. Den sehe ich fast täglich um die Mittagszeit auf seinem Teppich knien, die Hände auf dem Boden, die Stirn zwischen den Händen, eine vollkommene Unterwerfungsgeste vor seinem Gott. Ich bin weit davon entfernt, mich darüber zu erheben, trotz allem, was ich oben geschrieben habe!

Im übrigen gibt es Universitäten, Kunstakademien und Intellektuelle – aber das ist eine ganz andere Welt, vom Humus getrennt.

Ich habe mich etwas verlaufen, Mama, beim Gedanken an ein Mitbringsel für Euch. Und morgen kommt Ktesiphon!

In diesen Tagen müßte sich die zweite Schwangerschaft angekündigt haben. Der Brief darüber fehlt aber.

17. Juni 1961

Hier nun der Bericht über Ktesiphon!

Wenn man von Bagdad aus etwa 40 Kilometer nach Südosten fährt, über Salman Pak und Halia, über eine breite, staubige Piste ganz im Flachen, Sand, Staub und staubige Dattelpalmen wohin man blickt, aber nicht unweit vom Tigris, sieht man von ferne wie ein einsames Ungetüm das größte freistehende, ungestützte Tonnengewölbe der Welt, eine ungeheure Bogenhalle, in die man eine ganze Moschee hineinschieben könnte. Das Gewölbe ist bis auf das letzte Zehntel vor der Hinterwand oben geschlossen, der Innenraum leer. Auf der linken Seite steht, wie an die Toröffnung gelehnt, eine Mauer mit Säulen und Nischen, rechts ein abgebrochenes Ziegelmauerstück von acht Metern Dicke, an den Rändern zernagt und zerbröselt.

Ein paar Menschen liefen da herum, als wir ankamen, klein wie Ameisen. Auch wir klein wie Ameisen, unser Wagen ein Spielzeugauto. Vor dem Riesenmaul der offenen Halle saß ein Männlein, barfuß, mit Turban, hatte eine sonderbare kleine bauchige Kniegeige mit zwei Saiten darauf und fiedelte. Das ist der Taq-al-Kisra, der Bogen des Chosrow, der Rest eines Sassanidenpalastes, der im sechsten Jahrhundert gebaut wurde und der Überlieferung nach über und über mit Gold, Mosaiken und feinen Stuckarbeiten verziert war. Er soll sagenhafte Schätze enthalten haben. Ich habe eine Geschichte gelesen über einen Teppich, 28 mal 30 Meter im Geviert, der einen Garten auf Goldgrund zeigte, Wiesen und Blumen aus Edelsteinen und Perlen, Wasserläufe aus Silber. Der Teppich hieß ›Frühling des Chosrow‹. Er fiel mitsamt dem Palast den Arabern in die Hände und war wegen seiner Größe nirgendwo unterzubringen. Man hat ihn in vier Teile zerschnitten und den Heerführern geschenkt.

Natürlich verbirgt auch diese Ruine düstere und grausame Geschehnisse. Aber so, wie man sie da sieht, aller Pracht entkleidet und skelettiert, von Vögeln durchflogen, macht sie einen friedvollen Eindruck, wie die Überreste eines Dinosauriers. Keine Schwermut hat mich angefochten, wie damals in Babylon, keine Klagelieder kamen mir in den Sinn. Vielleicht gibt es gar keine?

Ach, Mama, jetzt sind fast zwei Jahre um. Es gibt so viele Weltwunder hier, die wir nicht verpassen dürfen, aber die Zeit verrinnt. Wer weiß eigentlich, wie lange wir noch bleiben? Wie viel wir *nicht* sehen? So schreibe ich und schreibe, damit wenigstens Du alles im Kästchen hast!

Ich küsse Euch alle, Ollo bestimmt auch, aber er ist im Büro.

Ktesiphon

19. Juni 1961

Liebe Mama,
das werden allmählich meine letzten Briefe vor dem Flug. Du wirst bald nach Gitterbett und Kinderkarre suchen, wir harren in der Hitze aus, aber es geht uns eigentlich besser als vor zwei Wochen. Meinen letzten Brief habe ich unserm Militär-Attaché

mitgegeben, Du wirst ihn schon haben. Der Flugtermin ist noch immer ungewiß.

Ein deutscher Junge hier aus der Kolonie ist lebensgefährlich krank. Er hatte von einem Arzt eine Wurmkur verordnet bekommen und davon Gelbsucht gekriegt, bekam das Wurmgift aber weiterhin, weil der Arzt fand, die Gelbsucht schade nichts. Als unsere Botschaftsärztin das Kind bei der Schuluntersuchung vorfand, hatte es Fettstühle, eine geschwollene Milz und eine riesig vergrößerte Leber, war gelb und sah erbärmlich aus. Jetzt ist der Junge in einer hoch fieberhaften Krise, »phantasiert«, hat rasende Kopfschmerzen, und niemand weiß, ob er durchkommt. Vor 14 Tagen beriet eine Versammlung von sieben irakischen Ärzten den Fall eines libanesischen Kindes, das hoch fieberhaft mit Kopfschmerzen im Bett lag. Man kam überein, dem Kind fehle nichts, es sei ein Fall kindlicher Hysterie. Die Sache ist tödlich ausgegangen, eine Obduktion ergab Meningitis.

Es gibt jedoch sehr gute Ärzte hier, wie den Gynäkologen und einige Kinderärzte. Aber angeblich bekommen viele jüngere Mediziner ihr Examen mit politischen Erpressungen. Die Studenten sind eine mächtige Clique, und Professoren können sehr wohl um ihre Existenz bangen, wenn sie nicht alle Augen zudrücken. Selbst in Deutschland soll es angeblich Professoren geben, die Scherereien mit gewissen antiimperialistischen Botschaften fürchten. Und viele, die eine Ausbildung in Deutschland gemacht haben, sind ungeheuer von sich eingenommen. Ägypten und der Libanon aber sind auch in dieser Hinsicht deutlich vom europäischen Kulturkreis berührt, es gibt dort tadellose Kliniken und zuverlässige Ärzte, das hygienische Niveau ist unvergleichlich besser. Der Schmutz, die Trägheit und die phantastische Selbsteinschätzung erschweren hier vieles.

Kassem hat vor einiger Zeit in einer Radioansprache verkündet, Bagdad werde in fünf Jahren den höchsten Lebensstandard der Welt haben. Dies nun bei 200000 Lehmhüttenbewohnern, die sich noch nie gewaschen haben, und einer Bevölkerung mit 90 Prozent Analphabeten! Wie ist so etwas möglich? Ich meine, wie weit glaubt er selbst an das, was er da sagt, oder was beabsichtigt er damit? Hier soll eine Art Eiffelturm gebaut werden. Und da der Straßenverkehr so ungeordnet ist – ohne Verkehrsregeln, ohne Straßennamen, ohne Adressen, ohne Publikation eventuell vorhandener Verkehrsregeln (die keiner lesen könnte!), ist nun der irakische Polizeichef nach Deutschland gefahren, um sich die Televisions-Verkehrsregelung anzusehen. Wer hier lesen und schreiben kann, will Generaldirektor werden. Volontäre, die aus Deutschland kommen, weigern sich, die geringste schmutzige Arbeit zu tun. Sie wollen nun selbst »oben« sein, und vielleicht kann man es ihnen nicht einmal verdenken. Die Sowjetmenschen, mit denen wir im ersten Jahr in Sam's Palace zusammenwohnten, alle in schäbigen Anzügen, niemals Trinkgelder verteilend und ohne Auto, werden mit ironischer Verachtung betrachtet. Bewundert wird der Reiche, der eine dicke amerikanische Limousine fährt, bewundert werden die greedy elements, die der einzige Führer des ewigen Vaterlandes so schmäht! Ich denke wieder an den Vater, der seinem Sohn jeden Wunsch erfüllt, damit er eine starke Persönlichkeit wird, wobei er selbst möglicherweise ein überzeugter Sozialist ist! Es scheint, als passe nichts zusammen.

Eine ganz wesentliche Ursache all dieser Erscheinungen sehe ich in diesem Klima, in dem Staub, den Stürmen, dem toten Land, der Bodenversalzung, der mörderischen Sommerhitze, den primitiven Behausungen, dem Schmutz. Da will man schon raus, mit welcher Ideologie auch immer! Wir können die Leute nicht mit preußisch-protestantischen Maßstäben messen.

Sonst, Mama, ist alles einigermaßen in Ordnung.

Während unseres Heimaturlaubs wird ein Kollege von Ollo in unserm Haus wohnen, Latchin bleibt hier, Marlene fährt teils in ihr Dorf, teils hat sie einen vorübergehenden Arbeitgeber, den ich nicht kenne, da wäscht sie jetzt schon manchmal, wenn hier nicht viel zu tun ist.

Weißt Du nun alles? Bist Du diese ewigen Geschichten nicht manchmal leid? Ich freue mich so auf Euch, ganz besonders auch auf die Brüderchen. Wenn ich an Euer Haus denke, habe ich sofort seinen Geruch in der Nase und höre den Stundenton der Standuhr im Flur: boinnnng!

22. Juni 1961

Fortsetzung von voriger Woche, morgen früh ist Kuriertag, und die Fortsetzung schließt sich lückenlos an mein letztes Briefende. Marlene hatte eine Fehlgeburt, die zweite nun schon. Sie war mit Blutungen zu dieser uns unbekannten Familie gegangen, um zu waschen. Latchin wußte, daß sie schwanger ist, ich nicht. Er wußte auch, daß sie nicht in Ordnung war, als sie heute morgen fort ging, und zwar schon seit 24 Stunden. Sie hat also in diesem Zustand am Waschfaß gestanden, bis ihr Arbeitgeber sie halb ohnmächtig mit grünem Gesicht und kalten Händen nach Hause fuhr. Jetzt hat ihnen eine Bekannte den Rat gegeben, *nicht* zu einem Arzt zu gehen, ein Arzt könne so etwas nicht behandeln, sondern zu einer heilkräftigen Frau. Diese heilkräftige Frau wohnt aber im nördlichsten Zipfel des Irak, zwölf Bahnstunden und zwei Taxistunden entfernt, in einem Dorf im Gebirge, fernab von jeder ärztlichen Hilfe. Dahin wollten sie nun sofort fahren, Marlene mit einer schweren Blutung, bei 40 Grad Lufttemperatur, Nazi im Gepäck.

Ich bin ziemlich temperamentvoll geworden und habe Latchin gesagt, er riskiere das Leben seiner Frau und Nazis Mutter, wenn er das tun wolle, bitte schön – aber an den Reisekosten würden wir uns in diesem Fall nicht beteiligen. Ich habe ihm alle möglichen Fragen nach der Schwangerschaftsdauer und so weiter gestellt – Mama, sie wissen *nichts* (!), Latchin sagt: »this is not my business«. Ich habe ihn gefragt, ob er ein guter Ehemann sei, wenn er so etwas sage. Da zuckte er die Schultern, etwas amüsiert. Was soll er mit solchem Weiberkram?

Ich entsinne mich, wie er über alle Maßen erstaunt war, daß Ollo sein Kind im Garten herumtrug und mit ihm schwatzte. »Assyrian not like this«, sagte er tadelnd. »If Assyrian talking to Baby he maken ashame« (ist ihm peinlich). Kurzum: sie hat eine Kürettage machen lassen, hier im Krankenhaus, und ist nun wieder daheim bei ihrem patriarchalischen Ehemann. Was soll man dazu sagen? Warum sind sie zu *uns* so nett, und unter sich so orientalisch? Aber die tote Großmutter wird beweint, immerhin. Sind vielleicht all diese Muster festgelegt, seit Jahrhunderten? Und wo sind unsere?

Schluß – Ende, Grüße und Küsse, aber jetzt wirklich endgültig!

Ich habe mir später oft die Frage gestellt, ob diese fast mutwillig ertragenen Aborte nicht eine Form der Familienplanung sind. Andere Möglichkeiten der Geburtenbeschränkung waren ja nicht verfügbar und wären auch nicht akzeptiert worden.

25. Juni 1961

Mama, bitte nicht in die Heizung werfen:

4. Juli 1961
Bagdad ab 8.30
Frankfurt an 14.45
Frankfurt ab 16.00
Stuttgart an 16.50, Lufthansa 056!

Anina, als winziges Püppchen Dir entrissen, ist heute zehn Monate alt. Sie versucht sich hinzustellen, alle halbe Stunde tönt gellendes Geschrei aus dem Kinderzimmer, weil sie dabei hingefallen ist und sich gestoßen hat. Mit dicken Tränen in den Augen und einer roten Stelle am Kopf guckt sie einen vorwurfsvoll an – sie begreift den Zusammenhang nicht. Manchmal gebe ich ihr Brotstückchen mit Butter und Marmelade. Sie ißt das gerne, stößt aber wütend mit den Füßen, weil sie jeden Bissen kauen muß, bevor sie ihn schlucken kann – auch das hält sie für einen boshaften Trick (ähnlich wie die Beule am Kopf) und für schlimmer als Brei essen. Sie kriecht durchs Kinderzimmer, dabei stößt sie mit den Knien nach hinten und »geht« mit den Händen, die sie immer abwechselnd hochwirft. (Manchmal kommt sie mit ihren Extremitäten durcheinander und landet auf dem Bauch.) Ihr Allerschönstes ist Zeitungspapier. Das schüttelt sie in der Faust und läßt es knattern. Wenn es weich geworden ist, wischt sie damit: auf dem Boden, auf ihrem eigenen Kopf, hinter den Ohren. Ganz weich geworden, ißt sie es auf, wenn man nicht achtgibt. In ihren Windelhäufchen findet man dann unverdaute Tagesmeldungen der ›Iraq Times‹, noch gut lesbar. Du wirst Dich wundern, wie zufrieden sie ist, wie gut sie allein sein kann, wie selten sie schreit, abgesehen von den Übungsstürzen und zum Beispiel bei der geringsten Verzögerung im Anblick eines gefüllten Tellers.

Wie war Dietrichs Vortrag? Und was macht Onkel Wilhelms Gallenblase? Ist es nicht blöde, daß wir alle zu solchen Sachen neigen? Mir geht es *fast* gut, und natürlich trinke ich nur Coca-Cola. Du bist ja mittlerweile fein raus, aber die Gallensteine waren doch ein jahrelanges Thema, nicht wahr? Morgen schreibe ich weiter!

27. Juni 1961

Nun ist es doch übermorgen geworden. Wir sind nämlich gestern erst um vier Uhr früh nach Haus gekommen. Zuerst war eine Party ›South Pacific dancing‹ – alle mit Baströckchen und

Blumenkränzen um ein Schwimmbad herum. Es muß Dir idiotisch vorkommen, wenn Du das in Waldenbuch liest (!!!) –, aber wir sind hier offenbar in einem Ausnahmezustand und müssen zusehen, wie wir die heißen Abende und Nächte hinter uns bringen. Und außerdem war die Party fabelhaft, gute Stimmung und sehr gute Musik, seit Monaten die erste wirklich vergnügliche Sache, und außerdem hatte ich kein Baströckchen an, wenn Dich das tröstet. Danach haben wir einen »Neuen« am Flughafen abgeholt und zu seiner Unterkunft gefahren. Er kam grade richtig zu einem fulminanten Begrüßungs-Staubsturm, der die Temperatur auf heute 38 Grad sinken ließ, die uns herrlich frisch erscheinen, man möchte am liebsten eine Strickjacke anziehen. Bei 38 Grad sieht das Leben ganz anders aus!

Wir haben übrigens mehrere Male versucht, auf dem Dach zu schlafen, was viele Leute hier tun. (Gegenüber der Botschafterresidenz ist ein Nonnenkloster, alle Nonnen schlafen auf dem Dach, man kann ihr Lever beobachten, sofern einem das die frühe Morgenstunde wert sein sollte!) Zu diesem Zweck muß das Dach nicht nur gefegt, sondern auch gewischt werden, und zwar nicht nur der Schlafplatz, sondern die gesamte Dachfläche, zusätzlich der Kamin und das Wasserreservoir, denn da oben lagert der Lehmstaub Mesopotamiens fingerdick. Dann müssen Unterlagen und Matratzen hinaufgeschafft werden (eine schweißtreibende Angelegenheit!), Kissen und Leintücher. Beleuchtung gibt es natürlich nicht, Wasser und Klo auch nicht, aber man fühlt sich wie ein Pfadfinder im Sommerlager, legt sich erwartungsvoll auf die Matratze und kann nicht einschlafen. Autos hupen, Türen schlagen, Leute sitzen in Gärten und reden, Katzen stoßen Näpfe um, Hunde bellen nah und fern. Schließlich schläft man doch. Aber gegen Morgen erhebt sich Wind und zupft an den Bettlaken, Fliegen suchen die warme Haut und setzen sich fünfundzwanzigmal auf den gleichen Handrücken. Und bevor sich die schreckliche Sonne vom Horizont erhebt, kreischen die Vögel. Das ist ihre einzige Chance am Tag: später sitzen sie mit aufgesperrten Schnäbeln schlapp im Gebüsch, in Erwartung der nächsten Morgenstunde.

28. Juni 1961

Soll ich überhaupt noch schreiben, Mama? Ein Kuriersack geht noch weg, der Brief kommt später an als wir. Wir machen heute noch ein Abendessen für 26 Leute und am 1. Juli einen Cocktail für 100, damit uns auch alle in guter Erinnerung behalten. In den letzten drei Tagen werde ich packen und das Haus so weit aus- und umräumen, daß Herr Montfort, der Neue, hier einziehen kann. Wir sind glücklich über diese Lösung, weil Latchin mit Frau und Kind hier bleiben kann und alles so weitergeht wie bisher. Marlene geht es wieder gut, sie wird außer Haus arbeiten und Nazi tagsüber bei Verwandten lassen. Das wird nun wirklich ein Abschied für lange Zeit, Marlene wird traurig sein, daß Anina so lange in Deutschland ist, ich werde traurig sein, alle und alles zu verlassen – und habe mir doch vor nicht allzulanger Zeit nichts sehnlicher gewünscht als das! Außerdem gibt es ein Gerücht, daß in Basrah ein deutsches Konsulat eingerichtet werden soll und daß ein Konsul fehlt und daß vielleicht Ollo Konsul in Basrah wird – aber das ist eine Aussicht, die ich mich *weigere* in Betracht zu ziehen. Heute in einer Woche sitze ich auf Deinem Sofa!

Mit diesem Brief enden die ersten beiden Bagdadjahre. Wir flogen nach Deutschland, blieben während der Zeit der Tropentauglichkeits-Untersuchung und des Bonnbesuchs im Hause meiner Mutter und fuhren dann nach Minusio im Tessin in eine gemietete Ferienwohnung. Die zweite Schwangerschaft, deren Beginn mit der Hepatitis zusammengefallen und möglicherweise zunächst unklar war, stand nun außer Zweifel. So ver-

brachten wir im Glück über unser erstes und in der Vorfreude auf unser zweites Kind den Sommer und Herbst am Luganer See, mit langen Spaziergängen und an Langeweile grenzender Ruhe. Es war ein schöner Sommer und ein sonniger Herbst. Anina vertrieb uns die Zeit mit ihrem ersten annähernd verständlichen Geschwätz. Sie bekam die ersten Wutanfälle, wollte sich weder an- noch ausziehen lassen, sie lernte laufen.

Und uns wurde klar, daß wir in dem a l t e n Bagdader Haus nicht bleiben konnten, weil es nur zwei Schlafzimmer hatte – alles andere waren offen miteinander verbundene Räume, gänzlich ungeeignet, darin ein zweites Baby aufzubewahren. In unsern Möbeln wohnte Herr Montfort. Den mußten wir also veranlassen, sobald es ihm paßte, unsern Haushalt aufzulösen und alles verpacken zu lassen, Kisten und Mobiliar bei einer Speditionsfirma unterzustellen. Dann würde Ollo, sobald er Anfang Dezember nach Bagdad zurückkehrte, ein neues Haus mieten und einrichten. Aber vorläufig unternahmen wir gar nichts.

Im November wurde Ollo nach Bonn gerufen, ins Auswärtige Amt. Er kam nach einer Woche zurück, und von da an hatten wir sorgenvollen Gesprächsstoff: das geplante Konsulat in Basrah. Wenn es nun geheißen hätte: »Herr Wilke, Sie müssen da hin, ob Sie wollen oder nicht«, hätten wir wenigstens P l ä n e geschmiedet. Aber es war unsicher, es hing von tausenderlei Umständen ab, und wir wußten nicht, ob wir uns in Gedanken auf eine Rückkehr nach Bagdad (wenn auch mit Umzug verbunden) einstellen sollten oder auf eine ganz andere Szene. Es gibt darüber einen Brief, aus Minusio.

Minusio, 25. November 1961

Liebe Mama,
Ollo ist aus Bonn zurückgekommen, Gott sei Dank, denn ich habe nach dem gestrigen Telefongespräch die ganze Nacht nicht

schlafen können. Basrah ist wie Waldenbuch auf arabisch! Stell Dir Waldenbuch *total* isoliert am Persischen Golf vor, wenn auch am Wasser und mit romantischen Pfahlbauten, und Dich als italienischen Konsul, der die Interessen seiner mehr oder weniger verwilderten und vereinsamten Landsleute wahrnehmen soll. Kein Schwimmbad, kein Club, kein Kino, vielleicht nicht einmal Spaziergänge, keine Läden. Dazu vier Monate lang ein Höllenklima (denn Basrah ist feucht!), vor dem Du für einige Wochen in den Libanon flüchten müßtest. Und jetzt drehe Dich wieder zu uns um: Latchin und Marlene blieben natürlich in Bagdad. Die Häuserfrage fast unlösbar – wir haben in Basrah zwei Konsulate gesehen, das amerikanische und das britische. Das amerikanische war passabel, das englische trostlos. Eins dieser dickwandigen, dunklen, alten türkischen Häuser, mit kleinen, ganz hohen Zimmern, immer schattig und trübe, gemusterte Steinböden, dunkelbraune Türen und Fensterrahmen. Und diese beiden Konsulate sind die einzigen dort! Wenn wir bloß den Winter vor uns hätten statt des Sommers! Die beiden Kinder müßten spätestens im April da unten anfangen zu leben, bis dahin müßte alles über die Bühne gelaufen sein.

Grade fällt mir der Flügel ein. Wir hätten mit Gewißheit den einzigen Steinway zwischen Afrika und Persien!!! Vielleicht könnten wir für die ersten Wochen ein provisorisches, möbliertes Haus mieten, bis Anfang Mai, noch ohne Dienststelle, und von dort aus suchen. Zu zweit haben wir ja auch wochenlang mit Matratzen und zwei Stühlen gelebt und den umgestülpten Eimer als Tisch benutzt. Aber mit zwei ganz kleinen Kindern? Natürlich müßten sie bei uns sein, um sich an das Klima zu gewöhnen, und sowieso könnte ich sie nicht entbehren und sie mich nicht.

Wenn ich wenigstens das Kind erst hätte! Bislang erschien mir die Zukunft wie eine Leiter, auf der ich Sprosse um Sprosse zu erklettern hätte, das Ende war abzusehen: Rückflug nach Bagdad mit den zwei Kleinen, Ollo am Flughafen mit Latchin, ein eingerichtetes Haus irgendwo, vertraute Gesichter, vertraute Gerüche. Aber nun sehe ich nur noch zwei Sprossen: Rückkehr nach Deutschland in vier Wochen – und die Geburt. Alles andere ist im Nebel!

Wenn Ollo Anfang Dezember zurückfliegt, kann er weder ein Haus suchen noch den Umzug machen, womit er – blieben wir in Bagdad – sofort beginnen müßte. Die Möbel weiterhin im Container, Ollo müßte wieder in der gräßlichen Pension wohnen. Ich *muß* im ganz frühen Frühling zurückfliegen – aber wohin?

Das neue Baby ist lebhaft, aber es erscheint mir im Traum als kränkliches, dünnes Geschöpfchen, dem ich durch meinen Nabel Honig und verdünnte Milch einträufele, zur Stärkung! Die Schwiegermutter hat mir einen Pelz geschickt, den sie früher in Shanghai getragen hat. An einer schlanken Frau wirkt er wunderbar, aber ich sehe aus wie ein haariger Elefant, ein Wollknäuel, eine Fellkugel. Und die gesunden Schuhe mit rosa Gummistrümpfen dazu verbessern den Eindruck nicht! Ich habe Kummer mit meinen Beinen, nicht nur, daß ich Wadenkrämpfe habe, sondern auch eine inwendige Entzündung, sodaß ich den Fuß nicht drehen kann, und Krampfadern. Ollo ist entsetzt darüber, er bildet sich ein, so was hätten nur Waschfrauen, und geht alle Frauen seiner Bekanntschaft vergeblich auf Krampfadern durch! Wir haben ein Babysittermädchen aus Hamburg. Das sagte: »Es werden doch keine Zwillinge sein? Das wäre ja furchtbar!« und »So, man hat nur bei der Geburt Wehen? Ich dachte, die ganzen neun Monate!« und »Stimmt es, daß die Araber so unmoralisch sind? Die haben doch so viele Kinder!« und »Kennen Sie das italienische Gericht aus Teig, Käse und Safran? Es heißt Pommes frites.« Mir wird jetzt erst bewußt, daß wir während der ganzen langen Wochen hier keine Menschenseele gekannt und mit niemand gesprochen haben. Wie gut kann man das vertragen nach der Bagdader Partymühle. Wir haben beide wieder Effi Briest gelesen, ich zum x-ten Male, und wieder habe ich darüber weinen müssen! Ach Mama, wenn ich doch etwas leichteren Herzens in die Zukunft sehen könnte!

Ollo flog Anfang Dezember nach Bagdad zurück, ohne daß sich eine Lösung für uns abgezeichnet hätte. Ich kann mich nicht erinnern, ob er in unser altes Haus zurückging oder ob das bereits aufgelöst war. Am 14. Januar 1962 wurde Nikolaus geboren, während Ollo in Bagdad war. Ich weiß nicht mehr, wie wir ihn benachrichtigt haben, wahrscheinlich mit einem Telegramm. Wir waren überglücklich, wenn auch jeder an einem andern Ort und über 4000 Kilometer voneinander getrennt.

Nikolaus war ein zartes, sensibles Kerlchen, ähnlich wie in meinem Traum, und erbrach fast jede Mahlzeit in hohem Bogen. Die Kinderärztin erschien an meinem Wochenbett und wollte wissen, ob ich etwa Sorgen hätte. Das Kindchen gebe unter Krämpfen seine Nahrung von sich und müsse vielleicht operiert werden. Ein solches Baby nennt man übrigens im Krankenhaus ein »Pylohrchen« (von Pylorospasmus).

Zurück im Haus meiner Mutter hatte sich nichts gebessert, und auch unsere Postenfrage war nicht geklärt, meine Eltern hingegen hatten einen Urlaub geplant und bereits den Vertreter engagiert – ich konnte auch da nicht bleiben. Schließlich kam die Nachricht aus Bagdad: Wir bleiben da. (Gott sei Dank!)

Es war dreierlei zu tun: erstens das Baby möglichst ohne Operation in einen stabilen Zustand bringen. Das bedeutete dann, alle zwei bis drei Stunden Medizin einträufeln und kleine Mahlzeiten geben, Tag und Nacht.

Zweitens: eine Kinderschwester finden, die mit uns nach Bagdad kommen würde.

Drittens: in Bagdad ein genügend großes Haus ausfindig machen und einrichten, und zwar sofort.

Der erste Punkt war schwierig. Das Bürschchen jagte mir manchmal einen furchtbaren Schrecken mit seinen Brechkrämpfen ein, es wurde blaß danach und bekam kalte Händchen, auf seinem Bauch war ein bläuliches Adernetz zu sehen. Ganz, ganz allmählich wurde es besser – aber nicht wirklich gut.

Die Kinderkrankenschwester bekam ich vom Olgakrankenhaus empfohlen. Sie hieß Margarete und suchte eine Privatstelle. Ich klingelte unangemeldet in ihrem Elternhaus, wo mir ein junges Mädchen entgegentrat, während im Hintergrund eine ältere Frau telefonierte. Ich sagte: »Ich suche eine Kinderkrankenschwester für ein kränkliches Baby in Bagdad.« Da drehte sie sich um und rief: »Mutter! Sag ab!!!« Sie kam sofort und war eine große Hilfe, sehr einfühlsam mit Nikolaus. »Du guuuts Männle«, sagte sie zu ihm. Das war der zweite Punkt.

Und der dritte klappte überhaupt nicht. Ollo sah mit diversen Maklern 40 Häuser in Bagdad an und konnte sich für keins entscheiden. Meine Eltern drängten – sie wollten weg, der Praxisvertreter sollte in die Zimmer, die wir seit Wochen blockierten. Wir konnten nicht bleiben und hatten doch keinen andern Platz. Da bekam ich eine Nachricht von der Frau unseres Militär-Attachés Tzschaschel aus Bagdad: sie hätte von unserm Dilemma gehört, und wir sollten alle zu ihr kommen, das Haus sei groß genug. Sie war und blieb ein Engel vom Himmel! Ich packte Nikolaus ein und flog mit ihm nach Bagdad. Schwester Margarete blieb mit Anina in Waldenbuch und wartete auf einen Flugtermin. Die Eltern reisten später ab, Pauline (das schwäbische Hausmädchen, jahrzehntelang) kochte für alle und versorgte den Vertreter.

Wir wurden mit der größten Herzlichkeit und Gastfreundschaft aufgenommen. Die kleine Ingrid Tzschaschel sagte: »Mutti, das Baby heißt Weihnachtsmann.«

Bagdad, 21. März 1962

Liebe Familie!

Schnell ein Bericht! Die Reise verlief gut, Nikolaus war dank seines Nuckels, dessen er sich ausgiebig bediente, während des ganzen Fluges gut gelaunt. Ollo empfing uns am Flughafen, Latchin stand, wie das letzte Mal, krummbeinig daneben, mit dem Tragekörbchen in der Hand. Große Freude allerseits!

Es hat bereits 30 Grad im Schatten. Im Auto, in der Sonne, in der Stadt ist es schon sehr heiß. Nikolaus steht mit bloßen Beinchen auf der Veranda, über den Babykorb ist eine dünne Windel gespannt. Und, stellt Euch vor: wir sind für eine Woche in unserm alten Haus, weil Montforts in Beirut sind. In einem Zimmer stehen unsere aufgeklappten Koffer, Kartons, aufgestapelte Anzüge und Wäsche, dazwischen ein provisorischer Wickeltisch, Badewännchen, Stöße von Kopfkissen – Venedig ist nichts dagegen. In diesem Chaos bleiben wir bis Samstag. Danach muß Ollo wieder in seine Pension, in der er fast verhungert, und ich verlege meinen Schauplatz ins Tzschaschel-Haus. Mein unbegleitetes Reisegepäck kam erst Dienstag nachmittag! Ich mußte mit all den Provisorien auskommen, Nikolaus mit einer zerrissenen Windel waschen und ihn einmal für vier Stunden in alle möglichen Lappen wickeln, weil er das Wechselhemd bespuckt hatte.

Und nun die Häusersuche! Wir sind dauernd unterwegs und erleben die sonderbarsten Sachen. Ein Haus ist wirklich gut. Zwar kein Dienerquartier und eine Sauküche, aber genug Platz, mit zentralem Aircooler und an einer asphaltierten Straße. Es gehört dem Landwirtschaftsminister, dessen Bruderfamilie darin wohnt.

Wir verabredeten ein Treffen und wurden zweimal versetzt. Verschlafene Frauen schoben ihren Kopf durch die Türritze und schickten uns fort. Der Makler telefonierte daraufhin, stellte fest, daß der Hausherr da war und gab Ollo die Nummer. Ollo telefonierte also, aber arabische Weiberstimmen riefen irgend etwas Unwilliges und hängten auf. Die Exzellenz war einfach nicht zu erreichen. Ollo rief wütend den Makler zurück, wenn der Minister Interesse hätte, sein Haus zu vermieten, möge er sich bitte an *ihn* wenden. Es klappte nicht. Am nächsten Morgen erschien der Makler und behauptete, der Minister sei beleidigt, weil einer unserer Botschaftsangehörigen gesagt hätte, die Iraker nähmen am liebsten Amerikaner, weil diese am meisten bezahlten. Daraufhin schrie Ollo den Makler an, er verzichte auf das Haus und auf jedwede weitere Verhandlung mit diesem Mann.

Da das Haus aber gut ist, überredete ich Ollo, trotzdem eine Audienz zu erfragen. Und siehe da! Ein umständlicher Besuch fand statt mit sämtlichen männlichen Familienangehörigen, es wurde gelächelt und geredet und vom Englischen ins Arabische und wieder ins Französische übersetzt. Nach einer Stunde stellte sich heraus, daß der in dem fraglichen Haus lebende Bruder im Norden ist und man ihn darum nicht fragen könne, ob er sein Haus räumen möchte. In zwei Tagen kommt er aber zurück, dann wird man weiter sehen.

So geht fast jeder Fall. Eine Frau entschloß sich nach Zusage am nächsten Morgen, ihr Haus doch nicht zu vermieten, statt dessen könne man aber gerne ins Nachbarhaus ziehen. Aber wir erlahmen nicht. Wir hatten drei Häuser, die sich bisher als Mißerfolge herausstellten, nun warten wir auf den zurückkehrenden Bruder und seinen Auszug. Selbstverständlich muß das Haus – wie alle Häuser – von Kopf bis Fuß gestrichen werden, denn auch dort kleben Speisereste und Schlimmeres an den Wänden, sind die Küchenschränke mit brauner Schmiere bedeckt und stehen Telefonnummern an der Wand. So ein Haus muß förmlich ausgeräuchert werden. Falls die Leute in der nächsten Woche wirklich ausziehen, braucht man zwei Wochen zum Streichen.

Dann muß man überlegen, ob Margarete und Anina in das noch unfertige Haus kommen. Ich finde, ja. Irgendwie wird man die Ungemütlichkeit organisieren können. Ich werde in der Zwischenzeit für Möbel und Gardinen sorgen, sodaß alles schnell geht.

Hoffentlich kommt Margarete bald. Wenn ich daran denke, daß Anina Euch das Essen auf den Teppich spuckt und auf alles weitere Zureden die Nase rümpft ... Ich denke oft daran, welch eine Last wir Euch aufgehalst haben in all diesen schwierigen Monaten, eine Last, die in tausenderlei nervenzermürbenden Kleinigkeiten liegt, in Alltagskram und Lästigkeiten, ganz davon abgesehen, daß Ihr alle Sorgen im Zusammenhang mit der Rückreise und den elenden Versetzungszweifeln geteilt habt.

Ich danke Euch allen, zusammen und einzeln, für diese lange Zeit.

Latchin und Marlene habe ich gesund und unverändert vorgefunden. Marlene ist dünn wie ein Strich und hatte schon wieder eine Fehlgeburt. Nazi ist nicht hübsch, aber freundlich. – Seid umarmt, viele Küßchen an Anina!

Innerhalb kürzester Zeit hatten wir auch das Haus, und zwar eins der 40 verschmähten, das des Ministers, mit einem sehr viel kleineren Garten, ausreichenden Schlafzimmern, einer großen Küche und vielen Kakerlaken. Es hatte nicht den Charme des alten Hauses, aber Platz. Wir waren eine große Familie geworden. Es war schon Frühling. Bagdad war unversehens eine Heimat für uns, wir hatten es gern.

In der Zwischenzeit hatten die Kurden, die eigentlich Kassems Verbündete hätten sein können, Kontakt zu Kassems Gegnern aufgenommen. Die früheren Verschwörer, die nach dem Attentatsversuch nach Syrien entkommen waren, waren zurückgekehrt und hatten ein Verbindungsnetz zu den Feinden der gegenwärtigen Regierung aufgebaut, darunter auch zu Tei-

len der Armee und des Offizierscorps. In Bagdad war alles ruhig. Nur eine unterschwellige Anspannung konnte man spüren, und niemand wollte glauben, daß die Ruhe bleiben würde.

12. April 1962, im Tzschaschel-Haus

Liebe Mama!
Ich habe in den letzten Tagen so viel an Dich denken müssen und so genau gewußt, welche Gefühle Dich bewegen. Und jetzt, da ich Anina wieder bei mir habe und vor Freude darüber nachts nicht schlafen kann, weiß ich doch immer, wie schrecklich die Trennung für Dich war. Ich habe geweint, als ich Deinen Brief gelesen habe. Daß der Mensch so verwundbar ist!

Es kam noch ein Kurierbrief von einem Tag, da Du offensichtlich noch nicht wußtest, daß die beiden (Margarete und Anina) am zehnten fliegen sollten. Wir hatten das Telegramm am gleichen Tag aufgegeben, als Dein erster Brief kam – fast drei Wochen nach meiner Ankunft! Wegen der Revolution in Syrien waren alle Postverbindungen einschließlich der Kuriersendungen gestört, wochenlang durfte kein Flugzeug über syrisches Territorium fliegen. Ein alter Brief von mir an Dich wurde nach einer Woche wieder nach Bagdad zurückgebracht. So konnten wir uns gar nicht verständigen – vielleicht war es ganz gut so. Manchmal sind die beiderseitigen Nachrichten so, daß man besser Augen und Ohren verschließt.

Im Herbst 1961 hatte sich die Vereinigte Arabische Republik wieder in Ägypten und Syrien gespalten, was große Unruhen nach sich zog.

Margarete hat mir ein *bißchen* von Dir und von Waldenbuch erzählt, auch von Pauline. Da ich nun dies alles gut kenne und mir gut vorstellen kann, in welche Erschöpfungszustände man da hineingeraten kann, wie Euer Leben abläuft mit Kassenabrechnung und Praxisvertreter, Pauline, Praxis und gleichzeitigen Reisevorbereitungen, beschleicht mich allmählich ein ganz komisches Gefühl.

Vieles erfährt man auch zu spät. Ich merke jetzt erst, daß Ollo allein niemals in der Lage gewesen wäre, einen Umzug zu bewerkstelligen. Ich stehe von morgens bis abends im Haus und habe alles im Gedächtnis, überschaue im Geiste jede Schublade und jede Arbeitsanordnung, weiß, was eingekauft, ersetzt oder repariert werden muß, welche Schraube fehlt und welches Stück Kabel – das *kann* kein Mann, und schon gar nicht Ollo, der sich selbst als relativ Unbeteiligter dauernd in Panikstimmung befindet.

Schwester Margarete ist wunderbar, ich verlasse mich völlig auf sie. Frau Tzschaschel wird allmählich müde, der rapide »Menschenzuwachs« macht sich auch da bemerkbar – allmählich habe ich das Gefühl, überall Nervenzusammenbrüche zu hinterlassen. Und wieder frage ich mich, ob man das einfach so tun kann. Vielleicht habe ich einmal Gelegenheit, ähnliche Dinge für irgend jemand andern zu leisten, im Gedanken an all die Hilfe, die mir überall geboten wird.

Seit ich Anina wieder habe, bin ich wie neugeboren. Den Flug haben beide gut überstanden. Anina schwieg bis zur Ankunft im Haus, auf einmal sagte sie: »Mama«. Sie schläft mit mir in einem Zimmer, und ich beobachtete sie beim Erwachen. Sie sah sich erstaunt um, stellte sich auf, zog die Vorhänge beiseite und sagte: »Auto« – weil unten eins stand. Danach sah sie mich, lächelte verlegen. Ich sagte, wie früher allmorgendlich: »Gib mir ein Küßchen.« Da wurde sie ernst und sah mich ganz sonderbar und forschend an – man hörte förmlich den Groschen fallen! Hier im Haus hat sie sich ungeniert eingelebt, sich sogleich mit den Kindern (und vor allem mit deren Spielsachen!) angefreundet. Sie rast jauchzend auf dem Rasen draußen herum, schiebt Ingrids

Puppenwagen und hat nicht den geringsten Eigentumsbegriff. Man kann nur froh sein, daß Ingrid (dank tagelanger vorheriger Suggestionen: »Die Anina ist noch klein und dumm, du mußt lieb zu ihr sein!«) so großmütig ist.

Und Nikolaus, das guuute Männle, macht sich weiter so gut, wie ich Dir schon berichtet habe. Er schreit noch immer mit dem hohen Heulton, nicht oft. Wir geben ihm noch immer die Tröpfchen, aber mittlerweile ißt er große Mengen Brei und wird dicker. Er ist freundlich, lächelt viel und sagt: »Ach-ach.«

Vom Umzug mag ich gar nicht schreiben. Die Sachen sind *miserabel* verpackt gewesen und so verkommen, daß ich zunächst dachte, man sollte am besten alles wegschmeißen. Die Wäsche total verstaubt, jeder Küchengegenstand versandet von monatelangem Lagern und Staubstürmen, die Hemden verschimmelt, alles Silber kohlschwarz, die Möbel mit tiefen Scharten – eine nicht zu beschreibende Schweinerei! Ich stehe mit Latchin und einem seiner Freunde in der Küche und lauge jeden einzelnen Gegenstand in heißem Seifenwasser ab, bürste, wachse und poliere. Aber das Haus wird schön!

Ollo ist glücklich, wieder hier zu sein, glücklich über die Kinder und das kommende Familienleben. Das Wort »Basrah« fällt nicht mehr. Wir sind noch mal davongekommen!

18. April 1962

Liebe Mama!
Grade finde ich während fünf Warteminuten in Ollos Büro Zeit, ein paar Zeilen zu schreiben. Wir sind eingezogen, provisorisch, mit ein paar Lampen, ohne Gas zum Kochen, ohne heißes Wasser in den Wannen, alle Möbel kopfüber, Bücher in den Kisten. Ständiges Gezetere mit unzuverlässigen Handwerkern! Ich bin vormittagelang in der Stadt, um das Nötigste einzukaufen – was täte ich ohne Margarete?

Die Kinder sind süß. Nikolaus hat selten gespuckt, ist lieb und freundlich, aber immer noch *sehr* zart, und in seiner Entwicklung längst nicht so weit wie Anina im gleichen Alter. Ihm macht es gar nichts aus, wenn ich außer Haus bin, er strahlt alle an, zahnlos, mit zugekniffenen Äuglein. Anina hingegen leidet unter der Unruhe. Als Reaktion auf die Trennung von mir ist sie quengelig, ruft unentwegt nach mir, will sich nur von mir füttern und ins Bett bringen lassen, auf meinem Schoß sitzen. Sie weint angstvoll, wenn ich mich entferne – offenbar realisiert sie erst jetzt, daß ich so lange weg war, und fürchtet, daß ich wieder verschwinden könnte!

Was ist aus Deinem Arm geworden, Mama? Kann man sich damit beruhigen, daß man die Sache *einmal* hat stoppen können? Ich würde so gerne an Pauline und Frau Soukup schreiben, sie haben so hinter Anina hergeweint – aber keine Zeit, nur gute Vorsätze. Wie geht es Dietrich? Wie war der Vertreter? Ich lebe immer noch halb bei Euch, und alle Ereignisse beschäftigen mich. Wenn nur Dein Arm gesund wird!

Grüße von uns allen vieren: Deine U.

25. April 1962

Liebe Mama!
Allmählich kommt es mir vor, als hätten wir uns aus den Augen verloren. Die Zeit vergeht so schnell, und die Postverbindung ist so mangelhaft – seit unserer Ankunft hier habe ich erst *einen* Kurierbrief von Euch bekommen! Wie mag es Deinem Arm gehen? Was ist überhaupt ein Erisipel, und warum bekommt man es? Wo wart Ihr während Eurer Urlaubswochen? Das ist ja schon so lange vorbei. Und was macht Dietrich? Genießt Ihr nicht ein bißchen das leere Haus?

Wir sind allmählich etwas zur Ruhe gekommen, wir haben ein Familienleben, das Haus sieht aufgeräumt aus, wenn auch in den Schränken noch tausend Sachen zu sortieren sind. In den Badezimmern gibt es noch immer kein heißes Wasser. Aninas Zimmer hat apfelgrüne Wände, weiße Möbel und orangerote Vorhänge und ist in der unteren Etage, nur durch ein Gitter vom Wohnzimmer getrennt. So hat sie uns ständig im Auge, sieht uns hin- und herlaufen. Sie sitzt dort auf einem bunten Teppich und hantiert mit ihrem Kleinkram, höchst zufrieden, stundenlang. Nikolaus ist in der oberen Etage, neben Margaretes Zimmer. Bei ihm ist alles zartgelb und blau. Er hat weiße Batistgardinen vor den Fenstern und einen weißen Wollteppich auf dem Boden. Auch unser Schlafzimmer ist diesmal schön geworden, mit blau gemusterten Leinenvorhängen, Lottes altem Tisch und einem niedlichen antiken Spiegel. Da liegen Ollos Lieblingsteppiche, auf denen niemand herumtrampeln soll, verborgen vor den Augen der Welt.

Das Wetter ist herrlich. Es gibt immer noch Regengüsse und nächtliche Winde, dadurch ist es so frisch, daß wir die Kühlmaschinen nicht brauchen, die Sonne ist noch ein freundlicher Stern, der Himmel blau, zumindest am Vormittag. Mich freut das besonders für Margarete. Jedes Einleben ist von Heimweh bedroht, und wenn sie hier mit brütender Hitze und Staubstürmen beginnen müßte, wollte ich nicht in ihrer Haut stecken.

Über sie und über die Kinder schreibe ich im nächsten Brief!

27. April 1962

Nein, ich schreibe noch mal über das Haus. Wie Du weißt, gehört das Haus einem Minister, der in der Parallelstraße wohnt, den Garten an unsern angrenzend, zu unserer Schlafzimmerseite hin. Der Minister hat einen Hund angekettet neben seiner Hundehütte. Der Hund hat einen Blechnapf, welchen er umstülpt und ihn mit der Nase unter dumpf-scharrendem Geräusch auf dem Betonplatz hin- und herschiebt. Manchmal gelingt es ihm, den Napf unter lautem Gescheppere wieder in die Normalstellung zu bringen. Wenn er ihn dann schiebt, klingt es heller – wir wissen immer, in welcher Position der Napf steht. Der Hund des Ministers schiebt den Napf aus Langeweile, es verkürzt ihm die Stunden, vor allem die ersten Morgenstunden.

Dem Herrn des Hundes obläge es, laut Vertrag, für die Reparatur des Wasserboilers, für die Badezimmer zu sorgen und jemanden zur Bekämpfung der Termiten zu schicken. Ollo versucht wieder und wieder, mit dem Mann ein sachliches Gespräch darüber zu führen – es ist aussichtslos. Wir haben statt dessen eine Pralinenschachtel geschickt bekommen mit dem Zettelchen: »Friendship is better than paper!« Mit paper meint er den Mietvertrag.

Ollo nimmt den Brief mit zur Kurierstelle, darum eine hastige Umarmung!

1. Mai 1962

Liebe Mama!
Von Euch kam ein klitzekleiner Brief, aber fröhlich und beruhigend, ohne Krankheitsmeldungen, und das Versprechen eines ausführlicheren. Danke für die Grüße von Pauline, die ja nun auch wieder bessere Zeiten hat.

Ich schreibe noch immer nicht von Margarete und den Kindern, woraus Du entnehmen kannst, daß es allen gut geht. Nikolaus hatte allerdings eine Durchfallstörung nach Milchwechsel: plötzlich gab es in Bagdad kein Eledon mehr. Das reicht, um seine zarten Därmchen zu irritieren! So *ganz* in Ruhe ist man mit diesem Kind nie.

2. Mai 1962

Gestern bin ich unterbrochen worden, und jetzt schreibe ich im Alwiyah Club auf den Knien. Margarete sitzt am Rand des Babyplanschbeckens, vor sich Anina mit ihrer Gummi-Ente und allerlei Eimern, Nikolaus liegt im Schatten im Kinderwagen. Dieser Club ist die Einrichtung, die uns hier das Überleben ermöglicht! Er stammt noch aus vorrevolutionären Zeiten und ist nach englischem Muster gemacht: Vor dem eigentlichen Clubgebäude befindet sich ein großer Parkplatz mit strohüberdachten Parkboxen, die freilich nicht für die Fülle der Wagen ausreichen. Um den Wagen nicht in der Sonne parken zu müssen, ist es ratsam, sofort nach dem Frühstück aufzubrechen, um einen der letzten Schattenplätze zu erwischen, denn ein sonnengeparktes Auto ist praktisch nicht mehr zu berühren. Wenn man es dennoch tun muß, nimmt man ein Stück Tuch, um – wie mit einem Topflappen! – die Klinke anzufassen, öffnet alle Türen, um den ersten heißen Schwall herauszulassen, und legt dann die mitgebrachten Handtücher auf die Fellsitze. In diesem Moment ist man bereits so verschwitzt, daß man sich fragt, wozu man eigentlich den ganzen Tag im nassen Badeanzug zugebracht hat! Wir haben im vorigen Sommer einmal spaßeshalber ein Thermometer ins Auto gelegt, das Temperaturen bis 80 Grad anzeigte. Die rote Säule stieß oben an! Ich weiß von meinem Keramikofen her, daß 100 Grad Celsius *Lufttemperatur* gar nichts sind – man nimmt den Ofen schon bei 150 Grad aus, mit Schutzhandschuhen. Trockene Luft leitet nicht. Wie hoch die tatsächliche Temperatur in diesen verdammten Autobrutkästen ist, werde ich nie feststellen können. Aber zurück zum Alwiyah Club!

Man betritt zunächst eine hohe, dunkle Halle, die voller mehr oder weniger verschlissener Clubsessel und niedriger Tischchen steht. Auf diesen Sesseln sollten eigentlich die Männer sitzen und Zeitung lesen. (Das tun sie aber selten, sie sind vielmehr am frühen Morgen auf dem Tennisplatz oder, von den Nachmittagsstunden an, am Schwimmbad.) Wenn man auf der Rückseite des Clubraums herauskommt, läuft man an Restaurantmöbeln vorbei durch einen stets gewässerten, grünen Garten und sieht rechts einen ziemlich großen Tennisplatz, gradeaus das große Schwimmbecken mit überdachten Sitzplätzen und Bar, und links davon, nur ein paar Schritte entfernt, den »Babypool« und die beiden Umkleideräume, einer für Männer und einer für Frauen und Kinder. Hölzern, ziemlich primitiv, mit umlaufender Sitzbank und Haken an den Wänden. Im Männerumkleideraum war ich natürlich nie drin, sondern Ollo hat mir erzählt, wie es darin aussieht. Er hat mir zum Beispiel auch berichtet, daß Engländer sich nichts aus durchlöcherter Unterwäsche machen, ja, es geradezu schick finden, so lumpig wie möglich angezogen zu sein. (Wer hätte das gedacht, wo sie doch bei jeder Gelegenheit im Smoking sind!) Amerikaner hingegen tragen gebügelte Boxershorts und vorzügliche Socken – was wäre ich für ein Ignorant ohne Ollo! *Nichts* wüßte ich über die Dessous der angelsächsischen Völker.

Wenn Du also den Sommer über an uns denkst, dann mußt Du Dir diesen Ort vorstellen. Da sitzen die hübschen Damen um das große Schwimmbecken herum, lesen, trinken eisgekühlte Säfte und kühlen sich den Bauch unter dem immer nassen Badeanzug, was ja angeblich ungesund sein soll – doch wen kümmert das! Die Männer aber sind, von den Nachmittagsstunden an, bis zum Hals im Wasser, treten auf der Stelle und reden über Politik. Manchmal sieht man drei Botschafter wassertretend dicht beieinander, mit konzentrierten Dienstgesichtern, die nahöstliche Welt bewegend. Keiner kann sie hören. Noch ist Bagdad frisch wie ein normalheißer deutscher Sommertag, aber nicht mehr lange.

4. Mai 1962

Liebste Mama,
von Dir kam heute ein langer Urlaubsbrief mit Hotelbeschreibung und Urlaubserzählungen – ich bin sehr glücklich und dankbar darüber. Man merkt Deinem Brief noch immer die Erschöpfung an. In Deutschland muß es ja unglaublich kalt und regnerisch sein, in ganz Europa. Wir hören das von Zurückkehrenden und lesen es in der ›Iraq Times‹! Du mußt diesen Brief lange *vor* dem zuletzt angekommenen geschrieben haben – beiden entnehme ich aber einen Stimmungsaufschwung, wenn ich sie vergleiche. Ich werde mich nie mit diesen langen Postintervallen abfinden können, Mama, man ist immer desorientiert und weiß nicht, wie es auf beiden Seiten wirklich zugeht.

Heute ist der »Tag X«, der Tag, an dem zum ersten Mal die Klimaanlagen laufen. Spät diesmal! Wie üblich, entschließt man sich erst am zweiten heißen Tag dazu, als könne man durch Zögern die Hitze noch einmal bannen. Aber nun ist es geschehen, das Rattergeräusch der Windmaschinen wird uns bis zum Herbst begleiten. Anina hatte vor einem Jahr bei Ausbruch der Hitze einen Monsterschnupfen, dieses Jahr den gleichen. Nikolaus hatte zwei wasserdünne Stühle, Ollo liegt mit Fieber und Bauchweh im Bett, Margarete plagt sich mit Unregelmäßigkeiten. Latchin und ich sind gesund.

Das Auswärtige Amt hat uns telegraphisch einen Zuschuß für einen richtigen Airconditioner zugesagt, wegen Nikolaus' empfindlicher Konstitution. Der wird nun in den nächsten Tagen installiert. So lange liegt er hier unten im Wohnzimmer, nur mit Hemd und Windel, in einem Waschkorb. Nachher kommt die Ärztin und begutachtet ihn und den Rest der Familie – schade, daß ich so gesund bin, sonst ginge es gleich in einem Aufwasch. Andererseits kannst Du Dich wenigstens mit mir trösten, denn eigentlich will ich Dir seit Tagen schreiben, wie gut es uns allen geht.

5. Mai 1962

Ollo ist wieder in Ordnung, Anina sitzt mit entsetzlicher Laufnase zufrieden auf ihrem Teppich, Nikolaus liegt mir zu Füßen und gibt ärgerliche Quietscher von sich, wenn ich schreibe, lächelt breit, wenn ich zu ihm hinunterschaue. Er läßt kein Auge von mir und runzelt die Stirn, wenn ich zu lange den Blick von ihm wende. Ollo trägt ihn oft abends im Haus herum, das ist sein Schönstes. Er ist so leicht!

Du fragst nach Margarete, über die ich nur Gutes berichten kann. Sie ist gern bei uns und ein guter Familiengenosse. Sie hat es nicht leicht, weil sie erstens nicht englisch spricht, zweitens nicht schwimmen kann und drittens wenige junge Frauen »wie sie« hier in Bagdad sind. Erwachsene Töchter leben nicht hier, und berufstätige Schreibdamen sind viel älter als sie oder sprechen nicht deutsch. So ist sie an ihren freien Nachmittagen oft auf unsere Gesellschaft angewiesen. Jedenfalls tun wir unser bestes, sie bei guter Stimmung zu halten.

Bei allen Erzählungen von den Kindern denke ich daran, daß Du von Aninchens Abschied her noch ein Loch im Herzen hast und wünsche mir innig, daß Du sie als Trost empfindest. Vor ein paar Tagen habe ich Anina nach Oma und Pauline gefragt. Sie schaute ganz groß und kam plötzlich auf mich zu, um zu weinen. Ich hatte deutlich das Gefühl, daß ich daran nicht rühren sollte, daß die Erinnerung sie am Einleben stört. Das Kind ist noch keine zwei Jahre alt und kann traurig sein, ich bin ganz erschrocken über diese Erkenntnis. Warum habe ich nicht dicke, robuste, unsensible Kinder, die sich weder von Trennungen noch von Abschieden noch von Ortswechseln beeindrucken lassen, gemütlich in ihrer Ecke sitzen und Bauklötzchen schieben? So was muß es doch auch geben!

In just diesem Moment kommt Dietrichs Brief, und der meinige muß weg. Ich umarme Euch, wir alle umarmen Euch!

7. Mai 1962

Liebe Mama!

Ich habe wieder einen dicken Block Luftpostpapier auf dem Schoß und sitze im Club im Schatten, Margarete ist mit den Kindern am Planschbecken. Es ist noch früh und ziemlich leer, aber man sieht dem Himmel an, daß es heute heiß wird: da ist kein Blau mehr zu sehen, er ist weißlich-bräunlich, eine Brutglocke über uns. Margarete ist fröhlich und süß mit den Kindern – Du solltest ihre Mutter mal anrufen und erzählen, wie zufrieden wir sind mit dieser tüchtigen Tochter!

Marlene, die uns öfters besucht, lebt nun ganz bei ihren Verwandten. Sie wäscht aber immer noch bei andern Leuten, um Geld zu verdienen. Latchins Bruder Ormes, 18 Jahre alt, ist vom Militärdienst zurückgekommen, und Latchin hat uns gefragt, ob wir ihn nicht einstellen könnten, das Haus sei nun so groß, und er habe viel zu kochen und Parties vorzubereiten. Also, nun haben wir ihn, gutmütig und tolpatschig wie er ist, keine Silbe Englisch sprechend – aber natürlich treu wie Gold, wie alle diese Assyrer, und absolut verläßlich. Am ersten Tag hat er den Flügel naß abgewaschen, niemand von uns ist rechtzeitig auf die Idee gekommen, daß er das tun könnte. Latchin triumphiert über die Ahnungslosigkeit seines Bruders: »Yeees, Madame«, sagt er in seiner breiten Redeweise, »Ormes not like me!« Über Ormes werde ich Dir sicher noch allerhand schreiben können. Anina liebt ihn und ruft »Omes! Omes« über ihr Trenngitter, freut sich, wenn er bei ihr den Boden wischt, und weint, wenn er aus dem Zimmer geht. Für Latchin ist die Anwesenheit seines Bruders ein Gewinn, sowohl hierarchisch gesehen, als auch das Arbeitspensum betreffend. Auch Latchin übernachtet nicht mehr bei uns, sondern geht nachmittags nach Hause. Wenn wir abends Gäste haben, bleibt er und hält seinen Mittagsschlaf unter der Treppe. Wenn ich mich über die Hitze beklage, sagt er lächelnd: »Yeees, Madame. Too much hot.«

An Dietrich schreibe ich gesondert, mit gleicher Kurierpost. Dir einstweilen tausend Grüße!

8. Mai 1962

Liebe Mama!

Gestern ist der Brief noch weggegangen, bald kommt ein neuer von Euch, vermutlich mit lakonischen Bemerkungen über Deinen Arm, von dem ich immer noch nicht weiß, ob er geheilt ist. Nach den Erfahrungen mit der Gallenblasenoperation traue ich Euch nicht so recht über den Weg! Aber ich kann Dich mit Kindergeschichten unterhalten, wenigstens das.

Nikolaus macht sich gut, er ist mit Appetit gesegnet, blauäugig und süß, seine weißblonden Haare stehen rings von seinem Kopf ab wie ein Heiligenschein. Er hat nicht die robuste Gesundheit seiner Schwester, man ist *immer* ein bißchen besorgt und über jeden Tag erleichtert, der ohne Zwischenfälle verläuft. Während ich Anina nie gewogen habe, wiegen wir ihn wöchentlich – daran kannst Du sehen, daß dies Kind ganz anders ist. Anina zeigt Sympathie für ihn, schenkt ihm Steinchen, küßt ihn auf den Kopf. Anina sagt täglich neue Wörter, sie nennt sich »Dicke-Süße-Schatz«.

Wir können kaum noch in der Sonne sein und nehmen allmählich das klebrig-blasse Aussehen der weißhäutigen Sommermenschen an, ich ganz besonders, da ich es versäumt habe, im April in der Sonne zu baden. Ollo hat mich wochenlang gelöchert, ich solle doch, wie andere Frauen auch, meinen Körper bräunen. Aber mich strengen diese Bestrahlungen an, und ich konnte mich nicht entschließen, der Schönheit wegen zu leiden. Freilich ist die Konkurrenz der Bikinidamen erdrückend, und wenn ich mich objektiv im Spiegel betrachte, kann ich Ollo nicht so ganz unrecht geben. Dazu kommt, daß ich ringsum meine Haare verloren habe, angeblich durch die letzte Geburt, lauter Stoppeln über der Stirn. Vorige Woche standen mehrere Friseure im Halbkreis um mich herum, kopfschüttelnd. So etwas hatten sie noch nie gesehen. Und jemand hat sich neulich nach längerer Betrachtung meiner Haarreste zu mir gebeugt und gesagt: »Gnädige Frau, wie ich sehe, haben Sie eine neue Frisur. Aber ich muß sagen, ich ziehe die alte vor!« (Wer das war, sage ich nicht.) Wenn ich nun wenigstens *braun* wäre! Aber nein: bleich, kahl und mager bin ich, und kein Staat ist mit mir zu machen.

10. Mai 1962

Gestern abend saß ich neben dem amerikanischen Militär-Attaché und habe mich lange mit ihm über Berlin unterhalten. Er sagte, daß die USA aus dieser Stadt nicht und unter keinen Umständen hinausgingen und zum Äußersten bereit seien. Er ist selber entsetzt über diese Alternative, aber unbeugsam. Ein besonders netter Mann übrigens, kein Haudegen, kein Kommißkopp. Wir haben auch über den Iran gesprochen, dem offenbar jeder Sinn für Gefahr fehlt, und der doch von uns unterstützt wird. Ollo fühlt sich in der Botschaft etwas isoliert, er ist nicht national genug, gilt womöglich als »links«-liberal, hat den falschen Geschmack, reagiert auf »Altdeutsches« ziemlich unbürgerlich.

Wir vermissen sehr die Naters, das amerikanische Ehepaar aus unserer früheren Nachbarschaft! In unserm vorigen Haus wohnt nach wie vor Herr Montfort mit seiner Frau, die aus Beirut nachgekommen ist. Sie ist eine große gutaussehende Frau, mit schöner Körperhaltung und Stimme – ich mag sie besonders gerne. Ollo hat sie, seit Jenny nicht mehr da ist, zum neuen Vorbild für mich erkoren. (»Bei Frau Montfort käme so etwas nie vor!«)

Schluß für heute – bald wieder!

14. Mai 1962

Vor acht Tagen habe ich eine Engländerin am Wochenbett besucht, wo sie zeitunglesend und zigarettenrauchend in bester Verfassung ein paar Tage verbrachte. Sie stillt nicht. (»I am not a cow!«) und war gestern abend schon wieder im Bagdad Hotel, wie immer, fest auf den Beinen, Whiskyglas in der Hand. Ach, Mama, was bin ich doch für eine Memme dagegen! Ich habe gestern laut schreiend das Auto am Straßenrand angehalten, weil im Wagen zwei Hornissen waren. Die obige Dame hätte sie lässig, während des Fahrens, mit einer Hand hinausbefördert, wenn überhaupt!

15. Mai 1962

Wieder die Kinder: Anina ist phantastisch gesund und soll deshalb jetzt ihre Typhusimpfung bekommen, alle raten uns dazu, trotz der zu erwartenden heftigen Reaktion. Sie zeigt mit dem Finger auf jegliche Art von Ungeziefer, graust sich vor Kakerlaken und Ameisen, schlägt ärgerlich nach Fliegen – sie sieht das bei uns und »lernt« es. In diesem Land kann das nur von Vorteil sein!

Nikolaus ist süß und freundlich, von einer rührenden, »milden« Freundlichkeit. Er ißt Karotten und ein sonderbares grünes Pflanzengemüse, das die Araber essen, ich weiß nicht, wie es heißt. Außerdem Squashgurken und sehr wenig Banane, die ihm nicht gut bekommt. Er trägt die Luxushosen von Anina vom letzten Jahr. Am übernächsten Sonntag wird er getauft, in der anglikanischen Kirche. Jenny Nater ist seine Patentante und wird nun – da Jenny nicht mehr hier ist – von Heather Marcuard vertreten. Sie ist die Frau des schweizerischen Geschäftsträgers, Engländerin, ebenso klug wie schön, vielsprachig und kosmopolitisch. Ich bin immer wieder glücklich, daß ich solche Menschen hier treffe, ausgerechnet in Bagdad, solche unspießigen, unkonventionellen, formvollendeten Menschen. Auch Ollo nimmt es mit Dankbarkeit zur Kenntnis – dafür lohnen sich viele Strapazen!

Gestern abend saß ich neben dem neuen spanischen Geschäftsträger, der mir sagte, er müsse unbedingt und auf der Stelle heiraten, und zwar die nächstbeste Frau! Ich wußte keine. *Das* ist nun wieder schwierig hier!

20. Mai 1962

Liebe Mama,
kein Brief von Euch, was ich als gutes Zeichen nehme. Ich denke so oft an die Brüder, habe aber noch keinem geschrieben. Von Dieter träumte ich, er wolle heiraten! Ich wünsche mir mit Euch, daß er mal aus Tübingen weggeht. Auch an Eberhard denke ich oft, wie gerne hätte ich ihn mal hier. Oder Euch mal zum Eistee. Was hört Ihr von Peter und Helge? Deine Kinder sind reichlich verstreut, Mama!

Und aus allen Besuchen kann ohnehin nichts werden, weil wir mittlerweile 42 Grad im Schatten haben, eine Temperatur übrigens, die wir noch gut aushaltbar finden. Bis 46 Grad schlecht, und ab 46 ist es furchtbar. Bis 29 Grad Innentemperatur kann man noch schlafen, bei 30 Grad nicht mehr. Nikolaus hat eine teure Klimaanlage in seinem Zimmer, die unter lautem Gebrumm 27 Grad hält. Dabei liegt er mit Trikothemdchen und kurzer Hose auf der Matratze, die Beine nackt. Er ist immer noch viel verhaltener als Anina, lacht unterdrückt und seltener. Nur – seinem Ärger kann er lebhaft Ausdruck verleihen: er stößt mit den Füßen und macht ein hohes, ärgerliches Spatzengekreisch, ohne zu weinen. Aber sein Gesicht beim Musikhören ist engelsgleich, überirdisch! Was für ein Menschlein!

25. Mai 1962

Ihr Lieben,
gestern haben wir also den Nikolaus taufen lassen. Anina war mit in der Kirche, mußte aber zwischendurch hinausgebracht werden, weil sie dauernd dazwischenrief und einmal laut schrie, sodaß keiner mehr ein Wort verstehen konnte. Nikolaus war sanft und süß, bei der Taufe schlug er groß und blau die Augen auf zum Pfarrer, man konnte meinen, er höre zu. Die größte Freude machte ihm die Orgelmusik: während Anina laut »la la la« rief, wendete er lauschend das Köpfchen und strahlte. Ollo sagte: »Er denkt, *du* machst das!« Im Anschluß an den Taufgottesdienst nahm der Pfarrer das Kind auf den Arm und ging mit ihm den Mittelgang durch bis nach hinten und wieder zurück, um den »Neuen« der Gemeinde vorzustellen. Alle Leute gingen zur Mitte und lachten mit ihm. Eine englische Sitte. Bald kommen die Fotos, die hier gemacht worden sind, wir alle zerknautscht und schwitzend aus der Kirche kommend, Anina mit Fieberbäckchen, Nikolaus rosig und in weißer Robe. Abends hatten wir ein festliches Dinner mit den Patenvertretern und Margarete, eine weiß-silberne Tafel mit einem taufrischen Rosenarrangement in der Mitte, eine Stiftung der Vizepaten. Anina war schneeweiß angetan mit Saffianstiefelchen und einer kleinen Kette um den Hals, Margarete selig, Latchin servierte Ente mit Orangensauce, und alles war sehr stimmungsvoll, wie es sich für eine Taufe gehört – und ein zufälliger Ulk des Schicksals, daß wir sie so schön begehen konnten, so mühelos!

26. Mai 1962

In Deutschland wüten die Zeitungen gegen Adenauer – es ist ganz weit weg für mich. Ihr wißt es sowieso, wir wissen es mit Verspätung, eine Korrespondenz darüber ist nicht möglich, weil »nichts so alt ist wie eine Zeitung von gestern«. Was aber wichtig werden könnte, ist, daß die DDR im Irak zwar keine Botschaft, aber ein Konsulat eröffnen will, mit für uns dreißigprozentiger Wahrscheinlichkeit (so heißt es), daß wir ohne weiteren Aufschub hier unsere Zelte abbrechen und nach Hause reisen müssen. Diesmal ohne Katze!

1. Juni 1962

Liebe Mama!
Noch *nie* hat es solche Presseangriffe auf die Bundesrepublik gegeben wie im Augenblick und noch nie solche Chancen für die DDR. Ich weiß nicht, wie lange wir hier noch durchhalten können!

In Ollos Büro ist die Klimaanlage kaputt, er sitzt bei offener Tür und hofft auf Durchzug vom Treppenhaus, aber es hat eigentlich immer 33/34 Grad. Er nimmt ab und hat seit drei Wochen Durchfälle, immer wieder, ohne erkennbaren Anlaß. Manchmal genügt ein kaltes Getränk. Bratkartoffeln kann er folgenlos essen, aber nach Toast und Tee läuft er wieder mit weichen Knien ins Bad. Diät ist sinnlos! Eine Stuhluntersuchung ergab keinen pathologischen Befund. Er tut mir leid, und am schlimmsten finde ich seine Besorgnisse und seine Nervosität. Allmorgendlich zählt er seine Schlafstunden und kann danach erst beurteilen, ob er frisch ist. Gestern schlief er nachmittags bis 18 Uhr, konnte danach abends nicht einschlafen, nahm ein Schlafmittel, hatte natürlich am nächsten Morgen einen dumpfen Kopf – erwartete aber einen pünktlichen Besucher früh im Büro und bekam Durchfall von all der Eile. Ich *kämpfe* um ein ruhiges Frühstück, das er jeden Morgen in Hast und mit Verspätungsängsten einnimmt, weil er in allerletzter Minute aufsteht. »Schlaf ist das wichtigste für mich«, sagt er dann. Kauend springt er vom Frühstückstisch auf, hat kauend das Telefon am Ohr: ob schon jemand nach ihm gefragt habe! Wie soll man aber einem Menschen helfen, für den es Zeitverschwendung ist, nachmittags Tee zu trinken und zu lesen oder zu reden? Woher kommt diese Unrast, dieser Druck, diese selbstgeschaffene Überlastung? Wieso findet er morgens keine 20 Minuten Zeit, in Ruhe sein Frühstück zu sich zu nehmen und am Abend, sich zu entspannen? Vielleicht ist der ganze Durchfall ein psychisches Problem. Aber er sieht bedauernswert aus, und die Hitze im Büro entnervt ihn vollends! Draußen hat es 45 Grad, wir können erst spät am Abend auf die Terrassensteine treten, die Kinder können gar nicht mehr im Garten sein.

4. Juni 1962

Nikolaus hat seine erste Pockenimpfung erhalten und bekam noch am gleichen Tag wieder den Magenpförtnerkrampf: dreimal spie er den ganzen Mageninhalt im hohen Bogen von sich. Aber er ist ja nun so mollig und kräftig, daß man sich nicht zu ängstigen braucht. Die eigentliche Impfreaktion erwarten wir erst am Wochenende. Anina ist fröhlich und zufrieden und kaum aus dem Schwimmbad zu kriegen. Ihren Hut nennt sie »bobo«, trotz aller Gegenvorhaltungen. Schon vor ihrer Krankheit erfand sie diese Bezeichnung, und als wir ihr heute, nach fast drei Wochen, den Hut zum ersten Mal wieder aufsetzten (»Da ist dein *Hut*«), sagte sie still und zufrieden »bobo«.

Ich habe ihr ein Foto von Dir gezeigt. Sie reagierte mit heftiger Aufmerksamkeit und gleichzeitiger Befangenheit – sah es lange an, berührte es nicht und wurde etwas verlegen. Ich bin sicher, daß ihr irgend etwas dämmerte!

5. Juni 1962

Wir haben heute alle geweint, auch Ollo, und tun es noch. Das erste Kind von Freunden, auf das wir uns alle gefreut hatten, konnte nicht lebend zur Welt kommen. Ich weiß nicht genau, was passiert ist, ich glaube, es hat sich an der Nabelschnur erdrosselt, und als man es merkte, war es zu spät für einen Kaiserschnitt. Ich werde morgen in das Haus gehen und die liebevoll geschmückte Wiege und all die kleinen Kindersachen verpakken. Wenn ich daran denke, und auch jetzt, da ich Dir davon schreibe, laufen mir die Tränen übers Gesicht. Ein großer, gesunder Junge – und nun ist alles zunichte geworden. Was für ein Unglück!

Freitag nach Pfingsten

Liebe Mama!
Heute kommt eine Hiobspost. Am Tage, nachdem ich meinen letzten Brief über Nikolaus' hoffnungsvolles Ergehen abgeschickt hatte, bekam er – mit dem Aufblühen der Impfpustel – eine Ernährungsstörung. Es entwickelte sich zwar kein bedrohlicher Zustand, aber er nahm Gewicht ab, erbrach trotz Eumedrin, hatte vier Durchfälle täglich. Nach vier Tagen war er bereits abgemagert und blaß. Wir taten alles Menschenmögliche und scheinen ihn nun über dem Berg zu haben. Die Durchfälle muteten uns anfangs nicht so schlimm an, jedenfalls nicht schlimm genug, um ihm nur Karottensuppe zu geben. Man vermeidet hier Diät bei Säuglingen so lange es irgend geht, und meistens fängt man die Störung mit einer Zwischenflasche Karotten und einer Kohletablette vor den Mahlzeiten innerhalb eines halben Tages auf. Die Ärztin riet uns, etwas Milch durch Karotten zu ersetzen, aber keinesfalls die Milch abzusetzen, und verschrieb ein Sulfonamid. Das Zeug half gut, aber sein Verfall ging schneller als die Hilfe.

Gestern bekam er eine Mischung aus Reisschleim, Karotten und Milch, immer wieder mit Kohletabletten, die bewirkt haben, daß er schwarzen Durchfall hatte und in schwarzem Erbrochenen lag. Dabei war er aber fröhlich, lachte und freute sich über sein ganzes erbärmliches Gesichtchen. Abends stand die Entscheidung auf der Kippe, ob er am Sonntag mit Margarete nach Deutschland sollte, was etwa zwei Stunden Aufenthalt in maßloser Hitze bedeutet hätte. Wir haben 46 Grad, zum Flughafen ist es ein langer Weg, und ein Verkehrsstau in der Stadt könnte ihm schwer zusetzen. Wie sollten wir entscheiden?

Aber nun ist er auf dem Aufweg. Wenn er sich schnell und gut erholt, bleibt er hier, wenn er lange mickert, *muß* er nach Europa und dort bis November bleiben, ein schrecklicher Gedanke, den wir uns erst mal aus dem Kopf schlagen können. Er lacht, er ißt, er hat kein Fieber, er spuckt nicht mehr, die Pustel ist trocken. Nur ist Nikolaus ein so irrsinnig delikates Kind, daß ich für jeden Zahn ähnliche Komplikationen befürchte.

Wir müssen also nach Möglichkeiten suchen, was mit ihm werden soll, wenn sich solche Dinge wiederholen und er ernstlich in Gefahr gerät. Es wird ein besonders heißer Sommer vorausgesagt. Vielleicht kann man eine Pflegerin für ihn bekommen, vielleicht kann er in eine Kinderklinik aufgenommen werden. Wenn er nicht grade akut krank ist, kann die Lufthansa eine Stewardeß für ihn abstellen, die ihn nach Deutschland bringt. Wir haben uns erkundigt. Das heißt, er könnte ohne jemanden von uns reisen, und von dem Geld, das dabei erspart wird, könnte man schon einige Pflegegehälter zahlen. Auch Ihr solltet für den *Notfall* einen Plan schmieden. Aber erst mal ist der Kelch an uns vorübergegangen. Es ist Abend. Nikolaus, der Süße, lächelt unverdrossen aus seinen umschatteten Äuglein. Kein Durchfall, kein Erbrechen. Er hat ein langes geblümtes Nachthemd an, man muß ihn fast wärmen in seiner Magerkeit. Strümpfchen und lange Ärmel! Seine Munterkeit ist ebenso rührend wie tröstlich.

Mama, der Brief geht gleich ab, jemand nimmt ihn nach Deutschland mit. Was ich schreibe, ist nicht fröhlich und doch fröhlich, weil wir noch mal mit dem Schrecken davongekommen sind, und vielleicht ist so ein Schuß vor den Bug auch nützlich: man denkt darüber nach, was wäre, wenn ...

Ich umarme Dich und alle bei Dir. Was täte ich ohne Euch?

22. Juni 1962

Liebe Mama!

Vorgestern kam ein briefloses Päckchen mit drei Baumwolljäckchen für Anina. So ist das: man bittet um ein halbes Hemd und bekommt drei Anzüge! Ich danke Dir von Herzen, auch Ollo, dem die Fräckchen sehr gefallen. Selbst Anina zupft daran und zeigt sie jedem – man muß dann sagen: »Ein neues Jäckchen.« Ich brauche sie seither, denn Anina hat wieder Fieber und Erkältung – die Erkältungen sind bei der Hitze unvermeidbar und unangenehm.

Ollo geht es besser, er ist ausgeglichener und schäkert stundenlang mit Nikolaus. Auch Nikolaus geht es besser, wenn auch seine Gewichtszunahme noch zu wünschen übrig läßt. Das große Problem ist: wo soll er den Tag verbringen? Nur sein Zimmer ist kühl genug, und abends der immer noch heiße Garten, wo er dann eine Stunde im Dämmerlicht steht, damit er überhaupt einmal unter freiem Himmel ist. Er ist sehr blaß – eine Schattenpflanze. Das einzige, was mich beruhigt, ist sein guter Appetit und seine gute Laune.

Über Aninas Zustand brauche ich keine Sekunde nachzudenken: sie ist derartig vital und unstörbar, daß ich ihre ewigen Schnupfen relativ ungerührt zur Kenntnis nehme. Die Hitze macht ihr im übrigen kaum etwas aus. Ihre »körpereigene Klimaanlage« funktioniert gut, sie fühlt sich kühl und klebrig an, trinkt viel und bekommt ausreichend Kochsalz, ist fast täglich im Club ohne die geringste Angst vor Wasser (Ollo schmeißt sie im hohen Bogen in den Pool, ich fange sie auf). Vor diesem Kontrast erscheint mir Nikolaus schattenhafter und kümmerlicher als er vielleicht in Wirklichkeit ist. So sitze ich oft an seiner Wiege und schaue ihn an, freue mich an seinem Lächeln. Guuuts Männle!

Mr. Petros von unserer Botschaft ist zur Zeit in Deutschland. Er fliegt am 8. oder 10. Juli mit fast leeren Koffern nach Bagdad zurück, und es ergibt sich die einmalige Lage, daß jemand etwas hierher bringen kann. Ich schreibe jetzt an Frau Petros und bitte sie, Euch anzurufen und eine Anlaufadresse auszumachen.

Abends: Parallel zu unsern Familiensorgen läuft die Politik. Es ist immer noch ungeklärt, ob das DDR-Generalkonsulat hier installiert wird, es ist immer noch ungeklärt, ob wir in diesem Fall auf der Stelle alles einpacken und verlassen müssen oder ob die Hallsteindoktrin eventuell »modifiziert« wird. Ollo hat mir vorhin lange davon erzählt und findet, daß *wir* uns mit vielen persönlichen Fehleinschätzungen und Mißverständnissen mehr als nötig verdorben haben. Er glaubt auch, daß die deutsche Presse über die wahren Vorgänge schlecht unterrichtet ist, vor allem ›Die Welt‹. (Darin stand, es sei empörend, daß die irakische Regierung erklärt habe, sie lasse sich nicht vorschreiben, mit wem sie konsularische Beziehungen aufnehme.) Er findet, die ganze Hallsteindoktrin sei für diese grade flügge gewordenen, halb arroganten und halb komplexbeladenen Staaten eine Zumutung. Der Irak will keine Entwicklungshilfe von uns haben, also läßt er sich auch nicht mit Geld imponieren, wie Kairo zum Beispiel. Auf der andern Seite: während Bonn allen Staaten mit Abbruch der diplomatischen Beziehungen droht, die es wagen, die DDR anzuerkennen, treibt Kassem hier das gleiche Spiel – er will mit einer Art »Kuwait-Doktrin« das Ölscheichtum isolieren und seinerseits mit den Ländern brechen, die mit Kuwait Beziehungen aufnehmen, wie kürzlich die USA. John D. Jernegan, seit 1959 amerikanischer Botschafter hier, hat also seine

Koffer packen müssen! Die übrigen arabischen Staaten sind entrüstet über Kassems Anspruch auf Kuwait und freuen sich an einem Entwicklungsfonds, der von Scheik Al Sabbah für die Araber gegründet worden ist. Sabbah: »Die Herren pilgern zunächst nach Mekka zum Propheten und dann nach Kuwait zu Kasse.«

Ollo hat vor einiger Zeit bis in die Morgenstunden mit Harry Hamm (›FAZ‹) zusammengesessen und vergeblich versucht, ihn zu einem positiven Irak-Artikel zu bewegen. Es ist tatsächlich so: nach ein paar Jahren freunden sich Leute wie Ollo mit den Vertretern ihres Gastlandes an, begreifen immer besser ihre Standpunkte und identifizieren sich mit ihrer Politik, verstehen sie jedenfalls. Jeder kritische Zeitungsartikel, z. B. über die Kurdenfrage, bringt sie in Peinlichkeit und Erbitterung, durchkreuzt alle ihre Bemühungen, schadet ihren guten Beziehungen, stört aufkeimendes Vertrauen. Das ist wohl der Grund, warum Diplomaten alle paar Jahre wieder ausgetauscht werden. Der Botschafter fliegt nächste Woche nach Bonn.

27. Juni 1962

Mama,
diesmal bin ich an der Reihe mit Weinen! Wie ihr damals können wir uns nicht vorstellen, in ein Kinderzimmer mit leerem Bettchen zu kommen, ohne dieses süße, sanfte Kindchen darin. Wir packen und machen alle Vorbereitungen, ohne zu wissen, ob und wann Ihr Urlaub macht, ob Ihr gesund seid und Nikolaus nehmen könnt, ohne zu wissen, ob Ihr eine Kinderpflegerin bekommt oder ob Frau Soukup zum Ausfahren genügt, ob die Kinderklinik in Tübingen ihn aufnehmen kann zur Beobachtung und Aufpäppelung. So viele Ungewißheiten und keine Ahnung, wie die Sache von Eurer Seite aussieht. Vielleicht kommt morgen ein Brief von Euch, eine Antwort auf die erste Erkrankung neulich, vielleicht hat aber auch die Zeit gar nicht gereicht.

Es war so: Nikolaus' Erholung ging langsam voran, weil er täglich fünf bis sechs Windeln vollmachte, also nach jeder Mahlzeit. Kein Durchfall! Er nahm ungenügend zu, auf Arobon als Stopfmittel reagierte er überhaupt nicht. Vor vier Tagen aber hatte er plötzlich *wieder* Wasserdurchfall, erbrach und bekam Fieber. Und von dem Tag an wog er täglich 50 Gramm weniger, es war furchtbar, ihn auf die Waage zu legen und das niederschmetternde Ergebnis abzulesen. Ich hatte ihn gestern nachmittag unten im Wohnzimmer auf dem Arm, Margarete saß neben mir. Wie immer hatte er sein »mildes« Lächeln, aber sein Hälschen war wie bei einem Vogel so dünn, er hatte den Kopf nach hinten gelegt, er schien mir ganz schlaff zu sein. Zum ersten Mal war mir angst und bange. Margarete sagte: »Frau Wilke, in Deutschland würde er *längst* Infusionen bekommen!« Es ist ausgeschlossen, ihn hier in ein Krankenhaus zu tun – ein erneuter Infekt würde ihn wahrscheinlich umbringen. Die Ärztin kommt täglich, auch sie rät dringend davon ab. Schon ein Schnupfen könnte bedrohlich werden.

Wir können nicht länger zuwarten. Noch ist nicht Juli, noch ist die große Hitze nicht ausgebrochen – in vier Wochen ist jede Unternehmung riskant, die Fahrt zum Flughafen vor allem, der Aufenthalt in der heißen Wartehalle unter den schwingenden Ventilatoren, der Gang zur Gangway durch die Sonne – alles unausdenkbar. Seit heute ist er ohne Dünnpfiff und ohne Fieber. Frau Tzschaschel fliegt mit ihren beiden Kindern nach München, sie nimmt ihn mit, die Gute!

Nachmittags: Soeben bringt Ollo Deinen Brief mit und den Satz: »Wenn es ihm nicht gut geht – sofort zu uns!«

Bei den Briefen liegt ein Telegramm oder Fernschreibtext, den entweder die Botschaft oder die Lufthansa übermittelt hat:

Das Kind ist nicht akut krank, aber befindet sich in labilem Zustand. Es bekommt bis zu seinem Abflug ASD-Suspension von Leo, ein Sulfonamidpräparat gegen Sommerdurchfälle, jedoch keine strenge Diät.

Frau Tzschaschel fliegt mit ihren Kindern in Urlaub und nimmt Nikolaus Wilke in ihre Obhut. Der Aufenthalt bis zum Weiterflug nach Stuttgart beträgt drei Stunden, ohne daß Frau Tzschaschel anwesend wäre. Wilkes bitten deshalb darum, das Kind am Sonntag, dem 1. Juli, um 13 Uhr in München in Empfang zu nehmen.

Für: Frau F. v. Berg, Tel. 07157-2260.

2. Juli 1962, mittags

Liebe Mama,
grade kam das Telegramm. Es lebe die Technik! Ich hatte mir die tollsten Sachen ausgemalt: Frau Tzschaschel allein mit dem Baby auf dem Flugplatz, Ihr ahnungslos und unerreichbar. Aber nun ist alles gut. Wie gerne würde ich mit Euch reden können. Wie Ihr ihn gefunden habt, wie er sich benimmt, ob er Angst vor Euch hat (er konnte Fremde so entsetzt mustern!), ob er auf der Reise geweint hat, was Dietrich zu seinem Allgemeinzustand sagt.

Auf dem Bagdader Flughafen standen lauter Leute um sein Körbchen herum, lobten unsern Entschluß, fanden ihn furchtbar blaß. Fremde können manchmal die ganze Kümmerlichkeit eines Babys eher sehen als die eigene Familie, die das dünne Kerlchen täglich um sich hat. Ich setze große Hoffnungen auf die schwäbische Luft und bin wahnsinnig neugierig auf Eure ersten Berichte und wie alles so war. Mama, Du mußt mir mit der gleichen minutiösen, langweiligen Ausführlichkeit berichten, wie ich das immer tue, ja?

Hier ist das Haus nun viel leerer. Margarete hört ihn im Treppenhaus weinen, und ich träume wieder meinen Füttertraum, wie immer, wenn ich von einem Kind getrennt bin. In seinem Zimmer stehen nun unsere Betten, wir kommen auf diese Weise in den Genuß des Airconditioners und schlafen kühl. Latchin bügelt traurig das bißchen Wäsche von ihm, das zurückgeblieben ist – letzte Spuren! Anina sagt: »Bebi ata«, und zeigt durchs Fenster – sie versteht genau, daß er weg ist.

Ich bin vorläufig nicht besonders traurig, weil es schön ist, daß *Du* ihn ein bißchen hast. Die Vorstellung, daß Du ihn auf dem Arm trägst, mit ihm sprichst und spielst, macht mir ungeheures Vergnügen! Ich kann mir gut ausmalen, mit welcher Sorgfalt Du alles in der Eile vorbereitet und sicher hohlgesäumte Bettwäsche genäht hast, damit er bloß nicht auf einem gefalteten alten Laken liegen muß. All das macht mir also so viel Spaß, daß es meinen Trennungskummer etwas überstimmt. Dazu kommt aber vor allen Dingen die Hoffnung auf Besserung, die Vorstellung von frischer kühler Luft in kleine Lünglein, von Bananen und Orangensaft und Gemüse. Es ist schon sehr gut so! Hoffentlich findet Ihr das ganze Abenteuer auch wirklich so schön, wie ich es mir vorstelle! Denn eine Hilfe brauchst Du dringend, Mama, wir tun alles dafür, was nötig ist, auch die Braunschweiger Großeltern.

Anina liegt noch immer im Bett, die Fiebererkältung will nicht weichen. Die Nase läuft, der Atem rasselt, die Bräune ist futsch. Sie sagt »Miesekass«, »Ameese« und, ganz dumpf, »Handtuuh«. Mich hat sie angesteckt mit wüster Halsentzündung – in dieser Hitze erkältet zu sein macht fast lebensmüde. Man hockt auf dem Stuhl, schnauft, Schweißbäche rinnen über Rücken und Gesicht, Tropfen sammeln sich an Brust und Hals, nur die Gurgel ist trocken wie Stroh. In diesem Sinne tausend Küsse an Euch und zweitausend an Nikolaus!

Deine U.

8. Juli 1962

Liebe Mama –

Gott sei Dank kam der Luftbrief – ich war ganz glücklich! Wie schön, daß er freundlich war, nicht ängstlich, und daß er ißt! Nicht jammert! Ich träumte letzte Nacht, ich hätte Nikolaus total verhungert in einem Korb gefunden. In aller Eile gaben wir ihm mürbe Baumwollgewebe zu essen, alte Hemden von Ollo aus der Marinezeit, in dünne Streifen geschnitten, nichts Hartes, keine Nähte und nur saubere Stoffe ...

Nachmittags: Kommst Du mit Nikolaus' Garderobe aus? Schreib mir genau, wie Ihr ihn ins Bett legt und wie er darin aussieht. Foto!!!

Grade rief Herr Tzschaschel an und bestätigte, daß alles ganz glatt gegangen sei. Wir haben *keine* Kurierpost bekommen, und der Kurier von letzter Woche ging einen Tag früher ab, sodaß wir vielleicht nicht mal am nächsten Mittwoch Post haben werden. Ich glaube, Ihr müßt dringliche Briefe immer am gleichen Tag beantworten und verschicken, sonst geht es nicht mehr.

Ich denke oft an Euch und habe hundert Szenen vor Augen. Die Trennung von Nikolaus ist jetzt schwerer als in den ersten Tagen. Ich vermisse seinen Geruch und seine Berührung, wenn ich ihn auf dem Arm trug, das Leichtgewicht, mit seinem wackeligen Köppchen ...

Herr Tzschaschel sagte: »Es ist herrlich ohne meine Frau! Ich kann die Schuhe auf den Tisch stellen und auf den Boden spucken!«

Ob der Kleine schon etwas Farbe bekommen hat? Was sagt Pauline? Und Frau Soukup? Ich kann Euern nächsten Bericht kaum abwarten.

10. Juli 1962

Liebe Mama!

Gestern kamen Deine Briefe – es war ein Fest! Mich wundert, daß er Scherereien beim Gemüse-Essen macht, das ging hier ganz gut, vorausgesetzt, daß keine Bröckchen drin waren. Manchmal allerdings wollte er nicht mit dem Löffel essen: er lief dann rot an und hustete, schrie und hustete wieder, man hätte meinen können, er erstickt oder hätte eine Gräte im Hals – aber es ist nur ein Trick. Du wirst das alles selbst herausgefunden haben. Wie machst Du es nachts? Daß er immer auf dem Bauch liegt, ist nicht zu ändern. Ich vermisse sein unterdrücktes Gelächter, sein vorwurfsvolles Weinen, sein hohes, ärgerliches Spatzengezeter. Du mußt ihm bunte Lappen zum Spielen geben, vor allem gemusterte. Er schaut die Muster genau an, knüllt und schüttelt sie und beißt hinein.

In welchem Zimmer liegt er eigentlich? In Dieters? Gott sei Dank weint er nachts nicht, nur manchmal morgens. Schreib mir alles genau auf, Mama, von früh bis spät! Und mach Dir doch bitte keine Sorgen darüber, daß Frau Soukup ihn verwöhnen könnte. Sie ist eine alte Frau aus dem Sudetenland und hat andere Vorstellungen. Mir hat sie gesagt – als Nikolaus vier Wochen alt war –, daß man Knaben nicht schreien lassen dürfe, weil sonst ihr Geschlechtsteil anschwillt! Und da wir *das* doch alle nicht wollen, finde ich, Frau Soukups Methoden müssen hochgehalten werden!

Ich bin nicht so gesund wie sonst, habe seit über einer Woche eine fürchterliche Hals-Schulter-Neuralgie, gehe mit vorgeneigtem, verdrehtem Kopf und bin völlig schiefgezogen, verziehe bei jeder unvorsichtigen Bewegung das Gesicht. Es sieht absolut idiotisch aus! Stundenweise überwinde ich mich und lege mir Wolle um Hals und Schultern, eine hierzulande selbstmörderische Maßnahme. Von Irgapyrin wird mir übel, ich bin wirklich ratlos. Nachts wache ich von jeder Bewegung auf, wenn ich mich umdrehen will, nehme ich meinen Kopf in beide Hände und verschiebe ihn millimeterweise auf dem Kissen, erhebe mich morgens mit einem Aufschrei. Man soll's nicht für möglich halten. Ich war doch immer die Gesündeste hier!

Bald wieder!

14. Juli 1962

Hier wird der Jahrestag der Revolution zelebriert. Überschalljäger donnern über unser Haus und verursachen explosionsartige Knalle – in der Küche ist eine Fensterscheibe herausgesprungen. Anina legte sich vor Schreck platt hin, wie ein geübter Soldat: Kopf in den Armen, zur Erde gewandt. Wir schliefen in der Nacht auf dem Dach unter Sternen, Margarete fuhr um fünf Uhr früh in die Stadt, um die Parade zu sehen. Sie sah aber keinen Fitz davon, nur Leute, Leute, Leute.

Ich denke viel an Nikolaus, er fehlt mir wie ein Körperteil, und ich bin halb verrückt vor Postbegierde!

19. Juli 1962

Liebe Mama!

Über die Fotos habe ich geweint vor Glück! Wie *wunderbar* er aussieht! 400 Gramm mehr! Frau Soukup hätte ihn vor einem Monat sehen sollen, da hätte sie drei Kreuze geschlagen! Ich habe keinen Mittagsschlaf halten können, weil ich eine Stunde lang die Bilder ansah und Deinen Brief wieder und wieder las. Auf den Fotos konnte man ja auch das ganze Drumherum sehen, nicht nur Nikolaus und was er anhat, sondern auch, wie er im Bett liegt, wie die Möbel stehen, wie das Bettchen aussieht, auf welche Gegenstände sein Blick fällt.

Mama, wir haben 50 Grad, eine auch für den Irak ungewöhnliche Hitze, und solche Luftfeuchtigkeit (die ganz selten ist), daß die Aircooler nicht arbeiten. Im Haus sind 35 Grad, außer in Nikolaus' ehemaligem Schlafzimmer, wo Ollo und ich jetzt schlafen. Hier halten wir uns nun alle tagsüber auf. Jeder Gang aus dem Haus (unvermeidlich!) ist einfach Wahnsinn. Anina ist naß von Schweiß, trinkt literweise Wasser und bekommt Kochsalz gefüttert, es scheint ihr alles nichts auszumachen. Ollo nimmt überallhin Wechselhemden mit, weil er aussieht wie aus der Traufe gezogen, das Wasser tropft ihm von Kinn und Adamsapfel. Am Himmel sind Wolken – das ist völlig gegen die Regel. Ich wage nicht mir auszudenken, was aus Nikolaus geworden wäre unter diesen Umständen!

Morgen mehr.

20. Juli 1962

Draußen ist die Hölle, Mama. Ich kann über nichts anderes schreiben. Die Stadt dampft bei 50 Grad, alle Aircooler sind abgestellt, um die Häuser nicht noch feuchter zu machen. Das Prinzip mit der Verdunstungskälte funktioniert nicht mehr. Wir waren heute früh um sechs im Alwiyah Club, die einzig erträgliche Stunde des Tages. Anina schaut besorgt aus dem Fenster und sagt: »Heiß.« Nur die Ventilatoren laufen in den Zimmern, aber auch die haben ja das Verdunstungskälte-Prinzip: sie sollen dir die Dampfhülle von der Haut blasen, damit du schneller trocknest und damit abkühlst. Sogar Margarete, die bisher die Hitze ganz vergnüglich fand (wie wir, 1959!), ermattet. Wir trinken, trinken wie die Irren, essen Kochsalztabletten, damit unser Mineralhaushalt nicht entgleist. Aus allen Leitungen fließt heißes Wasser, Obst wird in Eiswasser gewaschen, um es nicht zu verderben. Unser guter alter Kühlschrank! Latchin wäscht und bügelt geduldig unsere verschwitzten Sachen. »Yees, Madame, too much hot«, findet er auch. Es gibt noch eine Weltgegend, in der diese extremen Temperaturen herrschen: das death valley in den USA, das Tal des Todes, wo vor 100 Jahren ein ganzer Troß von Menschen auf der Durchreise umgekommen ist, daher der Name. Ich finde schon, daß die Glut draußen etwas Bedrohliches hat – wenn ich zum Beispiel die obere Tür zur »Sonnenterrasse« öffne und versuchsweise die Steine berühre – da könnte man nicht lange überleben!

Zwei ganz wichtige Sachen stehen uns zur Verfügung: elektrischer Strom und genügend Wasser. Der Airconditioner brummt oben, wir sind den ganzen Tag in dem kleinen Schlafzimmer versammelt, wie man in Sibirien winters um den einzigen Ofen sitzt, und Wasser rinnt durch den Gartenschlauch auf den kleinen Rasen. Die Getränke sind kühl, das Essen verdirbt nicht. Überhaupt geht der Alltag weiter: Stadtfahrten (unvermeidlich), Einkäufe, Büro, heute abend ein Abendessen für zehn Leute im Garten, in dem es noch nachts 38 Grad hat. Jeder tut so, als wäre nichts. Vor ein paar Tagen waren wir zu einer Tanzparty eingeladen, bei der natürlich niemand tanzen konnte – die Leute lagerten auf Teppichen im Garten, tranken Wasser und unterhielten sich leise. Es war ganz schön, und wieder ein Abend herum.

In Aninas Nachtgetränk, das wir ihr im Dunklen verabreichen, fand sich auf dem Boden eine Riesenkakerlake, die in den Becher gefallen war. Anina hatte das Kakerlakenbadewasser getrunken und mit ihm alle Bazillen aus der Sickergrube!

21. Juli 1962

Vor ein paar Tagen habe ich im Alwiyah Club mit Frau Gobba, einer Schweizerin, zusammengesessen. Sie zog aus ihrem Handtäschchen ein paar Ohrringe, die Herr Gobba ihr aus Kuwait mitgebracht hatte: je ein erbsengroßer Brillant, der in zwei beweglichen Reifen schaukelte, die wiederum mit Brillanten besetzt waren – ein Schmuck von solcher Größe und orientalischer

Üppigkeit (vom Preis gar nicht zu reden!), daß sie – mit Recht – sagte, so etwas könne sie sich nicht an die Ohren hängen. Wir berieten also, was man mit dem Glitzer anfangen könnte, und fertigten eine Zeichnung an: die Reifen sollten schräg übereinandergelötet werden und in den verbleibenden Hohlräumen je ein fetter Brillant sitzen, das Ganze auf einer Nadel befestigt und als Brosche getragen werden. Protzige Broschen kann man eher tragen, die sind nicht so nah am Gesicht, und überdies könnte man sie gut für falsch halten.

Gesagt, getan. Wir trafen uns heute morgen beim Juwelier in der Rashid street, der just in diesem Augenblick einen ganzen Armvoll Bahrain-Perlenketten bekam, etwas unregelmäßige Süßwasserperlen, sehr hübsch! – und so wühlten wir erst mal in den Perlen. Frau Gobba hatte ihre Tasche mit den Ohrgehängen, einer goldenen Uhr und einem Ring hinter sich stehen. Als zwei Männer eintraten, wandte sie sich um, um die Tasche an sich zu nehmen, worauf der Juwelier tadelnd sagte: »Please Madame! These are friends of mine!« Also ließ sie die Tasche stehen, wo sie war, der Mensch soll ja nicht mißtrauisch sein. Nach fünf Minuten drehten wir uns um, und die Tasche war weg – mit Schmuck und allen persönlichen Utensilien. Frau Gobba wurde weiß wie die Wand und fiel fast in Ohnmacht – es war ihr einziger wertvoller Besitz und ein Geschenk ihres Mannes. Ein schrecklicher Augenblick! Innerhalb von Sekunden sammelte sich eine Menschenmenge vor und in dem Laden, Polizei, die niemand gerufen hatte, erschien und debattierte mit dem Juwelier, alles rief durcheinander. Frau Gobba konnte sich nicht fassen, es war wie nach einem Autounfall. Ich rief ihren Mann an und wartete auf der Straße auf ihn, während sie zur Polizeistation gefahren wurde.

Erstaunlicherweise kann man sich nicht damit beruhigen, daß man nicht körperlich zu Schaden gekommen ist. Ich erlebe die Schock-Sekunde immer wieder neu: der leere Stuhl hinter uns, die Tasche verschwunden. Wenige Minuten zuvor war die Welt noch in Ordnung, und dann nicht mehr. Man denkt zurück und vor – zurück – und vor – und kann's nicht glauben!

25. Juli 1962

Liebe Mama!
Deine kurze Nachricht kam, daß Nikolaus ganz gesund ist, vielen, vielen Dank. Ich kann mir schwer vorstellen, wie Du alles schaffst ohne Pauline. Kommst Du je zum Friseur? Wenn Pauline zurück ist: füttert sie das Kind? Bestimmt! Wenn ich an Deine Plagen denke, ist mir nicht wohl, aber wenn ich an die augenblicklichen Zustände hier denke, bin ich selig, den Kleinen nicht hier zu haben. Ein paar Tage lang war es »kühler« – aber jetzt ...

Mir rinnt das Wasser in den Kragen und übers Gesicht, meine Hände kleben, meine Arme haften am Tisch. In Bagdad soll der seit Jahren heißeste Sommer sein: immer zwischen 45 und 50 Grad, nachts noch fast 40 plus Luftfeuchtigkeit, die hier ganz selten ist. Kein Mensch schläft mehr vernünftig, kein Mensch ißt. Anina ist über und über voll Hitzeausschlag und wird manchmal in einem Zustand nachts gefunden, als hätte man sie mit triefnassen Kleidern hineingelegt: die Matratze ist voll Schweiß gesogen, ein dunkler Rand umgibt das ganze Kind in 15 Zentimetern Abstand. Über ihr saust der Ventilator. Seit gestern schläft sie bei uns, weil da der Airconditioner ist, aber mir ist nicht wohl dabei wegen der Erkältungsgefahr. Die dumpfen Nachmittage in den Häusern sind unbeschreiblich! Und doch ist Anina dermaßen lebhaft und gesund und glänzend im Stande, daß sie mir wie die einzige Überlebende erscheint: sie ißt, sie trinkt Unmengen, sie schläft und ist ganz ausgeglichen. Sie verhält sich wie ein Tier – tut und unterläßt alles, was nötig ist, und denkt, anders als wir, nicht nach über die Hitze. Auch Krankheiten läßt sie einfach »geschehen«, schläft dann viel, trinkt noch mehr und läßt sich durch nichts in ihrer sonnigen Gemütsart stören. Jede Nacht gehen wir an ihr Bett und setzen ihr ein großes Glas Wasser an den Mund, das sie im Halbschlaf gierig austrinkt. Tagsüber hat sie ein dünnes Hemd an, das muß immer sein. Nackt werden die Kleinen krank, weil durch den Schweiß die Haut zu kalt wird. Es ist idiotisch! Und es dauert noch sechs Wochen. Ende August sinken die Temperaturen um etwa fünf Grad, was als Erlösung empfunden wird.

29. Juli 1962

Liebe Mama,
es geht uns gut, der Himmel ist blau und immer schön warm. Wir leben noch. Jeder Tag hat sein Ende und läßt diese Wochen schließlich vorübergehen. *Ein* Gutes hat dieser Sommer: es gibt keine Staubstürme!

Anina trotzt. Auch den unverfänglichsten Aufforderungen, etwas zu tun, begegnet sie mit einem langgezogenen »Neiiin«. Sie mag nicht an der Hand gehen, sie mag nicht ohne Hand gehen. Sie läßt stundenlang den letzten Bissen in der Backentasche, und wenn man sagt: »Na, schluck's runter!« antwortet sie mit verstopfter Stimme und gerunzelten Brauen: »Nein!« Sie schlägt Gegenstände, an denen sie sich gestoßen hat, oder die gegen ihren Willen umgefallen sind. Wir haben ihr das nicht beigebracht.

Zu Nikolaus: Ich bin froh, daß wenigstens die Säuglingsschwester während Eurer Urlaubszeit kommt und die nimmermüde Frau Soukup noch vorhanden ist. Die Nachrichten über ihn sind einfach berauschend! Ihr habt ja keine Ahnung, wie er 14 Tage *vor* seiner Ankunft bei Euch aussah: er hatte ein richtiges Hungerprofil mit spitzem Kinn und eingefallenem Gesicht, er war grau-blaß, blaue Adern umspannten sein Köpfchen. Wenn man ihn aufnahm, ließ er den Kopf baumeln wie ein kranker Vogel – ich schrieb Dir davon. Er war nie apathisch, sondern auch in diesem Zustand noch lebhaft und freundlich – aber der *Anblick*, Mama!

Wenn er wiederkommt, wird er ein neues Kind und wir werden Fremde sein für ihn. Irgendwann werden wir wieder die Koffer packen und Gott weiß wohin ziehen, und das immer wieder, bis wir alt sind. Alles wird sehr interessant sein, wir werden lebenslänglich eine luxuriöse Auswahl an Menschen haben – aber der Preis ist hoch. Die Erinnerung an Nikolaus' Hungergesicht gehört dazu.

30. Juli 1962

Bald ist August, Mama, und dann noch vier Wochen, und dann wird das Leben besser. Gestern abend haben wir mit Indern über das Glück gesprochen, über die Armut und über die Sünde. Ihre Anschauungen findet man in der Bibel und in andern alten Religionen, wohl auch verhüllt in der Tiefenpsychologie, aber nicht in den Glücksvorstellungen der westlichen Welt.

Nachmittags: Heute kam mit dem *Seebeutel* ein Bilderbuch und ein Brief von Dir vom Juni. Er war die Antwort auf das totgeborene Kind unserer Freunde. Wenn ich Deinen Brief lese, überkommt mich erneut tiefer Kummer. Ich glaube, daß auf diesen Zwischenfall hin viele Frauen in Europa ihre Kinder mit Sorge bekommen werden, zumal kurz danach vier oder fünf andere Fälle bekannt geworden waren, die genauso tragisch verlaufen sind, alle während der letzten zwei Jahre.

1. August 1962

Liebe Mama,
bei uns bahnt sich ein Naturwunder an: der Himmel ist dunkel von Wolken, wir erwarten Regen. Kein Mensch hier hat so etwas

je erlebt. Von Mai bis Oktober ist es normalerweise heiß und wolkenlos, die Regenzeit beginnt frühestens im Oktober. Sonderbar, diese ungewohnte Dunkelheit, verbunden mit dämpfiger Hitze! Die Abende beginnen viel früher als bei Euch: um sieben ist es dunkel. Anina ißt schon bei Lampenlicht zu Abend, bei unverminderten 35 Grad im Haus. Sie ist entsetzlich erkältet, zähes, grünes Zeug füllt ihre Nasenlöcher. Sie geht herum und putzt allen Puppen, Teddybären und Spielenten die Nasen – Hochkonjunktur in Kleenex! Dadurch kann sie nicht zum Schwimmbad und ist – ewig in Kleidern – so voller Hitzeausschlag, daß sie eine Haut hat wie eine Kröte: ein Bläschen am andern! Sie kratzt und sagt: »Weh.«

Auch Margarete blieb nicht verschont, sie ist total verquollen und macht Dampfbäder (!) wie sie's gelernt hat. Ich habe die größte Mühe, sie zu einer Aspirintablette zu überreden, damit sich ihr subjektives Befinden bessert. An Tabletten glaubt sie nämlich nicht. Sie lehnt auch Betäubungsspritzen beim Zahnarzt ab und glaubt, daß man die gottgeschickten Leiden ungebremst ertragen soll, besser: *sie* soll sie ertragen, andere nicht. Ihre Familie ist streng und fromm und schwäbisch. Die Mutter geht stets mit einer Einkaufstasche vor die Tür, damit niemand glauben kann, sie ginge einfach nur spazieren. Luxus und Bequemlichkeit sind verpönt. Sie hat dabei aber keinen missionarischen Eifer, es gilt wirklich nur für sie selbst, eine Art Rechtfertigung ihrer Existenz und Buße für alle Fälle. Nach wie vor ist sie gerne bei uns, nach wie vor haben wir sie gerne hier. Sie hat eine ganze Menge Anschluß gefunden, vor allem einen schwulen jungen Mann, der sehr nett ist und sie zu allen möglichen Ereignissen mitnimmt, wie neulich zur Parade.

Ollo ruft grade aus dem Kinderzimmer: »Ursula!« »Ja?« »Das Kind hat leider X-Beine!«

14. August 1962

Die Wolken haben sich verzogen. Wir leiden allmählich unter dem Eingesperrtsein: wochen-, monatelang sind wir von Mittag an im Haus, können nirgends hinfahren, nie spazierengehen, jeder Nachmittag ist gleich langweilig, heiß, dumpf und dämmrig. Die Schreiberei an Dich ist meine Rettung!

Wir denken daran, daß Nikolaus vielleicht in sechs Wochen kommen könnte. Wie ist das mit Eberhard? Wann fängt sein Semester an? In dieser Woche wird ein Brief von Euch kommen, und dieser hier geht jetzt weg.

In Liebe, wie immer – Deine U.

P.S. Margarete ist auf beiden Ohren taub, nach der Erkältung!

25. August 1962

Ein schöner Brief, liebe Mama:
Nikolaus mit Schuhen und Socken im Laufstall, Zähnchen im Mund und immer lieb. Und ich kann nicht dabei sein! (Dafür war ich nun neun Monate schwanger!) Ein Foto für meinen Schreibtisch – vielen Dank! Am gleichen Tag hatte ich einen kleinen Jungen auf dem Arm, drei Tage älter als Niko (kein Zahn, aber er steht schon). Er war so niedlich, hatte dicke, nach innen gebogene Füßchen und faßte mir ins Gesicht. Ich war den ganzen Abend traurig danach. Wir haben noch immer nichts Definitives, aber der hiesige Lufthansa-Chef hat gesagt, vielleicht flöge jemand von seinem Staff und holte Nikolaus ab – das würde nur etwa 200 Mark kosten. Daß Eberhard nicht kann, ist sehr schade, grade, weil er noch nie eine weite Reise gemacht hat, im Gegensatz zu Dieter – aber es hätte wirklich nur Sinn, wenn er ein bißchen hierbleiben könnte …

Ollo und ich werden bald Urlaub machen, noch bevor Nikolaus zurückkommt. Ich schreibe bald über unsere Pläne. Es ist jetzt schon ganz schön hier, wir haben nur noch 40 bis 43 Grad draußen, die Häuser sind kühler, die Spätnachmittage schon angenehm. Letzte Nacht haben wir zum ersten Mal zugedeckt geschlafen! In zwei Wochen macht man gegen Morgen die Klimaanlagen aus, in vier Wochen hat man abends auf dem Rasen eine Jacke an. Wenn es erst mal dauerhaft unter 45 Grad hat, ist man frisch wie ein Fisch!

30. August 1962

Ein Luftbrief von Dir, liebe Mama!
Ollo und ich fahren vermutlich um den 15. Oktober herum unter Hinterlassung Aninas und Margaretes in Urlaub, für drei Wochen. Käme das Kind vorher, könnten wir die immer noch ungeklärte Frage seines Transportes regeln, ich könnte seine Wiedereingewöhnung miterleben und viele praktische Fragen mit überlegen: wo es schläft, wo es spielt usw.

Führen wir aber ab, ohne daß das Kind bereits in Bagdad wäre, müßte die ganze Angelegenheit bis fast in den Dezember reichen. Margarete kann keine Verhandlungen mit der Lufthansa führen, ich kann ihr nicht zumuten, die ganze Sache zu arrangieren – zumal man erwarten muß, daß das ganz plötzlich geht. Die rufen an und sagen: »Morgen fliegt jemand für zwei Tage nach Deutschland, er kann auf dem Rückflug Ihren Sohn mitbringen.« Das bedeutet Funksprüche, Telegramme und Ferngespräche, Margarete müßte unter Umständen das Kind allein hier in Empfang nehmen, allein alles entscheiden. Das kann man sich getrost aus dem Kopf schlagen. So müßten wir mit allem warten, bis unser Urlaub beendet ist, d.h. uns ab Anfang/Mitte November bemühen, das Kind fliegen zu lassen. Wenn er dann kommt, ist er fast ein Jahr alt!

Weißt Du, Mama, das Hauptproblem für ihn war der Mangel an frischer Luft. Was Anina hatte: täglich zwei Stunden Sonne und Schwimmbad, wobei sie rotbackig, drall und braun wurde, mußte er völlig entbehren. Von früh bis spät lag er im dämmrigen Zimmer, manchmal spätabends im dunklen Garten, wobei man der Hitze wegen nie wußte, ob es gut oder schlecht für ihn war. Er war ein Schattengewächs, ich vermeide fast, mich daran zu erinnern. All das wäre im Oktober nicht mehr nötig. Die Vorstellung allerdings, daß ich nach weniger als zwei Wochen dann mit Ollo in Urlaub fahre, läßt mich geradezu verzweifeln. Ich weiß auch nicht, wie wir es machen sollen. Am besten, man vertagt die ganze Affäre.

1. September 1962

Der Luftbrief ist aus Versehen in den Kuriersack geraten! Ollo ist grade für eine Woche nach Kuwait geflogen, um dort mit dem Scheich Abdullah al Sabbah zu verhandeln. Er muß das Fotoalbum von Heidi Dichter zurückfordern!!! Sofern Du Illustrierte liest, weißt Du, wer das ist. Ich wäre gern mitgeflogen, aber der Flug allein hätte 700 Mark gekostet.

Dies ist die letzte Post, die Dich in Waldenbuch erreicht. Den nächsten Brief schicke ich als Luftpost an die angegebene Urlaubsadresse. Bussi!

Heidi Dichter war eine Hamburger Blondine, die den Heiratsantrag eines der Scheichs von Kuwait angenommen hatte und unter größter Anteilnahme der Boulevardpresse in einen seiner Paläste gezogen war, um dort Glück und Reichtum zu finden. Nach einiger Zeit floh sie nach Beirut und von dort zurück nach Deutschland. Aber ihr Fotoalbum war zurückgeblieben und Gegenstand eines Rechtsstreits zwischen ihr und der Familie Al Sabbah.

Über Ollos Kuwaitreise gibt es einen Brief an seine Eltern, den ich hier in Auszügen wiedergebe:

Trotz der Strapazen bin ich froh, daß ich die Gelegenheit hatte, diesen eigenartigen Stadtstaat einmal kennenzulernen, zu einem Zeitpunkt, da er sich noch in einem jugendlichen Stadium befindet, zwischen Goldgräberdorf und moderner Großstadt. Wenn man von Augenzeugen hört, wie sich die heutige Hauptgeschäftsstraße innerhalb von drei Jahren aus einer Schafweide in einen Boulevard mit Wolkenkratzern verwandelt hat, kommt man aus dem Staunen kaum noch heraus. Größer als der äußere Eindruck sind allerdings die sozialen Errungenschaften, die freilich kein Verdienst der Fürstenfamilie oder der Kuwaitis sind, sondern eine natürliche Folge des Ölreichtums. Jeder der 150000 Kuwaitis – streng getrennt von ebenso vielen Ausländern, die niedere Dienste verrichten – ist verhältnismäßig gut situiert. Keinesfalls wird er eine manuelle Tätigkeit ausüben – Taxifahren ist das absolute Limit nach unten. Selbst als Taxifahrer verdient er aber gut 1000 Mark und hat sein eigenes Haus am Stadtrand wie unseres hier in Bagdad. Schule ist Zwang und gebührenfrei. Um den Kuwaitis einen Anreiz zum Studium zu geben (eine eigene Universität besitzt das Land noch nicht), werden an jeden Studierwilligen 500–600 Mark, umgerechnet, monatlich als Unterhaltsbeitrag gezahlt. Er kann das Geld in den USA, England, Deutschland oder sonstwo ausgeben. Krankenhausbehandlung in modernsten Kliniken ist frei. Die Einnahmen der Fürstenfamilie Al Sabbah, der z. Zt. etwa 600 Mitglieder angehören, betragen jährlich etwa 2 000 000 000 Mark, allein aus dem Öl – das natürlich in ständig steigender Menge produziert wird ...

Die Beamten – gleichzeitig Geschäftsleute! –, mit denen ich in Berührung kam, waren besonders höflich und selbstbewußt, ohne die Imperialismus-Komplexe der Iraker. Von der Bundesregierung erwartet man die alsbaldige Aufnahme wenigstens konsularischer Beziehungen. Unsere Lage im Irak versteht man zwar, erkennt sie aber nicht als Hinderungsgrund an.

Ein einzigartiger Haufen von etwa 200 Deutschen hat sich in Kuwait angesammelt, von SS-Gruppenführern über Gauner bis zu seriösen Technikern und Architekten. Ein Konsul würde es dort nicht leicht haben!

... Die Ölförderung ist denkbar einfach und billig. Das Öl braucht nicht heraufgepumpt zu werden, es wird durch das gleichzeitig vorhandene Gas hochgeschossen. Von den Separatoren fließt es abwärts zur Küste hin, direkt in die Tanker, die an einer jetty (Mole) festmachen. Ein 80 000-Tonnen-Tanker wird an einem Tag beladen! Mein Hin- und Rückflug ging über Beirut, wo es nur 28 Grad hatte, aber feucht war.

8. September 1962

Liebe Mama,
nun seid Ihr schon unterwegs oder sogar schon angekommen – wir würden Euch im Geiste begleiten, wenn wir wüßten, wohin!

Über das Foto habe ich mich gefreut, Mama, Nikolaus ist eine Kugel geworden mit Hamsterbäckchen und Bäuchlein – was für ein Glück! Und sieht er nicht aus wie der alte Wilke? Mit seinen überhängenden Schlupflidern? Ich fand das ja von Anfang an. Ollo hat das Foto noch gar nicht gesehen, er ist in Kuwait. Ich tröste mich täglich damit, daß *Du* ihn hast und noch ein bißchen Freude an ihm haben kannst. Aber wie gerne hätte ich ihn mal für fünf Minuten auf dem Schoß – »wirklich nur das« – (so etwas hast Du mir auch mal geschrieben).

Vorgestern haben wir Anina schlechten Gewissens bei Bekannten abgegeben, weil ich mit Margarete zum Arzt mußte. Sie war noch nie allein bei andern Leuten, und ich hatte ziemliche Bedenken. Als wir wiederkamen, hatten die dortigen Kinder sie in ihren Puppenwagen gesetzt, wo sie wie ein Buddha thronte und herumgeschoben wurde, eine Schachtel Puffreis auf den

Nikolaus und seine Großmutter.

Knien. Als sie uns sah, schrie sie wie am Spieß, weil sie keinesfalls nach Hause wollte. Margarete war auch nicht so fröhlich. Zwar sind ihre tauben Ohren fast wieder in Ordnung, aber sie hat eine Rippenfellentzündung zurückbehalten, Husten und Seitenstiche. Alle Arznei hat nichts genützt. Jetzt muß sie fünf Tage liegen, und dann sehen wir weiter.

Der Botschafter ist zurück und hat die Nachricht mitgebracht, daß wir Ende des Jahres oder Anfang nächsten Jahres versetzt werden. Und: Marlene erwartet ihr zweites Kind und hofft auf einen Sohn, der Petto heißen soll. Latchin hat einen geschwollenen Zahn und ist mürrisch. Sonst gibt es nichts zu schreiben.

17. September 1962

Ich weiß gar nicht, warum ich den Brief nicht zu Ende kriege. Es ist so viel los, und Margarete liegt fest. Seltsamerweise hat sie am Anfang ihrer Erkrankung keine Bettruhe verordnet bekommen, was alles erleichtert hätte, und ich hatte keine Ahnung, wie wichtig das ist. Margarete sagte mir aber heute, sie wisse sehr wohl, daß man bei einer Pleuritis sofort ins Bett müsse – doch sie tat alles wie gewohnt, ging tanzen, saß abends auf dem kühlen Rasen, trug Anina die Treppe hoch. Sie hat kein Wasser im Brustfell, aber Stiche beim Husten, im Liegen, beim Bewegen. Der Arzt sagte nun, sie solle nach drei Tagen aufstehen, aber ich meine, sie müßte liegenbleiben, bis ihr gar nichts mehr weh tut. Wenn man nur einen vernünftigen Menschen fragen könnte! Sie bekommt Penicillin, Tabletten und Injektionen – nichts hilft wirklich. Dabei fühlt sie sich ganz gut, sie liegt mit einer wollenen Bauchbinde im Bett und wartet auf Besserung.

Ich muß wieder Mammutparties geben, die gesellschaftlichen Ereignisse waren durch die Hitze etwas (aber nur etwas!) reduziert, und seit zwei Wochen ist wieder der Teufel los.

Bald wird Post von Euch kommen, wenn sie denn ankommt. Ich wünsche Euch dreimal täglich Urlaubsglück und schönes Wetter!

28. September 1962

Liebe Mama,
aus Italien kam von Euch ein nicht eben vergnügter Brief! Es scheint wirklich so, daß man sich an keinem See-Ort mehr erholen kann wegen Krach und Überfüllung, und grade im September, dem schönsten Italienmonat. Schade. Ich hoffe aber, daß die letzten Urlaubstage besser waren als die ersten, und daß die ganze Vor-Urlaubshetze bis dahin etwas abgeklungen ist. Kommt bald ein fröhlicher Brief von ausgeruhten Eltern?

Von Dieter kamen Nikolaus-Fotos, von Frau Jennewein regelmäßige Briefchen. Nikolaus kann *stehen*! Ich könnte weinen.

Nun aber nochmals zum Rücktransport! Da gibt es folgende Möglichkeiten:

Erstens: Frau Braun (deutsche Gewerbeschule hier) hat sich bereiterklärt, Niko nach dem 30. Oktober mitzunehmen, wenn sie nach Bagdad zurückfliegt.

Zweitens: Eine Stewardeß könnte N. zum halben Preis einer Rückfahrkarte nach Bagdad fliegen.

Drittens: Herr Bedarff, der hiesige Lufthansa-Chef, ist zu dieser Zeit in Hamburg und hat Überblick über alle Rückflüge. Ich lege seine Adresse bei.

Viertens: Was Du nicht hören möchtest – Du bringst Nikolaus her. Über Ollo kostet der Flug 15 Prozent weniger, und wir bezahlen das, was die Stewardeß gekostet hätte. Du könntest bleiben so lange Du magst, hättest beide Kinder um Dich, hättest das allerschönste Klima, und wir würden Dir den Himmel auf Erden bereiten. Ich wage nicht, Dich zu drängeln, aber wie wir uns alle freuen würden, kannst Du Dir ja denken. Wenn ich an

Deiner Stelle wäre, würde ich keinen Augenblick zögern. Wer, in aller Welt, kommt je nach Bagdad?

Näheres: Du mußt an die irakische Botschaft in Bonn schreiben (Koblenzer Str.) und Formulare für ein Einreisevisum erbitten, Du brauchst ein polizeiliches Führungszeugnis und einen *Taufschein*, der Dich nämlich als Nicht-Jüdin ausweist, und Ollo würde eine Note ans Außenministerium hier machen wegen Beschleunigung. An der irakischen Botschaft können Dir Herr Husham Tabaqchali oder der Gesandte Hikmet Suleiman helfen, beide sprechen deutsch und kennen Ollo. Ich schreibe das alles und glaube doch nicht daran, Mama. Leider!

Unsere eigene Reise verschiebt sich länger als nötig nach hinten, weil Margarete immer noch liegt, nun fast drei Wochen – die Sache bessert sich kaum. Dennoch hatten wir in dieser Woche zwei große Abendessen und einen Cocktail für 80 Personen, da hilft alles nichts. Es wird über den Kurdenkrieg geredet. Die Kurden, immerhin ein Fünftel der Bevölkerung im gesamten Irak, sprengen Ölleitungen und überfallen irakische Garnisonen, um einen autonomen Kurdenstaat zu erzwingen, der ihnen anläßlich der Revolution von Kassem zugesagt wurde. Auch der Kurdenführer Barazani spielt mit allen Karten: mal taucht er in der Uniform eines sowjetischen Generals in Moskau auf, mal ersucht er die USA um Unterstützung. Ich erinnere mich anläßlich dieser Gespräche oft an unsere Reise damals. Ob man dort je wieder hinreisen kann?

Wenigstens ist Latchins Zahn wieder gut. Er kocht das meiste, aber alle Einkäufe, Blumen, Salate, Saucen und Süßspeisen mache ich. Nun, wir wollen versuchen, am 12. Oktober loszufahren, unsere Adresse ist zunächst die deutsche Botschaft in Beirut. Ich schreibe alle andern Adressen genau auf, denn wir wollen nach Amman, nach Zypern, nach Jerusalem. Du wirst es hören!

Die Schwiegereltern sind auf dem Weg von Braunschweig zu

einer Schilddrüsenkur im Schwarzwald bei Euch vorbeigefahren und haben Nikolaus gesehen. (Brüllte!)

Ich wünsche Euch eine gute Rückkehr und eine schwach besuchte Praxis und wenigstens ein paar Überlegungen zum »Bagdadplan«. Ollo hat morgen Geburtstag, ich habe ihm einen Kuchen gebacken, den ersten seit 15 Jahren.

6. Oktober 1962

Mama, ich kann nur in großer Eile schreiben. Deine Antwort, ob Du kommst oder nicht, werden wir vermutlich nicht mehr bekommen. Der Kurier geht jetzt an einem andern Tag ab, vielleicht kannst Du Dich bei der Kurierabfertigung im Auswärtigen Amt erkundigen. Bis auf weiteres sind wir unterwegs, Post erreicht uns bis zum 25. Oktober im Libanon, Deutsche Botschaft Beirut. Danach, bis 5. November, Deutsche Botschaft Amman-Jordanien. Margarete ist aber hier zu erreichen wie immer, desgleichen notfalls Frau Tzschaschel. Anbei die Adresse von Herrn Bedarff. Es ist mal wieder *typisch*, daß dies nun alles geschehen muß, während wir unerreichbar sind. Ich enthalte mich hier aller Gefühlsäußerungen, die mit Nikolaus' Abreisetag verknüpft sind. Bald mehr – hier steht alles kopf!!! Einstweilen tausend Grüße.

P.S. Marlene und Latchin haben einen Sohn bekommen – er heißt Petto. Nazi und Petto! Wir freuen uns für die beiden!

Kyrenia, 23. Oktober 1962

Liebe Mama,
wir schreiben aus Zypern – in den luftleeren Raum, da wir nun schon so lange ohne Nachricht von Euch sind. Wir sind in Kyrenia, im Norden, und sehen von unserm Balkon aus die türkische Küste. Ich betrachte alles im Hinblick auf die Eignung für Euern

nächsten Sommerurlaub, habe aber doch einige Zweifel. Die Luxushotels sind von typisch britischer Dreckigkeit, das Essen auch britisch. Der Strand ist mittelmäßig, was aber in Famagusta anders sein soll. *Uns* stört daran gar nichts, wir haben uns Fahrräder gemietet und sind damit sieben Kilometer weit an eine wunderbare, stille Bucht zum Baden gefahren, zu einer Insel geschwommen, haben im Sand gespielt und uns von der Brandung überschwemmen lassen. Wir bummeln herum und erholen uns.

Derweil wir unsern Seelenfrieden pflegen, scheint der Weltfriede aufs äußerste bedroht zu sein. Wir haben kein Radio im Zimmer, aber wir hören, wenn auch undeutlich, einen amerikanischen Sender im Restaurant. Die Welt könnte zerplatzen. Noch nie habe ich eine Situation so bedrohlich gefunden, und dennoch bleibt die Bedrohung abstrakt, als *wolle* man sie einfach nicht zur Kenntnis nehmen!

Am 22. Oktober 1962 hatte Kennedy eine Seeblockade um Kuba verkündet, weil ein Höhenaufklärer Bilder gemacht hatte, die zeigten, daß die Sowjets Rampen für Mittel- und Kurzstreckenraketen auf der Insel installiert hatten und bereits Schiffe mit Raketen an Bord auf dem Weg waren. Kennedy drohte, jeden Angriff sowjetischer Raketen von Kuba aus gegen die USA oder Lateinamerika mit Atomwaffen zu vergelten. Es war eine Lage entstanden, die zu einem Weltkrieg hätte führen können, die auch West-Berlin gefährdete. Am 24. Oktober blieben die raketenbeladenen Schiffe vor der Blockadelinie stehen, und erst am 28. Oktober verkündete Chruschtschow, er werde die Raketen abziehen. Die ganze Welt hatte mit angehaltenem Atem die Krise zwischen den beiden Großmächten verfolgt.

24. Oktober 1962

Hier im Hotel gibt es ein kleines Mädchen, genauso alt wie Anina. Ich beobachte es bei Tisch, wo es sich die Milchkännchen über die Hände stülpt und in lautes Klagegeschrei ausbricht, wenn man ihm etwas wegnimmt. Es hat genauso fusslige Haare …

Im übrigen bin ich allmählich ganz *verzweifelt* darüber, daß ich Nikolaus nun schon vier Monate nicht gesehen habe. Alle Erinnerungen an ihn verblassen, ich habe das Gefühl, ich hätte ihn überhaupt nur für ein paar Tage besessen und ihn sogleich danach weggegeben. Es ist fast so ein Gefühl, als wäre das Kind tot. Nur Berichte und Fotos eines unbekannten Babys belehren mich, daß es nicht so ist. Ich fange oft an zu weinen, wenn ich daran denke. Im Grunde bereue ich es, daß Frau Tzschaschel ihn nicht mitgebracht hat, 14 Tage später hätte er doch schon ins Freie gekonnt, und er war doch schon gesund genug. Dann wäre die Trennung nicht so entsetzlich lang gewesen, jetzt, wo er noch so klein ist. Ich kann mir nicht helfen, ich bin unglücklich.

26. Oktober 1962

Die Insel ist von großem Charme, Mama, wir haben uns vorgenommen, hier entweder Landesvater oder Botschafter zu werden. Den unsrigen haben wir gestern besucht. Da er nichts zu tun hat und kaum Deutsche sieht, war ihm unser Besuch höchst willkommen. Wir tranken türkischen Kaffee, und er erzählte die komischsten Geschichten von der zypriotischen Armee (330 Mann!).

Außer dem Botschafter habe ich ein Chamäleon gesehen. Es hockte auf der Straße und war grau. Als wir kamen, lief es ins Gras, wurde aber nicht grün. Vielleicht dauert das etwas. Chamäleons können ihre beiderseitigen Augen je in verschiedene Richtungen drehen. Das kann ich übrigens auch!

27. Oktober 1962

Morgen fliegen wir wieder nach Beirut und rufen gleich an, ob Post von Dir da ist. Als wir vorige Woche von Beirut abflogen, passierte es, daß unser Gepäck schon in der Maschine war und Ollo noch mal losfuhr, um seinen Wagen in einer Garage unterzubringen. Ich wartete am Flugplatz, plötzlich wurden die Passagiere aufgerufen (Ollo war nicht da), alle Leute verschwanden im Flugzeug (Ollo war nicht da), die Flugtechniker machten die Motoren fertig, es wurde nach uns gerufen und gefragt. Ich lief auf die Autostraße und wartete auf jedes Taxi in der Hoffnung, Ollo säße darin. Schließlich sagte die Stewardeß, sie *flögen* jetzt. Ich wollte unser Gepäck wieder heraushaben. Das sei leider unmöglich, wurde mir beschieden. Ich hatte keinen Pfennig in der Tasche, konnte also nicht allein fliegen. Auf der andern Seite war unser ganzer Kram, Mäntel, Waschzeug, kurzum alles, bereits aufgegeben – wir hätten nicht mal eine Strickjacke oder eine Zahnbürste gehabt. Mit dem fünfundzwanzigsten Taxi kam Ollo. Wir stürzten ins Flugzeug unter den mißbilligenden Blicken der Angestellten und erhoben uns in die Lüfte. Ollo hatte mehrere Garagen aufgesucht, um Preise gefeilscht, Quittungen unterschreiben lassen und war in allerletzter Minute mit einem uralten heiseren Taxi zurückgekrochen, eine Strecke wie von Echterdingen nach Waldenbuch, also etwa 20 Kilometer. Ich hätte Ollo gerne umgebracht, aber ich wollte unsern Urlaub nicht verpfuschen!

Habt Ihr das Buch ›Bestandsaufnahme‹ gekauft?

Jerusalem, 3. November 1962

Liebe Mama!

Vorvorgestern bekamen wir in Beirut Deinen Brief ausgehändigt, dem wohl ein anderer mit Absage und Gründen vorausgegangen sein muß, der sich aber in Bagdad befindet. Wir hatten uns tatsächlich auf Dein Kommen eingestellt, Mama, trotz aller Unwahrscheinlichkeit, und sind nun ganz verstört, daß nichts daraus wird. Ich kann mich noch immer nicht damit abfinden. Wir überlegen hin und her, was Dich von der Reise abgehalten haben könnte ... Der ganze Plan schien uns so gut zu sein, daß wir nun raten, ohne zu einem Ergebnis zu kommen. Du hast bestimmt Gründe, wir werden sie in Deinem Brief bei der Heimkehr finden, und ändern läßt sich nichts mehr. Wie *schade*!

Von hier aus können wir gar nichts machen. Ob Du Dich mit dem Lufthansa-Chef Bedarff in Verbindung gesetzt hast? Er sagte uns damals, daß er Überblick über sämtliche Bagdadflieger hat, außerdem hat er angeboten, daß jemand von seinen Luftlinienangehörigen Nikolaus mitnehmen könnte. Ach, Mama, ich werd's alles erfahren, wenn wir zurückkommen. Hoffentlich warst Du nicht ärgerlich, daß ich mal geschrieben habe, ich bereute, ihn nicht schon im September mit Frau T. befördert zu haben. Denn inzwischen ist er auch ein bißchen *Dein* Kind, und ich weiß genau, was es für ein Unglück für Dich ist, wenn er abgeholt wird. Ich habe nur selber manchmal ganz verzweifelte Sehnsucht nach dem Kind und vergesse dann Deine Gefühle!

Morgen schreibe ich über Jerusalem. Sei umarmt.

Jerusalem, 4. November 1962

Wir wohnen im American Colony ganz in der Nähe der Altstadt, ein Hotel, das aus einem alten arabischen Palast entstanden ist, ein Hotel mit Innenhöfen und Dachterrassen, Brunnen, Gärten und Hängerosen, Palmen und Orangenbäumen. Ein Hotel mit schön gefaßten Fenstern, überdachten Türen und weiten luftigen Hallen in der unteren Etage, einem herrlichen alten Steinfußboden und Gewölbedecken. Die Wände sind meterdick und aus den gleichen Kalksteinquadern erbaut wie das ganze Jerusalem: blasse bis honigfarbene Steine, alle ein wenig verschieden in Tönung und Größe, manche mit dunkler Flechte bewachsen. In der ersten Etage hat der Effendi gewohnt, die Tür zu seinem Schlafzimmer ist wie das Portal zu einer Kirche. Gegenüber ist ein quadratischer Raum mit vielen Fenstern und einer gestreiften, bemalten Holzdecke, die in der Mitte eine Sternenkuppel umfaßt, dunkelblau und golden. Ich weiß nicht, wer da gewohnt hat. Vielleicht seine Lieblingsfrau? Er hatte vier!

Zur Geschichte des American Colony Hotels: Als Chicago 1871 bei der großen Feuersbrunst zerstört wurde, lebte am Rand der Stadt, in Lake View, ein Anwalt, Horatio Spafford, mit seiner Frau Anna und vier kleinen Töchtern. Das Ehepaar half unzähligen Obdachlosen aus christlicher Nächstenliebe und beschloß, nach zwei Jahren erschöpfender Arbeit einen Europa-Urlaub zu unternehmen. Anna und die vier Kinder schifften sich ein, Horatio wollte ihnen in Kürze folgen.

Das Schiff wurde mitten in der Nacht, als alle Passagiere schliefen, von einem andern Dampfer gerammt und sank sofort. Unter den 47 Geretteten war Anna – die vier kleinen Mädchen waren verloren! Anna wurde nach Paris gebracht, und ihr armer Mann bekam ein Telegramm: »Saved alone«. Er fuhr nach Paris und holte sie zurück, gebrochenen Herzens, aber stark im Glauben. In Chicago versuchten sie, auf den Trümmern ihres Glücks ein normales Leben weiterzuführen. Sie bekamen noch zwei Kinder: einen Sohn, der mit vier Jahren an Scharlach starb, und eine Tochter, zu früh geboren und nicht lebensfähig.

Angesichts dieses Dramas beschloß die christliche Gemeinde in Lake View, sich ihres Kirchenvorstands Spafford zu entledigen. So viel Leid in einer Familie, fanden sie, könne nur eine Strafe Gottes für begangene Sünden sein, und mit Sündern wollte man nichts zu schaffen haben. Dieser »Kirchenbann« nun war der Beweggrund für das Ehepaar Spafford, Amerika zu verlassen und ins »Heilige Land« zu ziehen, begleitet von einigen gleichgesinnten, empörten Gemeindemitgliedern. Es gab in der Mitte des vorigen Jahrhunderts einen »christlichen Zionismus«, die Idee war nicht neu. So reisten also 16 Amerikaner nach Jerusalem und mieteten ein Haus in der Altstadt, lebten wie die ersten Christen, teilten alles und halfen jedermann, Juden und Moslems, Armeniern und Beduinen. Man nannte sie »the Americans«, ungeachtet der Tatsache, daß einige Jahre später mehr als 70 Schweden dazukamen. Dieser Umstand aber machte es nötig, sich nach einem größeren Domizil umzusehen, und so fand und kaufte man schließlich den verwaisten Palast des reichen Muselmanen Rabbah Daoud Amin Effendi El Husseini – das heutige American Colony Hotel! Da wurde nun eine Landwirtschaft gegründet, eine Schule gebaut, eine Bäckerei und eine Schlachterei eröffnet, da wurden Teppiche gewebt und Wolle gesponnen, Kranke gepflegt und ein Friedhof angelegt. Eigentlich war es der erste Kibbuz!

Es kam der Erste Weltkrieg, es kam der Typhus, es kamen die Heuschrecken, es kam das britische Mandat. Gäste des Hauses waren General Allenby, Winston Churchill, E. T. Lawrence. Der russische Baron Ustinov, der in Haifa lebte, bat um Unterkunft für seine Gäste während der Sommerhitze und beteiligte sich später an dem Hotel. Dann kam die Gründung des Staates Israel und offener Krieg. Die Rot-Kreuz-Fahne wehte über dem American Colony, das nun Lazarett war. Jerusalem wurde geteilt, das Haus blieb auf der jordanischen Seite, ganz nah am Mandelbaumtor. Aus dem Palast war ein Kibbuz geworden, aus dem Kibbuz ein Lazarett, aus dem Lazarett später ein internationales Gäste- und Konferenzhaus, und das ist es geblieben. Heute gehört das Hotel zu Château et Relais und ist eins der schönsten Hotels des Nahen Ostens!

Abends: Weißt Du, Mama, ich schreibe so oft: »Dies ist der herrlichste Platz der Welt«, aber ich kann mich nicht dauernd wiederholen, ohne Lügen gestraft zu werden. Vielleicht ist es die schiere Dankbarkeit, daß ich so viel sehe. Und jetzt eben Jerusalem, die »hochgebaute Stadt«, die Tochter Zion, die Stadt Salomons und Davids. Wenn Du Dir annähernd vorstellen könntest, wie wunderbar dieser Ort ist, könntest Du meine Gefühle verstehen. Wir können nur den östlichen, den arabischen Teil, sehen, unweit der Altstadtmauern und ganz nah am American Colony ist das Mandelbaumtor, die absolute Grenze, da führt kein Schritt mehr weiter. Wir waren auf der Grenzstraße und konnten auf einen weiten, kahlen Landstreifen sehen und die israelischen Soldaten auf der andern Seite. Die arabischen Grenzwächter riefen uns zu: »Stop! Don't move!«

Im Hotel, in einem der oberen Gänge, steht ein Auszug aus der Bekanntgabe der Einrichtung des britischen Mandats von 1918, unterschrieben von George V.: »These measures will not in any way affect the civil or religious rights or diminish the prosperity of the general population of Palestine ... but will endeavour to promote in every possible way the welfare and unity of all classes and sections among you.« Und nun schaut man in Gewehrmündungen!

Wir waren den ganzen Nachmittag in der Altstadt, zu Fuß vom Hotel durch das Damaskustor, diesem schönsten aller schönen Tore auf Erden, mit Treppen, die zu einem Vorplatz hinunterführen, mit einem Raum innerhalb des Tores, mit Seitenaufgängen auf die Zinnen, mit einem breiten Treppenweg abwärts aus dem Tor hinaus in die verwinkelte Altstadt. Alle Böden und Mauern sind aus hellem, hartem Kalkstein, überall sieht man noch immer die Meißelspuren. Überall der schweigende Kampf zwischen Steinen und Vegetation: wo immer es möglich ist, wächst Grünes aus den Ritzen, aber auch Algen auf den Steinen, die dann von Aschblond zu Grau wechseln und dem Auge eine

Vielfalt an Kalksteinfarben bieten. Das Damaskustor ist von außen mit großen runden Steinscheiben geschmückt, mit Erkern und Fenstern und Schießscharten und eingelassenen Säulen. Und wenn man hinuntersteigt in die Basarstraßen, sieht man überall diese herrlichen Tor- und Fenstereinfassungen. Alle Luken und Öffnungen sind gerahmt und betont, mit Rosetten geschmückt oder mit alten Inschriften oder mit dreieckigen Tonröhrenmosaiken, immer abwechselnd mit gleich großen behauenen Kalksteindreiecken. Fenster sind ein ästhetisches Thema hier!

Auch an den Rändern der Gehwege sieht man noch die Steinmetzspuren, nur in der Mitte sind sie vertieft und blankgescheuert von Tausenden von Schuhen über Tausende von Jahren. Dann die überraschenden Seitengänge mit langen Aufwärtstreppen und darübergespannten Steinbögen, nichts Ausgeklügeltes, sondern weil man's so brauchte und darüber hinaus so schön wie möglich machen wollte – so denke ich mir das jedenfalls.

Und Leute und Stoffe und Schuhe und Gold und Körbe und Tonkannen und Esel und Holzwagen, alles wie so oft gesehen, dazu aber russische Popen und katholische Nonnen, schwarzgekleidete Mönche mit seltsamen hohen Hüten und Rauschebärten, die rudelweise, an Holzstäben gehend, in Kirchenportalen verschwinden und daselbst wundersame Gesänge anstimmen, vielstimmig, Ohren und Herz fesselnd. Ich schreibe morgen weiter, und mindestens so lange wie heute!!

Jerusalem, 5. November 1962

Ollo hat sich heute morgen an einem Traubenkern einen Backenzahn gespalten, die äußere Hälfte hatte er in der Hand. Wir gingen also wieder in die Altstadt und gleich hinter dem Damaskustor in ein düster aussehendes Haus, innen grün gestrichen, eine Treppe hoch zu Dr. Haytami Alani, Dentist. Der wollte das Trümmerstück nicht haben, schliff und füllte den Rest und nahm inklusive Spritze five Mark only.

Anschließend trafen wir die Tochter des Stadtgouverneurs, die uns eine Erlaubnis besorgte, in alle möglichen für Touristen verbotene Stadtteile zu gehen. Der Schein war ausgestellt für »Seine Exzellenz den Konsul von Deutschland« und öffnete uns die Türen. Wir kamen in den Felsendom und in die Pferdeställe des Königs Salomon, sahen Absaloms Grab und wanderten barfuß in dem Tempel, in dem Jesus als Zwölfjähriger nach langem Suchen aufgefunden, und in dem der alte jordanische König ermordet wurde. Dort waren noch wenige andere Vorzugstouristen, die zu unserm Entsetzen die betenden Moslems fotografierten (Amerikaner natürlich!), einer von ihnen ließ sich mit einer brennenden Kerze in der Hand auf dem Golgathastein ablichten.

Wir sahen den Davids-Turm, der außen nur als mächtiger Quader erscheint, innen aber angeblich die ganze Geschichte Jerusalems aufgeblättert hat: Mauerreste aus den Tagen des Herodes und später aus der byzantinischen Zeit. Wir konnten nicht hinein. Wir sahen die Teiche von Bethesda, wo Jesus den Lahmen geheilt hat und St. Anne, die Basilika. Der überwältigende Innenraum war leer, ein mystischer Ort, von Gebeten vollgesogen, nie habe ich so etwas erlebt. Draußen war es windstill, man konnte in unendlichen Schichten die Ausgrabungen der alten Zisternen sehen, bis in schwindelnde Tiefen hinein, und überall Ölbäume, Orangenbäume und Oleander unter einem sonnigen Herbsthimmel!

Nur das Essen ist fürchterlich: wohin wir auch kommen, gibt es faseriges Gulasch und bleiche Nudeln und Nachspeisen, die aussehen und schmecken wie Pelikanol. Heute abend schreibe ich weiter, sonst morgen.

Abends, doch noch, und an meine Essensklagen anknüpfend: Wir hatten nämlich bei unserm Botschafter Schwarzmann in Beirut, bevor wir nach Jerusalem aufbrachen, ein überaus köstliches Abendessen, bei dem Klaus Mehnert mein Tischherr war, der nämliche, dem Ollo damals den unfreundlichen Brief im Zusammenhang mit dem Eichmannprozeß geschrieben hatte. So ergeht es einem! Und Ollo sagte Mehnert gleich eingangs grinsend, er sei der Wilke, der ihm damals auf den Artikel geantwortet hätte. So war auf der Stelle ein herzliches Einvernehmen hergestellt.

Der Brief an Dr. Klaus Mehnert vom 2. Mai 1961:

Betr. Ihren Aufsatz ›Was haben wir mit Eichmann zu tun?‹ in ›Christ und Welt‹ vom 21. April 1961

Sehr verehrter Herr Mehnert!
Ich kenne Sie bereits aus Ihrer Tätigkeit als Herausgeber der Zeitschrift ›Xxth Century‹ während der Kriegsjahre in Shanghai. Sicherlich ist das mit ein Grund, weshalb mich Ihr Aufsatz ... so sehr bestürzte. Ich möchte nur einige Punkte herausgreifen:

Sie neigen offenbar zu der Meinung, bis zum Vormarsch vor die Tore Moskaus – Winter 1941 – habe eine Kritik der Judenverfolgungen natürlicherweise nur schwer Beachtung finden können. Sie sei überrannt worden von Hitlers auffallenden Erfolgen – die Sie im einzelnen aufführen. Wie aber hätten die Beseitigung der Arbeitslosigkeit und die Ausschaltung der KPD das Unrecht übersehen machen können, das den jüdischen Staatsbürgern seit 1933 in Deutschland angetan wurde? Und hätten nicht die moralisch zweifelhaften Erfolge wie der Polenfeldzug und der Vormarsch vor die Tore Moskaus die Kritik eher entflammen als einschläfern müssen?

Sie meinen, jeder während der Hitlerzeit bereis erwachsene Deutsche möge Gott dafür danken, daß er nicht das Pech hatte, in eine Situation hineinzuschlittern, wie Eichmann sie vorfand, als er mit der Judenfrage betraut wurde.

Es liegt doch wohl auf der Hand, daß E. diese unmenschliche Aufgabe nicht von ungefähr zugefallen ist, sondern weil ihm seine Vorgesetzten ... unbedingte Ergebenheit gegenüber dem Regime und »außerordentliche Härte« bescheinigt hatten. Ist es nicht undenkbar, daß Männern wie ... Stauffenberg ein gleiches »Pech« hätte widerfahren können? Statt Stauffenberg um sein Schicksal zu beneiden, wird der überlebende Erwachsene heute lieber ... Gott dafür danken, daß ihm die Situation erspart blieb, im ganz konkreten Fall mit Leib und Leben zu zahlen!

... Und endlich erscheint mir – bei allen persönlichen Vorbehalten gegenüber der juristischen Rechtfertigung und auch der politischen Zweckmäßigkeit des jetzt laufenden Prozesses – die Frage geradezu katastrophal, die Sie ans Ende Ihres Artikels stellen ...: Ob nicht einer alten Tradition der Menschheit folgend auch bei diesen Sonderverbrechen, die sich aus der Ausübung verbrecherischer Befehle ergeben, eine Verjährungsfrist gesetzt werden sollte.

Ich wäre Ihnen sehr dankbar, wenn Sie meine Zeilen als Leserbrief in ›Christ und Welt‹ veröffentlichen ließen, vielleicht mit Ihrer Erwiderung.

Mit dem Ausdruck meiner vorzüglichen Hochachtung bin ich Ihr sehr ergebener ...

Aber zurück zum 5. November 1962:

Ich fand Herrn Mehnert besonders liebenswürdig und war gerne seine Tischdame. Er hat erzählt, mit welcher Begeisterung er sich als Achtzehnjähriger freiwillig zur Kriegsteilnahme (Erster Weltkrieg) gemeldet hatte, daß er und seine Altersgenossen die deutsche Fahne über ihrem Bett hängen und nicht den mindesten Zweifel an ihrer Mission hatten. Diese Meinung ist nun natürlich ganz gebrochen, wie alles Nationalistische nicht mehr da ist, dazu ist er zu klug und zu erfahren. Was er mit alledem sagen wollte, war die Verführbarkeit des Menschen, die Schwierigkeit, sich aus den vorgeschriebenen »Überzeugungen« zu lösen.

Das ist das Ende meiner Essensklage, die etwas ausschweifig geworden ist. Morgen fahren wir nach Bethlehem.

Jerusalem, 6. November 1962

Es ist wieder Abend. Wir waren nicht nur in Bethlehem, sondern auch in Jericho und am Toten Meer, und morgen reisen wir zurück – ich kann nicht viel schreiben wegen Packerei und geistiger Überfüllung. Aber Bethlehem muß doch sein, schon des Wortes, der Weihnachtslieder und der Kinderbibel wegen. In der Geburtskirche ist eine Krypta und ein in den Boden eingelassener Messingstern. Ich habe ihn angefaßt. An dieser Stelle ist also Jesus geboren, wenn es denn dort war. Die ganze kleine Stadt ist voller Weihnachtsfiguren und Holzkrippen, alle ein bißchen derb, aber ich habe doch eine gekauft, mit Maria und Josef und Kind, Ochs und Esel, mehreren Schafen, einem Kamel und den Heiligen Drei Königen. Wir haben noch keine Weihnachtskrippe für die Kinder, und da diese nun aus Bethlehem stammt, wird sie vielleicht lange in Ehren gehalten werden, auch wenn es schönere gibt.

Wovon ich Dir noch berichten muß, ist das Tote Meer. Natürlich sind wir hineingegangen, hineingetaucht kann man nicht sagen, das geht nämlich nicht. Man sitzt mehr oder weniger auf dem Wasser, in labilem Gleichgewicht, und wenn man sich auf den Bauch dreht, kriegt man hinten die Beine nicht runter. Jeder Spritzer im Auge brennt wie Hund, und den Salzgeschmack haben wir trotz aller Duscherei nicht von der Haut waschen können, alles juckt.

Die viel größere Sensation ist der Anblick des Toten Meeres und seiner Umgebung am Nachmittag. Es ist ja alles kahles Land dort, und je länger ich im Vorderen Orient bin, um so mehr liebe ich die graslosen Täler und Berge, die Wüstenfarben. Bei uns in Deutschland ist alles mit Vegetation »zugedeckt« – hier aber sieht man, wie die Mineralien den Boden färben, rostrot von Eisenoxyden, violett von Manganoxyd, violett in allen Schattierungen, weiß von Kalkstein, grünlich von kupferhaltigen Erzen. Es gibt da weite Täler aus orangefarbenem und rotem Schichtgestein, menschenleer, und in der Tiefe das Jordantal und das Tote Meer. Wir haben es zunächst am frühen Nachmittag gesehen, in einem bläulichen, opalisierenden Licht; dunstverschleiert die Küste Jordaniens gegenüber. Wir fuhren in südlicher Richtung und drehten später wieder um auf der Suche nach der Jerusalemstraße, da hatte sich das Bild verändert: rosenfarben lag Jordanien auf der andern Seite und spiegelte einen rosenfarbenen Hauch über das still und ölig daliegende Wasser, das sich zu unserer Seite hin erst grün und dann türkis verfärbt hatte, mit einem feinen weißen Strich am südlichen Horizont. Es gab absolut kein Geräusch, man hörte die Stimmen von weit entfernten Leuten wie durch einen Lautsprecher. Die Luft wie Seide! Gegenüber vertiefte sich die Farbe, und die Schatten vom westlichen Gebirge färbten das Wasser schwarz, scharf abgegrenzt in ihren Silhouetten. Mit dem einbrechenden Abend wurde das östliche Ufer violett, die tiefen Rillen und Falten des Gebirges schattig. Sie spiegelten sich im Wasser, es wurde kühl, und wir wurden müde, das Salz brannte uns auf dem Pelz.

Ich warte mit dem ganzen Ferienbrief bis Bagdad, Du bekommst ihn also noch lange nicht. Aber ich traue keiner Luftpost mehr! Wenn wir zurück sind, werde ich viele Nachrichten vorfinden, hoffentlich gute!

Bagdad, 8. November 1962

Liebe Mama,
gestern ganz spät sind wir wiedergekommen und fanden nach der ersten Freude über das Kind und den makellosen Haushalt so viele Hiobsbotschaften und -briefe vor, daß wir überhaupt nicht schlafen konnten, erst mit Pille. Abgebrochene Banklehre, Scheidung, Autounfall usw. usf.

Dein Brief enthielt Fröhliches und Schlimmes zusammen. Nachdem ich ihn gelesen hatte, war mir vollkommen klar, daß Du nicht nach Bagdad reisen kannst und auch nicht willst, weil Du einfach keine neuen Sensationen gebrauchen kannst, abgesehen von dem ganzen Theater mit Pauline. Ich hatte mal wieder nicht genug Vorstellungsgabe – man hat mit der Zeit abgeschwächte Eindrücke von Waldenbuch, nicht mehr unmittelbar wie nach einem Aufenthalt dort. Daß Dich eine Woche Abwesenheit von Frau Soukup an den Rand des Möglichen bringt – ich weiß es wieder. Dazu habe ich Dich noch mit dem blöden Tauffilm belämmert, man tut das so in den luftleeren Raum, ahnungslos, was bei Euch grade los ist. Die Braunschweiger haben Dir auch einen Besorgungsauftrag gegeben, leider, und ich würde Dir so gerne ausreden, auch nur eine Sekunde an ein Geburtstagsgeschenk zu verschwenden, es ist doch so egal, Mama, ich bin doch kein kleines Kind!

Das Allerwichtigste ist, daß Nikolaus bald reisefähig ist und Euer Betrieb wieder auf »normal« geschaltet wird. Unsere Telegrammadresse ist: »Wilke, Diplogerma Bagdad«.

Hier ist man noch kurzärmelig und strumpflos, es ist schön. Kein Staub, kein Regen. Im Büro ist ein Brief, in dem (angeblich!) beabsichtigt ist, uns nach Guatemala zu versetzen und Ollo dort zum Botschaftsrat zu machen.

Über die politische Lage in der Welt schreibe ich gar nicht erst. Ich wache oft nachts auf, der Gedanke an eine Katastrophe ängstigt mich zu Tode, und die Kuba-Krise wird mir jetzt erst richtig klar. Sie zeigt das ganze Dilemma: sollen wir den Kommunismus oder den Krieg mehr fürchten?

Nachtrag am 10. November 1962

Wenn Du Nikolaus' Sachen packst, dann lege doch bitte meine weiße Wochenbett-Jacke, die damals in der Wäsche war, bei. Ich hatte sie vergessen während der Sommerhitze, aber jetzt müßte sie mich schmücken. Und packe bitte ein Paket Sanso ein, das es hier nicht gibt.

Ich war gestern ganz verzweifelt, daß ich die Verlängerung des Visums nicht bedacht hatte, und hoffe, daß Du es postwendend bekommst. Alles andere ist eingeleitet. Wir Narren hatten geglaubt, daß die Stewardeß die halbe Rückflugkarte bezahlt bekommt, minus 15 Prozent Rabatt. Aber sie kostet ein one-way-ticket, und der Rabatt wird nicht gewährt, da die Stewardeß keine Familienangehörige von uns ist. Das sind nun 87 Dinare, genau 1000 Mark, allein für die Stewardeß. Für 1450 aber hätte jemand von Euch hin- und zurückfliegen können, und man hätte doch eine ziemliche Freude darüber gehabt, wie?

20 Kilo Gepäck sind frei, das ist ein großer Koffer, eng gestopft. Der Brief muß weg. Ich lese ihn noch mal und glaube zu träumen!

17. November 1962

Mama, dies ist nun der letzte Brief, den Du vor Nikolaus' Abreise bekommst. Ich denke stündlich an Euch alle, an die Aufbruchsstimmung im Hause, und habe die zwiespältigsten Gefühle dabei. Denn wenn Ihr auch alle unseres innigsten Dankes gewiß sein könnt, für alles, was Ihr an dem Jungen getan habt, so fühlen wir uns zugleich als Ursache Deiner Abschiedstränen – was mir schlimmer vorkommt als alle die Arbeit und Mühe zuvor. Den Preis dafür, daß Ihr das Kind mit so viel Liebe umhegt habt, zahlst also Du. Wäre er in einem Kinderheim gewesen, könnte man sich *diese* Gedanken ersparen. Wie glücklich ist Nikolaus, daß ihm nachgetrauert wird, daß ihm nichts von dem abging, was ich ihm hätte geben können!

Ich zähle die Tage. Für mich wird er wie ein neues Kind sein, weil meine Erinnerungen ganz verdunkelt sind. Sekundenweise kommt mir ein blasses, winziges Gesicht vor Augen, ein miserables Körperchen, ein zahnloses Lächeln. Aber die direkte sinnliche Erinnerung ist vollkommen weg, die Zeit war zu lang. Ich kann nicht begreifen, daß ich das Kind ebenso lange bei mir hatte, wie ich von ihm getrennt gewesen bin. Mir kommt es vielmehr vor, als hätte ich es nur geboren. Diese Art Trauer ist nicht wie ein direkter Schmerz, sondern eher so etwas wie eine heimliche Krankheit. Mein Gott, es gibt Leute, deren Kinder sterben!

18. November 1962

Die Vorbereitungen sind im Gange, das Laufställchen wird heruntergeholt, Kindermöbel werden verstellt und neu eingerichtet, der silberne Löffel geputzt, ein Täßchen gekauft. Ganz Bagdad nimmt Anteil! Wir beraten über Nikolaus' Tageslauf, mutmaßen irgendwelche Zeiteinteilungen und wissen nichts. Anina phantasiert stundenlang vom »Baby«, ist möglicherweise auch beunruhigt. Sie hat gelernt, aus dem Gitterbett auszusteigen, geht in die Küche und fragt Latchin nach Essen, dreht Wasserhähne auf, wirft ihre Schuhe ins Klo, macht Häufchen in den Topf, kichert sich halbkrank mit andern Kindern. Fortschritte allenthalben!

20. November 1962

Wir haben das alte Gitterbett für Nikolaus blau streichen lassen, und die Farbe trocknet nicht, klebt seit vier Tagen. Er wird blaue Haare kriegen! Ist das Visum da? – Du kannst mir nicht mehr antworten. Ich umarme Dich!

26. November 1962

Er ist da. Mama, welch ein Kind! Er übertrifft alle Erwartungen an Gesundheit und Wohlgeratenheit. Er lacht mit uns, besonders aber mit Anina!

Die Ankunft war abenteuerlich. Wir kamen zum Flughafen und bekamen sogleich gesagt, die Maschine könne wegen Nebels nicht landen und flöge weiter nach Teheran. Kurze Zeit danach hieß es: die Landung wird *versucht*. Man hörte die Funkansage des Flugzeugs: »Four kilometers visibility only«. Schließlich kreiste das Flugzeug 30 Minuten über Bagdad, um eine günstige Gelegenheit abzuwarten – ich sah die roten Lichter da oben und wußte nicht, ob ich auf Landung oder Weiterflug hoffen sollte – es war furchtbar. Ein letzter Versuch wurde angekündigt, und der Riesenvogel landete mit Höllenlärm. Die Stewardeß mit Nikolaus kam als erste heraus. Der Pilot ließ uns ausrichten, er hätte die Landung und den Zeitverlust *nur* des Kindes wegen in Kauf genommen, sonst wäre er gleich in den Iran geflogen.

Im Auto wippte Nikolaus stehend auf meinem Schoß, patschte mir auf den Kopf, schnalzte und prustete und war ganz zutraulich. Er kam gleich ins Bett, mit dem Beruhigungsmittel Miramel, und verbrachte den ganzen nächsten Tag mit Anina, die er lächelnd anfaßt und ihr die Hände in den Mund steckt. Anina redet ihn mit »Baby« an, heute früh kicherten die beiden, Anina hopste, er lachte und schnalzte – und wir alle auf Zehenspitzen an der Türritze!

Gleich am ersten Abend packten wir die Koffer und die Geschenke aus – ich kann darüber jetzt gar nicht schreiben. Es ist alles zu viel. Und – komisch – am meisten gerührt war ich über das Halsbändchen mit der Aufschrift »NIKOLAUS WILKE DEUTSCHE BOTSCHAFT BAGDAD«. So etwas tun nur Mütter!

Bald ellenlange Briefe!

27. November 1962

Liebe Mama, lieber Dietrich!
Das ist nun der Brief, zu dem ich mich eigentlich »gefaßt« haben sollte. Aber noch geht alles drunter und drüber, denn zugleich mit Nikolaus kamen alle möglichen Delegationen zu dem irakischen Philosophenkongreß, und wir haben stündliche Tages- und Nachteinteilung. Zwischendurch freuen wir uns halbtot über das neue Kind, das da so stramm, robust und zornmütig in seinem Ställchen sitzt und nicht begreifen will, daß es weder gekitzelt noch geschaukelt noch getragen wird – Frau Soukup fehlt. Er ist aber nie allein.

Während Anina im Sommer feist und farbig war und Nikolaus ein Miesling, haben wir nun einen drallen Knaben und eine zarte, großäugige Anina, die in letzter Zeit ganz schlank wird und in die Höhe schießt. Die beiden nehmen sich so gut an! Und stören sich gottlob nicht an gegenseitigem Gebrüll, es sei denn, daß einer sich *weh* getan hat: dann kann es der andere vor Mitleid nicht aushalten, und reichliche Tränen fließen. Nikolaus legt Eigensinn an den Tag, wenn man sich mit ihm beschäftigt. Sobald man ihn übersieht, tröstet er sich. Wie habt Ihr ihn gebadet? In unserer großen Wanne brüllt er entsetzlich, irgendwas machen wir falsch. Er liebt das Hemd-über-den-Kopf-Ziehen, sicher habt Ihr »guckuck, daaa« gemacht? Was ist er für ein Schatz!

Für die Kinderkleider fehlen mir die Worte, Mama. Diese

Russenkittelchen, Stiefel, Schürzchen und Overalls! Und die süßen Hausschuhe für Anina! Die Pullover und Strickstrümpfchen! Von alledem haben wir fast nichts auf unserer Rechnung wiedergefunden, wie wir überhaupt über die Rechnung ziemlich gelacht haben. Nikolaus hat für mindestens 100 Mark Pelargon-Honigmilch getrunken – wo stehen die eigentlich?

Ja, und nun zu den Weihnachtsgeschenken. Sie sind zum größten Teil unausgepackt geblieben. Mir fiel eine augenbetäubende Handtasche entgegen, mit Lederfutter und aus Schwein – undenkbar, eine solche Köstlichkeit je zu benutzen! – und Ollo ein Buch, dessen Rezension er grade gelesen hatte, und das er sich bestellen wollte. Ich habe die Tasche fromm in den Weihnachtsschrank geschlossen, Ollo hingegen liest das Buch im Bett. Dann gab's herrenlose Beutel mit der Aufschrift »von Frau S. für Anina« und ganz unbeschriftete Sachen, anscheinend aus Braunschweig. Das Paket war ganz schön durchgerüttelt, und ich muß zusehen, wem welcher Dank gebührt. Bitte tröstet Pauline usw. – es kommen noch lange Briefe, sobald wir wieder atmen können. Viele Sachen sind noch eingepackt. Ich brüte über einem Weihnachtsgeschenk für Pauline – vielleicht Bargeld?

Das ist etwa ein Prozent von allem, was ich sagen, fragen, erzählen wollte. Ich war so begeistert über die Fellschuhe, Mama, wie hast Du das geahnt? Bitte wundert Euch nicht, daß Ollo nicht schreibt, er hat so viel um die Ohren, daß er nur noch existiert. An den irakischen Festlichkeiten kann man wirklich eingehen, man muß vierstündige politische Ansprachen in arabisch, zum Teil stehend, anhören und bekommt gegen Morgen ein kaltes Hammelessen. Tagsüber dann die übliche Bürohetze, vieles hat sich während des Urlaubs angehäuft.

Für die diesjährige Kolonieweihnachtsfeier muß jede Frau an der Botschaft acht Pfund Plätzchen herstellen, so was kann Latchin nicht. Wir selbst werden zu Weihnachten Kartoffelchips essen!

28. November 1962

Liebe Mama,
etwas sehr Schönes zwischendurch: ein Besuch im Bagdader Museum. Nicht unser erster Besuch, aber dank einer klugen Führung ein lehrreicher und eindrucksvoller, und über die prähistorische sumerische Kunst habe ich Dir, glaube ich, nie etwas erzählt. Es gibt in diesem Museum einmal abstrakt bemalte Keramik, dünnwandig und fest gebrannt, mit Schachbrettmustern, in deren helle Felder wieder ein Zeichen gesetzt ist, oder mit rhythmischen Tierzeichnungen, Vögeln zum Beispiel, deren – gedachte – Flügel sich wie zierliche Gerippe über einer ganzen Schale ausbreiten, bis sie von einem dunkelgefiederten Rand in der Mitte zurückgehalten werden. Oder ein Muster von kleinen Quadern, die alle mit Tupfen ausgefüllt sind, oder kühne breite Spiralen, mit Eisenoxyd auf den nackten Ton gemalt, und all dies vor vielleicht 5000 Jahren. Aber davon wollte ich gar nicht schreiben. Dann ist dort eine berühmte Vase aus geschnittenem Stein mit drei querlaufenden Bändern: auf dem oberen Band sieht man Priester, die Göttern und Göttinnen Opfer bringen, frische Früchte und geschlachtete Tiere. Darunter läuft ein Relief aus Menschen, und darunter wieder eines mit Tieren, die über Pflanzen laufen. Du hast also die ganze Weltordnung auf dieser Alabastervase vor Dir, und vielleicht würde Sigmund Freud das Über-Ich, das Ich und das Es wiedererkennen. Aber von dieser Vase wollte ich auch nicht schreiben, zumal sie in ihrer Gestalt nicht einmal besonders *schön* ist, eher wie ein dickes Bein, aber das Schätzchen aller Archäologen. Worüber ich noch *nicht* schreiben will, wovon Du aber kurz erfahren sollst: von Blattgold und von Musikinstrumenten, von Blattgold als Schmuck und als Blätter geschnitten, an blauen und rostroten mehrreihigen Perlchenschnüren aufgehängt; vom weißen Marmorkopf aus Uruk Warka, mit leeren Augenhöhlen und tiefen zusammengewachsenen Furchen anstelle der Augenbrauen,

lieblich wie eine Venus, Lenzen sprach früher fast mit Zärtlichkeit von dieser steinernen Dame und zeigte uns die Haarwelle links und rechts vom Scheitel.

Aber nun will ich endlich anfangen: Da ist eine Sammlung von Rollsiegeln, die ihresgleichen sucht, zum einen die kleinen, kaum fingerlangen hohlgeschnitzten Röllchen selbst – aber dann auch die bandartigen Abdrücke auf Ton. Den Rollsiegeln sieht man nicht an, welche Wunder sie in sich bergen, bis man sie auf weichem Ton oder Wachs abrollt. Da entstehen vor dem staunenden Auge ganze Schafherden mit Hirten, winzig klein, in endloser Wiederholung, oder springende Gazellen oder feiste Stiere zwischen stilisierten Bäumen, Menschen, Fische, Skorpione, Wasservögel, Familienszenen. Ich habe *kleine* Sachen so gerne, und diese Miniaturdarstellungen sind von höchster Vollkommenheit. Also *das* wollte ich Dir erzählen.

Das Zweite, wovon ich berichten will, ist die Sammlung von Keilschrifttafeln. Im Zweistromland sind nicht nur Adam und Eva erschaffen worden, sondern auch die ersten Anfänge der Schrift erfunden, vermutlich entstand sie um 2900 v. Chr. – Zeichen, deren Entwicklung man von geritzten Figuren zur abstrahierten Keilschrift genau verfolgen kann und deren Bedeutung man versteht. Damals in Uruk Warka hat eine der Archäologinnen mir zu erklären versucht, wie man die Keilschrift liest – aber ich habe es nicht begriffen. Es gibt nicht nur Listen, Quittungen und Kaufverträge auf Tontafeln, sondern auch Hymnen und Klagelieder, ja offenbar eine ganze Literatur.

Das Dritte sind urwelthafte Frauenfigürchen aus Stein mit riesigen Brüsten und Bäuchen, fast gesichtslos. Von denen hat Lenzen uns einmal erzählt, sie stammen aus einer Zeit, da der Zeugungsvorgang noch unbekannt war. Man hielt die Geburt für die alleinige Tat der Frauen und verehrte sie als Lebensspenderinnen und Fruchtbarkeitsgefäße.

Das Vierte und Letzte sind Skulpturen (Götterfiguren?) mit

Rollsiegel

glatten, breit ausladenden Schultern und walzen- oder trapezförmigen Kleidern, über denen sie vergleichsweise winzige Hände gekreuzt halten. Alle Formen aufs Einfachste reduziert und geschlossen, der Stein glatt, opak, blaß goldfarben, zur Berührung einladend, um nicht zu sagen zum In-den-Mund-Nehmen. Das Wunderbarste aber die Gesichter: auf einem vorn abgeflachten Kopf sind Nase und kleine Wulstlippen herausgearbeitet, und wie riesige Scheiben liegen die Augen unter einem dünnen Brauenstrich: Muschelschalen mit einer großen schwarzen Pupille. Blicklos starren sie ins Ungewisse – oder doch in mein Gesicht? Nein, man berührt sie besser nicht. Ich bin sicher, daß man auf der Stelle verhext würde!

Den Besuch dort haben wir mit Gästen gemacht, als Begleiter

und Nutznießer. Die Führung war sehr gut, und auch die Gäste ziemlich gelehrt. Ich bin oft traurig darüber, daß ich vor lauter Sehen nichts höre, geschweige denn behalte. Die Kunstliebhaber reden nämlich von *völlig* andern Sachen, als ich sie Dir heute geschrieben habe!

Sei umarmt – bis bald.

1. Dezember 1962

Liebe Mama,
in Bagdad herrscht erstens die Grippe (Näheres gleich), und zweitens das Al-Kindi-Festival mit Riesenempfängen, auf denen überall der »Führer« erscheint, winkend und auf gespenstische Weise an Hitler erinnernd, was aber hier nichts Böses ist. Viele Araber lieben Hitler heute noch. Vorgestern sah ich Agatha Christie, Samstag essen wir bei Lenzen mit ihr zu Abend, was allerdings noch nichts ist gegen Sigrid, die unlängst mit Nehru in New Delhi frühstückte – wobei es aber schwer vorstellbar ist, daß Sigrid in Indien wäre, *ohne* mit Nehru zu frühstücken. Das Al-Kindi-Festival ist sicher etwas Tolles, die berühmtesten Arabisten, Literaten und Philosophen kommen aus aller Welt, aber ich habe nichts davon, weiß nichts davon, es paßt nicht in mein gegenwärtiges Lebensprogramm und erst recht nicht in meinen prallen Tageslauf.

Al-Kindi war ein arabischer Gelehrter, der um 800 herum in Basrah geboren wurde und nach 870 starb. Er suchte als erster arabischer Denker, die griechische, besonders die aristotelische Philosophie mit dem Islam zu verbinden.

Also die Grippe. Ollo hat sie natürlich auch, aber sie ist ihm zu langweilig. So erscheint er fortwährend im Wohnzimmer, telefoniert im zugigen Treppenhaus, sitzt im Pyjama im kalten Zimmer an der Schreibmaschine, und es wird und wird nicht besser. Gestern machten wir eine Schwitzkur. Er fragte alle vier Minuten nach der Uhr und fand es entsetzlich.

Den Kindern geht es besser, beide sind lieb im Zimmer und leisten sich gegenseitig Gesellschaft, beide mit langen Laufnasen. Niko weint beim Naseputzen, sonst ist es ihm egal. Er bekommt früh eine Flasche und wird wieder ins Bett gesteckt, wogegen Anina aufsteht. Sie frühstückt und wird dann mit dem Dreirad ausgesperrt, man sieht sie eine Stunde lang ums Haus radeln. Um zehn Uhr kommt Nikolaus in seinen Stall und ißt ein Brot, Anina desgleichen. Danach ist Ausfahrt bis zum Mittagessen, wo die beiden sich auf hohen Stühlen gegenübersitzen. Danach Schlaf, danach Spiel und Geschrei bis abends im Kinderzimmer, gemeinsames Essen um halb sieben, Bad und Bett mit Beten, Singen, Küssen und Spieluhr im Dunkeln. Nikolaus schätzt diese Zeremonie sichtlich, er steht staunend im Bett und zeigt allerbeste Laune bei Gebet und Gesang.

Er ist überhaupt viel ruhiger, weint nicht beim Baden, ist zufrieden im Laufstall, ist gefräßig und bietet einen prächtigen Anblick. Er ist eine tägliche Freude, am schönsten aber ist das gute Einvernehmen der *beiden* Kleinen, das Geschwätz und Gekichere und die offensichtliche gegenseitige Sympathie. Fragt man Nikolaus: »Wo ist die Anina?«, zeigt er strahlend auf sie. (Anina ruft sogleich: »Hier!«) Gestern nachmittag haben wir ihn in sein Sitzwägelchen gepackt, sind mit ihm zu Tzschaschels Haus spaziert und klingelten am Tor. Heraus kam Mehdi, der Einäugige, sah Nikolaus im Wagen sitzen und küßte in überschwenglicher Wiedersehensfreude sein Gesicht ab. Ollo war nicht nur außer sich wie so oft, sondern geradezu niedergeschmettert, weil er glaubte, daß nun der grade genesene Nikolaus sämtliche Mehdi- und Mehdi-Familienbazillen aufnehmen und ausbrüten würde. Nikolaus aber freute sich, und Mehdi merkte nichts.

Wie magst Du Dich fühlen, Mama, ohne ihn? Es ist noch kein Brief gekommen. Und dieser muß weg.

Nachmittags: Dein Brief kam, zusammen mit einem Brief der Stewardeß. Ich sehe Euch weinen, während wir uns von morgens bis abends an dem Kind freuen – wie ungerecht. Ich antworte bald – jetzt nur soviel, daß es ein Segen ist, daß Du ein bißchen Ruhe hast – das erste, was mir in den Sinn kam nach Deiner Münchener Reisebeschreibung! Ollo nimmt den Brief jetzt mit. Bleib wohlbehalten!

4. Dezember 1962

Liebe Mama!
In Bagdad wütet noch immer die Grippe, die Schule ist geschlossen, ganze Familien brechen zusammen: die Tzschaschels liegen alle, Jessers alle, Bedarffs alle, letztere mit 40,2 und 40,6 Fieber. Anina hat 40, auf ihren Wangen blühen Rosen, sie sagt: »Nich essen – bißchen schlafen.«

Außerdem hat Ormes geheiratet, Latchins Bruder. Eine erzählenswerte Geschichte, weil auch er eine ihm völlig Unbekannte geheiratet hat. Er ist noch keine 20! Latchin lacht immer über ihn, erstens über seine zahllosen Haushalts-Unzulänglichkeiten, zweitens über sein frühmorgendliches Aufschrecken im Bett (um vier!): »Ormes still thinks he is in the army!«, drittens über seine gedrückte Stimmung seit Wochen: »Ormes afraid of marriage«. Latchin findet das *nur* komisch. Überhaupt kann man diesen Assyrern eine gewisse Robustheit nicht absprechen. Sie haben Freud nicht gelesen und außer ihrer ewigen Seligkeit interessieren sie sich nicht für ihre »Psyche« – das Leben ist zu hart für sie, um sich solche Sachen leisten zu können. Ormes wird sich an die Frau schon gewöhnen, denken sie, es gibt Schlimmeres! Ormes sitzt nun, wie der Brauch es will, mit zwei

ܨܠܘܬܐ ܡܪܢܝܬܐ

ܐܒܘܢ ܕܒܫܡܝܐ. ܢܬܩܕܫ ܫܡܟ،
ܬܐܬܐ ܡܠܟܘܬܟ. ܢܗܘܐ ܨܒܝܢܟ، ܐܝܟܢܐ
ܕܒܫܡܝܐ ܐܦ ܒܐܪܥܐ. ܗܒ ܠܢ ܠܚܡܐ
ܕܣܘܢܩܢܢ ܝܘܡܢܐ. ܘܫܒܘܩ ܠܢ
ܚܘܒܝܢ ܘܚܛܗܝܢ. ܐܝܟܢܐ ܕܐܦ ܚܢܢ
ܫܒܩܢ ܠܚܝܒܝܢ . ܘܠܐ ܬܥܠܢ ܠ
ܠܢܣܝܘܢܐ. ܐܠܐ ܦܨܢ ܡܢ ܒܝܫܐ. ܡܛܠ
ܕܕܝܠܟ ܗܝ ܡܠܟܘܬܐ ܘܚܝܠܐ ܘܬܫܒܘܚܬܐ
ܠܥܠܡ ܥܠܡܝܢ ܐܡܝܢ܀

Das Vaterunser in aramäischer Schrift, gebetet bei Ormes' Hochzeit.

Zeugen und seiner Frau unter Verschluß in einer Wohnung. Näheres darüber weiß ich nicht.

Margarete war nachts bei der kirchlichen Zeremonie zugegen und hat seltsame Dinge berichtet. Tausenderlei Handlungen, die Unheil abwenden sollen – und es auch tun. Es gibt kein tapfereres Volk als diese Assyrer, sie haben eine Gläubigkeit und einen Gemeinschaftssinn, der kaum irgendwo zu finden ist.

Ich war nur am nächsten Abend auf der Hochzeitsfeier. Wie bei Pieter Breughel – 160 Menschen auf engstem Raum, trinkend, schwatzend, tanzend. Menschen, die aus der Vergangenheit gestiegen sind: neben wohlgestalteten viele zahnlose, schielende, einäugige, bezopfte, bärtige, kahle, knorrige Leute, alle mit den Schnitzköpfen von Latchin. Phantastisch! Waldenbuch vor 150 Jahren oder ein neorealistischer Film! Die Braut in starrer Pracht neben dem unbekannten Bräutigam, gesenkten Blikkes, total stumm. »Warum spricht sie nicht?« wollte ich wissen. »Sie schämt sich!« riefen die Gäste (»she is shame«), meinten aber sicher, sie sei schüchtern. Gott sei Dank ist sie hübsch und kein Anlaß für Ormes, sich zu fürchten!

Zu später Stunde tanzte ich mit der ganzen Gesellschaft, d. h., ich schloß mich dem Ringelreihen an, der sich unter bestimmten Schritten zu schrillem Gesang linkswärts bewegte. Es war ein rauschendes Fest unter Zusammengehörigen, ich die Minderheit.

Zu den assyrischen Hochzeitsbräuchen: Es gibt ein kirchliches Verlöbnis, das nicht länger als sechs Monate dauern darf. Dabei werden zunächst Braut und Bräutigam nach ihrem Alter gefragt. Sind sie unter 18, brauchen sie das Einverständnis ihrer Eltern, über 18, können sie frei entscheiden. Es werden 64 Ehehindernisse aufgezählt, alle nur denkbaren Verwandtschaftskombinationen, darunter auch die »geistige Verwandtschaft«. Ein Taufpate z.B. darf sein Patenkind nicht heiraten. Die Eltern werden gefragt, ob ihnen eine Krankheit der Braut oder des Bräutigams bekannt ist. Es werden zwei Verlobungszeugen, ältere Frauen, gefunden, welche die Namensnennung der beiden und die Ringübergabe übernehmen. Der Bräutigam wird gefragt, ob er den Brautpreis entrichtet hat, und seine Schwiegereltern werden um Bestätigung gebeten. Dann wird der Ring durch die beiden Zeuginnen an die Braut überreicht. Steckt sie ihn an, ist sie einverstanden, andernfalls wirft sie ihn von sich. Das Paar wird gefragt, ob es in guten und bösen Tagen beieinander bleiben will, und ihre Ringe werden gesegnet. In früheren Zeiten wurden alle Fragen den beiderseitigen Eltern gestellt und von ihnen beantwortet.

Innerhalb der Sechsmonatsfrist findet die Hochzeit statt, die sich früher über eine Woche hinzog. Vor der eigentlichen Zeremonie werden erneut beide vom Priester gefragt, ob sie einander heiraten wollen. Danach bringt der Priester einen Kelch, der mit zwei Dritteln Wein und einem Drittel Wasser gefüllt ist. Der Kelch wird gesegnet, und die Brautleute versenken darin ihre Trauringe und ein Kreuz sowie ein Stück Ton. Der Ton sollte möglichst aus einem Ziegelstein der Kirche stammen. Er wird in den Kelch geworfen mit den Worten: »Wie Adam aus Lehm gemacht ist und Eva aus Adams Seite, so bitten wir dich, dieses Paar zu segnen, wie du Adam und Eva gesegnet hast, im Namen des Vaters und des Sohnes und des Heiligen Geistes«. Und damit trinken die Brautleute den Kelch aus. Auch die Zeugen werden gesegnet. Dem Brautpaar werden die Hochzeitskronen aufgesetzt. Mit je zwei Bändern, einem roten und einem weißen, werden ihre Häupter berührt und die Bänder dann über den linken Arm gelegt. Heiratet ein Diakon, bekommt er die Bänder über die rechte Schulter. Heiratet aber ein Priester, berührt niemand mit den Bändern seinen Kopf, weil seine Priesterschaft einen höheren Rang hat als jede, auch symbolische, Krone. Die Bänder bleiben das Eigentum der Brautleute und sind wiederum für die Taufzeremonie des ersten Kindes bestimmt. Wenn dies alles getan ist, gibt es einen letzten Segen für das Paar und die Gemeinde.

Es gibt den Brauch, während der Zeremonie mit Scheren zu klappern, um die bösen Geister zu vertreiben, oder die Braut mit einem langen Nagel ins Hinterteil zu pieken, was die Potenz des Bräutigams beschwören soll, oder auch, den Fuß des Bräutigams auf den der Braut zu setzen. Diese Bräuche werden heute nicht mehr praktiziert. Aber immer noch gilt, daß Braut und Bräutigam einander nur von ferne kennen.

Die Informationen über die assyrischen Hochzeitsbräuche sind mir nicht einfach in den Schoß gefallen, sondern das Ergebnis einer Reihe von Zufällen, Briefwechseln, Zeitungsartikeln und Telefonaten. Der Kontakt mit Father Emanuel Youkhana hatte eine so große und erfreuliche Überraschung zur Folge, daß ich alles, was zu ihrem Zustandekommen beigetragen hat, hier aufschreiben will.

Es begann so, daß ich mich nicht damit abfinden wollte, über diese Hochzeitsbräuche nichts zu wissen – schlimm genug, daß ich damals nicht dabei war! –, kurzerhand einen Ostkirchen-Experten anrief und seinen Rat erbat. Der schickte mir eine lange Liste von Veröffentlichungen über dieses Thema, schwer zu kriegen, einiges in französischer Sprache. In dieser Liste kam auch eine Frau Dr. Anschütz vor, die in Hamburg leben und über die assyrischen Christen promoviert haben sollte. Über die Fernauskunft bekam ich ihre Adresse und schrieb ihr einen kurzen Brief über das, was ich wissen wollte – und warum. Zunächst erhielt ich keine Antwort – später erfuhr ich, daß sie oft wochenlang auf Reisen ist, in Nordafrika oder im Nahen Osten, und daß sie alles das weiß, was ich damals – an der Quelle sitzend – versäumt habe zu wissen. Wenige Wochen später fand ich in der ›Frankfurter Allgemeinen Zeitung‹ einen lan-

gen Artikel von ihr – und später noch viele – über die Syrischen Christen. Ich rief sie sogleich an. Sie erinnerte sich sofort an meinen Brief und erzählte mir, daß es in Wiesbaden eine Gemeinde von annähernd 3000 Assyrern gebe und der Priester dieser Gemeinde Emanuel Youkhana sei. An den schrieb ich nun, daß ich in Bagdad gelebt hatte, wie ich mich wieder mit den Briefen aus dieser Zeit beschäftigte, leider den Kontakt zu Latchin und Marlene verloren hatte und kaum einen Menschen mehr nach den assyrischen Hochzeitsbräuchen fragen könnte.

Am nächsten Morgen bereits bekam ich einen Anruf! Emanuel Youkhana war entzückt, mich kennenzulernen und mich in seine Familie zu einem irakischen Abendessen einzuladen, so bald wie möglich, gern in der darauffolgenden Woche. Am verabredeten Tag fuhr ich also in einem eingemeindeten Vorort Wiesbadens herum, in den kleinen Straßen des alten bäuerlichen Ortskerns, bis ich schließlich die angegebene Adresse fand: eines dieser öden, anonymen Hochhäuser mit unzähligen Namensschildern. Darunter auch »Youkhana«, was eigentlich »Johannes« heißt. Ich klingelte und begab mich in hallende Betongänge, stieg Treppen hinauf und wurde auf halbem Wege von Father Emanuel empfangen, in der Tür dann von Frau Youkhana und einer kleinen Tochter. Die Wohnung war hell, freundlich, unbeschreiblich aufgeräumt und eigentlich »westlich«, nur dem Eingeweihten als irakisch erkennbar, und dann eben diese Menschen darin. Auch »westlich« auf den ersten Blick: Father Emanuel ein großer, schöner, stattlicher Mann mit wohlklingender Stimme, seine Frau zierlich, zurückhaltend, intelligent, englisch sprechend. In allen Gesten zeigt sie, daß sie die dienende Rolle innehat. Ihr Mann fragt, redet, erklärt – sie hört zu und spricht nur, wenn man sich ihr direkt zuwendet, dann aber ganz unbefangen. Später kam noch ein Theologe hinzu, Antwan Latchin, und zwei sehr hübsche Töchter, Schulmädchen. Mit den Kindern kam auch das Abendessen, eine Fleisch-Tomaten-Auberginenspeise, in den flachen Aluminiumschüsseln zubereitet und angerichtet, wie ich sie noch aus Bagdad kenne (ob man sie in Deutschland kaufen kann?). – Ein Anblick, der mich fast mit Heimweh erfüllt hat. Frau Youkhana aß ganz zuletzt, nachdem alle Gäste und vor allem alle Kinder ihre Teller gefüllt und bereits begonnen hatten. Da sitzen sie nun in diesem Betonhaus und haben Heimweh. Die Familie ist ganz in die assyrische Gemeinde integriert, ich glaube, deutsche Kontakte haben sie kaum. Wie sie hier ihre drei hübschen Töchter über die Hürden kriegen wollen, ist mir ein Rätsel, nach allem, was ich während des Abends über die noch immer ganz rigiden Moralvorstellungen zu hören bekam. Es geht eigentlich nur mit Nicht-Integration, mit Abwehr der westlichen Sitten – und vielleicht auch Freundschaften. Im Gedanken an die Zukunft dieser Kinder, sollten sie lange hier bleiben müssen, könnte man trübsinnig werden, aber auch im Gedanken an den Seelenfrieden der Eltern.

Ich lernte viel an diesem Abend, und noch etwas: Ich hatte Fotos von Latchin und Marlene, von Ollo und mir, unkenntlich mittlerweile, weil die Jugend so weit weg ist, von unsern kleinen Kindern. Ich ließ die Fotos dort, Father Emanuel würde demnächst nach Bagdad reisen und herumfragen, ob Latchin noch lebte. So fuhr ich nach Hause, rief am nächsten Tag noch einmal an und hoffte auf eine weitere Begegnung.

Ich wartete also – und wende mich wieder über 40 Jahre zurück, wo schon die Weihnachtszeit anbricht.

13. Dezember 1962

Dem Brief von Ollo muß ich noch einiges hinzufügen. Soeben las ich voller Rührung seinen Dank für all die Sachen, die aufgrund meiner Bestell-Liste kamen, die ganzen schönen Kinderkleider hält er für Weihnachtsgeschenke, und zwar für *selbstgenähte* (Overalls, Mäntel, Strumpfhosen) – der Schatz! Dennoch haben wir statt der überfälligen 70 Mark 200 überwiesen. Nach einem kurzen Blick auf alle möglichen von Euch nie aufgeschriebenen Sachen erschien uns dies das Allermindeste.

Heute werden die Briefe für Deutschland mitgenommen, desgleichen ein paar leichte Päckchen. Und heute haben wir erfahren, daß Mamas Weihnachtsgeschenk nicht fertig ist. Wir werden seit Wochen vertröstet – next Saturday – Monday – after tomorrow – tomorrow – Monday evening usw. Am letzten Samstag haben wir dem Mann klarzumachen versucht, daß wir sein Werk nur heute verschicken können. Im letzten Flugzeug, das Weihnachtspost für die Mutter mitnimmt. Alles vergeblich. Am Sonntag aber fliegt Mike Dowling, der Sohn des amerikanischen Botschafters in Bonn, zu seinen Eltern. Also noch eine Chance. Mike hat uns angeboten, auf dem Rückflug etwas von Euch mitzubringen. Es wäre wunderbar, wenn es ein kleiner Laib Waldenbucher Bauernbrot wäre. Seine Adresse ist Bad Godesberg, Rolandstraße 7.

Den Kindern geht es gut. Anina ist unausstehlich, wirft ihre Sachen aus dem Bett und brüllt: »Wiederhaben!«, schlägt Margarete und läßt sich nicht zudecken. Nikolaus ist sagenhaft vergnügt, dick und rosig. Er steht im Bett und tropft lange Spuckfäden auf den Boden.

Bis Weihnachten ist noch lange hin, Mama, es scheint mir viel zu früh, dementsprechende Segenswünsche zu äußern. Dennoch ist es die letzte Gelegenheit. Und wenn sich dieser Brief auch nicht zum Vorlesen unterm Weihnachtsbaum eignet, bleiben wir doch wie immer und mit den allerinnigsten Wünschen für die ganze Familie: Deine vier Bagdadis.

P.S.: Wir lesen mit Schrecken die Berichte über Contergan, »unschädlich wie Zuckerplätzchen«. Ihr wißt, daß ich Contergan am Anfang meiner Schwangerschaft mit Nikolaus genommen habe, aber *zufällig* nicht während der gefährlichen Zeit.

21. Dezember 1962

Liebe Mama!

Eigentlich wollte ich mich so halbwegs für unsern unmöglichen, in Etappen geschriebenen Weihnachtsbrief entschuldigen, der ebenso prosaisch war, wie uns hier zumute ist. Ich wollte Dir nachträglich erklären, daß wir seit *Wochen* Abend für Abend aus sind, alle paar Tage Mittagessen haben oder geben und uns bereits seit einiger Zeit in dem – mir bereits bekannten – Zustand befinden, da man, überreizt und übernächtigt, den altvertrauten Boden der Tatsachen verlassen hat und in einer Art Trance lebt. Ich falle nachts um zwei ins Bett und kann nicht einschlafen vor Müdigkeit. Zwar habe ich die acht Pfund Weihnachtsplätzchen für die Botschaft gebacken, aber seither nichts mehr. Grade ist Margarete für acht Tage abgedampft, sie hat nur über die Weihnachtswoche eine Reisebegleitung gefunden und will nach Bethlehem fahren. Also *das* wollte ich sagen, obgleich es mittlerweile überrollt ist von den Tatsachen, die sich unabhängig von uns vollziehen: wir verlassen Bagdad Anfang Februar. Das steht fest. Unser nächster Posten wird mit der nächsten oder übernächsten Kurierpost vermutlich bekanntgegeben. Wir bekommen noch für Februar und März unsern anteiligen Heimaturlaub, können vermutlich noch irgendwelche Möbel anschaffen, und dann ergeben sich die altbekannten Probleme. Wo werden wir bleiben, wie können und sollen wir wohnen, wird Margarete mit uns kommen, wer fährt zuerst los und sucht ein neues Haus – ich erinnere an den Anfang des Jahres! Alles muß improvisiert werden. Für Familien wie die unsrige besteht für solche Zwischenmonate keine Unterkunftsmöglichkeit. Nicht alle Kollegen haben Eltern mit ausreichenden Gästezimmern. Wir haben das zum Glück, aber wieviel Geduld und Großzügigkeit müssen wir voraussetzen, und in welch zermürbtem Zustand verlassen wir jedesmal unsere elterlichen Gastgeber!

Aber der Gedanke an die Abreise aus Deutschland später macht mich jetzt schon verrückt. Wir glauben, daß wir nach Südamerika kommen, und dahin würden wir mit dem Schiff fahren, die beiden Kinder, ich und Margarete oder ihre Nachfolgerin. Ollo würde vorausreisen und ein Haus suchen (und sich nicht entscheiden können), oder wir würden alle miteinander ins Ungewisse fahren und in einem Hotel wohnen. Das wäre mir die liebste Lösung – ich möchte nicht noch einmal einen Monat lang mit gepackten Koffern und gewaschenen Kindern dasitzen und dann von Schiff zu Schiff umbuchen. Aber auch die Möbel brauchen Monate, bis sie ankommen. Selbst wenn wir ein Haus fänden, wäre es leer. Und immer noch hielte ich es für besser, wir lebten alle miteinander auf dem Fußboden, als daß die Familie getrennt würde. Die Kinder sollen sich in all dem Wechsel wenigstens darauf verlassen können, daß ihre Mutter bei ihnen ist.

Ich höre Dich mit mir seufzen. Aber da wir gar nichts an der Sache drehen können, habe ich mir vorgenommen, alles einfach geschehen zu lassen. Aufregen können wir uns immer noch, wenn es soweit ist. Sozusagen ein Neujahrsgedanke!!!

22. Dezember 1962

Liebe Mama,
Mike Dowling ist ohne Dein Weihnachtsgeschenk abgeflogen. Ollo hat es gestern abgeholt, und es ist – nach allem vorausgegangenen Ärger – so in Eile und so nachlässig gemacht, dazu noch falsch, daß wir uns nicht entschließen können, es abzunehmen. Es wird zurückgebracht und geändert, jetzt kann es ja ru-

hig Ostern werden. Damit Du aber wenigstens weißt, was es ist: eine Kopie meines dicken Bandrings, in dem schönen satten Bagdader Gold, mit einem Cabochon aus Smaragd, und sicher herrlich, wenn es gut gemacht ist. Diesen Ring also hättest Du haben können, er läge in zwei Tagen auf Deinem Gabentisch, er würde ... usw., lauter Konjunktive. Wir sind bei diesem Mann gute Kunden, es ist unbegreiflich und unverzeihlich – seit Ewigkeiten in allen Einzelheiten abgesprochen ... alle weiteren Worte will ich mir sparen.

Margarete ist losgefahren, hoffentlich ist sie vernünftig. Sie ist ein waghalsiges Mädchen, in allem! Will nachts im Auto übernachten (in der Wüste), in eiskalten Ruinen schlafen, über sich den Sternenhimmel, und kennt keine Rücksicht auf sich selbst. Ich mache mir immer etwas Sorgen, wenn sie loszieht – andererseits hat sie nun einen großen, bunt zusammengewürfelten Bekanntenkreis und last not least einen schwulen Freund, mit dem sie jetzt ins Heilige Land reist, was Besseres kann man sich kaum wünschen!

Liebe Mama, das ist alles, was ich an Feierlichkeit aufbringen kann, zwei Tage vor dem Fest. Nun schon das dritte. Ich habe Weihnachten in einem islamischen Land sehr gerne, weil »die Welt draußen« keine Notiz davon nimmt. Nach wie vor die Orosdibak-Songs im Warenhaus, kein Weihnachtsschmuck, keine Überfüllung, keine Eile, eine Zeit wie jede andere. Nur die paar Christen, die hier leben, beschenken und besuchen sich gegenseitig – es ist ein exklusives Ereignis!

2. Weihnachtstag

Ihr Lieben, Süßen, am Weihnachtstag habe ich die Kindergeschenke ausgepackt, den Hampelmann für Nikolaus, das Holzwägelchen für Anina, das Bilderbuch, das Legespiel. Ich habe mich nicht entschließen können, Nikolaus den Hampelmann zu geben, er würde ihn vollrotzen und einspeicheln und ihm die Filzohren abfressen, und mir würde das Herz bluten. So ein entzückendes Spielding! Die beiden haben außerdem Klötze bekommen, jeder ein Püppchen und eine Klapper aus Holz mit Glöckchen drin. Anina erklärte unter dem Christbaum immer wieder: »Das d'ört alles der Nina.« Der Baum war diesmal schön, mit selbstgemachten Sternen geschmückt (Margarete!) und voller Lichter. Eine wunderschöne Käte Kruse-Puppe aus Braunschweig haben wir auch Anina vorenthalten, vielleicht findest Du es verrückt, aber wenn Du sehen könntest, *was* sie mit den Sachen tun: ins Klo schmeißen, drauftreten, zerkauen – Käte Kruse würde sich im Grabe herumdrehen.

Nikolaus spielt, wie einst Anina, stundenlang allein im Stall und kommt nicht mehr auf die Idee, hinauszuwollen. Das Dolce Vita mit Frau Soukup ist vergessen. Beide Kinder spielen selbstvergessen im Kinderzimmer, pusseln herum und schwätzen – wir sitzen nebenan. Heute ist der fünfte Tag ohne Margarete. Ollo hilft mir rührend, badet, putzt Hintern ab, füttert und betet. Er war höchst erstaunt, was Kinder doch für eine *Arbeit* machen und meinte, er würde Margarete nun noch mehr schätzen. Anina ist groß geworden und sehr schlank. Sie fürchtet sich abends vor dem »Niemann« (»Da ist niemand!«), redet viel, aber schrecklich undeutlich und langgezogen, in endlosen Wiederholungen. Sie war solch ein rundes, gemütliches, ausgeglichenes Kind im Sommer. Jetzt ist Konkurrenz da, und ihre Babyzeit ist vorbei. Es ist alles nicht schlimm, sie ist nicht »gestört«, aber eben doch zart an Leib und Seele. Nikolaus hat sie vorgestern gehauen. Sie wollte nicht, daß er meine Stuhllehne anfaßt (!) und wischte immer wieder seine Hand weg. Schließlich wurde ihm das zu bunt, er versuchte sie wegzuschieben, und als es ihm nicht gelang, stieß er einen zornigen Schrei aus, haute ihr mit aller Kraft auf den Kopf und riß sie wütend an den Haaren. Großes Tränenbad!

28. Dezember 1962

Margarete ist zurückgekommen, gesund und glücklich. Sie war in Bethlehem, hat deutsche Weihnachts-Choräle auf dem Hirtenfeld gehört, in einem Beduinenzelt übernachtet, auf Kamelen gesessen und so weiter.

Über uns dräut die »Geheimaktion Gerstenmaier«, die geplante Aufnahme diplomatischer Beziehungen zwischen Israel und der Bundesrepublik. Die Entrüstung darüber ist derartig, daß ich mir vorstellen könnte, daß sämtliche arabische Staaten uns den Rücken zukehren. Und, was ich Dir schon mal geschrieben habe: wir fühlen uns auf ihrer Seite, wir wollen mit ihnen befreundet bleiben, wir wollen nicht alles umsonst gemacht haben. Wir kennen sie und haben uns mit ihnen angefreundet, vielfach ihr Vertrauen gewonnen. Wir können nicht objektiv sein. Israel ist ein Pfahl im Fleische der arabischen Welt. Aber ohne Hitler wäre das ganze Problem nicht entstanden. Worauf sollen wir also hoffen? Es ist ein schwieriges Thema, selbst mit unsern Freunden. Sie sind, sobald man darauf zu sprechen kommt, plötzlich fürchterlich taktvoll!

War schon die jahrzehntelange Einwanderung der Juden in Palästina ein Problem (und Einwanderungen scheinen das immer zu sein), so empfanden die arabischen Staaten die Gründung eines von den USA unterstützten, militärisch hochgerüsteten Staates auf ihrem Territorium als unerhörte Provokation, als empörende Ungerechtigkeit. Sie fürchteten, daß die Israelis eines Tages sagen würden: »Was wollen die Palästinenser hier überhaupt?« Und sie fürchteten, daß selbst 100 Jahre Verhandlungen und Aufstände das an ihnen begangene Unrecht nicht wieder gutmachen könnten.

Ich habe seit einigen Wochen nachts ein Stechen im Schlund, muß mich aufsetzen und jede Art von Räuspern, fast das Atmen unterdrücken. Es dauert zehn Minuten und geht wieder. Fühlt sich so ein Krupp an? In solchen Zeiten denke ich immer, ich habe Luftröhrenkrebs und sinne über zweckmäßige Selbstmordmethoden nach. Das macht einen guten Briefschluß, Mama, das Blatt ist sowieso zu Ende. Täglich denke ich an unser Wiedersehen und an Dein Wiedersehen mit den Kindern. Leb wohl, hab nochmals Dank für alles.

Neujahr 1963

Liebe Mama!
Noch nie haben wir so gespannt auf die Kurierpost gewartet wie diesmal. Wir haben noch *grade* so viel Zeit, um uns per Luftpost zu erkundigen, welche Besonderheiten es in unserm zukünftigen Land gibt, was man dort kaufen kann und was nicht. Davon hängen hier unsere Verkäufe von Möbeln und Hausrat ab und vieles andere. Schon beginnen die Abschiedsparties für uns. Wenn Ihr uns wiederseht, werden wir räudig und abgezehrt sein, was aber nicht nur am Umzug liegt, sondern an der Kombination, die hier keinem Scheidenden erspart bleibt: tagsüber Räumen und Packen, nachts tolle Feste. Ich denke, wir gehen nach Guatemala!

Ins neue Jahr sind wir mit Pappmützen und Papiertrompeten gekommen, aber unter meiner Pappmütze dachte ich in dieser Nacht an den Weltfrieden und kaum an persönliche Wünsche. Immer nur: wenn der Friede erhalten bleibt, geht schon alles andere irgendwie. Auch hier im Irak wünscht man sich Frieden und eine erträgliche Lösung aller unlösbar erscheinenden Spannungen. Die Armee ist Kassems einzige verbliebene Stütze, aber Teile des Offizierscorps sind von ihm abgefallen und bekennen sich zur panarabischen Einigung. Der Zugriff auf Kuwait ist gescheitert, und die Millionengelder aus den Ölgesellschaften hat der Kurdenkrieg verschlungen. Der Irak ist arm und verzehrt sich in kompliziertesten Streitereien mit seinen arabischen Nachbarn. Äußerlich ist Ruhe.

Dir und allen andern tausend Grüße bis zum nächsten Brief!

11. Januar 1963

Liebe Mama,
das wird ein Kurz-Konzentrationsbrief! Zunächst innigsten Dank für das Stück Brot, das größtenteils in Nikos rosigem Rachen verschwand, sowie für Post, Schinken und Marzipan.

Eure Reisepläne sind wunderbar, und ich habe die größten Sorgen, daß Ihr sie bedroht fühlt durch unsere Ankunft (um den 10. Februar herum!). Es paßt mal wieder wie die Faust in die Kompottschüssel. Aber eigentlich nur auf den ersten Blick. Ich fände es schrecklich, wenn Ihr nun alles verschieben wolltet oder glaubtet, ohne Euch ginge überhaupt nichts. Das einzig Schlimme ist, daß wir Euch in die Reisevorbereitungen platzen, sofern wir nicht alle miteinander nach Hamburg fliegen und dann in Braunschweig bleiben. Ich habe mir ausgedacht: wir brauchen in der ersten Nacht Quartier für Ollo, Anina und mich. Margarete geht mit Nikolaus nach Möhringen. Ollo fährt nach Bonn, wo er sich melden und tausend Sachen erfahren muß, dann nach Braunschweig, und ich bleibe mit Anina bei Euch. Anina ist verständig, sauber und leicht handzuhaben, ißt alles und macht keinen übertriebenen Wirbel. Margarete ist für Notfälle in der Nähe. Sie kommt wahrscheinlich nicht mit nach Guatemala und kann ihren Urlaub später nehmen. Ollo könnte – solange Ihr weg seid – nach Waldenbuch zurückkommen, ohne, daß das Haus überfüllt würde. Ich kann Pauline helfen, bügeln, kochen usw.

Wirklich problematisch wird es erst im März. Da sind Semesterferien, Ihr kommt zurück, und das Haus wird mit uns zu voll. Ollo und ich müssen erneut Tropentauglichkeitsuntersuchungen, Zahnbehandlungen und Impfungen haben, wir müssen viel für Guatemala einkaufen und vieles regeln, wozu ich mich von Ollo gar nicht trennen kann. Vielleicht müssen wir alle in ein Hotel ziehen, an einem zentralen Ort im Rheinland, mitsamt Margarete und den Kindern. Margarete mit den Kindern in Waldenbuch zu lassen, ist deshalb nicht möglich, weil ich sie an ihren freien Tagen nicht vertreten kann, und *beide* Kinder an diesen Tagen Pauline oder Dir aufzubrummen ist ausgeschlossen. Aber wir haben noch genügend Zeit, uns darüber die Köpfe zu zerbrechen. Wichtig ist für mich nur, zu wissen, ob Ihr Braunschweig vorschlagen wollt – denn Ihr sollt auf alle Fälle Eure Reise machen. Ich finde Eure Abwesenheit sogar ganz praktisch: da können wir mit Anina ein Familienleben aufmachen, und der Praxis-Vertreter läuft mit Pauline extra. Das kann man gut arrangieren. Ich bin nicht hin- und hergerissen zwischen meiner Familie und Euch, was Mahlzeiten, Schwätzstunden und so weiter betrifft, sondern habe Zeit, meinen Kram zu tun.

Im Ganzen bleiben wir etwa sechs Wochen in Deutschland. Wie der März verlaufen soll, ist mir total schleierhaft.

Bitte schreib gleich, damit wir wissen, wohin wir die Flugkarten buchen sollen. Ein rausfallsicheres Kinderbett ist in Möhringen, das andere mit dem niedrigen Gitter von Ritters kriegst Du vielleicht noch mal, sonst schicken die Braunschweiger ihres. Die arme Frau Sautter weiß noch gar nichts – ich will ihr schreiben und sie bitten, Dich anzurufen.

Es ist wahnsinnig, Mama: wo immer man erscheint, muß man ungeheure Ansprüche stellen und voraussetzen, daß andere sich für einen buchstäblich auf den Kopf stellen. Wo immer man geht, hinterläßt man Nervenzusammenbrüche und leere Kinderbetten. Was machen Auslandsbeamte ohne ihre Eltern? Oder mit Zweizimmer-Eltern? Wer nimmt wochenlang fünf Leute auf, darunter zwei so kleine Kinder?

Ich denke keinen Augenblick an Guatemala, das so schön und vulkanreich sein soll, ich denke nur an die nächsten beiden Monate. Hier gibt es eine Guatemaltekin im diplomatischen Corps, die Arme wird ständig mit uns eingeladen und muß auf alle unsere Fragen antworten, Fotos mitbringen, Adressen nennen. Was für ein Wechsel! Und Nikolaus, zwar siebenzähnig, kann noch nicht mal laufen.

Bald wieder!

14. Januar 1963

Liebe Mama!

Deinen Brief habe ich noch gar nicht gelesen, Ollo hat mir den Inhalt durchtelefoniert. Also alle Mann und Maus zu Euch! Es hört sich immer alles so unproblematisch an, wie Du es ausführst, sodaß man am Ende selber alles nicht so schlimm findet. Aber wie es auch immer sei: ich bin heilfroh, daß wir zunächst zu Euch können und daß Ihr nach Spanien fahrt – dreimal unterstrichen!!! Daß wir in Eure Betten dürfen und daß Ihr anscheinend entschlossen seid, auch den Nikolaus aufzunehmen. Es ist wunderbar, wie selbstverständlich Ihr das findet! Mit Margarete ist ja alles ziemlich einfach, wenn auch eine Person mehr. Ich habe mich entschlossen, von nun an erleichtert zu sein und mich vor dem vor mir Liegenden nicht mehr zu fürchten. Aber was wären wir ohne Euch? Dein Brief strahlt einen solch ruhigen Optimismus aus, daß ich unwillkürlich davon angesteckt bin, zumal ich doch Ollos stetige Schwarzseherei und verzwickteste Schwierigkeiten gewohnt bin. Also Balsam für meine Seele! Auch Ollo findet Dich großartig. Er kann gar nicht fassen, daß man so einfach handeln kann, grade bei einer Sache, die mit Fug und Recht größte Unruhe erwarten läßt. Nun, nach Deinem Brief, ist er ebenfalls frohgemut, und ich mit ihm.

Heute ist Nikolaus ein Jahr alt, das süßeste Kind der Welt,

von unglaublicher Liebenswürdigkeit. Anina dagegen ergeht sich in ständigen Ungezogenheiten, meckert Margarete nach, läßt gekautes Essen aus dem Mund fallen und tut Verbotenes mit triumphierendem Gesichtsausdruck. Nur ihren Bruder behandelt sie voller Liebe, achtet darauf, daß er ißt, steht an seinem Gitter und küßt ihn auf den Kopf.

Ich muß aufhören – morgen oder übermorgen schreibe ich weiter. Sei umarmt!

15. Januar 1963

Heute habe ich einen Teppich für Euch gekauft, einen Shiraz, ziemlich gebraucht, 140 mal 180 Zentimeter groß, echte Farben, altes Stück. Er hat ein schönes, leuchtendes Muster, ist kein *feiner* Shiraz, sondern eher etwas derb, aber kostet auch nur 150 Mark. Außerdem haben wir eine weitere Kuwait-chest erstanden, ganz messingbeschlagen, geräumig, dicht, mottensicher und unverwüstlich. Die war nun ziemlich teuer.

Immer wieder habe ich diesen merkwürdigen Luftröhrenkrampf, sitze da, kriege kein Wort mehr raus und trau mich kaum zu atmen. Tränen rinnen aus den Augen, und das Allerschlimmste, was man tun kann, ist husten – was man so gerne täte. Wenn einem das bei einem Mittagessen passiert, denken die Umstehenden, man erstickt, keiner weiß, wo er hinschauen soll. »Hilft Ihnen Tee?«, »Wollen Sie ein Bonbon?« rufen die Leute. Ich erinnere mich an eine Gymnasiallehrerin, Fräulein v. Falck, lang und dürr, »die Flak« genannt – die hatte das auch. Sie bekam ein Glas Wasser ans Pult und schwieg unter Tränen, die Mathematikaufgaben wurden unterbrochen. Sie stammte aus dem Baltikum und ist bestimmt ganz alt geworden!

Der Brief muß weg, Mama. Grüße alle und freue Dich auf unsere Ankunft, unsere zahlreiche!

16. Januar 1963

Latchin ist unglücklich über unsere Versetzung, und wir sind unglücklich, uns von dieser Familie zu trennen, die wir nun alle so gut kennen und mit denen wir in all den Jahren niemals eine Enttäuschung erlebt haben. Er und sein Bruder Ormes haben den neuen Pressereferenten Stefan Bock, Ollo und mich zu ihrem Weihnachtsfest eingeladen. Man muß da ein bißchen hinausfahren und kommt in ein Viertel mit kleinen Häusern oder danebenstehenden ziemlich heruntergekommenen Etagenwohnhäusern. In einem solchen lebt Ormes mit seiner jungen Frau. Es ist alles sehr sauber, und wie in Latchins früherem Zimmer bei uns sind die Wände voller Heiligenbilder und Glitzerblumen, die Möbel mit bunten Stoffen belegt, die Fußböden mit Teppichen oder Tüchern. Man geht in Socken. Sie hatten uns zunächst ein Reisgericht gekocht und danach einen Riesenteller mit Süßigkeiten auf den Tisch gestellt, zündeten Kerzen an und begannen zu singen – assyrische Weihnachtslieder, Ormes und Latchin im Duett. Sie singen aus dem Kehlkopf, die Töne kommen laut und metallisch, etwas gepreßt, sehr hoch, wie ein schrilles Falsett – also, bei uns würde kein Mensch so singen können. Dazu die fremde Sprache – vielleicht sogar aramäisch. Dies alles in der Enge der Wohnung und von diesen freundlichen, selbstbewußten Sängern vorgetragen – Mama, es hat uns fast zu Tränen gerührt. Stefan Bock, SPD, sagte zu uns beim Abschied: »Diese Leute brauchen keinen Sozialismus. Sie haben Liebe.«

Latchin wird nach unserm Weggang Koch beim finnischen Botschafter. Noch wissen wir nicht, was aus Ormes wird – aber das wird keine Schwierigkeiten machen! Ich habe so oft auf diesen Posten geschimpft, Mama, und jetzt, wo das Ende absehbar ist, sind wir beide traurig, auch Ollo. Ich weiß gar nicht, wie wir uns verabschieden sollen, was wir zu Latchin sagen sollen, den wir gewiß nie wieder sehen.

Der Brief wird von Ollo mitgenommen.

»... den wir gewiß nie wiedersehen«, steht da. Der Verlust war schon vorweggenommen und fest eingeplant. Und nun kam, Jahrzehnte nach diesem Abschied und etwa drei Wochen nach meinem Abendessen bei Father Emanuel in Wiesbaden, ein Telefonanruf: »Ich habe sehr gute Neuigkeiten für Sie«, sagte Emanuel Youkhana. »Latchin wurde gefunden – er lebt noch immer mit seiner Familie in Bagdad. Er hat Ihre Fotos bekommen, und Sie werden von ihm hören. Falls Sie einen Brief für ihn haben, schicken Sie ihn mir – ich werde ihn jemandem geben, der bald nach Bagdad reist.«

Nun, man weiß ja, daß es solche Sachen gibt, und daß selbst nach den schrecklichsten Bombardierungen, Kriegen, Revolutionen und Hungersnöten die Mehrzahl der Menschen noch immer da anzutreffen sind, wo sie hingehören. Aber in diesem Fall – nach dem Golfkrieg, nach der Verhängung des Embargos, nach all diesen Jahrzehnten der Tyrannei und der Ungewißheit, Latchin einer kulturellen und religiösen Minderheit angehörend, immer schon arm gewesen, immer schon ganz leicht der direkten Not ausgeliefert, wie ich einmal an meine Mutter geschrieben hatte – so viel Hoffnung hatte ich eigentlich nicht gehabt, ihn wiederzufinden. Etwa zehn Jahre zuvor hatte ich einmal einen Brief an den finnischen Botschafter entworfen, in dem ich etwas über Latchins Verbleib wissen wollte. Doch ich habe ihn nie abgeschickt! Latchin hatte, wie ich später erfuhr, 30 Jahre lang für die finnische Botschaft gearbeitet – es wäre ein leichtes gewesen, ihn zu finden. Aber damals hatte ich die Briefe von meiner Mutter noch nicht bekommen. Diese Briefe hatten eine Rückversetzung in die lange vergangenen Bagdadjahre ausgelöst, und damit eine gewisse Dringlichkeit, Latchin zu suchen und mich von seiner Unversehrtheit zu überzeugen, trotz aller Zweifel. So wie ich heute die größten Strapazen auf mich nähme, wenn ich noch einmal in den Schlammstraßen von Hindiyah herumlaufen, unser erstes Haus noch einmal sehen, um den Masbah Square gehen, die Eukalyptusbäume riechen könnte. All dies existiert nicht mehr, ich weiß es inzwischen. Aber Latchin ist da und Marlene, Ormes ist da mit seiner damals so ängstlich erwarteten Ehefrau, und natürlich sind sie alle nicht geschieden, sondern mit Mengen von Kindern und Enkeln gesegnet. Latchin hat später seine Frau Marlene in die finnische Botschaft nachgeholt, auch sie hat dort Jahrzehnte lang gearbeitet. Sie bekommen eine Staatspension von der finnischen Regierung und sind gemachte Leute, haben ein eigenes Haus, haben Ormes auch ein Haus gekauft und gehören zu den wenigen in Bagdad, denen eine relative Stabilität beschieden ist.

Als erstes schrieb ich einen langen, langen Brief an Latchin und Marlene: über Ollos Tod und meine Wiederverheiratung bis zum Tod auch meines zweiten Mannes, über die Kinder und ihre Familien, über mein Glück, sie beide wiedergefunden zu haben, über viele gemeinsame Erinnerungen, die bellenden Hunde, den alten Mohammed, den kranken Nikolaus, Latchins Zahnschmerzen nach der Tabakbehandlung, über das assyrische Weihnachtssingen für Mr. Bock und uns. Und, und, und! Bitte um Nachricht, Bitte um Fotos. All dies kam in einen doppelten Umschlag und wurde an Emanuel Youkhana geschickt, für seinen Kurier.

Ich wartete wieder. Wochen später kam ein weiterer Anruf: Marlene – lachend und weinend, Latchin mit tränenerstickter Stimme, wieder Marlene. Daß sie uns nie vergessen hätten, daß sie Gott dankten, mit mir sprechen zu können und daß die ganze Familie bete, daß ich nach Bagdad kommen könne, und ein Brief sei unterwegs.

Nachdem schon das Telefongespräch für mich ein Grund zum Weinen gewesen war, war es der Brief noch mehr. Die Fotos! Beide fast 40 Jahre älter geworden, aber in ihren älteren Gesichtern sogleich wiederzufinden. Latchin noch mit dichten, dunklen Haaren und Schnauzbart, mit nachdenklichem, gutem

Marlene und Latchin mit dem assyrischen Bischof 1998.

Gesicht. Ja, so hat er werden müssen. Marlene mit schwarz umrandeten Augen und seidener Bluse, die Mutter einer nun riesigen Familie: sechs Kinder und 13 Enkelkinder, davon zwölf Knaben. Namen wie Sargon, Oger, Isha, Nahreen, Youkhana. Eine blühend aussehende Familie. Latchin mit seiner Frau in einem wohl eingerichteten Wohnzimmer, Latchin mit würdevollem Gesicht zusammen mit seinem assyrischen Bischof, Marlene neben ihm, einen Schritt zurück, diesmal mit einem Kopftuch, das aber die Haare frei läßt und nur hinten im Nacken geschlungen ist. Latchins Brief stammt vom 15. Okto-

ber 1998. »... Ich kann kaum unsere Freude und unser Glück beschreiben, als wir Ihren Brief lasen. Nicht nur, daß wir uns über Ihren Brief gefreut haben – die Tatsache, daß Sie uns während all der Jahre nicht vergessen haben, ist wirklich unglaublich ...« Es folgt eine rührende Kondolation zu Ollos Tod und ein rührendes Sich-Erinnern an den glücklichsten Tag seines Lebens – als er in unser Haus kam. »Es wäre einfach wundervoll, wenn wir Sie wiedersehen könnten. Bitte lassen Sie uns rechtzeitig wissen, wann Sie reisen und welche Wünsche Sie haben«, schreibt er. »Wir haben ein großes Haus mit vielen Schlafzimmern, Eß- und Wohnzimmer und eine hübsche Diele. Auch einen großen Garten vor dem Haus, an dem ich viel Freude finde.«

20. Januar 1963

Liebe Mama,
heute kam Dein Brief, in dem Du darüber berichtest, daß Margaretes Mutter Dir unsern Ankunftstag gesagt hat und Pauline den Eiertopf entsteinte. Zugleich fand ich einen von mir an Dich geschriebenen Brief in meiner Handtasche, in dem ich mich für die Glückwünsche zu Nikolaus' Geburtstag bedanke – er ist durch ein Versehen nicht mit dem Botschaftskurier geschickt worden. Hier gibt es keinen größeren Umstand, als einen normalen Brief aufzugeben: jeder einzelne muß auf dem Postamt abgewogen werden. Briefe, die *zuviel* Porto auf dem Umschlag haben, gehen zurück! In diesem Brief steht zwar auch kein Ankunftsdatum, ich bilde mir ein, ich hätte es vorher geschrieben – aber da stehen alle möglichen Einzelheiten wegen der Betten, die ich nun mit Luftpost schicke, einen Durchschlag davon über den Bonner Kurier. Verzeih, daß nun alles etwas spät ist!

Wir bringen Bettwäsche mit, auch Decken. Wir sind aber knapp mit Kinder-Bettbezügen, da sind nur noch drei schäbige.

Wenn Du nach Stuttgart kommst, kauf doch ein bißchen Wäschestoff, dann kann ich welche nähen (Du wirst es nicht glauben), es sei denn, es gibt fertige, die nicht allzu teuer sind. Der allermeiste Kram kommt in den Liftvan und bleibt da über Monate, inklusive der Reise über den Atlantik – wie werden wir wohl alles vorfinden?

In der vorigen Woche habe ich nach einem mühsamen Abend (erst 50 Gäste in unserm Haus, danach noch ein Dinner nach Mitternacht bei Engländern) eine fiebrige Gastritis bekommen und erhole mich nicht so recht – seit Tagen kann ich kaum essen. Wie Eure Großmutter Berg vorm Umzug! Damit hing zusammen, daß ich Dein »Weihnachtsgeschenk«, das nach unendlichen Komplikationen soeben fertig wurde, nicht Herrn Tzschaschel mitgegeben habe. So bringen wir es also mit – es ist sowieso schon ein Witz, ein bagdadischer!

Die Iraker geben zum Teil phantastische Essen für uns, weil sie Ollo geliebt haben. Ollo ist ja kein »glatter« Diplomat, sondern eher von hanebüchener Aufrichtigkeit und Verläßlichkeit, ohne eine Spur von Arroganz. Die »unterdrückt« er nicht etwa, sondern er hat sie einfach nicht. Latchin stehen die Tränen in den Augen, wenn er von unserm Abflug spricht.

Vor einiger Zeit waren wir noch mal in Samarra und sahen vom Dach aus die berühmte goldene Moscheekuppel und das farbige Volkstreiben, den alten Stufenturm, gelb auf gelbem Sand. Wir haben das Land doch sehr liebgewonnen, das als einer der schlimmsten Posten gilt. Die Aussichten auf Guatemala, das »schönste Land der Welt«, helfen uns nicht über den Abschied hinweg.

22. Januar 1963

Gestern haben wir noch mal Fotos von Guatemala betrachtet und waren stumm und überwältigt. So etwas habe ich noch nie gesehen: das ist mediterranes Europa in den Tropen. Barocke Fassaden in üppigster tropischer Landschaft, von Hibiskus und Bougainvillea umrankt, halbwegs im Urwald. Zauberhafte Häuser und Gärten, immer vor einem Hintergrund von Vulkankegeln, deren es 83 gibt, gegen den blauen Himmel stehend, mit weißem Wölkchen über der Spitze. Es gibt unbeschreibliche Sonnenuntergänge – kurzum, es ist so schön, daß man fast abergläubisch wird – irgend etwas daran *muß* doch faul sein! Wir sahen die ganze Familie dieser Guatemaltekin, die dauernd mit uns eingeladen wird: entweder auf Pferden oder in Superautos sitzend oder am Schwimmbassin. Wir sind bereits brieflich wärmstens empfohlen. Wir kommen in ein Land, in dem Luxusfamilien leben, und eben diese werden wir kennenlernen und womöglich liebgewinnen wie die Iraker, allen Vorurteilen zum Trotz.

Drei Viertel der Bevölkerung in Guatemala besteht aus Indianern, die ein ungestörtes archaisches Eigenleben führen, noch in alter Tracht, mit katholisch-heidnischen Bräuchen. Alles sehr eigenartig. Sie haben Töpfereien – vielleicht kann ich ein bißchen Ton kriegen?

Wir fahren jetzt zur Post, adieu, ich schreibe noch mal!

2. Februar 1963

Liebe Mama,
es gibt nichts Überwältigendes mehr zu berichten. Die letzte Woche ist angebrochen, das Haus noch ganz unberührt. Ich gehe herum und erinnere mich an alles, an die nicht funktionierenden Wasserleitungen, an den Hund des Ministers, an Nikolaus' Taufe, an hunderttausend Sachen, ich kann es nicht aufzählen. Es war nur eine geliehene Heimat, aber doch *unser* Haus, und *noch* ist es schön und voller Blumen (Latchin!), noch habe ich ein trügerisches Sicherheitsgefühl, noch haben sich keine

wilden Kerle über Bücher und Bilder und Möbel hergemacht. Die Vorstellung, daß in wenigen Tagen dieser Anblick für immer zerstört sein wird, macht mir fast angst. Es gibt doch nichts Herzzerreißenderes als die Betrachtung einer Welt, die ganz bald verschwindet, oder noch schlimmer, von Menschen, die man liebt und nicht wiedersehen wird. Ich weiß *wirklich* nicht, wie ich mich verabschieden soll, ohne entsetzlich zu weinen.

Grade waren wir beim Fotografen mit den Kindern. Nikolaus war süß, lächelte, patschte in die Hände, tat alles, was man wollte. Anina war nur mit Mühe zu überreden. Wir bringen die Ergebnisse und die Originale!

7. Februar 1963

Mama, kannst Du Dir vorstellen: sie haben *mir* eine halbe Seite in der ›Iraq Times‹ gewidmet, mit der Überschrift: »German Lady Ceramist leaving Baghdad«. Wir haben nämlich eine Künstlerparty gemacht, weil wir doch viele Maler und Kunstexperten kennengelernt hatten, und die haben nun meine Sachen gesehen und mir einen enthusiastischen Artikel mit Fotos gedruckt, am besten fanden sie die braune Kuh. Der Artikel schließt mit den Worten: »Sie sagte unserem Korrespondenten, daß sie den Irak mit großem Bedauern verläßt, weil sie und ihr Mann alle die Freunde vermissen werden, die sie in Bagdad gewonnen haben, und weil sie ihren Aufenthalt in diesem gastfreundlichen arabischen Land genossen haben.«

8. Februar 1963

Liebe Mama!
Wer hätte geahnt, daß ich nun *diesen* Brief schreiben muß – in der Hoffnung, daß es irgendeine Möglichkeit geben wird, ihn nach Deutschland zu schicken, bevor wir fliegen. Das Datum

unserer Ankunft steht mit dem heutigen Tag in den Sternen. Statt zu packen sitze ich ganz allein im ausgeräumten Haus, ohne telefonische Verbindung zu Ollo, wenn auch noch Gott sei Dank zu den Kindern, die mit Margarete bei Tzschaschels sind. Auf der Straße sind brüllende Radios, über uns Tiefflieger, überall Bombeneinschläge, Maschinengewehrschüsse und Krawall. Über der Innenstadt steht eine Staubwolke: das Verteidigungsministerium soll dem Erdboden gleich sein, Abdul Kerim Kassem erschossen. Aber die Revolution ist noch keineswegs erfolgreich, die Revolutionäre haben die Radiostation, die Regierung, das Fernsehen, und man hört gerüchteweise, daß die Luftwaffe gegen die Armee kämpft. Der Lärm der Flugzeuge ist wahnsinnig, der ganze Himmel voll von kreischenden Vögeln. Die Detonationen zerreißen die Luft und lassen die Fenster klirren. Nirgends ist Elektrizität, die meisten Telefonverbindungen abgerissen. Vorhin rannte eine demonstrierende Horde mit Gebrüll und langen Stangen, Mistgabeln und Stöcken (wie man im Kino den Bauernkrieg sieht!) durch die nächste Parallelstraße, ich sah sie vom Dach aus, plötzlich gab es Maschinengewehrsalven und Gekreisch, alles rannte auseinander und durch unsere Straße zurück. Unsere Nachbarn riefen den Leuten zu, sie sollten verschwinden. Auf einmal kam in rasender Fahrt eine grüne Limousine, auf der vier Männer mit ausgestreckten Pistolen saßen. Sie schossen wie wild auf das Gartentor uns gegenüber und hinter den Demonstranten her, ich konnte aber nicht sehen, ob sie jemanden getroffen hatten. Einer der Fliehenden sprang gegenüber über den Zaun und verbarg sich hinter dem Auto in der Einfahrt, ich konnte alles beobachten.

Abends: Draußen rollen Panzer, dauernd schellt das Telefon – nun endlich! – mit neuen Nachrichten. Es brennt Licht. In der Stadt und auch hier bei uns ist Ausgehverbot. In der Nähe der Botschaft stehen Panzer, um das Haus des Oberst Mahdawi in

Schach zu halten. Fünf Leute übernachten in der Botschaft, keiner wagt sich auf die Straße. Wir können mit dem Archäologischen Institut telefonieren, das ganz in der Nähe des Verteidigungsministeriums ist. Dort wird noch dauernd geschossen, es brennt, und die Leute halten sich in den unteren Räumen auf. In Schmids Garten ist ein Teil eines abgeschossenen Flugzeugs gefallen, die Armen wohnen direkt am Tigris und blicken sozusagen in die Gewehrmündungen der Panzer, die am gegenüberliegenden Ufer stehen, um das Ministerium zu beschießen. Es muß ein Höllenlärm dort sein. Frau S. hat auch zwei so kleine Kinder wie wir, hoffentlich haben sie wenigstens Essen im Haus!

Wir hatten heute früh *grade* die beiden Kinder zu Tzschaschels gebracht. Anina wurde ins Bett gelegt, weil sie Fieber hatte, und Nikolaus schrie zornroten Kopfes, weil Frau Tzschaschel ihm ein Stück Schokolade weggenommen hatte – da rannte der Koch ins Zimmer und sagte schreckensbleich, es sei Revolution, Kassem sei tot. Ich merkte richtig, wie mir das Blut aus dem Gesicht wich, wir starrten uns alle gegenseitig nur an. Mir wurde in der Sekunde klar, was damit für uns verbunden ist: daß die Packer nicht weiterpacken, daß die Grenzen geschlossen werden, daß die Lufthansa nicht fliegt, daß der Umzug nicht beendet werden kann, daß wir vermutlich tagelang in unserm ausgeräumten Haus festsitzen, zwischen Kisten und Holzwolle.

Frau Tzschaschel und ich fuhren sofort zur Botschaft. Ollo wußte noch nichts und fiel fast vom Stuhl – aber zur gleichen Zeit begann die Schießerei um den Masbah Square, an dem die Botschaft liegt. Ich mußte sofort nach Haus und konnte nicht mehr wagen, Lebensmittel einzukaufen. Später aber fuhr ich doch noch mal an die nächste Straßenecke und kaufte Brot, Reis, Fett, Kaffee und Tomatenpüree, Zucker und ein paar Suppen, denn es war *alles* zu Ende, wir hatten keine Mahlzeit mehr im Haus zu erwarten gehabt und alle Reste verschenkt. Latchin schickte ich in größter Eile und ohne jeden Abschied nach Haus, Ormes war sowieso nicht da. Während des Vormittages klopften alle möglichen Nachbarn ans Tor und boten mir Hilfe an. Es war ein Radioaufruf an alle Ausländer ergangen, Ruhe zu bewahren und sich nicht zu ängstigen.

Das Allerverrückteste war, Mama, daß wir zum Mittagessen beim Finnen eingeladen waren und auch hingingen! Ollo, der Wahnsinnige, mit aufgespanntem Regenschirm – gegen die Schüsse! Die finnische Botschaft ist ganz in der Nähe, es war gegen zwei Uhr ruhig, und die neugierigen Männer wollten sich natürlich gerne treffen. Nur die Hälfte der Gäste (aber immerhin!) erschien, und noch bevor wir uns zu Tisch gesetzt hatten, kam ein Anruf, ab drei Uhr dürfe sich niemand mehr auf der Straße sehen lassen. Der Diener, der servieren sollte, erklärte am Telefon: »No party today!« Wir stürzten also eiligst in die Küche und schleppten die köstlichsten Gerichte auf den Tisch, setzten uns ohne jegliches Protokoll auf die Stühle, und der holländische Botschafter servierte zu unserm größten Vergnügen, formvollendet, mit untergeklemmter Serviette. Noch kauend verabschiedete sich alles. Es war ein einmaliges Lunch!

Im Laufe des Tages erfuhr man, Kassem habe am Vormittag noch gelebt, die Meldung sei nur ein Trick gewesen. Jetzt sagt die Deutsche Welle, er sei durch Bombenangriffe umgekommen. Was wahr ist, weiß kein Mensch. Er hat sich wohl tagsüber in seinem Bunker aufgehalten. Ähnlich wie bei Hitler!

Unser Haus ist ganz in der Nähe der Verbindungsstraße zu einem großen Militärlager, das nur fünf Fahrminuten entfernt liegt. Noch näher aber ist das Mahdawi-Haus, wo heute vormittag so geschossen wurde. Ollo rennt dauernd aufs Dach, um zu sehen, *ob* er etwas sehen kann. Soeben kommt ein Anruf von den Archäologen, daß sich das Verteidigungsministerium keineswegs ergeben habe, wie Deutsche Welle und Radio Bagdad melden, sondern daß bei ihnen sämtliche Fensterscheiben kaputt gehen von den Bombeneinschlägen. Die ganze Stadt sei voller Soldaten. Ich denke an Euch, daß Ihr vielleicht schon übers Fernsehen Nachricht habt und Euch ängstigt. Morgen wird Euch die Morgenzeitung den ganzen Frühstücksappetit verderben. Dabei ist alles – für uns, wohlgemerkt – ganz friedlich: wir wohnen in den Überresten unserer Wohnungseinrichtung, Margarete und die Kinder sind bei Tzschaschels. Übermorgen wollten wir fliegen! Welch eine idiotische Situation!

Montag: Kassem war nicht tot. Er fuhr am Freitag vormittag in seinem Wagen mitten durch den Lärm ins Ministerium in seinen Bunker – jemand aus der Botschaft hat ihn gesehen. Am Samstag mittag ist ihm und Mahdawi ein Prozeß auf der Bühne der Sha'ab Hall gemacht worden (wo uns sonst gelegentlich Kammerkonzerte geboten wurden), Kassem wurde an einem Stuhl festgebunden und erschossen. Ganz Bagdad entsetzt sich über den Fernsehfilm, wo die Leichen, an den Haaren hochgehalten, dem Volk präsentiert werden. Es kommen entsetzlich viele Menschen um, im Gegensatz zur letzten Revolution, man spricht von Tausenden, darunter viele Kinder. In der ganzen Stadt ist Kommunistenjagd, es sollen sich grauenhafte Dinge abspielen. Wir waren gestern in der Innenstadt, wo wir einmal in ein regelrechtes Kugelgefecht gerieten, überall ging es tat-tak-tatak, man hört es aus nächster Nähe und weiß doch nicht, woher es kommt. Stefan Bock war plötzlich in einer solchen Schießerei, daß er aus dem Wagen sprang und unter ein parkendes Fahrzeug kroch, wo er über eine halbe Stunde liegenblieb. Er war den ganzen Tag nicht mehr ansprechbar. Das Ganze war unerwartet – die Ausgangssperre aufgehoben. Ollo filmte das zerschossene Verteidigungsministerium und sah gerade, wie ein blutüberströmter Mensch herauskam. Dabei war alles Volk auf den Straßen, wenn auch die Stimmung, die über allem lag, wie elektrisch geladen schien. Es ist unbeschreiblich, wie alles lautlos davonhuscht, wenn plötzlich Gewehrsalven durch die Straßen peitschen, und Sekunden danach wieder auftaucht.

Unser Exitvisum ist verfallen. Wir versuchen alles, um Mittwoch aus der Stadt zu kommen!

In den Morgenstunden das 8. Februar griffen Kampfbomber der irakischen Luftwaffe das Kriegsministerium an, und aus den umliegenden Straßen schossen Panzer ihre Granaten in die Trümmer. Die Leibgarde Kassems verteidigte sich bis zur letzten Patrone, während sich Kassem und eine kleine Elitetruppe im Luftschutzkeller verschanzt hatten. Er wurde gefunden und seinem einstigen Waffenbruder Abdel Salam Aref vorgeführt, der ihn ohne Umschweife am 9. Februar erschießen ließ. Die Leiche Kassems wurde auf Befehl Arefs abends im Fernsehen gezeigt. Fast zugleich gab es massenhafte Demonstrationen zugunsten Kassems. Den erbittertsten Widerstand leisteten die ärmeren Stadtteile Bagdads. Die Menschen gingen mit Stöcken und Pistolen auf die Panzer los und sammelten sich vor dem Kriegsministerium, um Kassem zu schützen. Sie wurden überrollt oder erschossen. Es begann eine beispiellose Jagd auf Kommunisten und Kassems Sympathisanten. Sie wurden in den Häusern aufgespürt oder auf der Straße erschossen, grundlos ins Gefängnis geworfen, gefoltert und umgebracht, es war eine Orgie von Gewalt, die in der ganzen Welt mit Abscheu beobachtet wurde.

Bis in den November hinein rangen baathistische und nationalistische Gruppen um die Macht. Danach etablierte sich Arefs Regime. Alle Hoffnungen auf ein parlamentarisches System waren zunichte gemacht worden, die einzige Legitimation blieb die militärische Gewalt.

Noch während ich diesen Brief abschrieb und noch während ich den Plan hatte, nach Amman zu fliegen und dann 1000

Revolution Februar 1963, Eingang des Verteidigungsministeriums.

Kilometer mit einem Taxi durch die Wüste nach Bagdad zu fahren, wiederholten sich die Ereignisse, wenn auch diesmal von außen. Die USA bombardierten Bagdad ohne direkte Ankündigung und ohne Absprache mit dem Weltsicherheitsrat. Es waren endlose Krisen vorausgegangen, Saddam Hussein hatte die Zusammenarbeit mit den UN aufgekündigt, die Waffenkontrolleure waren vorsichtshalber abgereist. Wieder gab es Zerstörung, Verletzte und Tote, und diesmal ging es mir sehr nahe. Ich versuchte – gegen jede Erfolgswahrscheinlichkeit! – Latchins Nummer in Bagdad anzurufen, und kam tatsächlich durch. Latchin war am Telefon, wieder unter Tränen. Es war ihnen nichts Böses geschehen, alle waren unversehrt. Etwas später kam noch einmal ein Brief:

Wir sind glücklich, daß uns nichts Schlimmes zugestoßen ist – es war ein schreckliches Erlebnis, das sich hoffentlich nicht wiederholt. Man kann hier alles kaufen, aber zu horrenden Preisen. Um Ihnen ein Beispiel zu geben: ein Kilo Schafsfleisch kostet 3500 Dinar – nur wenige können überhaupt gelegentlich Fleisch essen. Das durchschnittliche Einkommen eines Beamten beträgt 4000–6000 Dinar im Monat, und ohne die staatliche Lebensmittelrationierung könnten die Leute nicht überleben. Schuld an der Misere ist das ungerechte Handelsembargo, das nun schon mehr als acht Jahre dauert. Nun zu Ihrer Reise! Es gibt nichts, das uns glücklicher machen könnte, als Sie wiederzusehen und Ihnen unsere Gastfreundschaft anzubieten. Aber nicht jetzt ...

Auf meinem Tisch häufen sich Zeitungsausschnitte und Ausdrucke aus dem Internet, alle mit bedrückenden Nachrichten. Nach Schätzungen der UNICEF sterben in Bagdad monatlich etwa 5000 Kinder. Es gibt kaum Medikamente, die Blutkonserven sind aufgebraucht, die Narkosemittel gehen aus. Die Menschen verkaufen ihre Möbel, um Nahrungsmittel bezahlen zu können. Ein unabsehbares Elend, aber für uns eben weit weg, von niemandem zu besichtigen. Es gibt nur wenige Fernsehbilder, und die wenigen sind immer die gleichen.

Etwa zur gleichen Zeit wie Latchins Brief war vom Auswärtigen Amt ein Blatt gekommen:

Erstens: Das Auswärtige Amt empfiehlt, nur in dringenden Fällen in den Irak zu reisen. Die medizinische Grundversorgung ist im Krankheitsfalle nur unzureichend gewährleistet.

Zweitens: Die Sanktionen des Sicherheitsrates der UN verbieten jeden Flugverkehr mit dem Ausland. Die Einreise ist daher nur auf dem Landweg von Jordanien aus möglich.

Drittens: Die Straße Amman-Bagdad sollte nur tagsüber und nach Möglichkeit im Konvoi benutzt werden.

Viertens: Die Botschaft der Bundesrepublik Deutschland ist seit Januar 1991 nicht besetzt und kann daher keine konsularische Hilfe leisten. In Notfällen sollen sich Reisende an die Vertretung eines EU-Mitgliedsstaates wenden.

Fünftens: Ausländer müssen sich beim Grenzübertritt in den Irak einem obligatorischen Aidstest unterziehen, für den 100 US-Dollar zu entrichten sind.

Sechstens: Eine Einreise über die Türkei oder Syrien wird von der Regierung in Bagdad als illegale Einreise in irakisches Hoheitsgebiet angesehen.

Ich habe, während ich dies alles schrieb und abschrieb, in drei Gegenwarten gelebt: der von damals, die so greifbar geworden ist, daß ich mich kaum umzuwenden brauchte, und schon war sie da. Der von heute, Latchin nämlich mit seinen sechs Kindern und 13 Enkeln, von denen ich nichts Gutes höre. Tränen am Telefon und Verzweiflung über die nicht enden wollenden trostlosen Zustände in seinem Land. Und noch eine Gegenwart: die meiner Familie in Waldenbuch. Da ist nun niemand mehr.

Wenn ich die Briefe lese, und jetzt mehr als je zuvor, finde ich die Jahre in Bagdad grausam und gewalttätig. Aber die Schrecken haben sich außerhalb meiner geschützten Enklave abgespielt, immer nur in Form von Meldungen und Gerüchten – bis auf die allerletzten Tage, als wir die Bomben und die Schießerei erlebten, den furchtbaren Film vom Ende Kassems sahen. Aber da waren wir innerlich auch schon weg. Wir haben den Irak mit einem der ersten Flugzeuge verlassen, die von Bagdad aus starten durften. Wir waren nicht mehr Zeuge dessen, was sich im Anschluß, nach dem Sturz des Regimes, ereignete. Wir waren in Watte gepackt.